執筆者（執筆順）	岩田美喜
佐々木徹	唐澤一友
巽孝之	井出新
原田範行	アルヴィ宮本なほ子
斎藤兆史	長畑明利
小林久美子	武田将明
阿部公彦	高桑晴子
北和丈	秦邦生
中村哲子	中野学而
小川公代	諏訪部浩一
奥聡一郎	中村和恵
中井亜佐子	伊藤盡
越智博美	佐藤和哉
丹治愛	田尻芳樹
新田啓子	武藤浩史
新井潤美	後藤和彦

Approaches to Teaching English Literature

教室の英文学

日本英文学会（関東支部）編

研究社

はしがき

　今日、世界各地の大学で講じられている学問分野はきわめて多岐にわたるが、日本における〈教室の英文学〉ほど、ある程度一般的でありながら、しかしこれほど矛盾や誤解、さまざまな困難をはらんだ分野も珍しいのではないか。まずはそのことを、この「はしがき」で少し整理しておきたい。
　文学は、たしかに、人文系の学問分野の一つに位置づけられ、学位や学部の名称としても一般的だ。英文学は、英語で書かれた文学、というわけだから、文学という学問分野の一領域と見るのに、それほど困難が感じられるわけでもない。だが、この「英語で書かれた」というところが、まずはかなりの曲者である。問題は、少なくとも二つある。
　日本では19世紀半ば以降、いわゆる英学が国際社会への重要な窓口を担ってきて、英文学研究も、大なり小なり、そういう日本の歴史の影響を受けつつ展開してきた。その際、英学の主な対象となっていたのがイギリス、そしてアメリカであったから、英文学研究は、英語で書かれた文学の研究を標榜しつつも、実質的にはイギリスやアメリカの文学研究が中心となった。今日、英語の使用が世界の諸地域に広がり、英米の国内でさえ、さまざまな民族や国家意識が混淆していることを考えれば、この英米中心型英文学研究には再考が必要になる。これが問題の一つ。
　もう一つは、英学の需要の高まり、そして今日の英語の国際共通語化に伴って、わが国には、いわば英語学習熱といったものがかなり根強く続いているわけだが、そのことと文学の教育研究との関係が、あまりよく整理されておらず、いろいろな誤解を生みだしている、という問題である。もとより、外国語としての英語の学習と、文学の教育研究とは、本来区別して考える必要があろう。だが、英文学を本格的に研究したり、あるいは作品を翻訳したりするためには、きわめて高度な語学力が必要になる。英語圏の大学で、英文学を研究して学位を取得しようとすれば、当然のことながら、英語の微妙な表現や固有の文化的事情に関して母語話者と切磋琢磨しなければならないわけだから、そこで得られた語学力や知見を日本の英語学習に生かすことには、一定の理がある。だが、生かすべき内容につい

ても、その方法についても、日本の英語教育は、時には著しく英文学に傾斜したり、また時には、その反対になったり、という具合に、有効な議論を欠いたまま今日に至っていると言ってもよいだろう。

「英語で書かれた」ということにかかわるこうした問題に加え、文学には、学問分野の一つとして、実は根本的な問題もあるように思われる。というのも、文学は、自然科学や社会科学のみならず哲学や歴史学を含め、広く近代の学問的思考が是としてきた重要事項に対して、少なからず異を唱えるような性格を有しているからである。

ものごとを論理的に考えて研究を進めようとするとき、人は一般に、扱う対象を分解して分類し、その個々に対象を絞って分析を試みる。「専門分化」という傾向は、まさにこうした学問的手法によるものだ。解剖は近代医学を飛躍的に進歩させたが、この解剖もまた、一種の分解・分類にほかならない。また、このように細分化された対象を分析する際、研究者は、できる限り誤解の幅を狭め、誰がやっても再現できるような手段を用いることが必要になる。数字や記号による表現はそのような手段の一つであり、言語を用いる場合であっても、誤解を生まないよう、さまざまな語彙を明確に定義することが求められる。翻って、文学研究はどうか。

たしかに文学作品を、幾つかの特質によって分解・分類することはある程度可能である。対象を絞って議論を進めることもできないわけではない。だが、例えばある作品の名場面をそのように切り分けて分析してみたところで、それではその結果を、皆が共有し、同じような名場面を量産することができるかと言えば、そんなことはない。名場面の選び方も十人十色であって、それを一つに絞ること自体、文学研究は必ずしもこれを是としない。研究方法も、文学は、多彩であることをもってよしとする。スリリングな批評的考察を研究の成果とすることもあれば、文献学的な積み重ねにこそ学問的価値を見出すこともある。両者が響き合うことで、おそらくは文学研究のハーモニーが奏でられるはずなのだが、それぞれが持つ固有の視点や方法論はかなり異なるものだから、これをそのまま文学基礎論などと銘打って教室に持ち込んだところで、教える側も教わる側も困惑するばかりであろう。

そもそも文学は、教室に持ち込んで学問の俎上に載せなくても、十分に読者を得、新たな作品を生み出しうるのではないか。文学を教室に持ち込

み、授業計画などと称して、作品の結末を予め想定したような扱いをすることは、かえって文学の魅力をそぐことになりはしないか。英語の literature は、18世紀後半に至るまで、学芸全般をも広く意味する語であった。文学を考察するための今日的判断基準が持ち込まれ、それによって従来の literature が現在のそれに変貌してくるのは、18世紀末から19世紀にかけてのことである。多くの学問分野の中にあって文学は、かなり遅く、しかもいささか不承不承の体で、これに参入したと言ってもよい。

　そういう〈教室の英文学〉について、それではなぜ今、一書を編むに至ったのか。文学は、人間の知性や感性、観察や想念、情緒や決意といったものを、さまざまな様態を取って映し出す。個々の作品と一人一人の読者が取り結ぶ関係もきわめて多様だ。同じ文章を読んで異なる印象や解釈が生じることを、文学はさまたげない。だが、そうした文学の豊かな可能性は、読者個々の内面的経験の内に埋没してしまうことも少なくない。だからそれを、〈教室〉という舞台を設定することで、いささかなりとも記憶し、共有し、議論し、そうすることで、それぞれの作品が内包する新たな地平が見えてくるかも知れない、という希望があったこと、それが理由の一つである。

　もう一つの理由は、昨今の、特に日本の大学における英語教育に、いささか過剰に見られる反・英文学的状況を憂慮したため、ということである。先に述べたように、日本の英語教育は、たしかに英文学に傾斜しすぎた時代があったように思われる。現在は、その反動なのかも知れない。だが、もし、人間の知性や感性、あるいは情緒や決意といったものが織り込まれた言語表現の豊かさを削ぎ落とし、それをあたかもモノのように扱う語学トレーニングがあるとすれば、私たちは、そういう英語トレーニングのあり方に異議を唱える。

　本書はこのような意図と構想をもって編まれた。より具体的には、日本における中心的な英文学研究機関の一つである日本英文学会の関東支部理事会において、このような意図と構想が語られ、同理事会が主導する出版事業として承認されたことによる。この事業は、日本英文学会本体の理事会でも了承された。それゆえ、本書の編者は、日本英文学会(関東支部)となっている。同理事会では、日本英文学会が対象とする英文学(英米はもちろん、「英語で書かれた」という広義に基づく)、英語学、英語教育といっ

た研究領域に関する優れた知見と情報を共有し、これを拡充し教育的に活用することを旨として、この出版事業を「教えるシリーズ」と名づけ、こうした出版による発信活動を促進することにした。本書は、そうした活動の第一回目の成果である。執筆者の多くは日本英文学会関東支部の会員だが、執筆内容や専門領域の関係で、他の支部会員からも寄稿していただいた。

「教えるシリーズ」の規程が設けられたのは 2014 年 6 月のことである。理事の中から阿部公彦、原田範行の 2 名が世話人となり、本書の構成や各章の執筆者を策定した。また、出版をご快諾いただいた研究社の編集者である津田正氏、高野渉氏には、構想の段階から上梓に至るまで、さまざまな助言をいただいた。

編集の過程で、いろいろな困難もあった。先に述べたように、文学は、分解や分類といった手法を、しばしば峻拒する。文学は、分解することで難問を理解しやすくするという科学的手法が、最も似つかわしくない領域だ。とはいえ、一書をまとめるためには、そうした分解や分類もある程度はやむをえない。本書の構成にいささか無理や見落としがあるとすれば、それは文学が有するこうした性質に起因する場合が少なくない。そのことを予め申し上げた上でなお、読者諸氏には、今後の「教えるシリーズ」のためにも多くのご叱正を賜れれば幸いである。

〈教室の英文学〉という舞台設定が、実は各執筆者によって必ずしも自明のことではなかった、ということもあった。文学は、実は、内容ばかりでなくその様態においても多様な広がりがある。教わる側の意欲や関心も千差万別だし、いわゆる教案のような形では、文学教育が持ち得る多様性を説明しきれない。世話人はいったん各執筆者から原稿をいただいた後、一冊の本としての統一を図るため、多くの方々に加筆修正のお願いをすることになったが、なおその上で、各章の論述に、不統一な点が残っていることは否めない。この点についても、読者諸氏のご教示をいただければ幸いである。もっとも、こうした編集の過程を通じて、つまり、各執筆者とのやり取りを通じて、〈教室の英文学〉という視点が、実にさまざまな可能性を持ちうるものであることを確信できたということは、世話人として大きな収穫であったと考えている。

『教室の英文学』という形で出版に至った日本英文学会関東支部の試み

は、今後も続けられる。企画も執筆・編集も、同支部会員に広く開かれており、また出版についても、趣旨にご賛同いただける日本英文学会協賛会員の出版社の方々に広くお世話になれれば幸いである。何より、本書が、広く江湖の読者に迎えられ、日本における英文学の教育研究のあり方を考える一つの手がかりとなれば、それは編集世話人として望外の喜びである。関係各位に改めて御礼を申し述べたい。

　2017 年 4 月

編集世話人を代表して　原田範行

目次

はしがき iii

序論　001

1 | 今、日本で、英文学にどう取り組むか？　　　　佐々木　徹　002

2 | 今、日本で、アメリカ文学にどう取り組むか？
　　——学問と批評のインターフェイス　　　　　巽　孝之　010

第1部　英語を教える　021

1 | 英語力の不十分な学生に、文学テキストを使って教えるために
　　　　　　　　　　　　　　　　　　　　　　原田　範行　022

2 | 文学研究と語学学習——『ジェイン・エア』のバーサの表象に着目した授業案
　　　　　　　　　　　　　　　　　　　　　　斎藤　兆史　030

3 | 英文学的英会話教室——『キャッチャー・イン・ザ・ライ』の場合
　　　　　　　　　　　　　　　　　　　　　　小林　久美子　039

4 | 英語と生命力——英詩が教える（かもしれない）言葉の運動感覚
　　　　　　　　　　　　　　　　　　　　　　阿部　公彦　048

5 | 創作的英作文の試み　　　　　　　　　　　　北　和丈　056

6 | 戯曲から多様なアクティヴィティへ——『十二人の怒れる男』を教材として
　　　　　　　　　　　　　　　　　　　　　　中村　哲子　065

7 | たくさん読ませるための工夫　　　　　　　　小川　公代　073

8 | ICTで教える　　　　　　　　　　　　　　　奥　聡一郎　081

第 2 部　社会・文化を教える　　091

1 | 社会を教える：人種・階級
　　——文学とは、社会とのかかわり方のひとつのかたちである　中井　亜佐子　092
2 | 社会を教える：ジェンダー——わたしたちは複雑な関係性のなかで生きている
　　　　　　　　　　　　　　　　　　　　　　　　　　　　　　越智　博美　100
3 | 時代・社会を教える——イギリス「社会小説」と英文学教育
　　　　　　　　　　　　　　　　　　　　　　　　　　　　　　丹治　愛　108
4 | 時代・社会を教える——アメリカ「南北戦争」と文学　新田　啓子　115
5 | 表象文化（映画）を教える——「アダプテーション」というコンセプト
　　　　　　　　　　　　　　　　　　　　　　　　　　　　　　新井　潤美　123
6 | 表象文化（演劇）を教える——芝居の難しさと面白さ　岩田　美喜　130

第 3 部　英文学を教える　　139

1 | 中世文学への誘い　　　　　　　　　　　　　　　　　　　唐澤　一友　140
2 | シェイクスピアの教室——作品との対話を深めるために　　井出　新　153
3 | 英詩への誘い——大胆な仕掛け（ギャンビット）：教室のフェリシア・ヘマンズ
　　　　　　　　　　　　　　　　　　　　　　　　　アルヴィ宮本なほ子　168
4 | 英詩への誘い——教室のホイットマン："There Was a Child Went Forth"
　　　　　　　　　　　　　　　　　　　　　　　　　　　　　　長畑　明利　178
5 | 小説への誘い——小説の誕生　　　　　　　　　　　　　　武田　将明　186
6 | 小説への誘い——ジェイン・オースティン『エマ』を読む　高桑　晴子　196
7 | 小説への誘い——「物語」を読むことの愉しみと難しさ　　秦　邦生　205
8 | 小説への誘い——18, 19 世紀文学を教える　　　　　　　　中野　学而　214

9	小説への誘い——「入口」としての20世紀アメリカ小説	諏訪部　浩一	224
10	小説への誘い——英語圏文学を教える	中村　和恵	233
11	ファンタジーへの誘い	伊藤　盡	243
12	児童文学を教える	佐藤　和哉	251
13	文学批評への誘い	田尻　芳樹	260
14	英文学と翻訳——文芸翻訳は多世界の発見に通じる	武藤　浩史	268
15	英文学と日本文学——日本人アメリカ文学者のアポロギア	後藤　和彦	278

付　録　289
　1．アンケート：学生時代に読んで役立った本　290
　2．英文学研究・教育関連団体一覧　305

索　引　312

執筆者一覧　320

序　論

1 今、日本で、英文学に どう取り組むか？

佐々木　徹

1. 英語教育と英文学

　2013年5月に仙台で行われた日本英文学会全国大会において、『「文学出身」英語教員が語る「近代的英語教育」への違和感——大学の英文学教育は中高英語教員に何ができるのか』と題されるシンポジウムが催された。その中で、「英語はもっぱら道具とみなされ、授業はその道具を使いこなすための技術を習得する場となっているが、質の高いテキスト、すなわち、豊かな感性や情緒をはぐくむ文学作品を読んで『人間力』を高めるのは必要不可欠なことだ」という旨の意見が出されていた。まったく同感である。

　近年、英語教育の文脈の中でしきりにコミュニケーション能力が云々されるが、そもそもコミュニケーションとは人間同士のつながりの問題である。わたしの考えでは、そのつながりを強める力が「人間力」であり、文学はまさにこれを涵養するものだ。この点について最近とても興味深い記事を読んだ。アメリカのオバマ大統領が小説家のマリリン・ロビンソンと対談して、次のように述べているのである。

> 大統領である以前に、社会の一員としての自分の役割をどう理解するか、社会の一員である自分にとってどういう物の見方が大事なのか、といった問題を考慮するにあたって、もっとも重要な点は小説から学んだとわたしは思います。それは他者への感情移入(中略)、自分とはずいぶん異なる人とでもつながりを持つことができる、という観点でした。(Obama and Robinson 6)

　文学無用論のまかり通るご時世にあって、これほど心強い証言もちょっとあるまい。どこぞの国の政治家にも是非お手本にしていただきたいもの

だ。それはともかく、これと似たような内容のことをジョージ・エリオットは、さすがに、もっと上手に言っている。

> 画家にせよ、詩人にせよ、小説家にせよ、芸術家がわたしたちに授けてくれるいちばんの恩恵は、人への共感が拡がるということです。一般論や統計にもとづく訴えに対するわたしたちの反応は、できあいの共感や道徳的感情にすぎません。ところが、偉大な芸術家が人間のいとなみを描いたものに接すると、くだらない利己的な人間でも、自分以外の者に対する興味を持ちます。これを道徳的感情の原料と呼んでもよいでしょう。(中略)芸術は人生にもっとも近いものであり、それはわたしたちの経験を豊かにし、個人個人の生という限界をこえて同朋とのふれあいの機会を増やしてくれるのです。(Eliot 263–64)

コミュニケーションのスキルを磨くにはどうしたらよいかといった技術的な問題も大事ではあろうが、そもそも「コミュニケーションを持ちたいと思う気持ち」がなければ話にならない。文学はその気持ちを育むのである。この点を確認した後、オバマ大統領やエリオットが言う「他者に対する理解や共感」を心にとめつつ、ディケンズの葬儀におけるベンジャミン・ジョウェットの弔辞を思い起こそう。

> われわれが今その死を悼む作家ほど、過去33年の間、国民の心に大きな場所を占めた作家はおりません。われわれは彼の小説を読み、彼について語り、彼の作品を上演し、彼と共に笑い、彼によって他の人々の苦しみに気づかされ、同朋に対する哀れみを覚えました。小説は間接的に多くの教訓を与えてくれます。この作家にはいくら感謝してもしきれません。彼のおかげでわれわれは、善良で、真実で、誠実で、正直な平凡な人々に共感するようになり、利己的で、偽善的で、もっともらしい体面をよそおう信心深い連中などを笑うようになったのです。(Jowett 176)

ここで述べられているような、「他者への共感」を読者の心に喚起するディケンズの力を如実に示す例としてすぐに思い浮かぶのが、『宝島』の作者スティヴンソンの手紙である。彼は『クリスマス・キャロル』をはじめ

て読んだ時の感想を友人にあててこう語っている。

> 大泣きしてしまい、涙をこらえるのに苦労しました。それにしても、いやはや、本当にすばらしい読み物です。読んだ後とてもいい気持ちになって、ほかの人たちの暮らしがちょっとでもましになるためなら何でもしたい、何でもしよう、という気になります。すぐにでも何かしたい、出かけていって誰かを慰めてあげたい(中略)。このような本を書いて、読者の心を人を哀れむ気持ちで一杯にするなんて、まったく、なんてすてきなことでしょう！ (Stevenson 52–53)

まったくもって、これこそ文学が持つ力の輝かしい発露ではないか！[1]

2. ことばのおもしろさ

　前段のおわりでは声のトーンを上げてしまったが、実際問題として、文学作品に接するたびにこの手紙のスティヴンソンのように感動していたのでは身がもたない。また、これだけの力を持つ作品がごろごろ転がっているわけでもない。上はあくまでも極端な例であって、通常、読者の文学テキストに対する反応はもっとつつましい。

　ヘンリー・ジェイムズは、読者が小説に義務として求めるのはただ「それがおもしろいということだけだ」("that it be interesting") と言っている (James 33)。「おもしろい」と感じる——これが根本である。その点は研究においても教育においても同じだろう。世の中の役に立つとされる実学だって、「おもしろい」と思わなければ、誰がそれを追究するだろう？　教育者の責任も、究極的には、生徒に学問のおもしろさを伝えることにあるはずだ。

　もちろん、文学のおもしろさは人によってとらえ方が違う。文学を通して文化やイデオロギーを研究するのがおもしろい人もいるだろう。作者の思想や人間性を見きわめるのがおもしろい人もいるだろう。それはそれでまったく構わない。何にせよ、先生が自分で本当におもしろいと思うことを学生に言わない限り、学生は決して先生の話をおもしろいとは思わない。

---

[1] 文学と共感について哲学的に考察したい方にはローティの研究をお薦めする。

同様に、自分が本当におもしろいと思っていなければ、いい研究はできないし、いい論文も書けるはずがない。

わたしにとって、文学のおもしろさは「ことば」にある。もちろん、『クリスマス・キャロル』を読めば、スクルージの改心に心を動かされる。しかし、この作品で感心するのは、最初の段落に "Scrooge's name was good upon 'Change, for anything he chose to put his hand to." (7) という文があり、次いで "he was a tight-fisted hand at the grindstone ... a squeezing, wrenching, grasping, scraping, clutching, covetous old sinner" (8) によってスクルージの吝嗇ぶりが「握りしめる手」のイメージで強調され、終盤彼の死が予見されるくだりで、彼のベッド・カーテンや毛布を持ちこまれた質屋が "I hope he didn't die of anything catching?" (70)という科白を吐く、一連のことばの結びつきである。「伝染性の病気」を示す catching がスクルージの grasping な手を呼び起こす呼応がなんともおもしろい。このような細かい点についてのこだわりはわたしの個人的な好みにすぎないのかもしれないが、文学がことばで成り立っている芸術である以上、ことばに対する関心を文学研究・教育の中心に据えるのは当然ではなかろうか。

3. 『二都物語』を精読する

わたしにとっては、精読こそが文学の研究・教育における王道である。そこで、以下、わたしなりに考える精読のおもしろさを、ディケンズの『二都物語』を例にとって具体的に示したい。まず、この小説の有名な冒頭を調べてみよう。

> It was the best of times, it was the worst of times, it was the age of wisdom, it was the age of foolishness, it was the epoch of belief, it was the epoch of incredulity, it was the season of Light, it was the season of Darkness, it was the spring of hope, it was the winter of despair, we had everything before us, we had nothing before us, we were all going direct to Heaven, we were all going direct the other way—in short, the period was so far like the present period, that some of its noisiest authorities insisted on its being received, for good or for evil, in the

superlative degree of comparison only. (3)

　ここでは同種の構文が執拗に反復されている。そして、この強力なレトリックによって、共に矛盾をはらむ18世紀のフランスと19世紀のイギリスの類似という本書のテーマが浮き彫りにされる。だが、小説を読み終わってからこの書き出しをふりかえってみると、この部分は「反復」という現象自体が『二都物語』において大きな意味を持っている、ということを示唆しているように思われる。[2]

　小説の本筋は第2章、ロンドンのテルソン銀行から派遣された使者ジェリーがドーヴァーに向かう駅馬車を停止させるところから始まる。乗客の一人が銀行員のロリーで、彼は18年間バスティーユに監禁された後ようやく釈放された顧客のマネット医師を迎えにフランスに渡ろうとしている。使者の持ってきたメッセージを読んだロリーは、銀行宛に "recalled to life" (11)という返事を託す。この奇妙な答えを聞いたジェリーはたいそう不思議がって、"You'd be in a Blazing bad way, if recalling to life was to come into fashion, Jerry!" (12)と心の中で自分に語りかける。読者にとっては、これもまた不可解な科白である。これは後になって、ジェリーが墓荒らしをして死体を医者に売りつけていることへの言及だったとわかる。死人が蘇ることが流行したら自分の商売に悪影響が出る、と彼は心配しているのである。うまい具合に、このテキストでは墓荒らしが "resurrection man" と呼ばれており、ジェリーにまつわるサブ・プロットは、断頭台の露と消えんとする大団円においてカートンの頭に浮かぶ "I am the resurrection and the life" (376)というキリストのことばを軸とする、「再生」と「救済」の主題のコミックな変奏になっている。この "recall to life" のモチーフの意義は、人生に確たる目的を見出せないがために "one who died young" (151) と形容されるカートンに向かってヒロインのルーシーが、"Can I not recall you . . . to a better course?" (152)と言う場面でも強調されている。

　このモチーフの核にある recall は、もちろん、記憶を示す語でもある。となると、カートンが優秀な学生だったその昔、"Memory Carton" (87)な

---

[2] 小説の読み方を考える、あるいは教える上でとても有益な本のひとつ、『小説の言語』の中でデイヴィッド・ロッジは、テキスト内の "repetition" に気づくことがテキスト分析の第一歩だと言っている(Lodge 82)。

る異名をとっていた、というディテイルはとても気になる。この点は物語の中でまったく発展されていないように見えるのだが、そもそも記憶とは過去のできごとが繰り返され、よみがえることである。そして、先述したとおり、小説の冒頭が示唆するように、繰り返しはこの小説の核心をなすポイントなのだ。

> Crush humanity out of shape once more, under similar hammers, and it will twist itself into the same tortured forms. Sow the same seed of rapacious license and oppression over again, and it will surely yield the same fruit according to its kind.（372）

フランス革命とおなじ状況がイギリスに生まれれば、おなじ事態が繰り返される——それをディケンズは恐れている。だから、最後でカートンに "I see a beautiful city and a brilliant people rising from this abyss"（376）と言わせて不安を鎮め、明るい未来を予見する。こうしたディケンズの不安は小説の中で「数」の主題によって浮き彫りにされる。

『二都物語』は「数」にとりつかれたテキストである。特に物語の後半では、「数」のモチーフの反復が顕著に感じられる。投獄されたダーネイは "Five paces by four and a half. Five paces by four and a half. Five paces by four and a half." と独房の大きさを計測し（260）、エヴレモンドに犯された娘はショックのあまり1から12までの数字をうわごとで繰り返し（324）、死刑を前日に控えたダーネイは時計の鐘を数え続ける——"Nine gone for ever, ten gone for ever, eleven gone for ever, twelve coming on to pass away"（350）。そして、この日ギロチンにかけられる者の点呼があり——"two score and twelve were told off"（348）——処刑が済むごとに "count One . . . count Two" と犠牲者の数が数えられる（374）。特に注目に値するのは処刑者の「数の確認」——"the tale of fifty-two"（354）——である。英語においては、「数える」と「語る」（tale, tell）は同じ語源から来ており、ここに小説のタイトル（A Tale of Two Cities）のエコーが聞こえるのは、この作品の「数」に対するこだわりの重要性を反映しているようでまことに興味深い。

ディケンズは搾取される革命前の民衆には同情的であるが、革命がはじまった後の群衆の抑制の利かない暴力には反発を感じる——"There could not be fewer than five hundred people, and they were dancing like five thousand demons ... and then swelling and overflowing out into the adjacent streets" (280)。ディケンズの不安は、「500 人しかいないはずなのに 5000 の悪魔にも見える」といった「数の増殖」にもっともよく現れている。端的な例の一つはバスティーユ襲撃時のドファルジュの掛け声である――"Work, Jacques One, Jacques Two, Jacques One Thousand, Jacques Two Thousand, Jacques Five-and-Twenty Thousand; in the name of all the Angels or the Devils—which you prefer—work!" (217)。これは "Echoing Footsteps" と題された第 2 部第 21 章に出てくるのだが、その章題は第 2 部第 6 章 "Hundreds of People" の要点、すなわち、カートンたちに革命の到来を予知する "great crowd of people with its rush and roar, bearing down upon them" (103) の響きをふまえたものである。そしてこの第 6 章では、ルーシーの世話役であるプロスが、たくさんの男の人がルーシーお嬢さまを目当てにうちにやってきます、と言う。対して、"*Do* dozens come for that purpose?" とロリーが問うと、彼女は "Hundreds" と答える (95)。先に見た、ジェリーの墓荒らしと「再生」のテーマの関係とおなじ呼吸で、ここでもまたプロスの誇張表現が「数」にまつわる不安という真剣な主題をコミックな偽装のもとに強調している。ディケンズの小説はこういうところが「おもしろい」のである。

4. 日本人であるわれわれの目標

　英文学を研究するに際して、われわれ日本人は英語を母語とする研究者にスタート時点で大きく差をつけられている。だが、懸命に努力すれば対等に渡り合えないはずはないし、不利を克服した快感は格別の励みになる。わたしに言わせれば、逆境をはねのける最善の方法は精読である。われわれは日本語の本をさっと読み流してしまう。英語を母語とする研究者の読みも往々にしてそういうものだ。だから、われわれは英語をひたすら丁寧に読んで勝負する。読む量でかなわなければ、質で対抗する。今、真に国際的な学問に至る一つの近道はそこにあるのではないだろうか。

📖 文　　献

〈引用文献〉

Dickens, Charles. *A Christmas Carol*. Ed. Sally Ledger. *The Christmas Books*. London: Dent, 1999.
――. *A Tale of Two Cities*. Ed. Norman Page. London: Dent, 1994.
Eliot, George. "The Natural History of German Life." Ed. Rosemary Ashton. *George Eliot: Selected Critical Writings*. Oxford: Oxford UP, 1992.
James, Henry. "The Art of Fiction." Ed. James E. Miller, Jr. *Theory of Fiction: Henry James*. Lincoln: U of Nebraska P, 1972.
Jowett, Benjamin. "Sermon at Dickens's Funeral Service." Ed. Stephen Wall. *Charles Dickens*. Harmondsworth: Penguin, 1970.
Lodge, David. *Language of Fiction*. New York: Columbia UP, 1966.
Obama, Barack and Marilynne Robinson. "President Obama & Marilynne Robinson: A Conversation—II." *New York Review of Books*. November 19, 2015.
Stevenson, Robert Louis. Ed. Bradford A. Booth and Ernest Mehew. *The Letters of Robert Louis Stevenson*. Vol. 2. New Haven: Yale UP, 1994.

〈参考文献〉

Rorty, Richard. *Contingency, Irony, and Solidarity*. Cambridge: Cambridge UP, 1989.

2 | 今、日本で、アメリカ文学にどう取り組むか？
——学問と批評のインターフェイス

巽　孝之

0.　はじめに——精読とクロース・リーディング

　広く外国文学に親しむのにテクストをじっくり読むのは当然のことである。これを我が国の英語英米文学研究の伝統においては「精読」といい、英語の「クロース・リーディング」"close reading"の訳語とされることが少なくない。しかし日本の精読は中国の経書を読み解くのに培われた訓詁学的伝統に則り注釈を主眼とする場合が多く、20世紀前半を彩ったアメリカ新批評(ニュー・クリティシズム)がテクストにおける言葉の修辞的な働きを読み取ろうとした「クロース・リーディング」とは本質的なズレを孕む。訓詁学的な「精読」は『オックスフォード英語大辞典』ほかを中心に徹底して言葉の意味を探り規定していく手法であるいっぽう、「クロース・リーディング」はテクストを作者や歴史などその外部と一切遮断したうえで言葉の機能をあぶり出す手法にほかならない。したがって昨今では訓詁学的な「精読」はそのまま措くとしても、新批評的な「クロース・リーディング」は「細読」と訳し直す向きもあるほどだ。

　ただし、このような「精読」と「クロース・リーディング」の差異を強調したからといって、これから日米の比較文化史を展開しようというわけではない。ごくごくおおざっぱに図式化するなら、「精読」が示す言葉の意味への関心は限りなく言葉の起源へ遡行する学問的作業だが、「クロース・リーディング」が集中する修辞の機能への関心は限りなくテクストの可能性を開いて行く批評的解釈である。したがって、いまのわたしたちに必要なのは、むしろ「精読」と「クロース・リーディング」が衝突し合う瞬間、すなわち学問的探究と批評的解釈が交差する瞬間ではないだろうか。言葉の意味を突き詰めるのも読むことの面白さだが、そこに読み手自身の判断をも加えて能動的にテクスト内部へ踏み込み介入して行くこと、それもま

た読むことの面白さなのである。本稿では、こうした問題意識から、そもそも作家たちの文字(letter)への意識そのものが決して一枚岩ではないことを実例として、文学(letters)の可能性を示してみよう。

1. 文字か手紙か文学か
──ロマンティシズムからポストモダニズムまで

わたしがゼミ新入生に対してよく例に取るのは、たとえば19世紀中葉におけるアメリカ文学黄金時代、通称アメリカン・ルネサンスのロマン主義の三大作家がそろって「レター」(letter)への意識を先鋭化させていたことだ。探偵小説の父ともいわれるエドガー・アラン・ポーの造型した名探偵オーギュスト・デュパンを主役とする三部作完結編が「盗まれた手紙」("The Purloined Letter," 1844)と題され、ピューリタン植民地時代以来の家系に生まれたナサニエル・ホーソーンの第一長編が世界文学史上の古典『緋文字』(*The Scarlet Letter*, 1850)となり、その弟子ハーマン・メルヴィルが現代の不条理文学を先取りした中編小説「代書人バートルビー」("Bartleby, the Scrivener", 1853)が「配達不能郵便」(dead letter)をモチーフに据えていたのは、この御三家がそれぞれ文脈に応じて文字とも手紙とも訳される「レター」という記号に取り憑かれていたことを意味する。じっさいポーの「盗まれた手紙」は、さるやんごとなき高貴なお方の手紙が盗まれたのでそれをいかに取り返すかという相談を持ちかけられた名探偵デュパンの物語だ。ホーソーンの『緋文字』はピューリタン植民地時代に姦通(adultery)の罪を犯したのでその罪の頭文字である緋色のAを胸に縫い付けたまま暮らさねばならなかった女性ヘスター・プリンの物語。そしてメルヴィルの「代書人バートルビー」は法律事務所で文書の清書にいそしみながら、他の代書人たちと読み合わせを行なう命令が下るや、以後は一切の仕事を放棄して刑務所に送られ、死後になって初めて、その前歴が郵便局の配達不能郵便処理係であったことが判明する謎の男バートルビーの物語。いずれも、「レター」にこだわりぬいた作家たちが、それぞれの「手紙」と「文字」、「郵便」に託して絶妙の技を競った傑作である。しかし、ポー作品は手紙の内容に何が書かれていたのか、一文字たりとも説明されていないので「盗まれた文字」とも解釈できるだろう。ホーソーン作品は序文として付された

「税関」において、政変に伴い失職した作者自身の政治的財政的苦境が綴られているから、牧師ディムズデイルの実存的苦境を綴る本編は一種の自伝的な「緋色の手紙」とも読むことができる。そしてメルヴィル作品が最後で綴る配達不能郵便、直訳すれば「死の手紙」は聖書にいう「文字は殺しますが霊は活かします」("the letter killeth, but the spirit giveth life", コリント人への手紙II、第三章)を連想させずにはおかない。だとすると、それぞれのキーワードである「レター」そのものが必ずしも定訳通りに「手紙」「文字」「郵便」と訳し分けられないのがわかるだろう。言葉の意味へさかのぼり一元的に規定しようとする読み方は、必ずしも言葉の機能のうちにさまざまな解釈の余地を見出す読み方と一致しない。しかし、だからといって困ることはまったくない。そのように言葉の意味と言葉の機能の矛盾を醸し出す文学作品であればあるほど、いつまでも興味尽きないテクストとして読まれ読み直され、語り継がれるのだから。

　いささか小難しい専門用語では、言葉の意味のことを記号内容(シニフィエ)、言葉の形態のことを記号表現(シニフィアン)と呼ぶのだが、その詳細についてはここでは省く。肝心なのは、このように「レター」(letter)という名詞そのものの可能性を探究しようとした19世紀アメリカン・ルネサンス作家たちを敬愛する20世紀ポストモダン・メタフィクション作家の代表格ジョン・バースが1979年にずばり『レターズ』(*LETTERS*)なる長編小説を発表しており、そこでは18世紀の書簡体小説のパロディが試みられるばかりか、作品の展開そのものとタイトルにいうすべて大文字のLETTERSが密接に関わっているため単純に手紙とも訳出しえず、じっさいには「レターズ」とすら表記しえないこと、そして複数形であるからにはこれはほかならぬ「文学(レターズ)」そのものに自己言及し根本から問い直している可能性もあるということだ。

　このように19世紀ロマンティシズムから20世紀ポストモダニズムへ至る一番の前提には純然たる「読み書き能力(リテラシー)」をふまえた強迫観念が横たわる。読み書き能力こそが近代市民社会における最大の商品(コモディティ)であり、それを獲得することこそが成功への近道だという信念が、そこには貫かれている。じっさい、19世紀後半に勃発した南北戦争(1861–65年)までは、南部の黒人奴隷に読み書きを教えること自体が違法だった。読み書き能力は時に文化的教養(カルチュラル・リテラシー)とも訳されるように、知的能力そのものなのだ。これを黒人奴隷に与えてしまったら必然的にプランテーション脱走を考えるに決

まっているのだから——げんにフレデリック・ダグラスやハリエット・ジェイコブズのようにプランテーションの女主人から密かに読み書きを習って脱走し、自伝まで出版した元黒人奴隷たちもいるのだから——白人の奴隷所有者側が黒人奴隷に読み書きを教えるのは大変なリスクを伴った。それ以上に、そもそも黒人奴隷とは白人たちにとっては人間ならぬ商品なのだから、商品そのものが読み書き能力というもうひとつの商品を進んで獲得することなど論理的に不可能だったのである。

2. ABC の ABC——ニューイングランド初等教本から始まる

　それでは、アメリカ合衆国における読み書き能力は、いったいどのように獲得されたのだろうか？
　ここで注目したいのは、17世紀ピューリタン植民地時代以来「初等読本(プリマー)」(*New England Primer*)なる読み書きの教科書が広く用いられ、ロングセラーを記録してきた歴史だ。いまではそのサンプルすらきちんと残っていないこの初等読本こそは、エンブレムすなわち図像学的伝統に立脚しつつアルファベットに始まる読み書き教育転じては宗教教育の基礎を成す文学ジャンルだった。そして、これを足場に、初期アメリカにおいては、さまざまな作法教本が全盛期を迎える。したがって、ホーソーンの前掲小説『緋文字』最終場面ひとつにしても、緋文字すなわち真っ赤なAの文字が秘める図像学的伝統を抜いては理解しえない。

　　それはひとつの紋章的なしるしで、その紋章学流儀を講釈すれば、いまここに終わろうとしている物語の題辞とも簡単な要約(ディスクリプション)ともなろう。本書はいかにも暗い物語ではあるが、そこにひとつでも癒しが保証されるとしたら、それはたえず燃え盛りつつも、影よりもなお陰鬱に輝く一点の光の成せるわざというほかない——。
　「黒地に紅きAの文字」（ホーソーン『緋文字』終章）

　標準的なエンブレムが短いモットー(inscription)と図像(picture)、それを説明する詩文(subscription)という三つの部位から成立するとすれば、この最終場面におけるホーソーンの記述は明らかにエンブレム的伝統に則して

いる。Aの文字がエンブレムとも呼ばれることから、これが図像学的物語であることは疑いない。そして、ここで強調されるAの文字が姦通罪（adultery）を指し示すのは、初等読本におけるAの文字の戦略、すなわちABCを覚える時のAにエデンの園のエンブレムが付され、それを説明するテクスト「アダム（A）の堕落のうちに人類の原罪がひそむ」が付されるという構造を彷彿とさせる。すなわち、ここではAの文字そのものがテクストのモットー（題辞）として機能しているものと見ることができる。つまり、緋文字のAというアルファベットが重要なのは、ひとつの姦通物語を象徴する以前に、まさしくピューリタン植民地時代の読み書き教育においてABCというアルファベット自体が宗教的記憶術に即して体系化されていたことを思い起こさせずにはおかないためだ。とりわけニューイングランド初等読本の場合は、当時の大衆が好んだ綴り方や宗教生活の入門書やエンブレム・ブック、チャップブックなどから望ましい部分をサンプリングした結果、さまざまな短詩や賛美歌、祈りや教理問答とともに押韻を踏んで記憶術に貢献するべく配列されたアルファベットすなわちABCから成り立っていた。そのもくろみは、ローマ・カトリック勢力からも悪の誘惑からもニューイングランドの子供たちを救うべく聖書教育を施すところにあるため、「アメリカの幼児たちのために用意された霊的なミルク」として授乳するという意義を帯びていたが、この「霊的なミルク」という表現自体が、ピューリタン植民地時代を代表し、ホーソーンの『緋文字』ではアーサー・ディムズデイル牧師のモデルともいわれるジョン・コットンの編み出した『アメリカの赤子たちのための霊的授乳』（*Spiritual Milk for Boston Babes*, 1641）にもとづくものにほかならない。

　ニューイングランド初等読本の初版が出たのは1687年と1690年のあいだであったと想定されている。それが、とりわけマサチューセッツにおけるとんでもない危機の時代と合致していたことに留意しよう。なにしろイギリス本国政府は、強大になりつつあったマサチューセッツの力を封じ込めるために、1686年には、豪腕のニューヨーク総督エドマンド・アンドロス（Edmund Andros）を新総督として任命し、これが遠因となって、ピューリタン植民地人の反感と猜疑心が募り、結果的に1692年のセイラムの魔女狩りへなだれこむのだから（巽『ニュー・アメリカニズム』序章）。

　したがって、このような時代に確立したニューイングランド初等教本が

教える ABC とキリスト教的予型論は、まさしく危機の時代、すなわち宗主国側の抑圧を植民地側が乗り越えて行くためのサバイバル・キットの一種だったかもしれないのだ。

　日本で英文学を学ぶ学生は、たとえば「あいうえお」の五十音を学ぶのに、その一文字一文字の背景に何かしら生死を賭けた思想的背景が塗り込められているなどと聞けば、びっくりするのではなかろうか。「あいうえお」はたんに最も簡便に日本語を覚えるために五つの母音を重視して並べた配列表にすぎない。これが漢字であれば、文字ひとつひとつに意味の込められた表意文字、象形文字ということになるのだが、「あいうえお」はあくまで音の代理としての表音文字である。そして、基本的に西欧文化圏における「ABC」もまた、声の代理としての表音文字である。ところがいざそれを教えるとなれば、話はちがってくる。というのも、ABC ひとつひとつの活字(タイプ)のうちに、キリスト教的予型論(タイポロジー)でいうところの宗教的予型(タイプ)をはっきりと想定したうえで、アメリカの子供たちに最初の読み書き教育にして聖書教育を施し、歴史意識を培ったところに、初期ニューイングランド初等教育の最大の特徴があるからだ。

　たとえば、A の文字を Adam の A として覚えさせ、「アダムの堕落のうちに人類の原罪がひそむ」(In Adam's Fall / We Sinned all)なる短い韻文テキストを付し、そこにエデンの園における知恵の木の実をアダムがいまにももぎ取ろうとしている図像を付すという編集ひとつを取ってみても、それは明らかだろう。きわめつけは、最初の A の文字に対応して、最後の Z の文字にも聖書的物語化を施しているところだ。そこにはアダムに対応すべき人間として、イエスならぬイエスの弟子のザアカイ(Zacchaeus)、日本正教会訳聖書では「ザクヘイ」と表記される収税吏が据えられている。「ザアカイは主イエスを一目見ようと木に登った」(Zacchaeus he / Did climb the Tree / His Lord to see)。イエスの弟子たちの中ではマイナーかもしれないが、ザアカイはなにしろ税金の取り立てをなりわいとしていたのであるから金持ちではあっても「罪深き男」と見られていたにもかかわらず、イエス・キリストに出会ってからというもの回心して、自分の財産を他者のために役立てるようになり、イエス復活後は使徒パウロを助け、自らもカイサリアの主教となり、聖人として記録されるに至った男である。そのザアカイがいったいどうして、この図像と関連しているかを知るには、ルカに

よる福音書第19章をひもとけばよい。ザアカイはもともとエリコの町、今日ではパレスチナ解放機構（PLO）の本部が置かれているオアシスの町で徴税人として暮らしていたが、ある時、噂に聞くイエスがこの町を訪れるというので一目見ようとするも、背が低いため接近するのもかなわないので、いちじく桑の樹に登って待ち構えた。すると、通りかかったイエスが、それまで一面識もないのにザアカイを認め、その名を呼び、そして彼の家に泊まりたいと申し出る。それによって、ザアカイは完全な回心を経験し、イエスの弟子に連なるのだ。最初のAがアダムのAとともに知恵の木の実のもたらす原罪（Original Sin）から始まったとすれば、最後のZがザアカイのZとともにいちじく桑の樹のもたらす救済で終わるという、それ自体が高度に制御された聖書予型論のシナリオにもとづいて配列されているのである。このようにニューイングランド初等読本では、そもそもABCの活字をめぐる聖書予型の選択においてもいいかげんではないことがわかるだろう。旧約聖書の知恵の樹という予型(タイプ)に、新約聖書のいちじく桑の樹という原型(アンチタイプ)を対応させることでAからZに至るアルファベット26文字そのものを弁証法的物語として構想し、植民地の児童たちはごくごく自然に読み書き能力とともに歴史意識をも獲得して行ったのである。

　もちろん、17世紀植民地時代には読み書き能力を備えているということだけでエリートだった。神権制の時代にはすべての知識は教会の牧師が独占しており、会衆の大半はまだまだ文盲が多かったがために、まさにその知識の再分配のためにこそ、信者は教会の礼拝に列席せざるをえなかった。しかしちょうど1750年を境に、民主制の時代の幕を開ける啓蒙主義が支配的になってくると、人々は安価なパンフレットや粗悪なチャップブックといった印刷物を通じて、広く読み書き能力を身に付けるようになる。その意味で、初期アメリカ小説がウィリアム・ヒル・ブラウンの『共感力』（*The Power of Sympathy*, 1789）やスザンナ・ローソンの『シャーロット・テンプル』（*Charlotte Temple*, 1794）、ハンナ・フォスターの『放蕩娘』（*The Coquette*, 1797）など、お涙頂戴の恋愛小説のたぐい、今日でいえばハーレクイン・ロマンス風の通俗小説のたぐいが多かったのは、作家自身の問題というよりも、やさしい英語ならばすらすら読みこなせる読者層が育ってきた証左と見るのが正しい。

3. 『ダンス・ウィズ・ウルヴズ』のアメリカ文学史

　とはいえ、アメリカにおける読み書き能力は、上述した19世紀アメリカン・ルネサンスの時代を超えてもなお、ゆゆしき問題を抱えている。現在日本は民度が高く読み書き能力の有無そのものが疑われることはないから、ひょっとしたら日本人には想像もできない事態かもしれない。しかし、19世紀半ばのアメリカ人の中には、五体満足であっても読み書き能力そのものがはなから欠落しているケースが決して少なくなかった。そうした事情を如実に示すために、以下にひとつの映画のシーンを引く。

　いまはむかし、ときは南北戦争渦中の1863年、ところはアメリカ西部のフロンティア。一冊の日記帳が、所有者の手を離れて、ひもとかれようとしている。けれども、ページをめくるこの強奪者は、日記所有者と同じ白人としてその字面を目にしながらも、書かれた文字を読むことができない。いきおい、大草原で用を足さなければならなくなった強奪者は、その日記の意義についてささか未練の残る表情を残しつつも、けっきょくはそのうちの一ページを破りとり、ティッシュペーパー代わりに失敬してしまう——

　ケヴィン・コスナー監督・主演になる1990年の映画『ダンス・ウィズ・ウルヴズ』(*Dances with Wolves*)最大のテーマは、もちろん白人とインディアンの闘争と友情、ひいては愛情である。アメリカ文学に親しんだ者ならば必然的にジェイムズ・フェニモア・クーパーの長編小説『モヒカン族の最後』(*The Last of the Mohicans*, 1826)やリディア・マリア・チャイルドの長編小説『ホボモク』(*Hobomok*, 1824)、そして21世紀ならばアレハンドロ・イニャリトゥ監督、レオナルド・デカプリオ主演映画『レヴェナント——甦えりし者』(*The Revenant*, 2015)を連想するはずだ。しかし、わたしにとってひときわ鮮烈な印象を放ったのは、上のくだりに尽きる。すなわち戦線から外れたコスナー演ずる北軍のダンバー中尉がインディアンと親交を深めて小屋を留守にした隙に、追ってきた合衆国軍隊の兵士が彼の小屋内部から日記帳を盗み出し、あまつさえ別用途に使ってしまう、まさにこのシーンだ。

　というのも、仮にこの兵士に読み書き能力が備わっていたとしたら、ダンバー中尉がインディアンの生活形態を克明に記録したこの日記帳そのも

のが軍隊に民族大虐殺を引き起こすに足る格好の情報提供源と化していたにちがいないのだから。手に汗握る瞬間！　けれど、じっさいアルファベットのABCひとつ読めない者にとって文字の集積体など猫に小判、ティッシュ扱いされるのもむべなるかな――というわけで、このシリアスきわまる物語のうちにも観客に一瞬の微笑みを催させてやまないユーモラスな映像がさしはさまれたというわけだが、この一瞬に込められた意義は小さくない。

　強奪者に識字力があるかどうかで、たったひとつの日記帳が文学転じて特定民族大量虐殺兵器（エスニック・ウェポン）に化すかもしれない、あるいは紙切れ同然のティッシュペーパーに堕すかもしれないという、高度に逆説的なクライマックス。それは、文学が文学として成り立つためには、まず受容者側のうけた文字教育水準の再検証から出発しなければならないという、アメリカ的な、あまりにアメリカ的な問題系を映し出す。

　この一見小さなエピソードを、21世紀の現在においてたんなる笑い話と片付けてしまっていいものだろうか？

　必ずしもそうとは言い切れまい。西暦2000年、民主党大統領ビル・クリントンの二期に渡った任期が終わり、次期大統領をめぐる選挙で、共和党よりジョージ・W・ブッシュ第43代大統領が選出される時には、読み書き能力のない有権者を引っ張り出すのに一苦労したというエピソードもある。じっさいブッシュの母にして先代ジョージ・H・W・ブッシュ第41代大統領の夫人バーバラ・ブッシュは読み書き能力の向上を願うあまり「家族リテラシー・バーバラ・ブッシュ財団」まで創設したが、その背景にはアメリカ合衆国の成人のうち3,600万人に基礎的な読み書き能力が欠落しているという深刻な事情が控えていた。80年代中葉には、アラン・ブルームの『アメリカン・マインドの終焉』(*The Closing of the American Mind*, 1987) やE.D.ハーシュ・ジュニアの『教養が、国をつくる。』(*Cultural Literacy: What Every American Needs to Know*, 1987) といった保守反動路線のベストセラーが話題となり、ともに60年代ラディカリズム以降の学問体系解体を嘆き悲しみ、いまこそは60年代以前の常識だった古典教育を再興して共通基盤としての一般教養を再編し、正しい知の再分配を再開しようともくろんだほどである。文学が文学として受容される以前の読み書き能力そのものの問題を、今日のアメリカ文学研究は決して忘れてはなら

ない。

　18世紀以来、庶民の読み書きを向上させるのに貢献した粗悪なパンフレット仕様の出版物チャップブックは、古今の文学的名作をわかりやすく語り直したところが最大の特徴であったが、それはいわゆる資本主義文学市場における読み捨て文化の起源をも成していた。チャップブックの売れ筋の定番には白人がインディアンに捕えられてほうほうのていで救済されるという「インディアン捕囚体験記(キャプティヴィティ・ナラティヴ)」が含まれていたが、前掲『ダンス・ウィズ・ウルヴズ』では白人中尉とインディアンに養女にされた白人娘とのロマンスが物語の中核を成すから、まちがいなくそのヴァリエーションとして仕組まれている。そして、ダンバー中尉の日記帳を奪った文盲の兵士がそれを落とし紙代わりに使ってしまったように、チャップブック版インディアン捕囚体験記もまた、楽しんだ読者がティッシュペーパー代わりに消費した可能性が高い。だとすれば、『ダンス・ウィズ・ウルヴズ』は、まさにアメリカ文学が文学になる以前の無意識に胚胎した物語学そのものへ自己言及する作品と見られよう。そこでは、とうに捨て去ってしまい封じ込めたつもりになっている物語原型がいつしか回帰してくる瞬間が捉えられている。わたしたちは物語を考えるときには具体的な登場人物や劇的展開といった映画的イメージにばかり目を奪われがちだが、そのはるか以前の段階において、たんなる文字(letter)の連なりがさまざまな偶然を経て何らかの文学(letters)へ突然変異を遂げることの不思議に対し、ますます感受性を研ぎすます必要があるだろう。とうに捨て去ったつもりの粗悪な紙切れがいつしか存在論的実感を伴って回帰してくる瞬間、ただの文字の連なりにすぎなかったページがいつしか生きたぬくもりを帯びて回帰してくる瞬間——それこそは、アメリカ文学が成立する瞬間にほかならない。

文　献

Axtell, James. *The School Upon a Hill: Education and Society in Colonial New England*. 1974; New York: Norton, 1976.

Davidson, Cathy. *Revolution and the Word*. New York: Oxford UP, 1986.

Ford, Paul Leicester, ed., *The New England Primer: a History of Its Origin and Development with a Reprint of the Unique Copy of the Earliest Known Edition and

Many Facsimile Illustrations and Reproductions. New York: Dodd, Mead and Company, 1897.

Hawthorne, Nathaniel. *The Scarlet Letter*. 1850. New York: Norton, 2005.

Radway, Janice A. *Reading the Romance: Women, Patriarchy, and Popular Literature*. 1984; London:Verso, 1987.

Rush, Benjamin."On Women's Education." In *Theories of Education in Early America 1655–1819*. Ed. Wilson Smith. Indianapolis: Bobbs-Merrill, 1973, 257–65.

Samuels, Shirley. "Infidelity and Contagion: The Rhetoric of Revolution." *Early American Literature*, Vol. 22, No. 2 (Fall 1987), 183–91.

巽孝之『ニュー・アメリカニズム──米文学思想史の物語学』青土社、1995年。

Watters, David H. " 'Spake as a Child': Authority, Metaphor and The New England Primer," *Early American Literature,* Vol. 20, No. 3 (Winter 1985/86): 193–213.

Winans, Robert B. "The Growth of a Novel-Reading Public in Late Eighteenth-Century America." *Early American Literature*, Vol. 9, No. 3（Winter 1975）, 267–75.

*既訳はすべて参照させていただいたが、引用者の判断で改変した部分もある。

第1部
英語を教える

1 英語力の不十分な学生に、文学テキストを使って教えるために

原田　範行

1. 新・英学のすすめ——英語で読むことの意義

　「英語力をつけたいが、どうしてもなかなか伸びない」——こうした悩みを抱える日本人学生は少なくない。いわゆる「お雇い外国人」による英語教育の一時期はともかく、日本の英語教育が安定的に行われるようになって以来、1世紀以上にわたって、この状況に大きな変化はない。

　もっとも誰もがそうかといえば、海外での学習経験の有無にかかわらず、こうした悩みとは無縁の学生もなかにはいる。そうした学生と一般学生の違いは、おそらくは非常に単純明快な点にある。すなわち、英語が好きだという理由で、一般学生よりも、何らかの形で英語に接している時間が長いのである。さきほど、一般の学生の悩みについて「どうしてもなかなか伸びない」と書いた。実は、「どうしても」ではない。長続きしない、あれこれ試みるものの、いずれも初歩で終わってしまっている、などが真相である。

　それでは、興味を持って英語に接する時間を長くするにはどうすればよいか。もちろん、リスニングの時間を長くするとか、英会話学校を利用するなどといったことも考えられるのだが、最も確実で簡便なのは、経済でも、政治でも、数学でも、医学でも、音楽でもなんでもよい、ともかく個々の学生がそれぞれ関心を持っている領域を中心に、短めの、語彙レベルも易しい英文を数多く読むということであり、教育者は、そういう多様な読み物を幅広く紹介できるだけの情報を持つ、ということである。[1]

　しかし、きわめて常識的なこの学習法を阻害する要因が、残念ながら、

---

[1] この意味においてリーディングの担当者は、読解教材としての各種の英文テキストに十分精通していることが必要であり、またそのような図書資料の充実が教育機関には強く求められよう。

今日の日本には少なくとも二つある。一つは、一般に活字離れと呼ばれる現象だ。印刷本ではなく、e-bookなどを活用すればよいという意見もあるが、重要箇所に線を引く、備忘のために自分なりの印をつける、メモを書く、という行為が電子テキストではやりにくい。ディスプレイによるリーディングは印刷本に比べ、集中力が持続しにくい、という研究もある。これでは英語力向上も覚束ない。そして教育者の多くはこのことに気づいているのだが、テキストの電子化という趨勢に抗しきれずにいるというのが現状であろう。ただこの問題は、英語教育のみならず、日本人全体の、いな広く人類の知的教育のあり方に関する問題でもあるので、ここでは、教育者が電子テキストの欠を補う努力をする必要がある、ということにとどめておきたい。

　もう一つの阻害要因は、一般的な大学英語教育におけるリーディングの扱いと、担当者の置かれた状況にある。学生が英語に接する時間を長くするということを念頭にリーディングを指導しようとするならば、担当者は、個々の学生に適切な文章を紹介し、それを実際に読ませ、読解が確実に行われているかどうかを判断するために週一回程度は確認する機会を設けるのが望ましい。ところが今日、個々の学生がそれぞれにふさわしい英文に接するのはせいぜい授業外学習の場合であって、それについて担当者が一人一人の状況を確認するのは、時間的にも労力的にも困難が伴う。[2] さらには、各大学で英語教育の統一化が進み、リーディングの教材も著しく共通化する傾向にあるということも問題であろう。[3] その結果、週一回程度のリーディングの授業では、共通教科書と呼ばれる、総花的な内容に文法や語彙事項を若干加えた程度の、要するにあまり専門的でない、したがって専門分野に学習意欲のある学生ほど英語学習の意欲を阻喪しやすい、そのような教材が流布してしまっているのである。これではリーディングを好

---

[2] 英語リーディングもまた、大学では一つの授業科目であり、一人の授業担当者と20人前後の履修者という形で運営されていることが多いが、例えばTAや授業補助員制度を導入するなど、トレーニングの性格に応じた柔軟な教育態勢の整備が急務である。

[3] この統一化によって、例えばレベル別クラス数の拡充が図られるなどであれば好ましいのだが、実際には、教室数や人件費の問題によって、統一化は経営上の省力化と結びついている場合が少なくない。

きになる学生こそ珍しいと言わねばなるまい。[4] 到達規準や成績評価を統一化することはもちろん重要だ。しかし、その統一化のために、使うべき素材としての英文を共通化するというのは大きな誤解でしかない。個々の学生にふさわしい英文でトレーニングをしつつ、他方で読解力を診断する尺度を共通化すればよいのである。[5]

　学生の適性や専門分野に合わせたリーディングの指導をする（くどいようだが、成績評価は統一的な基準によって行う）という方法は、学生各自の能力の伸び方は千差万別であり、リーディングの指導は、その個性を重視したものでなければならない、という考え方に基づいている。もちろん、あらゆる分野において原理・原則は、検定教科書のような教材を使って教育する必要がある。国語であれ英語であれ、いわゆる基本的な「読み書き」の指導に検定教科書は有効だ。しかしそれをひと通り終えた大学にあって、学部も専攻も分かれ、教育にも研究にも個性やオリジナリティが求められる中にあって、なぜリーディングが総花的な教科書で進められねばならないのか。

　幕末から明治初年にかけて、日本人は旧来の蘭学を英学に変え、英語を主な媒体として、学問を吸収し、国際関係を理解し、海外のテクノロジーの進歩に驚嘆した。それから1世紀半。国際社会における英語の意味、そして日本人にとっての英語の意味は大きく変わったが、ひとつ重要なことは、モノや商品ではなく、言葉を伝え合うことで成果を挙げようとする場合、英語圏はもちろんのこと、非英語圏でのコミュニケーションにおいて

---

[4] 今日、大学等で英語リーディングに利用されている教科書は、国内出版社によるものであれ海外のものであれ、各大学・学部等がそれぞれの状況を勘案して独自に開発しているような一部の場合を除き、通常は、比較的身近な話題や専門分野への導入にかかわる短めの英文を週一回の授業に対応させて編集したものが一般的である。したがって、そのような形で収集された英文は、どうしても総花的で、内容的には簡単な説明やコメントに終始する傾向があり、テキストとともに一定期間持続的に思考を続け、そうすることで読解力を向上させるというトレーニングの機会が失われやすい。

[5] 大学入学時の英語力は、実際には大学間で大きな差があるが、各大学が似通った評価方法、例えば、S（最優秀）は10％、A（優秀）は20％、B（普通）は40％などといった基準で成績評価を行っているため、日本全国はもとより国際的に通用する英語力の判断基準と、各大学での評価が乖離しているという現状がある。

も、英語という言葉の占める比重が飛躍的に高まったということである。言葉によるコミュニケーションには、言語表現が持つ論理性やテキストによって織りなされる思考、文脈を把握できる想像力、効果的な表現のための工夫、英語によって専門分野を理解し語れるだけの語彙、などが当然、求められることになる。これらを、日本語環境に置かれた日本人学生が培う場合、上述のようなリーディングが最も効率的であると考えられるのである。

2. なぜ、文学テキストなのか？

　学生個々の学力や専門、興味に合わせたリーディングの指導がある程度可能であるとして、それでは具体的にどのようなリーディングリストが考えられるか。先に述べた通り、そのリストは、あくまでも学生の関心に沿ったものであるべきである。とはいえ、ビジネス・レターのみを教材にしてトレーニングをし、それでビジネスに強い英語力を育成できるとは思えない。学生の関心に応じてリーディングリストを作成しつつも、その中で、ある程度他分野の英文を採り入れることで、言葉の意味や運用の広がりを学生は体感していくはずである。ただ、そうであるとしても、英語力が十分でない、しかも文学嫌いの学生のためのリストの「他分野の英文」に、20% でも 25% でも文学テキストを活用する道はあるだろうか。[6]

　答えは Yes である。英語力が必ずしも十分ではなく、文学の嫌いな日本人学生であっても、それでもなお、いささかなりともリーディングリストに文学テキストの原文を採り入れる必要があるのは、英語と絡み合う形で育まれる思考力や想像力を重視するからである。そういう能力がなぜ有益で、それはどのように身につけることができるのか。ここでは簡潔に三つのポイントについてだけ述べておくことにしたい。

　文学テキストは典型的なフィクションである。フィクションは架空のことであり、モノや事実に対応しないから無意味である、という向きもある

---

[6] このような学生を対象に、難解な文学作品を教材として行われていたかつての訳読中心の英語教育が、典型的な英語教育の失敗例として今日でも一般に議論されているように思われるが、そうした議論は、現状とはかなりかけ離れていて、大きな時代錯誤がある。

が、少なくともそういう主張は、文学テキストをフィクションと呼ぶ場合にはあてはまらない。私たちは、さまざまな計画を立てたり、あるいは一般に常識とされる見方を離れて思索したりする必要に迫られることがある。そういう仮想現実を構築することは、すなわちフィクション的な発想に親しむことにほかならないからだ。この意味において、文学テキストはそれを読む者に強烈なインパクトを与えうる。例えば、"The only thing that moved upon the vast semicircle of the beach was one small black spot" (Woolf 209) という一文で始まる、それこそ「モノ」("Solid Objects") という題名の短篇小説がある。[7] モノに名前があることに慣れてしまった私たちは、しかし、どう命名すればよいのか分からないような事態やモノに直面することも決して稀ではない。言語は、明示的にモノを説明することもあれば、名前すら与えられていない事象やモノを説明するために用いられることもある。先の一文では、次第に語り手が浜辺に近づき、"The only thing" は二人の紳士であることが判明するのだが、人間の視覚的認識とは、通常私たちがよく言うような「○○と△△が浜辺で議論していた」というような叙述ではなく、このように不確かで、さまざまな予想を惹起するものであることを、この一文はきわめて効果的に気づかせてくれるのではあるまいか。これが文学テキストの効用の第一である。

　人生や社会を新たに構想して行くためには、現実を踏まえつつも、それとは異なる場面設定、特に時間的・空間的に現実を超えた領野に思索を及ぼす必要がある。文学テキストの第二の効用は、こうした思索の機会を、おそらくは最も効率的にパッケージとして提供できるという点にある。日本人が、母語ではない英語で書かれた文学テキストに接して最初に戸惑うのは、場面設定や状況の切り取り方、さらに地理的・歴史的事情が、およそ日本的ではないということへの違和感によるものである。だが、その違和感こそ、国際社会への理解を深める第一歩にほかならない。それならば、地理や歴史を学べばよい、という考えもあろうが、知識としてそれらが伝授されるのではなく、学生が、読者として、テキストと深く絡み合いつつ、

---

[7] この短篇の作者ヴァージニア・ウルフについて、特に学生に説明する必要はここではないし、ペーパーバックで5ページほどではあるものの、作品を通読する必要もない。"The only thing" が二人の紳士であることが判明する冒頭の150語ほどの一段落をゆっくり一時間かけて解説するだけで十分であろう。

個々にこの違和感を体験し、体験することで自らの考えや接し方を模索するプロセスを、文学テキストの読解は保証するものなのである。一つだけ例を示そう。明治期から邦訳でも多くの読者に親しまれている『小公女』という作品に次のような一節がある。

> She turned to the Lascar, feeling glad that she remembered still some of the Hindustani she had learned when she lived with her father. She could make the man understand. She spoke to him in the language he knew.（Burnett 103）

ミンチン先生の学校でいろいろ苦しい目に会う主人公セーラが、ひょんなきっかけから隣家にいたラムダスという青年と話を始める場面である。この場面こそ、セーラの人生が大きく展開する契機となっているわけだが、そういうことは、文学嫌いの学生に説明しても説明しなくてもよい。ただ、上記の英文を含む「ラムダス」の章（ペーパーバックで6ページほど）には、舞台がロンドンであるにもかかわらず、英印関係の歴史を示すきわめて優れた描写が含まれていて、学生が読者としてその一端に触れるだけでも、国際社会への理解に関わる一定の成果を期待できるのではないだろうか。

　もっとも、こうしたことは翻訳でも可能である、という意見もあろう。日本には英語文学について実に多くの優れた翻訳があるし、そもそも例えばシェイクスピア劇を原文で読むには、相当の英語力がなければならない。フィクションを通じて新しい人生や社会を構想する力を養ったり、地理的・歴史的視点を育てたりすることも、翻訳で十分なのではないか——もちろん、ある程度まではそうだ。だが重要なのは、文学テキストを形作っている一つ一つの設定や描写の細部が、日本語的発想とは異なる英語によって構築され、語られたものである、ということであろう。「生きるべきか、死ぬべきか、それが問題だ」と語るシェイクスピアの傑作『ハムレット』の主人公は、そこでは、live や die, あるいは exist というような単語を使わない。そこで使われているのは、基本動詞 be である。また、「〜すべき」という意味を表す助動詞として学習する should も、ハムレットは使っていない。彼が語るのは、これまた英語学習において基本的な to 不定詞なのである（Shakespeare 146）。「ああ、だから英語は難しい！」などとなってしまっ

ては元も子もないので、こうしたことを知識として教える必要はまったくない。もちろん、この台詞の文学的文脈や当時の社会状況などを詳しく説明する必要もないだろう。そういう問いの重要性は、学生個々の関心に応じて、大きくもなり小さくもなる。ただ、英語学習の初めのほうで習うbe動詞やto不定詞の用法にこのような広がりがあること、あたかもモノと単語が一対一対応であるかのように、日本語と英語も一対一対応であると考えることがいかに不十分であるかということ、そしてこのような言い方が実際に劇として世界中で演じられ、日本での英語上演すら珍しくない、といったことを理解しておくことは、英語を使う上で有益である。翻訳の助けを借り、あるいは翻訳と比較しつつも、英語の文学テキストの原文を英語学習に組み込む第三の効用はここにある。

　英語力が必ずしも十分ではない学生にとっても、英語学習に際して、若干の文学テキストを原文で扱うことの意味は大きい。説明文や評論、広告・宣伝といった他の言語表現ジャンルと、そしてまたリスニングやスピーキング、ライティングなど他の言語技能と、バランスを取りながら適切に組み合わせること、そして、作品の全体であれ、一部であれ、英語学習に採用すべき適切な文学テキストを具体的に収集したアンソロジーなどを早急に製作すること——そういう点にこそ、今、専門家による集中的な検討が強く求められている。

📖 文　　献

〈引用文献〉

Burnett, Frances Hodgson. *A Little Princess*. Penguin Classics. London: Penguin, 2002.

Shakespeare, William. *Hamlet: Prince of Denmark*. Ed. Philip Edwards. The New Cambridge Shakespeare. Cambridge: Cambridge UP, 1985.

Woolf, Virginia. "Solid Objects." *The Oxford Book of English Short Stories*. Ed. A. S. Byatt. Oxford: Oxford UP, 1999. 204–9.

〈参考文献〉

Kirszner, Laurie G. and Stephen R. Mandell, eds. *Portable Literature: Reading, Reacting, Writing*. 8th edition. Belmont: Wadsworth, 2012.

Meyer, Michael, ed. *The Compact Bedford Introduction to Literature: Reading, Thinking and Writing*. 10th edition. Boston: Bedford / St. Martin's, 2014.
日本学術会議「学士課程教育における言語・文学分野の参照基準」（2012 年 7 月 14 日実施の日本学術会議公開シンポジウム資料）Web（http://www.scj.go.jp/ja/member/iinkai/daigakusuisin/pdf/s-sympo2.pdf）。
上田勤、行方昭夫『英語の読み方、味わい方』新潮社（新潮選書）、1990 年。

2 文学研究と語学学習
──『ジェイン・エア』のバーサの表象に着目した授業案

斎藤　兆史

1. 序

　明治初期から昭和後期までの 100 年以上の間、英文学は、つねに「イングリッシュ・スタディーズ」として括られる研究・教育の営みの中心にあり、西洋文化の窓口としての読み物にもなれば文学研究の対象ともなってきた。そして何より、英語学習・教育のための主要な教材として機能してきたこと、そして英文科という制度のなかで英語教員養成が行われてきたことは改めて確認しておく必要がある。ところが、1960 年代以降、英語教育学や応用言語学といった、日本における英語教育や日本人の英語習得を中心的な関心事とする学問が登場すると、その学問に従事することになった研究者たちは、昭和中期から盛んになってきた実用英語推進論を追い風とし、70 年代に海外から仕入れたコミュニカティブ・アプローチという指導法を振りかざして、英語教育の変革に乗り出した。そして、それまでの伝統的な英語教育をテーゼとし、それを否定するアンチテーゼとして自らの学理を構築したために、文法・訳読を中心とした教授法を否定すると同時に、その教授法を用いる際に多く用いられてきた文学教材の価値をも否定することになった。面白いことに、応用言語学発祥の地たるイギリスにおいては、応用言語学の下位区分に文体論(stylistics)が存在し、文学を用いた英語教育の有効性を説いてきたにもかかわらず、日本における応用言語学は、本来学理的には別物の英語教育学と連携して英文科的な英語教育と英語教員養成を批判する立場を取ったのである。英語教育学者のなかには、感情論とすら言える次のような浅薄な英文科批判を行う学者もいた。

　　従来型の英語教師は端的に言って大部分は生き残れないであろう。従来型の英語教師というのは英文学科を出て、自分の専門は文学だな

どと言っていて、学問的な論文を書くとなればだれか作家を取り上げて書かなければならないと思っているような人である。
　ここに記したように文学の研究が最高の仕事と考えているような人たちを必要としている所はごく少数の限られた大学だけである。中学校や高等学校では、自分の専門は文学だなどとは言わずに英語を書くことの指導やオーラル・コミュニケーションの指導を喜んでやってくれるような人が求められている。(羽鳥 2002)

　本稿において、私は、文学テクストがもっとも高度な言語構造物であるがゆえに、それを用いない言語教育はあり得ず、日本における英文学研究と英語教育とは本来有機的に関連しているべきものだと考える立場に立つ。その上で、音声としての英語の様態やその実用的な機能に着目する新しい英語教育観をも取り入れ、原作のテクストだけではなく、それを元にした映画なども文学の延長線上に置きつつ、従来とは違った形で文学を用いる英語教育の方法論を提示したい。

2. 2つの英文

　この授業案が対象とする学習者は、大学の学部生である。英語力のきわめて高い学生がそろっている場合には、1年生のクラスでも使用できるかもしれないが、英文読解から文学の手ほどきにつなげるような授業であることを考えると、英文科をはじめ文学系の学部学科の2〜4年生あたりが妥当だろうか。
　正統的な文学講読の授業であれば、最初から作家・作品名を明らかにして、1ページ目からじっくり読み進めるところであろう。しかしながら、授業時間の制約の中でそのような読み方をしていると、結局学期が終わっても作品の途中までしか読み終わらず、英語教材としての文学の悪評を助長することになってしまう。そこで一工夫し、まずは作家・作品名を明かさずに二つの英文を学生に読ませる。どのくらいの時間を与えるかは、その後の活動内容や学生のレベルによって変わってくる。

　　　'All the preface, sir; the tale is yet to come. On waking, a gleam dazzled my eyes; I thought—oh, it is daylight! But I was mistaken; it was only candlelight. Sophie, I supposed, had come in. (. . .) Mr Rochester, this was not Sophie, it was not Leah, it was not Mrs Fairfax: it was not—no, I was sure of it, and am still—it was not even that strange woman, Grace Poole.'

　Turning a corner I saw a girl coming out of her bedroom. She wore a white dress and she was humming to herself. (. . .) She saw nothing but shadows, I took care of that, but she didn't walk to the head of the stairs. She ran. She met another girl and the second girl said, 'Have you seen a ghost?'—'I didn't see anything but I thought I felt something.'—'That is the ghost,' the second one said and they went down the stairs together.
　'Which of these people came to see me, Grace Poole?' I said.

　次に、それぞれの出所がどのようなものかを考えさせる。文体的にいずれも小説であることくらいは想像がつくだろうか。そして誰が誰に対して、どのような状況で語っているかを、テクスト上の語彙を手がかりに考えさせる。もちろん、正解を期待しているわけではない。この課業の目的は、ひとえに学生の注意をテクストに向けることにある。さらに、謎掛けのように、この二つの英文は別々の小説を出典としており、それぞれの出版年には100年以上の開きがあることを伝えてもいいかもしれない。そして、なぜそんなことがあり得るのかと問いかけてみる。いずれの英文にもGrace Pooleという人名が現れるのは、単なる偶然だろうか。それとも、それはどんな作品に現れても不思議でないほどありふれた名前なのだろうか。それとも、出版年こそ異にするものの、その二つの小説には何らかの関係があるのだろうか。
　このあたりで種明かしを兼ね、一番目の英文の出典がシャーロット・ブロンテの『ジェイン・エア』（Charlotte Brontë, *Jane Eyre*, 1847; Chapter 25）、二番目の英文の出典がジーン・リースの『サルガッソーの広い海』（Jean Rhys, *Wide Sargasso Sea*, 1966; Part Three）であることを伝える。二人の作家・作品に関してどれだけ詳しい解説を加えるかは学生の専門や関心によ

るが、あとの活動を考え、『ジェイン・エア』のあらすじ、そこに登場するバーサ(Bertha)なる女性の役回り、そしてリースがバーサの視点から同作の言わば前編を書いたことの意味を簡単に説明しておく。文学批評への導入も行うのであれば、Gilbert and Gubar (1979)が提示するようなフェミニズムの視点、そしてポストコロニアル批評の視点を紹介しておくといいだろう。

3. ソーンフィールド・ホールのモデル

これであとの作業のお膳立ては整ったことになるが、私自身の経験を元にした補足的な講義内容を紹介しておく。

1991年、私は友人の案内でイギリスのピーク・ディストリクト(Peak District)国立公園を訪れ、ハザセッジ(Hathersage)村のノース・リーズ・ホール(North Lees Hall)という屋敷の外観を見る機会を得た。友人の話では、『ジェイン・エア』に出てくるロチェスター氏(Mr Rochester)の邸宅であるソーンフィールド・ホール(Thornfield Hall)のモデルだとのこと。地元で買い求めた絵葉書('Local History Cards', Nos. 439, 608, Gatehouse Prints；次頁図版参照)にも、この村、そして屋敷と『ジェイン・エア』との関連性について次のような記述がある。

> The Hall was built by Robert Eyre, probably about 1410. (...) The Eyre family inhabited the Hall until it passed to the Wright family by marriage (...) Charlotte Brontë stayed at Hathersage Vicarage in 1845, two years before the publication of "Jane Eyre".   It is thought that she derived the name of 'Thornfield Hall', the home of Mr. Rochester in "Jane Eyre", from North Lees, (...)

> Ellen asked Charlotte to stay with her at Hathersage Vicarage that year [1845] to prepare for the return of Henry and his bride from their honeymoon. Undoubtedly Hathersage, the village, its vicarage, needle factory, local school, and the apostles cupboard at Hathersage Hall, became 'Morton', when in the next year 1846, the author began her

◀ ハザセッジ村の絵葉書

North Lees Hall

North Lees Hall stands approximately two miles to the north of Hathersage, surrounded by the magnificent countryside of the Peak District. The Hall was built by Robert Eyre, probably about 1410. The date 1594 which appears above one of the windows is the date of the ornate plaster work. The Eyre family inhabited the Hall until it passed to the Wright family by marriage. From 1830 it was used as a farmhouse, and is a very comfortable guest house. Graves of the Eyre family can be found just outside the east end of Hathersage Church. In 1959 North Lees was in a ruinous condition. The owner, Lieutenant-Colonel Hugh Beach, gave the job of restoration to the architect Gerald Haythornthwaite, and work was completed in 1964. Even the magnificent plaster work of the ceilings was reconstructed with the aid of lantern slides of the original work in the possession of Sheffield Library.

Charlotte Brontë stayed at Hathersage Vicarage in 1845, two years before the publication of "Jane Eyre". It is thought that she derived the name from 'Thornfield', the home of Mr. Rochester in "Jane Eyre", from North Lees. 'Thorn' being a reversal of 'North' and 'field' being the meaning of 'Lees'. Charlotte's description of 'Thornfield Hall' is in part a description of North Lees.

MWF
LOCAL HISTORY CARDS   No. 439   © Gatehouse Prints.

Charlotte Brontë, Jane Eyre & Hathersage

Charlotte Brontë was born at Thornton, Yorkshire, on 21st April, 1816. She was the third daughter in a family of five girls and a boy, and outlived them all. The family moved to Haworth in 1820 when Charlotte was four years of age. Her close friend at school was Ellen Nussey, whose brother Henry became Vicar of Hathersage in 1845. Henry had once proposed to Charlotte but on being refused now had married another. Ellen asked Charlotte to stay with her at Hathersage Vicarage that year to prepare for the return of Henry and his bride from their honeymoon. Undoubtedly Hathersage, the village, its vicarage, needle factory, local school, and the apostles cupboard at Hathersage Hall, became 'Morton', when in the next year, 1846, the author began her most famous work, 'Jane Eyre'.

Eyre was already a famous name in Hathersage and the brasses can still be seen in the church. The local halls of Moorseats and North Lees (where the Eyres lived) can be identified as 'Moor House' and 'Thornfield'. St. John Rivers may have been modelled on Henry Nussey himself, the real Vicar of Hathersage. The book was published in the following year and was an immediate success.

On the 29th June, 1854, in Haworth Church, Charlotte married Arthur Bell Nichols, her father's curate. She became pregnant but suffered from excessive sickness and died on Saturday, 31st March, 1855, at the age of 39.

MWF
LOCAL HISTORY CARDS   No. 608   © Gatehouse Prints.

most famous work, 'Jane Eyre'.

Eyre was already a famous name in Hathersage and the brasses can still be seen in the church. The local halls of Moorseats and North Lees （where the Eyres lived）can be identified as 'Moor House' and 'Thornfield'.

　まとめると、ノース・リーズ・ホールをソーンフィールド・ホールのモデルであると考える根拠としては、第一に『ジェイン・エア』が出版される２年前に作者がハザセッジに滞在していたこと、第二にノース・リーズ・ホールが長らくエア家の持ち主であったこと。エア家は村の名家で、シャーロットはその名前を主人公の姓に選んだ可能性があるというわけである。

　じつはもう一つ、最初の引用文の続きの部分に、二つの屋敷の名前に言葉遊びのような関係性があることが記されている。Thornfield Hall と North Lees Hall の二つの名前を並べて、その関係性を学生に考えさせても面白いだろう。そもそも Thornfield Hall の本来の意味はどのようなものだろうか。Thorn は hawthorn「サンザシ」を指すことも多いから、その木が生い茂る草原の屋敷なのだろうか。この活動だけでも語彙の勉強をさせたことになる。上の最初の引用文の from に続けて、絵葉書は小説中の屋敷名の由来を'"Thorn" being a reversal of "North" and "field" being the meaning of "Lees'"（'lee'は'lea'［草原］の変異形）と説明している。North をひっくり返し（厳密には、th を前に出して n を最後に移動し）、草原を意味する lees を field に変えてくっつけるとロチェスターの屋敷の名前になるという理屈だ。

　ところで、私はノース・リーズ・ホールを見た瞬間、直感的にソーンフィールド・ホールのモデルにしては小さいと感じた。この印象の根拠は何だろうか。原作を読んだときの印象か、それとも『ジェイン・エア』を元にした映画やドラマの映像の影響だろうか。そこで原作を確認してみると、11章に 'fine old hall'、'It was three stories high, of proportions not vast, though considerable; a gentleman's manor-house, not a nobleman's seat' (130) とある。とすると、たしかにノース・リーズ・ホールくらいがちょうどいい大きさのようで、私の頭の中にあった巨大な屋敷は、原作を映画／ドラマ化したものを見たときの印象から形作られたものと考えることもできる。いずれにしても、ここで問題にしたいのは二つの屋敷が合致するかどうかではなく、何らかの印象を出発点とし、そこから原文に帰る読み方もあり得るということであり、以下ではそのような読み方を教育的に用いる方策を提案したい。

4. バーサとはどのような女性なのか

　授業案の中心を成すのは、「屋根裏部屋の狂女」バーサの人物像の確認である。ここでも、文学の授業であれば原作の精読から入るのが正統的な読み方だが、文学教育への橋渡しをも視野に入れた英語教育の授業として、現代だからこそ可能な映像メディアを利用した活動から入ることにする。

　『ジェイン・エア』および『サルガッソーの広い海』を映画／ドラマ化したものの中から、たとえば次のような映像作品を選んでみる。

1. *Jane Eyre*（film, directed by Robert Stevenson, 1943）
2. *Jane Eyre*（TV drama, BBC, 1983）
3. *Wide Sargasso Sea*（film, directed by John Duigan, 1993）
4. *Jane Eyre*（film, directed by Franco Zeffirelli, 1995）
5. *Jane Eyre*（TV drama, BBC, 2006）
6. *Jane Eyre*（film, directed by Cary Joji Fukunaga, 2011）

これをすべて授業で流すのは、時間的に無理であるばかりでなく、著作権上も問題がある。そこで、この中からバーサに関する部分、とくに結婚式の執行がバーサの兄（Richard Mason）とその弁護士に差し止められた直後、ロチェスターがその二人と牧師、ジェインを連れて自宅に向かい、バーサの姿を一行の前にさらす場面を見ることにする。それぞれの映像作品のうち、5分くらいを取り出すことになる。

　1は古いモノクロ映画。『第三の男』や『市民ケーン』でおなじみの名優オーソン・ウェルズ（Orson Wells）扮するロチェスターが自宅に戻って大きな幕を開けると、そこに秘密のドアが現れる。そして、ドアを開けた瞬間にバーサがロチェスターの首元に飛びかかっていく。カメラの位置が部屋の内部に切り替わるためにバーサの顔は見えないが、髪は乱れ、まさに「狂女」のイメージである。2のバーサは、最初は壁のほうを向いているが、ティモシー・ダルトン（Timothy Dalton）扮するロチェスターがグレイス・プールに話しかけている間に大口を開いて彼に飛びかかっていく。3の『サルガッソーの広い海』にはこれに相当する場面がないので、『ジェイン・エア』と筋が重なっている部分を映像化したエンディングの部分を見せる。本作では主人公となるバーサは、その理路整然とした内的独白の声がナレーションとして響く中、屋敷（これがとてつもない大邸宅）に火を放ち、その屋上で舞い踊る。クレオール的な雰囲気の、目鼻立ちのはっきりした美人である。4のバーサは、白い夜着をまとい、怯えたように震えている。そして、ロチェスターがリチャード・メイソンを責め立てているとき、その内容を理解したかのように顔色を変え、火のついた薪か炭を振りかざしてロチェスターに殴り掛かる。この作品から10年以上後に製作された5のドラマになると、バーサは妖艶な美女になっている。最初はあやしい笑みを浮かべているが、豹変してロチェスターに殴り掛かり、グレイス・プールになだめられながら泣き叫ぶ。6が現段階での最新の映画化作品。バーサは髪をばさばさにした小柄な美人で、最初はロチェスターの胸元に寄り添うものの、ジェインに唾をはきかけ、それから豹変してロチェスターに殴り掛かるが、すぐに取り押さえられる。面白いことに、3の映画の前後でバーサの外見ががらりと変わる。一体どれが原作のバーサに一番近いのだろうか。

　ここではじめて原文を読む。原作の26章を見ると、当該個所は次のよ

うになっている。

> The maniac bellowed: she parted her shaggy locks from her visage, and gazed wildly at her visitors. I recognized well that purple face—those bloated features. (...) the lunatic sprang and grappled [Mr Rochester's] throat viciously, and laid her teeth to his cheek: they struggled. She was a big woman, in stature almost equalling her husband, and corpulent besides: (...) The operation was performed amidst the fiercest yells and the most convulsive plunges. (321–22)

1文目に bellowed とあるから、バーサはかなり大声で叫んでいることになる。目つきも尋常ではない。特徴的なのは purple という形容詞で、クレオール女性の顔色を表現しているとも考えられるが、直後に bloated とあるから、精神疾患を抱えながらずっと屋根裏部屋で暮らしているために罹患するような病気を表現したものかもしれない。その直後で、バーサはロチェスターの首元に飛びついて頬に噛み付くとある。なかなか取り押さえることができないのは、彼女が big woman だからであろう。最新の映画の映像とは大違いである。The operation というのは、上では省略した部分に描かれている「処置」で、バーサを取り押さえて椅子に縛り付ける行為を指している。縛り付けられている間も、彼女はずっと大声で叫びながら抵抗しているのだ。そう考えると、イメージとしては、初期の映像作品のほうがどちらかというと原作に忠実であることが分かる。どうやら20世紀後期のフェミニズムやポストコロニアル批評の影響により、バーサの表象に変化が生じたと考えられる。

5. 復習

このような授業案によって何が達成されるかを考えながら、もう一度本稿の議論を振り返ってみよう。

この授業は、まずさまざまな謎掛けをしながら、その答えをテクストの中に探る作業を課すことで、学生に文学のテクストを精読させることを主眼としたものである。その課業を通じ、当然ながら語彙力の育成も図るこ

とができるし、今回の教案には盛り込まなかったものの、映像教材を用いる部分で聴解力を鍛える活動もあり得る。いずれにしても、この授業の中で、学生はまず英語の勉強をすることになる。さらには、英語学習の延長線上に文学入門を見据えている。英語学習か文学研究かの二項対立ではなく、文学作品を用いて英語を勉強する上で、必然的にその作品の文学的な解釈をすることになる。さらには、フェミニズムやポストコロニアル批評などの導入も試みた。当然ながら、授業の眼目によって重点の置き所や活動が変わってくるが、英語学習と文学研究を明確に分けないところが重要な点である。

　英文学者の多くが大学の英語教師でもあることを考えると、正統的な英文学研究を充実させるためにも、英文学者が社会的に受容の大きい英語の教育に積極的に関わっていくことがこれからの英文学研究者の重要な課題となっている。さまざまな工夫を凝らしながら文学教材を用いて英語教育を行うことによって文学の英語に親しむ読者を増やすことが、とかく実用コミュニケーション主義に流れがちな日本の英語教育の軌道を修正し、同時に英文学研究を活性化させることにつながる道であると確信する。

　　＊本章の授業案は2012年10月13日、大東文化大学において開催された日本ブロンテ協会2012年度大会における講演「ブロンテ作品を用いた英語・英文学教育──バーサの表象に着目した授業案」において発表したものである。

文　献

Gilbert, Sandra M., and Susan Gubar. *The Madwoman in the Attic: the Woman Writer and the Nineteenth-Century Literary Imagination*. New Haven and London: Yale UP, 1979.
羽鳥博愛「生き残るか、英語教師」『英語教育』5月号別冊（2002）：51.

3 英文学的英会話教室
──『キャッチャー・イン・ザ・ライ』の場合

小林　久美子

1. スズメの学校

　英語を母語としない教員のもとに、やはり英語の運用能力に不安を抱えた若者たちが身を寄せ合い、英語で文学作品について語り合うのは、文学的にも、英会話的にも、負けが決まっている営為である。高度な言語能力を要する批評理論と歴史的知識は持ちこみ不可。つたない英会話力と、その英会話力で辛うじてやりくりできるテキスト内の単純な英語表現。この二つのかぎられた条件のなかでどのくらい作品の勘所に迫れるか。

　本節では、この試みの実践例として、『キャッチャー・イン・ザ・ライ』について英語で語り合う授業を想定する。本作を選んだのは、筆者の専門とするアメリカ文学において、一般に若者向けと目されるテキストの代表格だからという、ごく単純な理由によるものだ。受講生の大半が、ほとんどアメリカ文学を読んだことのない場合、アンソロジーの常連であるような主要作品を取り上げるのが、教師としての筋だと個人的には思っている。よって、ほぼすべての文学系の担当科目が初学者対象である筆者は、テキスト選定に頭を悩ませることはほとんどない。

　言語能力においても、文学的知識においても制約だらけの本授業で大切なのは、どういうテキストを選ぶか、というよりも、テキストのどういう側面に焦点をあてるかということだ。それさえ念頭に置いて授業を組み立てれば、おおかたの代表的アメリカ文学作品はテキストとして問題なく機能するはずだし、また、自分の首を絞めるようなことを言うと、機能するような側面を何としてでも見いだすことこそが、文学教師としての責務だと考える。

　〈ちぃちぃぱっぱ〉となりがちな英文学的英会話教室では、テキストにしか寄りどころはない、という徒手空拳の態度で授業にのぞむことが教員に

は要求される。これは、テキストを指でぽつぽつとたどるように読むという、作品解釈においてごく当たり前の行為に立ち返らざるをえない状況に、学生たちを道連れにすることを意味する。スズメの学校の内実は、あんがい純朴な文学教室なのだ。

2. チャート式英文学

　文学作品について英語で語り合うという授業が、「英語科目」として全学部生向けに開講される場合、受講生の多くが文学系の授業は初めてということがままある。おそらく今後増加の一途をたどるであろうこの状況で、いきなりディスカッションを行うのは不可能なので、初回授業のみは教員主導で、とにかくわかりやすく分析する。「とにかくわかりやすく」というのは、『キャッチャー』の場合、冒頭部のディケンズ作品への言及のような、テキスト外の知識を要する事項には触れず、文章そのものに目を向けてもらうようにいざなうことだ。

　具体的には、"If you really want to hear about it"とホールデンはいきなり語り出すが、itの指示するところは何か、と尋ねるのである。入試問題でもおなじみの質問形式なので、それまでぼんやりとしていた受講生たちはいっせいに「勉強モード」になってテキストに向きあう。これは「正解」があると信じてテキストを眺める行為であるため、文学鑑賞にはそぐわないものだが、とりあえず「字面をたどる」姿勢を養うきっかけとしては有用だと思う。じつのところ、itの指示対象が本文中に明示されることはない。だが受講生たちは、クリスマスあたりに主人公が体験したこと、と答える傾向が強い。これは完全なまちがいではないので、何行目から読み取れたか、と訊く。13行目、という返事を得たら、つぎの大きな質問にうつる。

　「それって、1行目からずいぶん離れているけれど、どうして10行以上あとになってようやくわかるんだろう？」と尋ねる。おそらく、解答の声はあがらないので、質問の角度を変える――それこそ、この物語は13行目にあるように、「これから自分はクリスマス前後に体験したことを語ります」と始めたほうが、出だしとしてスムーズなのではないか？ わかりやすさを追求するならば、いっそのこと第2段落からスタートするべきだった

のではないか？　なぜ、いちばん出だしらしい出だし――「ぼくがペンシー・プレップスクールをあとにした日のことから話を始めよう」(4)――を第2段落ではなく、作品冒頭に置かなかったのか？　けっきょく第1段落にはいったい何が書かれているのか？　最後の質問は、単純な要約作業を求めるだけなので、何らかの反応はあるはずだ。黒板を用いて、学生の挙げたことを箇条書きにすると、本段落は、主人公の好き嫌いがひたすら開陳される場であることが判明する。そこで、彼の好き嫌いを○×方式の単純な表にする。第1段落の終わりで、ホールデンは○×それぞれにあてはまる項目(「秘密の金魚」と「ハリウッド」)を立て続けに挙げるが、どちらも担い手が主人公の兄 D. B. であることに注意を促して、とりあえずお兄さんは真ん中だね、と言いつつ、表の仕切り線の下に「D. B.」と書く。(図1参照)

図1　Holden's Like(s) and Dislikes

○	×
"The Secret Goldfish"	David Copperfield autobiography Hollywood

D. B.

　このように本授業では、「文学は明文化も数量化もできない事象を取り扱う」という金科玉条に背を向けることで幕を開ける。「とにかく英語が話したい」学生に対して、「それでもやはりテキストそのものに目を向けてほしい」と願う文学教師が歩み寄りの方策として提示するのが、単純な表による可視化作業である。

3. マッピング

　最初に「図示」という分析法を紹介することによって、受講生たちはその後の授業においても○×方式を自主的に用いるようになる。その結果、「フォニーか否か」という有名なホールデン流仕分けシステムを、受講生はすんなりと受け入れることができるし、そのぶん、このシステムがうまく

作動しない場合に着目する余裕が生まれる。たとえば、図示によって、われわれは strictly という表現に敏感になる。"Strictly for the birds" (4), "Strictly a phony" (96), "Strictly Ivy League" (141), "strictly lousy" (157) といった、いかにもホールデン的な wisecrack で評された対象は、彼のシステムにおいて、ゆるぎなく「×」としての地位を確立したことがわかる。

対してわれわれの頭を悩ませるのが、strictly ではくくれない存在である。とくに問題となるのが、ホールデンが宿泊先で呼び寄せた売春婦サニーである。彼女は本篇の中盤近くで登場するが、ここまで読書が進むと、われわれは、ホールデンのシステムにおいて、夭折した弟のアリーといった追憶内の存在以外は、たいてい「×」枠に組みこまれることに気づいている。だが、売春婦という自身の立場に対して、ぎこちなさとひらきなおりの両方を示す年若いサニーを前にして、ホールデンは困惑するばかりだ。

> She was a pretty spooky kid. Even with that little bitty voice she had, she could sort of scare you a little bit. If she'd been a big old prostitute, with a lot of makeup on her face and all, she wouldn't have been half as spooky. (109)

下線にあるように、娼婦の枠組みに strictly にあてはまる女は big, old, a lot of といった、明確な量や度合いを示す形容句をまとっているのに対して、サニーにまつわる形容句には pretty, little bit, sort of という、微妙な匙加減を表す言葉ばかりが選択されている。得体の知れない spooky なサニーを目の当たりにして、ホールデン流の○×方式は機能不全に陥る。

サニーのように収まりの悪いキャラクターを、いかに図示するか。ひとつの例として挙げられるのが、図2である。英語表現も含めて、この図には修正すべき点がいくつかあるだろう。たとえば D. B. のポジションはアリーほど確立していないため、phony 側に少し寄せたほうがよいのでは、という指摘もできる。こうした注文に柔軟に対応できるのが、この図の強みである。サニー、D. B., そしてホールデン自身といった、ポジショニングが不安定な人物たちの可動域を、矢印や疑問符で示すことができるからだ。こうしてわれわれは、彼らのアイデンティティの微妙な揺れ動きを、おはじきをスライドさせる感覚で想起することが可能になる。

図2　Holden's Mind Map

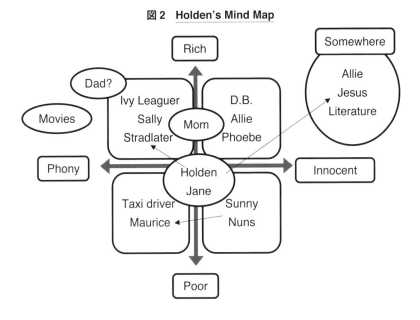

　この図を眺めてあらためて気づくのは、本作の主人公が取り組んでいるのは、ダイヤルをひねって少しずつ光量や音量を調節するような、〇×方式よりも繊細な感覚を要する認識法でもって、自身と周囲の立ち位置をつねに見定めようとしていることだ。じっさい、テキストには微妙な濃淡を示す表現に満ちている——"Very brassy, but not good brassy" (77)、"just very nice and easy, not corny" (81)、"I'm just partly yellow and partly the type that doesn't give much of a damn if they lose their gloves" (100)。ホールデンは無変化を理想の状態と捉える人間に一見思われるし、みずから「ある種のものごとって、ずっと同じままのかたちであるべきなんだよ」と述べてもいる (136)。だが彼は、大人になることはもってのほかだとしても、変化することについては、単純な拒絶反応を示すわけではない。彼の自然博物館についての意見を見てみよう。

　　でもね、この博物館のいちばんいいところは、なんといってもみんな〔＝展示物〕がそこにじっと留まっているということだ。誰も動こうとはしない。〔中略〕みんなこれっぽっちも違わないんだ。ただひとつ違っ

ているのは君だ。いや、君がそのぶん歳をとってしまったとか、そういうことじゃないよ。それとはちょっと違うんだ。ただ君は違っている、それだけのこと。(135　上点原文)

　引用部の締めくくりが原文では、"Not that you'd be so much older or anything. It wouldn't be that, exactly. You'd be different, that's all."となっているが、ホールデンは、部分否定を駆使することによって、old と different を慎重に区別する。双方とも時の経過に関わるものだが、old が「人生」という大きなスパンにおける変化を示すのに対して、different はわれわれが日々味わう、微細な変化である。博物館に来るたびに「違った感じがする」というのは、「歳をとる」といった年単位では掬いきれない、刻々と変わる時間のプリズムを肌で感じ取ることなのだ。

　こうしたデリケートな変化に対するホールデンの態度は、やはり部分否定で記述されている——"It didn't exactly depress me to think about it, but it didn't make me feel gay as hell either" (135)。「ずっと同じままでいる」は○で、「歳をとる」が×であるならば、「違っている」は両極のはざまにあり、ホールデンは、それについて落ちこむことも、ことほぐこともできないでいる。マッピングの思考法を教室内で共有しておけば、ニュアンスに富んだ語彙を駆使せずとも、「変わること」をめぐるホールデンの微妙な揺れ動きを受講生たちは理解することができるのだ。

4.　程度表現

　作品の山場にかんする共通理解をどのくらい深めうるかというのが、文学教室の成否を決める。『キャッチャー』に即していえば、小説終盤のホールデンとフィービーの対面シーン群をどう解釈するかということにかかっているわけだが、英文学的英会話教室においては、引き続き、図で理解できそうなところを地道に拾っていくしかない。

　ホールデンは、自身の認識野において、フィービーをどう位置づけているのだろうか。アリーと違い現在に属し、かつ D. B. のように大人になっていないフィービーに関するホールデンの評言は、安定感を欠いている。"She's very affectionate. I mean she's quite affectionate, for a child. Sometimes she's even *too* affectionate"（176　斜字体原文）. 下線にあるように、affectionate という形容詞を軸とし、そこに度合いを示す副詞を矢継ぎばやにとっかえひっかえすることで、ホールデンは自分の妹を刻々と変化する存在として認識していることを示す。それは十歳というフィービーの年齢に対する表現からも明らかだ。"She's ten now, and not such a tiny little kid any more, but she still kills everybody"（77）。われわれは、kid に重ねられたおびただしいまでの修飾句に注目する。フィービーは kid に属するものの、幼さのスペクトラムにおいては、マイナスのほうに移行しつつあることを、ホールデンは感じ取っている。フィービーは、ホールデンが理想とする、あのライ麦畑での野球遊びに加わるには大きすぎるのだ——"I keep picturing all these little kids playing some game in this big field rye and all. Thousands of little kids, and nobody's around—nobody big, I mean—except me"（191）。

　彼はクリスマス・シーズンでごった返す五番街を一人でそぞろ歩きしながら、フィービーが横にいてくれればと願うのだが、やはりここでも彼女の子どもらしさは慎重に形容されている。"I wished old Phoebe was around. She's not little enough any more to go stark staring mad in the toy department, but she enjoys horsing around and looking at the people"（217）。フィービーは、野球遊びに夢中になって崖から落ちてしまうような小さな子どもではない。ちょうどホールデンの好きなことが、「フィービーとおしゃべりをして、ちょっとふざけること」（"just chewing the fat and horsing [around with Phoebe]"）であるのと同様に（189）、彼は妹もまた、自分のことだけに夢中になるのではなく、「雑踏にまぎれてふざけながら周囲を眺めること」を楽しむ段階に入っていることに気づいている。つまりフィービーは、自分や周囲の人間が世界のなかでどのような位置にいるか、という問題にことのほか鋭敏な反応を示す、あの「思春期」と呼ばれる特別な年代にさしかかっていることを、ホールデンはさとっているのだ。

　こうしてフィービーの幼さの度合いを見計らってきたわれわれが、クライマックスの回転木馬の場面においてもっとも反応するのは、とうぜん、"I'm too big."というフィービーの一言だ（231）。兄から回転木馬に乗るように勧められたときに、フィービーがぽつりと漏らしたこの言葉には、自分が「幼児」という枠組みにおさまる存在ではないことへの自覚がこめら

れている。回転木馬に乗っている子どもたちを、"mostly very little kids"と形容するホールデンは、フィービーの一言に内心は同意しているはずだが、「そんなことないよ」と否定し、「ほら、チケットを買っておいで」と言って代金をわたす (232)。いかにも保護者然としたこの仕草は、ホールデンが身銭を切っていることを示すわけではまったくなく、フィービーの貯金を渡しているにすぎない、とんだ茶番である。

　幼児たちにまぎれて乗り物を楽しもうとする少女と、いっさいの自活能力がないのに保護者のふるまいをしてみせる少年。本作の山場においてわれわれの心を打つのは、大きすぎる少女と、幼すぎる少年が、自身の「そぐわなさ」をそれぞれ自覚的に引き受けようとする姿勢である。大人ぶるのも、幼なぶるのも、覚悟を決めて演じなくてはならない——思春期特有の責任感によって結ばれるこの兄妹の姿に、われわれは、本作がかたくなに拒んできたかに思える成熟のきざしをたしかに目撃したような感じがして、新鮮な驚きに打たれるのだ。

5. 語りの音量

　本教室内でこうした読みに至ったことについて、おそらくもっとも驚いたのが、担当教員の筆者だろう。最初に述べたとおり、作品解釈に取り組んだ経験がほぼ皆無の若者たちが集う英文学的英会話教室では、テキスト内のわかりやすい箇所に目を向けることを旨としている。当初筆者は、全体的な議論の焦点は、ホールデンの語りがもっとも声高になる箇所に向けられるだろうと予測していた。つまり、「成長」という現象に対するホールデンの飽くなき痛罵、そうすることでみずからを追い込む彼の強迫観念的な側面に論点が帰着すると思っていたのだ。しかし、議論を重ねるごとに浮き彫りになったのは、そんな反成長を標榜する語り手が、ふとした瞬間に、いつもよりずっと抑えたトーンで「変化」についてぽつりと語る姿だった。

　時間の不可逆性を、心情ではなく皮膚レベルにおいて感知するという、いかにも成長のただ中にある者特有の、現場感覚に満ちた時間認識。これは、「死にとりつかれ、イノセンスを固守し、社会に対して背を向ける少年」という従来のホールデン像と相容れないものではない。たんに語る声

のボリュームが違うだけだ。回転木馬のフィービーのひと言にもあるように、本作において、時の流れと向き合う言葉は、いつも小さな声で語られる。本教室の受講生たちが、トーンダウンしたホールデンとフィービーの「変化」にまつわる語りに耳を傾けることができたのは、この兄妹とそう年が離れていないからだろうし、また、「程度表現の図示」という分析法を授業内で積み重ねてきた結果、語り手の声の大小に敏感になったことも起因していると思う。

「英語によるディスカッション」を看板とする本教室では、たどたどしい英語と、それをおぎなういくつもの図によって解釈のかけらを差し出すという地味な作業が続く。時流に沿った授業形態にもかかわらず、スマートさに欠ける教室となったのは、文学解釈という作業が本質的に内包する「愚直さ」と、英語学習者のけなげできまじめな特質が、相互作用を及ぼした結果だと思われる。

*図2は筆者の授業の元受講者・三澤晃人さんによるものである。掲載のご快諾に心より感謝します。

文　献

〈引用文献〉

Salinger, J. D. *The Catcher in the Rye*. 1945. New York: Little, Brown, 2014.（『キャッチャー・イン・ザ・ライ』村上春樹訳、白水社、2003年）

〈参考文献〉

Curzan, Anne, and Lisa Damour. *First Day to Final Grade: A Graduate Student's Guide to Teaching*. 3rd Edition. Ann Arbor: U of Michigan P, 2011.
竹内康浩『「ライ麦畑でつかまえて」についてもう何も言いたくない』荒地出版社、1998年。
村上春樹、柴田元幸『翻訳夜話2　サリンジャー戦記』文藝春秋（文春新書）、2003年。

4 英語と生命力
―― 英詩が教える(かもしれない)言葉の運動感覚

阿部　公彦

　学生の英作文を読んでいたら目眩がした、頭が痛くなったといった経験をお持ちの教員は少なくないだろう。いかに英語を書く力を身につけさせるかは、英語教育の中でももっともハードルの高い課題で、そう簡単に答が出るものではない。従来の作文指導書とは別に、パラグラフ・ライティングなどフォーマットに注目した良い教科書も最近は出てきてはいるが、まだまだ道は険しいと言える。おそらく「教室の英語」の最終到達点はきちんとした英語を書ける学生を育てることにあるのだが、一足飛びにこの目標に飛びつくことにはやや無理がある。

　本稿では、難易度の高い「英語を書く」という課題を視野に入れつつも、「英文学で」という観点から第一歩を踏み出す際にまず何ができるかということを考えてみたい。英語がうまく書けない理由はさまざまである。英作文の授業ではしばしば単語のスペリングから始まって、単語の組み合わせ、呼応関係、構文、冠詞の用法などいわゆる「逸脱事例」が徹底的に添削される。時間の制約もあり、教室の作文指導がこうした"間違い直し"に終始することも多い。

　しかし、私たちが自分で文章を書くときのことを想像すればわかるように、文章というものは間違いをつぶしていけば自然と完成するようなものではない。というより、間違いさえ直してやれば指導になるという考え方には根本的に欠陥がある。マイナスだけではなく、プラスが必要なのである。添削や推敲はもちろん大事だが、その前に、そもそもモノがなければ始まらない。ここで言うモノとは「内容」という意味ではなく、文章が展開していくための生命の力のようなものである。文章は生き物である。形だけ整えてもそこには決して生命は宿らない。私たちが「文章が読める」とか「わかりやすい」と感じるときには、どこかでこの生命の力に発したノリのようなものが働いているのだ。したがって、英文を書く際の第一の

目標は、書き手の持っている動的な力を文章へと流し込むという点に設定すべきではないかと私は思っている。

あまりに壮大な目標に聞こえるだろうか。たしかに「動的な力を文章へと流し込む」などというとやたらと神秘的に響く。はっきり言って、いかがわしいと思う人もいるだろう。しかし、これは英作文だけではなく、いわゆる「英会話」の技術とも大いにかかわるポイントなのである。英語で話しているときに相手とうまく意思疎通ができずにもどかしい思いがするのは、単語がわからないとか構文が作れないといったことだけでなく（それなら学校である程度やってきたはずだ）、こちらの意図の方向や感情のニュアンスをうまく運動感覚／ノリを伴った言葉へと展開できないことに原因がある。だからこそ、うまくいかない人が「知識はあるのになぜ？」と思う。むろんここで学校教育を「知育偏重だ」と批判しても仕方がない。

こうした問題が起きるのは、英語には英語なりの運動感覚の表出の作法があるということを私たちが十分に自覚していないからである。端的に言えば、書き言葉でも話し言葉でも、英語と日本語ではリズムの生まれ方が異なる。その違いは韻律法（prosody）や、調子（cadence）の違いなどとしても記述されうるだろうが、英語学習の観点からは、そうした抽象的な記述よりもまずは実際に学習者に異なるリズムを体験してもらうことが大事になる。そのことを通して、英語には日本語とは異なる固有のリズムがあるということを感じ取ってもらい、さらには書き手や話し手によってリズムの作られ方も違うのだといったことを、「なるほど」という思いとともに知ってもらいたい。そうした体験を通し、「あなたもまた自分なりのリズム＝生命力の担い手とならねばならないのだ。ことばを扱うとはそういうことなのだ」というメッセージを伝えたいのである。もちろん、日本語が母語の人であれば、まずは日本語のリズムや運動感覚に自覚的になることから始めてもらうのもいいだろう。いずれにしても、こうした体験のために文学作品がうってつけなのは明白である。問題はそのやり方である。

1. 2つ読む

教室で言葉の運動を体験してもらうにはどうしたらいいか。筆者がこうした場合に最適だと思っているのは、明瞭な対照性をもったテクストを比

べて読む、という方法である。時代が近く、内容的にも共通点がある、しかし、文章のノリが違うもの。とくに具体的な言葉の扱いの違いとして可視化できるような対照性があれば都合がいい。たとえば、オースティンとシャーロット・ブロンテ、ヘンリー・ジェイムズとジョージ・エリオットといった例は教科書でもよくとりあげられるコンビだろう。あるいは同じ作家の別の作品を使うのもいい。『灯台へ』と『ダロウェイ夫人』とか。W.B.イエイツの前・中・後期の作品を比べるのもいい。こうした例の中でも筆者がとりわけ便利だと思っているのは、ワーズワスとコールリッジの組み合わせである。

　ご存じのように二人はロマン派を代表する詩人である。ロマン主義の代名詞ともなった『抒情民謡集』を共同で出版し、一時は盟友として新しい詩の潮流の誕生に大きな役割を果たした。英文学史上、もっとも有名なコンビだと言ってもいい。しかし、残された肖像画にも如実にあらわれているように、見かけからして二人には対照的なところがあった。ワーズワスは狐顔で、意志は強そうだがすごく神経質で融通がきかなさそうにも見える。対してコールリッジはいかにも人なつっこそうな狸顔で、くりくりした眼が聡明な輝きを放つが、ワーズワスのような意志の強さ、屈強さは持ち合わせていないように見える。

　こんな対照的な二人だから当然かもしれないが、作品中での言葉の扱い方にも興味深い違いがある。表向きそれは文体や「見せ方」の違いと見えるかもしれないが、根本のところでそうした違いは二人の生理的なもの、生命力や運動感覚の違いのようなものにまでつながっている。そのあたりを突き詰めていくと、詩の理念や宗教観・世界観ともかかわってくる。相当な勉強をこなさないと理解できない領域だ。しかし、英詩などほとんど読んだことがないという学生にあまりたくさんの知識を押しつけても消化不良になるだけなので背景知識の補充はなるべく最低限ですませ、思い切ってポイントをしぼった上で、かつヒントを出し、こちらの読み取らせたい方向へと学生の視点を誘導するというようなやり方をとってもいいのではないかと思う。

2. 最強コンビ、ワーズワスとコールリッジ

　たとえばワーズワスの「不滅のオード」とコールリッジの「真夜中の霜」はこうした話題のためにはちょうどいい作品である。「不滅のオード」はワーズワスの抒情詩の中でも最高傑作と言われるものの一つで、それだけ読むのもたいへんだし、とくに後半は構文をきちんととるだけでも困難に直面する学生が多い。学生だけでなく、こちらもちゃんと予習をしていかないと「あれ？　なんだっけ？」と思うような複雑な構文が、後半の盛り上がり所にはけっこうある。学生が上級者であれば、そのあたりに注目するのもおもしろいのだが、ここでは英詩を読み慣れていない参加者を相手にするという設定で話を進める。

　「不滅のオード」は語り手が一種の鬱状態から出発する作品である。どうも心が晴れない、昔はおもしろいと思えたものがちっともおもしろくない、世界からなぜか輝きが失われてしまったということが、静かな嘆きとともに語られる。第一スタンザはこんな具合である。

> THERE was a time when meadow, grove, and stream,
> 　　The earth, and every common sight,
> 　　　　To me did seem
> 　　Apparell'd in celestial light,
> The glory and the freshness of a dream.
> It is not now as it hath been of yore;—
> 　　　Turn wheresoe'er I may,
> 　　　　By night or day,
> The things which I have seen I now can see no more.

　これぐらいの構文なら何となく自力で読み解けるかもしれない、というレベルだろう。読み解けなければこちらで訳を示してもいい。そして、いちおう何が主語で、動詞で ... ということがわかったところで、次のような問いを立てたい。

　①構文をとるのにちょっと苦労すると思いますが、それはなぜですか？ どこかいびつなところがあるせいですか？

この問いに対し、どんな反応があるだろう。参加者にあげてもらいたいと私が考えているのは、次のような点である。たとえば "when meadow, grove, and stream, / The earth, and every common sight," という when 節の主部がやや頭でっかちになっていて、主動詞が出てくるまでにかなりの間があるということ、だから主語・動詞という関係がスムーズに目の前にあらわれてこないといったことである。あるいはそもそもこの詩では何が問題になっているのかがはっきりしないということ。抒情詩なのだから、「私はこう感じてるぞ！」ということをさっさと表明してくれてもよさそうなのに、「私」に言及する "I" や "me" が出てくるのが文の後のほうになっており、そのため、肝心の「私の感情」がいったいどういう方向を向いているのかがわかりにくい。とっつきにくいのはそのためだ。．．．と、こんなことに参加者の目を向けさせたい。
　何とかそうしたことに参加者が気づいたら、こんどは次のような問いを立てたい。
　②では、そうしたいびつさ、わかりにくさのおかげで、詩の中ではどのようなことが起きていますか？　その効果は何ですか？
　①の問いに対しては、「いったい何を答えたらいいのか皆目見当がつかない、ちんぷんかんぷんだ」という人もいるかもしれない。そもそも「わかりにくさ」に注目して言語化するという作業に慣れていない人もいるだろう。ある程度こちらの補助が必要になるし、個人差もある。これに対し、②の問いは、問いの水準そのものはやさしくはないかもしれないが、何を問題にしているかは明確だ。したがって、それぞれの想像力や創意を存分に発揮できるのではないかと思う。もちろん私のほうでも模範解答は用意しておく。前半の「主部が長く頭でっかちだ」という点に関しては、こうした構文を通して主体である「私」が、客体であり対象である「自然」に負け、かつ圧迫されているという感覚が表現されている、といった見方を用意しておく。そもそもこの詩では自然と私との間の離齬が話題になっており、自然を見てもうまく中に入っていけない私の疎外感が強調されている。ややいびつでバランスの悪い構文はまさにそうした私の圧迫感や疎外感を表すのだという解釈である。
　肝心の「私」がなかなか出てこないという点も、この方向で解釈することができる。「不滅のオード」という作品はたしかに抒情詩だが、何よりそ

れは「自然と接しても以前のように感動できなくなった、何も感じられなくなった」という地点から始まる詩なのである。つまりこれは感情の喪失と抒情の危機を謳った作品なのである。そういう意味では「抒情する私」が後のほうに追いやられて圧迫されているような構文は、まさに詩の内容とぴたりとはまる。

　こうした解釈をいきなり学生に求めるのは難しいだろうが、若い学生は意外に柔軟なので、少しずつヒントを出したり、あるいはこういう着眼点があるのだ、ということを示すと驚くほど鋭い見方を提示してくる。解釈そのものより、こういう形でことばの運動感覚を読み取る視点がありうるということを、まずは体験してもらいたいのである。

3. 二人の生理をわけるもの

　では、「真夜中の霜」はどうだろう。これはコールリッジの「会話詩」と呼ばれる一連の詩の一部で、暖炉脇の揺り籠ですやすや寝息を立てている幼子に触発され、語り手がいろいろと想像をめぐらすという作品である。

> The Frost performs its secret ministry,
> Unhelped by any wind. The owlet's cry
> Came loud—and hark, again! loud as before.
> The inmates of my cottage, all at rest,
> Have left me to that solitude, which suits
> Abstruser musings: save that at my side
> My cradled infant slumbers peacefully.
> 'Tis calm indeed! so calm, that it disturbs
> And vexes meditation with its strange
> And extreme silentness. Sea, hill, and wood,
> This populous village! Sea, and hill, and wood,
> With all the numberless goings-on of life,
> Inaudible as dreams!

先ほどの「不滅のオード」と同じように①、②という形で問いを立ててい

く。まず①だが、この作品はかなり構文がシンプルなので、「いびつさは？」という問いではかえってうまく反応が出ないかもしれない。その場合は、**①この語り手特有の話の進め方は？** といった問いに変えてもいい。そうすると見えてくるのは、"The owlet's cry / Came loud—and hark, again! loud as before."とか、"... which suits / Abstruser musings: save that at my side / My cradled infant slumbers peacefully.", あるいは " 'Tis calm indeed! so calm, that it disturbs / And vexes meditation with its strange / And extreme silentness."といった箇所に共通する特徴である。それは今にも話が終わったと思えるところで、やや唐突に新しい音が割りこんできたり、視界に何かが現れたり、思考が発生したりするということである。終わりかけた運動が、ふとしたことから再び動き出す、その過程でより細かいもの、小さいものに焦点があてられる、という形になっている。

では**②その効果は？** 通して読むとよりはっきりとわかるのだが、この詩の語り手に特徴的なのは、気まぐれな着想を元に話をどんどん展開させるという傾向である。自分の力で強引に言葉を展開するよりも、外から来る力にやや受け身的に身をさらし、風に吹かれるかのようになすがままにされることでむしろ想像の間口を広げていく。まさにコールリッジ的な詩法につながるやり方だ。と同時に、そんなふうな頭の使い方、ことばの操り方をする人もいそうに思えてくる。英語という言語には、そうしたリズムや展開のパターンが選択肢として内在しているのかといったことにも思いが及ぶ。

おもしろいのは、こうしてみると「不滅のオード」も「真夜中の霜」も、どちらも「弱い語り手」が語る抒情詩になっているということだ。そういう意味では二人の詩人は対照的どころか、似た者同士にも見えてくる。さすが英文学史を代表する名コンビだけのことはある。しかし、それだけだろうか。たしかにワーズワスは自然からの疎外感に悩まされ、それゆえ、ほとんど鬱状態に陥っている。だが、考えてみれば、ワーズワスがそのような「憂鬱」に陥るのは、そもそも自然と一体化し支配しないと気が済まないという強烈なエゴがあるからである。だからこそ、あのように「私」が後ろに退くことにことさら焦点があてられ、構文的にもそれが一大事として、露骨な「いびつさ」とともに表現される。そういう意味ではワーズワスの文は、「弱った語り手」を描き出してはいても、決して弱くもやさし

くもない。むしろ屈強でしぶとくさえある。でも、コールリッジは違う。コールリッジの語り手は外界に耳を澄ませ、外からの闖入者にも心を開く柔軟さを持つ。そのことばに強さがあるとすれば、むしろ本質的なやさしさと弱さがその力の源なのである。そんなわけだから、二人の言葉の運動には自ずと対照性が生まれ、その違いがそれぞれの語りの持ち味となって読み手にも響いてくるというわけである。

...とこんな話に持って行ければ、なるほど、言葉の使い方にはその人の思考のリズムや運動感覚が如実にあらわれているのだな、ということを実感してもらえるのではないかと思う。もちろん、これはスタートラインにすぎない。いきなり英作文が書ける、元気いっぱいで演説ができる、というわけにはいかないだろう。そもそも語るという行為は、私たちの存在の奥の奥にあるものとつながっているのだ。お手軽な「解法」を求めてもダメ。自分のスタイルや「声」というものは、試行錯誤の末にやっと手に入れることができるものなのだ。でも、とにかく、間違い直しばかりの殺伐とした教室ではなく、何だかむずむずするようなホットな前向きさが、実際の文章体験を通して多少なりと共有できるような場を作ることができれば、より快活な第一歩を踏み出すことができるのではないかと、英文学の作品から聞こえてくるさまざまな声に耳を澄ませながら私は考えるのである。

📖 参考文献

今回の例に限らず、授業で英詩を入門的に扱う際に便利なのは、長らく版を重ねてきた *The Norton Anthology of Poetry*（New York: Norton）だが、現在絶版のようなので、同シリーズの Stephen Greenblatt (ed.) *The Norton Anthology of English Literature*（New York: W. W. Norton, 2012）や Nina Baym (ed.) *The Norton Anthology of American Literature*（New York: W. W. Norton, 2012）などを利用してもいい。日本語でも類書は多数あるが、岩波文庫の平井正穂編『イギリス名詩選』（1990年）、亀井俊介・川本皓嗣編『アメリカ名詩選』（1993年）が今でも便利。

5 創作的英作文の試み

北　和丈

　担当授業もいろいろあるが、英作文には気乗りがしない。和文英訳はそろそろ飽きたし、試験に出るぞ、も効き目がない。「自己表現」はと勧められたが、相手もそこまで無邪気じゃない。いっそ高度な英作文を、と意気込めるのなら苦労はしない。無論、添削は面倒だ。大学の英語教師として筆者が抱いていたこのような悩みが、いささかでも読者諸氏に共有されているのだとすれば、以下に述べる方法を試していただく価値があるかもしれない。筆者が提案するのは、ある種の競争原理を採り入れた英語創作の授業である。便宜上、これを「創作的英作文」と呼ぶことにする。

1.　創作的英作文とは何か

　読者諸氏の嘲笑が目に見えるようだが、筆者は大真面目である。和文英訳を軸に据えた従来の英作文授業は、日本語で与えられた意味に対応する英語の存在を前提とした文法練習に終始するがゆえに、英語に訳せない日本語の形式、日本語に訳せない英語の形式を扱うことはまずない。この難点は、与えられた意味の呪縛を逃れるべく提唱された「自己表現」による英作文授業でも容易には解消されない。外から与えられたものではないにせよ、出発点となる意味が学習者の日本語を経由するのであれば、和文英訳の短所はそっくりそのまま残ってしまうからである。また、この２つの手法については、書かれた英語の文法的正確性や書き手の人間性が重視される一方で、読み手の価値判断がほとんど考慮されない点も指摘しなければならない。文法的な正しさは内容の面白さを一切保証するものではないし、どれだけ書き手が思いを込めた中身でも表現が稚拙であれば伝わるまい。以上のような問題を認識したうえで、それを補う手段の１つとして筆者が実践しているのが、創作的英作文の授業なのである。

5. 創作的英作文の試み

　創作的英作文は、書き手が英語の形式を直視して書き、かつ読み手が明確な価値判断を伴って読むことに重きを置く手法である。この意味において、創作目標の設定に当たっては、書き手にとっての指針、読み手にとっての価値基準となるような形式的特徴を有するものを選ぶことが望ましい。たとえば、以下に示す定型詩 "The Star" は、テクストとしての短さや知名度の高さも相俟って、理想的な素材の 1 つとなり得る。

> Twinkle, twinkle, little star,
> How I wonder what you are!
> Up above the world so high,
> Like a diamond in the sky. (Taylor 1–4)

　この詩を創作の模範とする場合、学習者が前提として把握すべき形式的特徴は少なくとも 3 つある。おそらく最もわかりやすいのは、行末の脚韻規則だろう。ポップスの歌詞に見られる要素の 1 つとしても知られているとおり、英語詩の多くには、詩行をいくつかの組にして末尾の発音を合わせる傾向がある。"The Star" もその例外ではなく、末尾に [ɑːr] の音を配する 1・2 行目、[aɪ] の音を配する 3・4 行目がそれぞれ対を成している。とりわけ 3・4 行目は、音を揃えるという形式上の規則で並置された "high" と "sky" という組み合わせが、奇しくも内容的に繋がりの深いものである点も興味深い。偶然が必然に見えるとまでは言わない（もしそうだとすれば駄洒落は大いに称賛されなければなるまい）にしても、この脚韻部が形式と内容の交差点になり得る箇所であるのは間違いない。

　第二の特徴は、行あたりの音節数の規則性である。日本語の俳句に五七五、短歌に五七五七七という音数の縛りがあるように、英語の定型詩も音の数え方にはそれなりの決まりがあるが、"The Star" は特にそのこだわりが顕著だと言える。というのも、単語内の音節の切れ目を黒丸（・）で示せば、1 行目（"Twin・kle, twin・kle, lit・tle star"）や 2 行目（"How I won・der what you are!"）だけでなく、それ以降もほぼ一貫して 7 音節で書かれていることが分かるからである。ただし、日本の英語学習者がこの規則性に気づくには、言語間の差異に関する特殊な知識が必要になる。たとえば、日本語で音の数え方の単位に採用されているモーラ（mora）が、基本的にはほ

とんど母音で終わるのに対して、英語が採用しているシラブル(syllable)では、[twɪŋ]や[lɪt]といった子音で終わるものが珍しくない。また、[kɫ]や[tɫ]といった母音を含まないシラブルが多いことも、日本語話者には分かりにくいところだろう。英語の発音に熟達するうえで必要になるこういった知識が、定型詩の創作には欠かせないのである。

　第三の特徴は、この音節の知識を下敷きにしてようやく見えてくる、行ごとのリズムの規則性である。一般に英語の発話では、音の強弱が波のように規則的に現れることが知られているが、定型詩である"The Star"はそのリズムが計算ずくで構築され、行あたりに強く読む音節が4つずつ、しかも弱く読む音節を必ず間に1つずつ挟む形で配されているのである(1・2行目について、強く読む音節を下線で示せば、"Twinkle, twinkle, little star, / How I wonder what you are!"となる)。このようなリズム構造のあり方を理解するうえでは、英語の「韻律」を意味する"metre/meter"という言葉が、「メートル」「メーター」と同じ語源を持つことを覚えておくと便利かもしれない。つまり、英語の定型詩のリズムは、物差しの目盛りのように規則的に刻まれていると考えればよいのである。もっとも、仕組みが分かることと自分で作れることは別物であって、強弱のリズムを伴う英語の定型詩を書き上げるためには、1語のなかで強く読まれる箇所を把握していることはもちろん、内容語(名詞・動詞・形容詞など)のほうが機能語(冠詞・前置詞・代名詞など)よりも相対的に強く読まれがちであることなどを知識として得ておく必要がある。

　以上のような特徴を持つ定型詩の創作は、形式が先行し内容が後続するという意味において、従来の和文英訳や「自己表現」を軸とした英作文とは逆の方向性を持つ手法である。また、書き手が同一の形式をルールとして守りながら、できるだけ読み手から評価される内容を表現する技量を問われるという意味において、創作的英作文の授業にはゲームやスポーツと似た遊びの要素が含まれているとも言える。以下では、このような創作的英作文を1コマ90分の授業3回分で展開するものと想定して、具体的な実践法を紹介する。

2. 第1週——創作準備（基礎編）

　前節で述べたとおり、創作的英作文の授業は、一種のゲームである。全員が公平にゲームに参加するためには、ルールが明示され、参加者がそれを明確に把握しておかなければならない。たとえば今は "The Star" に類した定型詩が創作目標になるのだから、まずはその形式的特徴を参加者に理解してもらう必要がある。

　もちろん、前節で述べたような内容を、講義形式で説明するという方法もあり得るが、筆者の経験上、（実際の効果の大小は分からないが）教師側から見て学習者の理解度が確認しやすいこと、学習者側の授業への取り組みが積極的になるように見えることから、時間は倍ほどかかるとしても、グループごとに話し合いながら課題に取り組む発見的学習法を採るほうが望ましいように思う。与える課題は、「辞書を調べながら、"The Star" に見られる発音面での規則性をできるだけ多く指摘しなさい」という程度の漠然としたものでよい。10分ほど経ったら話し合いの結果を取りまとめ、必要に応じて補足説明をしながら、最終的に脚韻規則と韻律規則が導き出せれば万々歳である。無論、意外な形式的特徴が指摘されるようなことでもあれば、面白いことこの上ない。

　ルールが確認できたら、次は実際の創作に至るまでの準備段階として、それぞれの形式的特徴に対する認識を深めるための練習を行う。脚韻については、最近ではすでにそういった知識を持っている学習者も多く、込み入った説明が必要ない場合もあるが、筆者は念のため英語のことわざを用いた導入的な活動を組み入れることにしている。"When the cat's away, the mice will play."（「鬼の居ぬ間に洗濯」）、"Haste makes waste."（「急いては事をし損じる」）、"Birds of a feather flock together."（「類は友を呼ぶ」）、"A friend in need is a friend indeed."（「有事の友こそ真の友」）といった言葉の下線部を空欄にして穴埋めする課題を設定するだけでも、技法としての要点は十分に伝わる。また、脚韻の説明においては、綴字の一致と発音の一致を混同されてしまうことがないよう、各例を学習者と一緒に発音してみる機会を是非とも設けておきたい。

　定型詩の経糸となる脚韻の導入が済んだら、次はそれが "The Star" 以外の詩のなかでどのように現れるのかを確認しつつ、さらに横糸としての韻

律規則についても実践的に理解を深めておきたい。大袈裟な言い方をすれば、「韻律分析」(scansion)をしてみようというわけである。分析対象の詩は何を選んでも構わないと思うが、英詩の韻律分析は玄人でもてこずる場合が少なくないことを考えれば、できるだけ模範に設定した"The Star"に近いもの、または変則的な部分が少ないもののなかから候補を絞り込みつつ、可能ならばいささかでも学習者にとって馴染みのありそうなものを用いるのが無難だろう。ただし筆者の場合、最終的には教師の趣味が勝ってしまい、ここ最近はビリー・ジョエルの"Honesty"やキング・クリムゾンの"Epitaph"に落ち着いているのが現状である。この2例はどちらも強弱の音節が波のようにほぼ1つおきに配される歌詞だが、ほかの韻律規則にも触れておくとすれば、アメリカ国歌となっているフランシス・スコット・キー(Francis Scott Key)の"Defence of Fort McHenry"あたりは素材として具合がよい。旋律を伴って聴いていても気づきにくいが、行あたりに4つの強音節(下線部)が、間に弱音節をきれいに2つずつ挟みながら配されているのが印象的である。

> O! <u>say</u> can you <u>see</u> by the <u>dawn</u>'s early <u>light</u>,
> What so <u>proudly</u> we <u>hail</u>'d at the <u>twilight</u>'s last <u>gleaming</u>,
> Whose broad <u>stripes</u> and bright <u>stars</u> through the <u>perilous</u> <u>fight</u>,
> O'er the <u>ramparts</u> we <u>watch</u>'d, were so <u>gallantly</u> <u>streaming</u>? (1–4)

"The Star"に類した他の童謡も選択肢にはなり得るが、有名な"Humpty Dumpty"をはじめとして、実は韻律構造に変則的な箇所を含むものが多いので、意外に扱い難いかもしれない。いずれにせよ、教師の眼力が問われるところである。

3. 第2週——創作準備(応用編)

　上記のような韻律分析は、目標とする定型詩の創作に必須の過程ではあるものの、率直なところ、なかなか学習者にすんなりと理解されるわけではない。というのも、韻律規則は書き手である詩人が指針としているものでこそあれ、必ずしもそれを律儀に遵守するわけではなく、したがって完

成した詩が読み手に届いた時点では骨組みがはっきりと見えなくなっていることのほうが多いからである（"Defence of Fort McHenry"にしても、3行目の"broad"よりも"stripes"のほうを強く読むべき絶対的な理由はない）。

　この問題を解決する方法の1つは、学習者がむしろ詩人の立場に身を置き、骨組みが見えている状況で英語を書く経験をすることである。とは言え、あまり内容が複雑になるとリズム形式にうまく収めるのが難しくなるうえに、強弱を伴うリズムが詩という特殊なジャンルにのみ現れるものだと誤解されてもいけないので、教師側で単純かつ身近な内容を設定してしまうのがよいかもしれない。筆者が授業で採用しているのは、(1)「大丈夫か？　そんな青ざめちゃって。」(2)「あんた誰だよ？　放っといてくれよ！」(3)「失せろ！　オレは忙しいんだ！」などの他愛もない日本語を、厳密に強弱強弱強弱強というリズム形式を成す7音節の英語で表現する練習課題である。念頭に置いている回答は、強音節を下線で示せば、たとえば(1) "How are you? You look so pale.", (2) "Who are you? Don't talk to me!", (3) "Go away! I'm busy now!"といった形になる。音節数とリズムの縛りがある分、通常の和文英訳よりも語彙の選択肢はかなり狭まるが、それでも最終的に不自然でない（というよりもごくありふれた）表現で回答できる学習者がそれなりに出てくれば、練習課題としては十分な成功を収めていると見てよい。

　以上の過程で脚韻規則と韻律規則に対する学習者の理解がある程度まで得られたならば、そのまま創作に移っても構わないのだが、余裕があればもう1つ、この経糸と横糸の織り重ね方次第で、定型詩の意味内容をさらに深めることができるという可能性にも触れておきたい。このときに便利なのが、リメリック（limerick）という滑稽詩である。リメリックは、"Defence of Fort McHenry"に似た弱弱強のリズムでほぼ一貫して書かれる5行詩で、強音節を3つ置かれる1・2・5行目と、強音節を2つ置かれる3・4行目がそれぞれ脚韻の組を成す。この詩構造を前提としたうえで、最後の5行目にオチをつけるのが常套手段なのだが、なかでも最後の脚韻部は、音の規則を守りながら面白い内容を実現しなければならないため、詩人の技量が問われるのである。これを踏まえて筆者が授業に組み入れているのが、以下のリメリックの空欄を埋めてオチをつけてもらう課題である（リメリックには卑猥な内容のものも少なくないので、ここでは拙作を例とす

ることをご容赦願いたい。下線部は強音節)。

> A Zen priest, with much concentration,
> Was tryin' to go into meditation.
> He struggled, and then
> Came to realize that Zen
> Is the road to the truth of (　　　).

　要するに、悟りを目指して修行に励む禅僧が、苦しみの果てにようやく禅の真理を見出したのだが、その真理とは何だったのか、ということである。脚韻規則と韻律規則から判断すると、空欄には[eɪʃən]と発音される語尾を持つ、全体として3音節程度の言葉が入ることが予想される。該当する単語はかなり多いので、出てくる回答の傾向によっては、受講している学習者の性格を垣間見ることができるかもしれない。なお、元々空欄に置いていた単語は"urination"(「小便」)である。筆者の救いようのない性質が窺い知れよう。

　さて、これで創作の準備は完了である。学習者には宿題として、"The Star"に類した構造を持つ2行詩または4行詩を完成させ、翌週の授業前までにインターネット経由で提出するよう指示を出す。このとき、添削希望者はその旨を明記するように、とも伝えることにしているが、これはつまり、希望者以外には教師による添削を行わないということである。創作の評価では文法的な正確さのみが判断基準になるとは限らないこと、学習者が希望しない場合には添削の効果が疑わしいことなどもこの判断を促しているが、最も大きな理由は、この授業の構造そのものにある。創作的英作文の授業では、作品の価値判断において、課題を設定した教師よりも、互いの作品の鑑賞者である学習者の担う役割のほうが大きいのである。

4. 第3週——審査と鑑賞

　第2週の後にインターネット経由で提出された作品群を、教師はアルファベット順に無記名で並べ、通し番号をつけてプリントに掲載する。このとき、教師は自分なりの基準で審査を行い、優秀作品を選んでおく。この評

価も成績には加味されるが、それはあくまでも1人の読者の主観による偏った見方を反映したものに過ぎない（しかも、教師は作品を記名された状態で読んでいるので、公平さについても疑問が残る）。より客観的な評価は、第3週の授業の場において無記名で作品を読む、ほかの学習者から得られるのである。

　第3週の授業では、学習者を3〜5人のグループに分け、それぞれに審査委員会の役割を担ってもらう。プリントには、提出されたすべての作品が掲載されており、審査委員会はそこから3〜5個の優秀作を、点数をつけて選び出す。審査終了後にその結果を公開集計し高い点数を得た作品が、その課題での入賞作となるのである。学習者にそんな重責を担わせるなどと言えば、読者諸氏のなかには不安を感じる向きもあろう。もちろん状況次第ではあるが、少なくとも筆者の授業では、幸いにもこれまでそのような問題が顕在化したことはない。以下の2例のような入賞作が選び出されていることを紹介するだけでも、学習者の審美眼の確かさが窺えるかと思う（下線部は強音節。なお、残念ながら、4行詩のほうに挑戦する学習者はかなり珍しい）。

> If you spend a sleepless night
> You should see the sky and light.
>
> "Hey, your thumb is in my stew."
> "It isn't hot. It's kind of you."

　当然ながら、学習者側と教師側の選ぶ優秀作品が一致しないことは多い。それだけでも創作の価値判断における異なる視点の存在を示すのには十分だが、授業が進むにつれて、審査の傾向がマンネリ化してくることも事実である。このような場合には、ゲストとして外部審査員の協力を仰ぐのもよい。また、筆者の場合は、同様の授業を2つの異なるクラスで同時展開することが多いので、別のクラスと作品を交換して審査することもある。いずれの形を採るにせよ、形式上のルールが明確であるがゆえに学習者が自信を持って発言し合い、しかも無記名ゆえに率直な価値判断の言葉が飛び交うさまは、創作的英作文の授業ならではのものと言えるかもしれない。

これまでの英作文授業で行き詰まりを感じている方々に、ぜひ試していただきたい手法である。

文　献

〈引用文献〉

Key, Francis Scott. "Defence of Fort McHenry." *The Oxford Book of American Poetry*. Ed. David Lehman and John Brehm. Oxford: Oxford UP, 2006. 18–19. Print.

Taylor, Jane. "The Star." *The Oxford Dictionary of Nursery Rhymes*. 2nd ed. Ed. Iona Opie and Peter Opie. Oxford: Oxford UP, 1997. 474–75. Print.

〈参考文献〉

Fry, Stephen. *The Ode Less Travelled: Unlocking the Poet Within*. London: Arrow Books, 2007. Print.

Pope, Rob. *Textual Intervention: Critical and Creative Strategies for Literary Studies*. London: Routledge, 1995. Print.

斎藤兆史『英語の作法』東京大学出版会、2000年。Print.

6 戯曲から多様な
アクティヴィティへ
――『十二人の怒れる男』を教材として

中村　哲子

　『十二人の怒れる男』(Twelve Angry Men) は、ある殺人事件の容疑者となった少年をめぐって、12名の陪審員が有罪か無罪かを激しく議論する戯曲である。60年近く前に生み出された作品ながら、英語圏では中学生向けの一般学習教材としても活用され、また、広く第二言語習得の教材としても人気がある。日本の大学英語教育の現場でも、これまで大いに使用されてきたテキストだと言ってよい。2004年に日本で裁判員制度が導入されたことで、演劇作品として改めて注目を集めることにもなった。ここでは戯曲の利点を生かした教え方を提案し、より積極的に戯曲を教材として活用する可能性について考えたい。

1. 戯曲へのアプローチ

　大学英語教育の現場で戯曲やドラマのスクリプトを教材とする場合、どのようなアプローチが考えられるであろうか。散文と同様にリーディング活動を中心に、適宜映像作品を学生に視聴させながら口語表現を身に付けさせることが多いように見受けられる。学生は台詞の意味を理解するとともに表現を学び、それをスピーキング活動へ生かすように心がけることにもなろう。教員は映像作品を活用して授業に変化を与えたり、学生のテキストへの興味を高めたりすることもできる。ひいては、リスニング能力向上につなげることも可能だ。しかし、台詞や作品構成が作家の練りに練ったものであることを考えると、テキストを目の前にして、戯曲やドラマの特質をさらに生かしたアプローチが期待されるように思う。

　一方で、英語教育の枠組みで、積極的に演劇的手法を用いて戯曲やドラマを教える効果についても広く認識されていると言ってよい。初等英語教育から大学英語教育にいたるまで、その教授法や教材についてはさまざま

な情報が発信されている昨今である。この場合、究極的には学習者は英語劇を演じて、人前で英語を語るという身体活動を交えた英語学習を体験することになる。それには台詞の内容を徹底的に読み込んで暗唱し、身振り手振りも含めてその場にふさわしく自然に英語を語る訓練が期待される。そこまではいかなくとも、正しい発音や適切なイントネーションで英語を発する訓練は、戯曲やドラマを扱うからこそ説得力もあろうかというもので、年齢や習熟度にかかわらず英語学習として有効である。演劇的・身体的手法を取り入れた英語の学びは、このところさまざまなレベルで求められているアクティヴ・ラーニングにうってつけとも言えよう。とはいうものの、戯曲やドラマを「演じる活動」と関連づけて教えるためには、学習時間や活動場所に関わる具体的な手はずを整えたり、必ずしもこうした活動が得意ではない学習者への配慮が必要になったりすることも多い。また、必修英語のコースともなれば、多くの教員が戯曲やドラマだけを教材にするにはいかない状況下に置かれている。

そこで戯曲やドラマを幅広く気軽に教室で扱うことを念頭に、2つのアプローチを提案してみたい。まず、人と人のコミュニケーションを支える台詞のあり様にこだわったリーディング活動。次に、戯曲やドラマだからこそ有効に機能するかと思われる内容把握を基盤とした学習活動である。文学作品として周到な計算のもとに慎重に創り上げられたテキストだからこそ、有効な方策と言えるものである。

取り上げる作品は『十二人の怒れる男』だが、実は難易度の異なる複数のテキストが利用できるとともに複数の映像作品が存在し、学習者の年齢や習熟度に合わせて教材を調整できる強みがある。[1] この2年ほど筆者がさまざまな学部の大学1・2年生対象の授業で取り上げたところ、この作品自体の持つ読者や視聴者を惹きつける力を再認識することとなった。どうやら一般の大学生でストーリーを知る人数はある程度限られているようで、いまだに学習者にインパクトを与えられる作品であると感じている。

---

[1] テキストとしては1954年のCBS放映のライブ・ドラマ版(1995年)、1955年のSergelによる3幕戯曲版(1983年)、1965年のRose本人による2幕戯曲版(1975年)がある。2幕版のほうが長く、英語上級者向け。Price編集の最新刊(2016年)は2幕版の改訂版。また、1954年と1997年のドラマのDVD, 1957年の映画のDVDとそのスクリプトも入手可能。多くのリメイクやパロディ作品がある。

2. コミュニケーションの意図にこだわるリーディング活動

　文学作品の醍醐味とは、特に小説や戯曲の場合、プロットや登場人物のあり様が有機的にひとつの感動的な世界として自身に迫ってくるところにあると言ってよかろうか。この醍醐味を味わうことを絶対条件とすると、残念ながら、文学作品を英語の授業で扱う機会は限られてしまう。どうしても全編を扱うことが求められるからである。ここでは、少々発想の転換をしてみたい。

　一過性の情報伝達のための英文とは異なり、文学テキストは書き手が吟味して生み出したもので、繰り返し読まれたり演じられたりしながら、長く鑑賞に堪えてきたものである。特に戯曲の場合、ひとつの台詞が明確なメッセージを持ち、それを受けて次の台詞が応じることで、人と人とのコミュニケーションが形成される。その連鎖が登場人物の人物像を形作り、ストーリーを浮かび上がらせていく。その原点である台詞に立ち返り、ストーリーの鍵を握る人物の意図を探ることには大いに意義がある。

　『十二人の怒れる男』の冒頭近くで、12人の陪審員の中で8番だけが少年の無罪に一票を投じる。そこで、10番の陪審員が8番に向かって、少年の語るアリバイを信じるのかと問う一節が登場する。

    No. 10 (*To No. 8*): Well, do you believe his story?
    No. 8: I don't know whether I believe it or not. Maybe I don't.
    No. 7: So what'd you vote not guilty for?
    No. 8: There were eleven votes for guilty. It's not so easy for me to raise my hand and send a boy off to die without talking about it first.
    No. 7: 1) Who says it's easy for me?
    No. 8: 2) No one.
    No. 7: 3) What, just because I voted fast? I think the guy's guilty. You couldn't change my mind if you talked for a hundred years.
                        （下線は筆者による：1995, p. 7）[2]

この短い会話から、7番と8番の人物像が立ち上がってくる。8番が簡単

---

[2] この一節は 1975, p. 22 にもある。若干の異同のある一節が 1983, p. 15 にある。

に有罪にはできないと述べると、7番は下線部1)のような疑問文を発する。それに対して8番は2)のように「だれも言っていない」と答えるが、7番はその返答を無視し、3)のように「なんだと。すぐ(有罪に)投票したからだって言うのか」と述べる。文脈上1)の疑問文につながっているのが3)の発言である。つまり、1)の疑問文は8番への質問ではなく、反語の疑問文として「俺には簡単だとでもいうのかよ」と怒りを表していることが確認できるのである。ところが、8番は1)を7番の問いとして受け止めて2)のように応答し、7番の挑発に乗らない冷静さを印象づけることになる。8番の慎重さは、実はこの引用の2行目にあるように、有罪か無罪かの判断を曖昧にしながら"Maybe I don't."と述べる姿からもうかがえる。大勢を占める有罪派に真っ向から立ち向かう態度は封印しつつも、短絡的に有罪とするのではなく、議論の継続を誘導しようとする態度が英語表現に表れているのである。

　学習者は往々にして英語の表面上の意味を理解すれば「読んだ」と思いがちである。1)が反語の疑問文であって怒りが込められたものであることも、テキストを読むだけでは教員が期待するほど学習者にはぴんとこないらしい。英語の表面上の意味だけでなく、それが発言としていかなる機能を持つかについての理解を高めることで、短い一節であっても台詞の意義が理解され、発話者の気持ちが感じられるようになる。

　こうした「読み」のアプローチの拠り所となるのが、J. L. オースティンが提唱した発話行為論(Speech Act Theory)とポール・グライスの協調の原則(Cooperative Principle)である。先の1)の台詞は英語の字義どおりの意味だけでなく、疑問文としての形式と機能を保持しているが、話者が聞き手へ伝えたい意図は怒りであって、発話行為論の発話の3レベルが表現される台詞となっている。2)の8番の返答は、興奮している7番にとっては期待するものとはまったく異なり、肩透かしをくらった感が強い。期待される返答から外れているために協調の原則に反する返答となり、そこにこそ8番の意図がある。

　この一節の後、8番は被告が育った環境に言及しながら、議論を続けることを提案していく。ここでも8番は自分の意見を押し付けない英語表現を用い、弱い立場に立つ者として"You know"、"maybe"などの表現を交えながら、自分の考えが受け入れられるようにと慎重にその場をリードして

いく。先々のプロットの展開から後付けで考えれば、8番が少年の有罪にかなりの疑問を抱いており、それなりの証拠も持っていたのであるから、8番が最初から戦略的に発言していたことがわかる。フィクションゆえに台詞に込められた計算された意図を読み込むことが可能で、英語のコミュニケーションのあり様を疑似体験できる学習機会にあふれている戯曲であることが理解されよう。昨今の学生が得意とはいえない「行間を読む」英語力の増進に役立つものと思われる。ここでは、クリティカル・シンキングの力も不可欠である。

3. 内容把握からライティング、そしてアクティヴ・ラーニングへ

『十二人の怒れる男』では、殺人事件の概要が作品の早い段階で明らかになるが、興味深いことに、その情報は異なる陪審員が法廷で聞いた証言などをもとに状況を断片的に語る形で示されている。たとえば、殺人事件が起こった部屋の階下に住む老人や高架鉄道をはさんだ向かいに住む女性の証言に基づいて、3番や10番が事件の一端を語っている。警察の動きや少年のアリバイに関わる情報に加えて、少年の住むアパートの住民の目撃情報なども提供される。事件のあり様を明確に理解するには、テキストの種類によって長さに違いがあるが(1995, pp. 8–14; 1975, pp. 23–36; 1983, pp. 15–20)、ある限られた範囲の台詞を読んで断片的な情報を的確につかんで整理し、事件の全体像を構築する必要がある。テキストを前から順序よく読み進めていくだけでは、わかった気にはなっていても、実は、情報の整合性を確かめ理解を確定するまでにはいたっていない。この戯曲は、テキストを行きつ戻りつしながら理解を確認するに足る構成を有しているのである。

ここで提案したいのは、読むだけにとどまらず、事件のあり様についての理解をライティング活動につなげていくことである。学習者に対して、この殺人事件の概要について自らが報告する文章を書く課題を課してみたい。授業の中で取り組ませても、宿題にしてもよい。習熟度に合わせて、文章というよりは時系列で起こったことを箇条書きで書かせるといったものから、戯曲の話しことばをそのまま生かして事件について友人に口頭で話すための原稿でも、事件報告書ばりに書きことばで仕上げた文章にいたるまで、状況次第で自由に設定できる。このライティング活動がさまざま

なレベルの学習者に対して対応可能なのは、テキストに状況を説明する英語が示されており、丸写しはともかく、単語や表現を借用することもでき、英文を書く作業が抵抗なく進められるからである。書く過程で、単語や表現の定着も見込めるだろう。インターネット上には、この戯曲全体の展開を説明した文章などが散見されるが、テキストの範囲を限定した課題となれば、目の前の台詞を読みながら英語を書かざるを得ないことにもなる。さらに、より手ごたえを感じたい学生向けの発展的な学習としては、ライティング活動を終えた後に、身近な英字新聞の記事から殺人事件などを扱ったものを選んで読ませ、学習者のライティングと比較しながら、差異をさまざまに認識させるというのもある。自身が実際に書く経験をしたからこそ、ジャーナリスティックな記事の構成や文体を意識しやすくなるのである。

ここで提案するライティング活動は、戯曲が進むにつれて次々と登場する証言検証の場面に焦点を合わせた授業においても生きてくる。たとえば、少年の逃亡を先の老人が目撃したとする証言をめぐって、老人の住まいの見取り図が運び込まれてその信ぴょう性に大きな疑念が呈される場面がある (1995, pp. 23–28; 1975, pp. 77–85; 1983, pp. 37–42)。この場面に焦点を合わせ、学習者にテキストに沿ってその住まいとその周辺の状況を図面に書いてもらい、事件現場の様子を可視化するグループ活動を課してみたい。その際、殺人現場の部屋との関連で、証言した老人と女性の住まいがどのような位置関係にあるか、学習者が明確に理解していなければ的確な可視化がなかなかできない。先のライティング活動の段階で、単語のレベルまで含めてテキストをしっかり読み込んだ学生でなければ、再度戻ってテキストを読み直して確認せざるを得ないことになる。実際、ある授業で、証言者の女性の住まいが高架鉄道の高さにあると書かれている箇所で elevated train の意味を確認していなかったために、見当はずれの配置を考えていた例があった。何となく英語に目をとおすだけでは、情報を的確に読み取ることはできない。そんなことを改めて学生に認識してもらうのにも有効な学習活動だと考えている。

この事件現場の可視化の活動については、当該箇所のテキストをじっくり自宅で読んでくることだけを指示し、授業内で3名か4名のグループに分かれてもらい、そこで初めて課題が図面を書くことだと示したらどうだ

ろう。できれば大判の用紙にマジックで書いてもらい、完成後に比較検討しあうのもよいだろう。英語学習のアクティヴ・ラーニングとして機能する企画となる。

　ここで示した内容把握を確実にするための学習活動は、作品全体を扱うことができなくとも、内容が関連づけられる箇所を的確に選んで取り上げることによって、限られた授業数で展開できるものである。この戯曲では、作品の初めで事件の大枠が断片的な情報として与えられ、証言の検証が連なっていく構成になっている。そのために、事件の概要を最初の段階でつかむことは必要だが、それ以後はどの証言に焦点を合わせて事件の理解を深め、登場人物の特徴を把握するのかについては融通が利く。その意味でも、授業に導入しやすい戯曲だと言えよう。

　『十二人の怒れる男』を教材として、まずは台詞にこだわる授業展開を提案してみた。散文の論理的な文章の流れとは異なり、台詞だからこそ行間をじっくりと読まなければ理解できない意思の疎通のあり方がある。そして、戯曲ならではのエピソードの配置の妙に注目してみた。情報はわかりやすい順番で論理的に並んでいるのではない。作家が作品の展開を考えて慎重にさまざまなエピソードを独自に並べているのである。台詞のおもしろさを理解するのに、意外なところに張られた伏線が鍵を握っていたりする。テキストのあちこちを行きつ戻りつすることを必要とするのが戯曲やドラマである。そのリーディングの反復こそが、英語学習の基本でもあろう。そのために多様なアクティヴィティを展開したいものである。

文　　献

〈引用文献〉

Rose, Reginald. *Twelve Angry Men*. Annotated by Kazuo Sakamoto. 1965. Tokyo: Eihosha, 1975.

―. *Twelve Angry Men*. Adapted by Sherman L. Sergel. 1955. Woodstock, IL: Dramatic Publishing, 1983.

―. *Twelve Angry Men*. Annotated by Kaoru Haga, Takao Ota, and Toshiya Kobayashi. 1954. Tokyo: Kaibunsha Publication, 1995.

〈参考文献〉

Munyan, Russ, ed. *Readings on Twelve Angry Men*. San Diego: Greenhaven Press, 2000.

Rose, Reginald. *Twelve Angry Men*. Ed. Steven Price. London: Bloomsbury, 2017.

トマス、ジェニー『語用論入門——話し手と聞き手の相互交渉が生み出す意味』浅羽亮一監修、研究社、1998年。

Winston, Joe, and Madonna Stinson, ed. *Drama Education and Second Language Learning*. Abingdon: Routledge, 2014.

7 たくさん読ませるための工夫

小川　公代

1. 「多讀するのが第一」

　2016年2月に実施された第51回学生生活実態調査（全国大学生活協同組合連合会）によると、読書時間が「0分」と回答した大学生が45.2％にも上り、2004年の調査開始以来過去最高の数字を記録した。かつて丸山眞男も指摘したように、「外國語をマスターするのに一ばん大事なことは、外國語のスタイル或はさらにはつきり言つてしまえば、外國語の「癖」になれること」で、「それにはなんといつても多讀するのが第一」である（67）。

　語彙力を向上させるためにも、また英文学作品を深く理解してもらうためにも「多読」は重要だが、それを学生に「説いて」わかってもらうのは難しい。教員の力が最大限発揮されるのは、教室で読書の面白さを「感じて」もらえたときであろう。先行研究（金城 1981; 赤井 1999; 磯田 2008）で度々指摘されているように、学生の学習意欲は必ずしも内的要因や環境の変化だけに決定づけられるわけではない。つまり、読書時間が「0分」と回答した大学生が増加傾向にあっても、諦観しきってしまう必要はない。教員が「授業を工夫することによって、学習者の授業に対する反応を良くし、その結果積極的な学習行動を引き出」すことができるという調査結果もある（磯田 7）。

　筆者は、上智大学外国語学部の英語学科で必修英語科目と専門科目（イギリス文化・文学）を担当する一教員であり、学生の多読を支援する一環として、授業や卒論指導を通して、リーディングの動機づけを積極的に行っている。ただし、「SSR（持続的黙読）」（Krashen 448）といった特殊なプログラムの実践者ではない。ここで紹介する多読を促す工夫は、筆者自身が試行錯誤を重ねて発見したことを繋ぎ合わせたものである。また、自身がかつて学部生としてイギリスの大学で目にした教授法を大いに活用していること

とを付け加えておく。

2. 三種類の読み方

　デジタル情報の普及で活字離れが進んでいるのは日本に限ったことではなく、イギリスも同様の問題に直面している。かつては世界の最高水準にあったイギリスの公共図書館も、今は相次ぐ閉鎖に追い込まれ、図書館利用者数が1,600万人あった1997年と比べて、2014年には800万人と半分になり(Farrington)、この現状は日本より深刻かもしれない。

　しかし、それでもイギリスの学校や大学で実践されている「たくさん読ませるための工夫」は日本の教育現場で採用する価値はあると考える。山本麻子氏は『ことばを鍛えるイギリスの学校』で、国語教育におけるさまざまな工夫を紹介している。イギリスでは、「考える」と「読む」が、「書く」前のプロセスとして重要視されている。例えば、16, 17歳学習者の興味を喚起しようとする「マインド・ストレッチャー」(思考を広げる)という活動では、ディスカッションなどを通して「学習を机上の勉強だけにせず、もっと広い文脈の中で」思考を鍛えるトレーニングが行われている(山本 71)。そして、「読む」ための指導もきめ細やかだ。イギリスの初等教育中盤以降の学習段階では、「読み方」には大きく分けて二つ目的があると教えられる。

- ➢　文学として味わって読む
- ➢　情報を収集するために効果的に読む

後者はさらに三つの「読み方」に区分される。(1) 全体的な印象をつかむためにざっと目を通す(skimming)、(2) どこに情報があるかを探すためにさっと見る(scanning)、(3) 特定の情報を得るために精読する(close reading)である(山本 89–90)。筆者も、この三種類の読み方の指導を行っているが、重要なのは、「マインド・ストレッチャー」的な要素とこの三つの読書パターンを組み合わせることによって、学生に自発性をもって、積極的なリーディングを実践してもらうことである。

　イギリスの大学では、授業の科目取得単位を蓄積していく日本型とは異

なり、大学最終年度に行われる卒業試験(小論文試験)に向けて恒常的に学習を持続しなければならない。[1] わかりやすくいえば、長期間に及ぶ「多読」の成果物として試験時間内に小論文を書く。人文系では、膨大な資料を読んで情報を取捨選択し、客観的に一次資料(文献やデータ)を分析する力が試される。

3.「足場かけ」の実践

そう考えると、基本的に「多読」は孤独な活動である。教員はなるべく介入せず、学習者ができないことを補ってあげることで発達の手助けをするという考え方は外国語教育ではすでに一般的になっている——「足場かけ(scaffolding)」である(Mercer 18)。では、多読の一助となりうる足場かけは何であろうか。

人文系の学習過程でおそらくもっとも高い効力を発揮するのが、教員による知的関心の発露としての「語り」であろう。イギリスの大学の授業で、ウィリアム・クーパーの詩や批評を読むことがあった。かなり唐突ではあったが、教授がクーパーの三度の自殺未遂やその状況を臨場感たっぷりに語ったときは、詩だけでなく、それを生み出した人間にも興味が湧いた。伝記的エピソードは歴史や文学史の大きな流れとも直接関わるというわけではないが、クーパーの心の葛藤に寄り添った教授の語りによって、学生にはイメージしにくい18世紀的な「信仰の危機」やその鬱々とした心の状態がぐっと近くなる。それによって学生にとって馴染みのない言葉——例えば、「改悛(contrition)」——などもより深く理解できるようになる。本の世界と実際に生きた人間をリンクさせようとする教員の「語り」が質の高い多読や粘り強い学究心を引き出すという一例である。

もちろん、イギリスの多読文化や、学校や大学で実践されている取り組みをそのまま日本に持ち込もうとしても、一朝一夕にはいかない。イギリス教育は知識を「断片的な情報ではなく、人間の全面に働きかける生きる力」として捉えようとし(松塚 107–8)、その知の認識は日本の受験勉強で

---

[1] 学部と一部の大学院のコースの卒業試験は、5月に一斉に行われる。ケンブリッジ大学ではトライポス(tripos)と呼ばれる。

培ったものとはおそらく全く異なっている。

　また、英語のネイティブ・スピーカーであるイギリス人学生と、第二外国語として英語を運用する日本人学生との間には、読解力、語彙力、読書スピードにおいて大きな差がある。これらについて考慮し、さまざまな工夫を加えることが必要である。イギリスの大学には「資料集(dossier)」を作成し、配布する教授もいた(資料集とは、歴史書や批評書からの抜粋を一冊にまとめたものである)が、長いものでは300頁を超えるものもあり(1学期、1科目)、これも日本ですぐさま応用できるものではない。しかし、読み手の理解度や関心を推し量って資料集を作る、その手間を惜しまない教員の心意気から学ぶことは大いにある。

4. 無理なく多読してもらうには

　筆者が担当する授業「イギリス文化と小説」では、「来週までにXXページ読んできてください」という課題志向型の手法はとらない。[2] 錯覚であっても、「だんだん読めるようになった」と学生が実感できるよう自発性を促す工夫をしている。

　この授業では、既成の教科書は採用せず、学生のレベルにあった資料集を筆者自身がカスタムメイドで作成する。これを新学期前にムードル上(eラーニングプラットホーム)にアップロードし、学生にはプリントアウトしたものを授業に毎回持ち込むよう指示する。具体的には以下の手順で行う。

　➢　一学期あたり120〜150頁の英語の資料集を作成する。
　➢　批評書だけでなく文学テキストの抜粋も含まれる。
　➢　一学期にカバーするトピック／作品は三つ(春学期の例：①ジェイン・オースティンの保守性と結婚観、②エミリー・ブロンテの『嵐が

---

[2]　授業の使用言語／英語；　受講人数／91名[受講者は主に英語学科(内2年生20名、3年生35名、4年生30名)、他学科・他学部(6名)]；　英語学科のレベル(CEFR)*：C1=36%、B2=40%、B1=10%、A2=5%、A1=2%　*CEFR: Common European Framework of Reference for Languages の略称。語学のコミュニケーション能力別のレベルを示す国際標準規格(レベルの目安として、C1=TOEIC 945+、B2=TOEIC 785–945、B1=TOEIC 550–784)。

丘』における文明と自然、③ヴァージニア・ウルフの『オーランドー』とジェンダーの歴史）
- ➢ 対象学生が外国語学部（2～4年生）であることを考慮し、最初からいきなり多読は期待しない。少しずつ長くしていくなどの工夫が必要。例えば、一つ目のトピックの資料としては、7頁ほどの短い抜粋を複数の批評書からコピーする。例えば、Joan Perkin の *Victorian Women* から19世紀の女性の法的地位の低さを指摘している箇所、Marilyn Butler の *Jane Austen and the War of Ideas* からは19世紀の女性作家の政治的傾向（保守派・急進派）に言及する箇所などである。『高慢と偏見』の文学テキストからも16頁ほど抜粋した。（②と③のトピックでは抜粋も長くする。）

学生にとって、無味乾燥とした、あるいは図式化された教科書や歴史書はとっつきにくいものである。丸山眞男は、よい「歴史書」には「具體的な人間の動きが生き生きと描かれている」(79)という。本の作者や歴史上の人物が学生にとって実体を持つ存在であらねばならない。そのためには、まず、語りで興味を引きながら、抜粋した批評書や歴史書を紹介する。

- ➢ 特定の人物（主に作者）の生きた足跡を追いながら、学生が関心をもちそうなエピソードを一つか二つ紹介する。

一つの論文や著書に複雑な議論が組み込まれていても、思い切って一つのテーマ（例：19世紀の女性の地位と財産権）に絞って、それに光を当てながら説明する。英語が多少苦手な学生でも、講義内容と資料集に対応関係が確認できれば自力でどんどん読み進めようという気概が生まれる。

- ➢ 資料集に関しては、「問題意識をもって読書する訓練」として三つの読み方を推奨する。
  - (a) skimming：宿題として、ムードルにアップした歴史的資料（二次資料）——例えば Joan Perkin の抜粋をざっと読んでもらう。
  - (b) scanning：授業内で講義した内容の関連箇所を探して下線を引いてもらう。
  - (c) close reading：授業内でその下線部分を精読してもらう。（例：

19世紀における男女の法的地位の差について説明しながら、収入を得ていた女性作家が離婚した夫との間で訴訟となったケースを取り上げる。)

　また、講義で語った人物にさらに実体を与えるために、映像資料を活用することもある。資料集で抜粋した内容と符号する翻案映画や伝記映画を授業内で見せる。映像はあくまで「足場かけ」として数場面見せるだけに留めるが、マインド・ストレッチャー的な役割を担うグループ・ディスカッションでは大いに役立つ。

> オースティンの『高慢と偏見』で女性の社会的地位がどのように描かれているか、映画(2005年：ジョー・ライト監督作品『プライドと偏見』)のワンシーンを見せる。ブロンテについては、アンドレ・テシネ監督の伝記映画『ブロンテ姉妹』(1979年)を見せ、その時代背景、家族構成、『嵐が丘』の舞台となった風景などを視覚的に伝える。

　最後に、文学テキストの精読だが、すんなり読めない英文学作品は資料集の抜粋に頼らざるを得ないが、少しずつ理解を深めるにつれ、原書の面白さがわかるよう講義する。

> 映像で見せた場面に対応する文学テキストの部分の精読を促す。例えば、『高慢と偏見』第一巻、第二十章のミセス・ベネットのセリフに着目する。"But I tell you what, Miss Lizzy, if you take it into your head to go on refusing every offer of marriage in this way, you will never get a husband at all—and I am sure I do not know who is to maintain you when your father is dead." (126)　これは、遠縁にあたるコリンズ牧師の求婚を素気無く断った主人公エリザベスに対して厳しく注意する母親ミセス・ベネットの台詞である。ここでは、オースティン独特の切り口で当時の女性の地位の低さがリアリティある形で描出されている。
> 授業で学んだことを踏まえて資料集だけでなく、可能な限り原書を読んでもらう。例えば、秋学期にはウェルズの『タイム・マシー

ン』やイシグロの『日の名残り』の原書を読むことを勧める。

一学期中に資料集を読破してもらうことを前提に授業を進めるが、「読みっぱなし」というわけにいかない。そこで、トピックが一つ終わる毎に、学生に長いパラグラフを書いてもらい、リーディングの精度を確認しながら適宜指導する。学期末には長めの小論文（1200–1500 語）執筆を通して、一学期に読んだ内容が自分というフィルターを通してどういう方向性を持ったのか考えてもらう。

5. 最後に

「具體的な人間の動き」を「生き生きと」という言葉には学生を多読へ誘うヒントが隠されている。「せめてこの人が書いたものについては理解できるようになりたい」という強い欲求が生まれれば、学生の多読魂にも火がつくはず。

テーマと語りで学生の興味を喚起すること。広い文脈を踏まえ目的意識を持って読み進める大切さを認識してもらうこと。文学テクストに書かれた文章や言葉が同時代の社会問題、文化的事象、階級意識、宗教的心情などと響きあうことに注目させること。多読への道は、このような教養や感性の成熟によって切り開かれる。遠回りのように思えるが、実はこれが近道なのではないか。

今になって考えると、イギリスの大学教授たちの語りにはその語られる人物への敬愛の気持ちがこめられていた。紙面ではただの固有名詞であった「ルソー」「クーパー」「ウルストンクラフト」「オースティン」は、彼らの巧みな言葉の技術と豊かな表現によってまるで新たな生命が吹き込まれたかのように立体感を帯びていた。『女性の権利の擁護』の作者メアリ・ウルストンクラフトの壮絶な人生がまるで劇の一幕が展開するように語られた時、筆者にとって『女性の権利』は必読書というより、愛読書のようなものになった。無理のない多読を促すにはやはり愛読書を増やす手助けをしなくては、最近はそう思っている。

📖 文　献

赤井誠生「動機づけ」『心理学辞典』有斐閣、1999 年、622–23 頁。
磯田貴道『授業への反応を通して捉える英語学習者の動機づけ』溪水社、2008 年。
金城辰夫「動機づけ」『新版　心理学辞典』平凡社、1981 年、621–24 頁。
古川昭夫『英語多読法——やさしい本で始めれば使える英語は必ず身につく』小学館、2010 年。
松塚俊三「教育と文化——連合王国の教育文化史」、『イギリス文化史』井野瀬久美惠編、昭和堂、2010 年。
丸山眞男「勉學についての二、三の助言」、『大學生活』光文社、1949 年。
山本麻子『ことばを鍛えるイギリスの学校——国語教育で何ができるか』岩波書店、2003 年。

Farrington, Joshua. "CIPFA stats show drops in library numbers and usage." 12.8.2014. http://www.thebookseller.com/news/cipfa-stats-show-drops-library-numbers-and-usage

Krashen, Steven. "We Acquire Vocabulary and Spelling by Reading: Additional Evidence for the Input Hypothesis." *The Modern Language Journal*. 73.4 (1989).

Mercer, Neil. "Socio-cultural perspectives and the study of classroom discourse." Eds. César Coll and Derek Edwards, eds. *Teaching, Learning and Classroom Discourse: Approaches to the Study of Educational Discourse*. Madrid: Fundacion Infancia y Aprendizaje, 1997.

8 ICT で教える

奥　聡一郎

1. 教室が変わる

　近年のコンピュータやメディアの発達によって、学ぶ場としての教室が大きく変わろうとしている。文部科学省や中教審から矢継ぎ早に繰り出される通達には、教育の情報化と ICT(Information Communication Technology [情報コミュニケーション技術]) の利用という文言が至る所に見られる。机と椅子、黒板とチョークだけの教室から、電子黒板やプロジェクター(モニター)を備えた教室へと変化を遂げつつある。学習者のメディアリテラシーも携帯端末やタブレットの普及で想像以上に高まっており、能動的な授業への参加が期待されている。このような教室空間では、ICT による授業・学習支援に加え、アクティヴ・ラーニングや協働学習、反転学習などの新しい教育方法の効果が最大限に引き出されることになるだろう。このような ICT を備えた教室で文学テキストを教材としてどう教えるか、実践事例を通して考えてみたい。

2. メディアの多様性を活かす

　従来の語学教育では、LL(Language Laboratory)教室に代表される教育工学の成果を活用した学習空間で、オーセンティックな音声や映像を視聴し、再生や口頭練習などの言語活動を行うことが日常的な学習方法であった。その意味では、語学教育自体に ICT 利用の素地は十分にあったといえよう。最近では、LL 教室から CALL(Computer Assisted Language Learning)教室のようなインターネットにつながったコンピュータ制御による語学学習用の教室に変遷を遂げている。CALL 教室でも主としてリスニングやスピーキングを中心とした学習が行われているようだが、映像の視聴やインター

ネットを用いた検索、調べ学習やパワーポイントを用いた発表など多面的な学習が可能であり、ICT の最も先進的な教室空間といってもよい。CALL 教室では、コンピュータ上で一元的に教材の提示や言語活動、評価などができることが第一の特徴であり、教材もデジタル化されたものの利用が前提となる。本節では、そのような CALL 教室を想定して、原作のリーディングと映画の視聴に主軸を置いた授業の展開を考察する。

　メディアの多様性という点では、文学テキストは群を抜いており、原作から翻訳、多読用のリトールド版も各社が競い合って出版している。[1] テキスト自体もデジタル化され、Kindle などの電子ブックリーダーの普及もあり、インターネット上で多くの電子テキストを入手することができる。[2] また、リスニングに活用することもできそうな audiobooks などの朗読もある。映画については言うまでもない。Beowulf から Woolf まで、Beatrix Potter から Harry Potter まで映画だけで英文学史が概観できるほどそろっている。映画に加え、ドラマ、演劇などメディアを問わず映像化されたものは枚挙にいとまがないほどである。テレビの番組欄を見ても、アガサ・クリスティー（Agatha Christie）のミス・マープルやポアロ、コナン・ドイル（Sir Arthur Conan Doyle）のシャーロック・ホームズは、その名を見ない日はないほどイギリスを舞台としたものは大流行りである。日本人にとっては、映像化された作品を見るだけでも、英語学習の大きな動機づけとなる。英語をなぜ勉強したいのかという理由には、映画の字幕を見ないでもわかるようになりたいということもあった。[3] 映画を楽しむことと文学テキストを読むという学習活動を結び付けるなかで、CALL 教室での授業は大きな可能性を与えるものと思われる。

3. 映画を「見る」から「読む」へ

　教室での実践例として、カズオ・イシグロ（Kazuo Ishiguro）の『日の名残り』（*The Remains of the Day*）の冒頭を素材にした授業の流れを見ていく。まず、映画全体を見るというよりは数チャプターに分けて、視聴する。モ

---

[1] Oxford Bookworms, Penguin Readers, Cambridge English Readers など。
[2] Project Gutenberg (http://www.gutenberg.org/) や https://archive.org/index.php など。
[3] 映画を英語教育に活用する目的で映画英語教育学会が設立されている。

ニターや前面のスクリーンでも構わないが一斉に同じ場面を、日本語字幕、英語字幕で分けて視聴する。日本語と英語の字幕ではかなり違うことに気が付けば、日本語の字幕は場面場面の情報量の制限からかなり意訳されたものであることが実感されよう。実は、省略されているのは日本語字幕においてだけではない。英語字幕と実際の音声を比較させると、かなりの語句が英語字幕でも省略されていることがわかる。その省略部分を再現させることで、リスニングの重要性を再認識させることもできる。例えば、冒頭の画面、Miss Kenton の手紙の朗読で"We read in the Manchester Guardian that his heirs put Darlington Hall up for sale."の新聞紙名は英語字幕には出てこない。同様に"We also saw some rubbish in the Daily Mail which made my blood boil."の台詞でも *Daily Mail* 紙という情報は字幕から消えている。些細な情報ではあるが、聞こえている情報が字幕にないのを知ると聞き方もおのずと変わるはずである。

　字幕を読むだけでなく、さらに手紙の朗読をディクテーションで書き起こして手紙にするリスニング活動やライティングの活動へつなげることもできる。さらに、吹き替えであれば情報量は大幅に増えるので、自分なりの吹き替え台本をつくり、表現の文体に気を付けながら発表しあい、相互にアテレコするなどのスピーキングの活動も考えられる。このような字幕の比較を出発点として「読む、書く、聞く、話す」の４技能のバランスに配慮した学習活動へとつなげていくなかで、コンピュータをその媒体として上手に組み合わせて活用していくことが望まれる。

4. 原作をデジタルで読む──語彙からコロケーションへ

　次の段階としては原作の冒頭を読んで、語彙の選択について考えさせたい。コンピュータの画面上で英文を読ませる工夫として、原作の最初の１ページを pdf で配付し、わからない語句や気になった点をテキストハイライト表示したり注釈をつけたりすることによって、読むプロセスを記録させる。プリントでもできる課題であるが、デジタルにすればコピーを作ってグループ間で即時に共有して、協働学習に役立てることもできる。以下、例を示す。

It seems increasingly likely that I really will undertake the expedition that has been preoccupying my imagination now for some days. (Ishiguro 3)

さてこの冒頭の一文を読んだ後で、学生がつけたハイライト表示が多かったのは、expedition という語と "It seems increasingly likely that..." という表現である。文学テキストを読む際の一番の困難点として、語彙の難しさがよく指摘される。それを逆手にとって語彙学習の基礎に立ち返って、英英辞典やオンライン辞書の活用を促していく。意味のわからなかった語彙がたくさんあるとすれば、グループで分担して調べ、意味や用法をグループ間で教えあうというアクティヴ・ラーニングの展開にもつながる。

　それでは、expedition を Longman Online で調べると何がわかるだろうか。検索してみると "a long and carefully organized journey, especially to a dangerous or unfamiliar place" という定義にあたる。知らないところに向かって綿密に計画を練って進む長い旅だなという感じがつかめればよい。この語の選択によって、語り手の Stevens の「旅」がいかなる性格のものであるかが示されているという実感が持てれば、しめたものである。そのあとに出てくる journey (= a time spent travelling from one place to another, especially over a long distance) や trip (= a visit to a place that involves a journey, for pleasure or a particular purpose) との意味の違いは英英辞典の方がわかりやすい。journey は、長距離ゆえの所要時間の長さに重きが置かれ、trip は目的地に焦点が置かれることがわかり、本文の理解に重要な役割を果たす。

　これまで英英辞典の活用は、辞書の価格も高いこともあり敷居が高いように思われてきた。しかし、現在ではオンラインの検索サイトやタブレットのアプリ、高性能な DVD 版などマルチメディアも用意され、だいぶ身近な存在になってきた。これを活用しない手はない。すぐにインターネットで引いてみて、意味を確認してみるだけでも英英辞典活用の利点がわかるはずだ。もちろん、紙の英和辞典をひき、それぞれの類義語欄を読むことでも可能なことだが、調べた内容を即時に共有できることはインターネットを使った CALL 教室ならではの利点である。オンラインの辞書で、音声を再生したり、例文、共起表現などをすぐに検索することもでき、自分専

用の単語帳や確認のためのテストを作ることもできる。[4] これらを体験し、辞書を活用していく中で自分に合った辞書を使いこなす術を身につけさせたい。この延長には電子辞書や紙の辞書に付箋を貼っていくなどの辞書指導もあるが、最終的には自律的学習者を育てるうえでICTは有効な学習支援ツールになる。

さて、授業に戻って次の段階に進むことにする。語彙選択の次はコロケーションの理解である。"It seems increasingly likely that..."が何か長ったらしいという声が学生からあがる。この表現が妙に込みいって分かりにくいのはなぜか考えさせてみる。that以下の内容が、「徐々に実現しそうに見える」と訳すことはできても、語感としてしっくりこないようである。LDOCEのDVD版のcollocationsで検索するとthatはseemとlikelyとも共起しやすいことがわかる。ICTによって、実際には上の表現は標準的な語法を逸脱していないどころか語と語のつながりが強いコロケーションだと実感させることもできるであろう。

コロケーションの概念を意識させるには、実例が効果的である。例えば、deveinという語を検索させて意味を類推させる。大きな辞書にしか見出し語がない語であるが、COCA[5]などで検索させるとほとんどの目的語がshrimpになっている。このことから、deveinという単語は「エビを〜する」という意味であると類推することができる(ちなみに、この単語は「エビの背ワタをとる」という意味)。この例でも語と語のつながり、つまりコロケーションの概念が頭に入ってくるようである。

原作をデジタルで読むといえば、電子テキストの利用とコーパスによる検索も視野に入れなくてはいけない。検索ツールのAntConcなどは無料で入手可能であり、各自のコンピュータにインストールすれば、すぐに分析ができる。コロケーションだけでなく、word listや頻度など語彙レベルでの分析と他の作品との比較で特徴がわかるkeywordsなども読むための指標になる。

将来的には電子テキスト(デジタル教科書)の普及に伴う問題点に対する教育的な工夫が必要になるが、教える側もICT利用についての効用(問題

---

[4] http://ejje.weblio.jp/
[5] http://corpus.byu.edu/coca/

点も）を理解する努力は必要であろう。

5. 映画と原作の比較――アクティヴ・ラーニング的な手法

　さて、語レベルの検索を中心とした学習からさらに本文の内容をしっかりと読ませる活動を取り上げてみる。まず、映画（冒頭の2チャプター程度で）と原作の違いが1ページの中にどれだけあるか、ペアワークやグループワークで議論させる。CALL 教室ではペアをランダムに組んで会話をさせる機能もあるので、Think-Pair-Share などの、バラエティに富んだ活動も期待できる。

　最初の数チャプターの場面と原作の1ページでは様々な違いが指摘できるはずである。まず、原作では舞台は現在の Darlington Hall の書斎だが、映画では舞台が次から次へと移動し、しかも時代を超えて現れている。誰の視点で描いているか、語り手は誰かという質問には、まさに小説の語り手という大きな問題が関わってくる。原作の語り手が Stevens であることに気が付くだけでも映画と比較する意味がある。また、原作の主人である Mr Farraday と映画で置き換わっている Mr Lewis の違いは何なのか、この違いを説明させてみることもペアワークやグループワーク内での議論を活発にさせる。例えば、Stevens が使う主人の車が原作ではアメリカ車である Ford, 映画ではドイツ車である Daimler であることから、何が読み取れるか考えさせると面白い。政治的な意味合いを読み取ることで当時の歴史的背景につながる伏線であるとわかれば、うれしいところである。（Parkes 2001: 80）

　さらに、映画と原作の比較から内容理解へと進んでいく。日本では伝統的にリーディングの基礎として訳読が重視されてきたが、自分の考えた試訳と世に出回っている翻訳を比較させても読みの振り返りとすることもできる。最終的には原作の読解の確認（訳や文法事項の確認でも構わない）として次のような設問を提示して学習者同士で考えさせて議論させる。

（1）本文で用いられている時制をすべて指摘し、なぜその時制が使われるか説明せよ。
（2）"An expedition, I should say, which I will undertake alone, in the

comfort of Mr Farraday's Ford; ..." の中の "I should say" の should の用法は何か。
(3) また上記の引用の語り手の I は誰か、なぜそう考えたのか理由も説明せよ。
(4) "On seeing my person, he took the opportunity to inform me that he had just that moment finalized plans to return to the United States for a period of five weeks between August and September." の my person とは誰か。どうして "me" を使わなかったのか。
(5) "Having made this announcement, ..." を適切な接続詞を補って節に書き換え、this announcement の内容を説明せよ。
(6) "It was then, gazing up at me, that he said." は強調構文であるが、その形式と機能について説明して、日本語に置き換えてみよ。また、gazing up to me の分詞構文の役割を説明せよ。

このような問いかけに、学生にパワーポイントを使って発表させながら、学習活動と成果を教師が評価するプロセスを教室で共有させる。

ここでの教員の役割は、授業の目的を設定すること、問いを準備すること、そして発表や議論のための道具立てを用意することが中心となる。この目標設定と共有した情報への評価が教員の腕の見せ所である。そこで活用を勧めたいのは、イギリスの GCSE や A-Level の Study Guide、個々の文学テキストの注釈書や参考書である。Study Guide の中の summaries を穴埋めにして提示することで全体の内容確認をしたり、トピックとして設定されている banter, butler, dignity, Englishness,「人生の秋」といった the fall motif などを議論の中心課題とすることもできる。また、一番のポイントになる The Unreliable Narrator（信頼できない語り手）や point of view（語り手の視点）の導入のヒントも紹介されている。その個所を参考文献として読ませるだけでも通常のリーディングの授業に発展性が生まれるだろう。また、教室でのテキスト分析の実例や作者の背景、参考文献も役に立つ。日本ではなかなか読書案内的な参考書がないが、このような英米の国語教育の教材活用も視野に入れて、問題作成へのリソースをできるだけ増やしておきたい。

その他にも、映画のある場面に焦点をあて、原作ではどの箇所にあたる

かを探す課題をだした。その過程で、原作をじっくり読みこむことになり、いろいろな違いに気が付く。一例として、陶器の中国製人形がぼけてきたStevens の父によってキャビネットから外に置いておかれる場面でのMiss Kenton の台詞は原作では "Whatever your father was once, Mr Stevens, his powers are now greatly diminished." であったが映画の方が思いやりがあるという意見もあった。[6] また映像ではわかるが原作ではStevens が中国製の人形を見ているかどうかわからないといった感想がでてきた。映画ではStevens の父親が病床で息子に対していろいろな言葉を語りかけるが、原作にはない呼びかけシーンで、父親と母親との関係が話題になっている。"Jim . . . I fell out of love with your mother. I loved her once. But love went out of me when I found her carrying on." という父親の台詞では carry on（不倫をする）の意味を探し出すのにかなり辞書を読み込まなくてはならず、なぜこのような話を人生の最後にするのかということでも議論がはずんだ。

最後の桟橋の場面ではMrs Benn と a heavily built man の台詞が映画と原作で入れ替わっており、その効果についても議論させることで原作の表現を細かく検証することができた。多くの学生は印象に残る台詞として "After all, there's no turning back the clock now." (Ishiguro 251) をあげていたが、映画ではその言葉は見つからず、未公開映像にその場面があるのを確認させた。すると、映画ではなぜあえてそのカットを使わなかったのか、またStevens が桟橋で大泣きする演技もこれまでの dignity に似つかわしくないなど映画の効果と台詞の関係についても考えたようであった。

6. さいごに——映像をつなぐ

さて、ICT を活用したアクティヴ・ラーニング的なリーディングの授業の流れを見てきたが、イギリスの文化を理解するための活動についても触れておく。例えば、各章の冒頭を比較させることでその情景がどのようなものなのか説明させる。インターネット上の画像検索やFlickr などの画像投稿サイトからそのページにふさわしい情景を選び出すなどの課題も作品

---

[6] "Whatever your father once was, he no longer has the same ability or strength." の表現を指している。

舞台の理解への一助になる。作品全体を紀行文的なものとして読むことも可能であり、現実の地名と架空の地名が混在する Stevens の旅を Google Map で確認しながらコンピュータ上で再現するなどの作業は、作品への興味・関心を高めてくれる。[7]

　以上、カズオ・イシグロ『日の名残り』を用いた実践事例をざっとみてきたが、このような映画と原作の組み合わせはいろいろな作品でも可能である。例えば、ゴールズワージーによる『林檎の木』(The Apple Tree)と映画化された A Summer Story (邦題『サマーストーリー』)を比較してみると、映画では結末部に大きな改変があるために男女間で意見の差が生まれ、議論になること間違いなしである。

📖 文　　献

〈引用文献〉

Ishiguro, Kazuo. *The Remains of the Day*. London: faber and faber, 1986.

〈参考文献〉

Peters, Sara. *The Remains of the Day* (*York Notes*). London: York Press, 2000.
Parkes, Adam. *Kazuo Ishiguro's* The Remains of the Day: *A Reader's Guide*. London: Continuum, 2001.
山本崇雄『はじめてのアクティブ・ラーニング！ 英語授業』学陽書房、2015年。

---

[7] 映画好きには、映画の舞台への現代版聖地巡礼も同様の役割もある。Darlington Hall として舞台となった Bath 近郊の Dyrham Park(National Trust への理解にもなる)から、Weston-Super-Mare の最後の桟橋の場面までインターネット上でたどる学生もいる。

第2部
社会・文化を教える

1 社会を教える：人種・階級
―― 文学とは、社会とのかかわり方の
ひとつのかたちである

中井　亜佐子

1. 文学と社会

　大学がレジャーランドなどと呼ばれていた筆者自身の学生時代に比べると、近年、社会に関心のある学生は増えているように思う。その「社会」が学生にとって何を意味するかには、大きく分けて二通りある。まず、多くの学生が卒業後に否応なく参入させられることになる、産業・企業社会。そうしたもっぱら経済的な意味での社会を強く意識する学生にとっては、大学は、卒業時になるべく有利なスタートを切るためのスキルを学ぶ予備校と化している。学生ばかりではない。教育行政は「社会的要請」の高さを基準にして文系の学問を切り捨てようとしているし、[1] しばしば大学教員ですらそうした風潮を疑うことなく、自分の学問分野がいかに社会＝産業界に役に立つか、懸命に主張している。

　一方、社会を経済的な意味ではなく、（広義の）政治的な意味でとらえる学生もいる。震災の被災地でのボランティアに参加する学生、脱原発運動や安保法反対運動などの社会運動に積極的にかかわる学生はもちろんだが、民族（人種）差別、女性やLGBTの差別と抑圧、経済格差や搾取といった社会問題にある程度の関心をもつ学生は少なくない。「文学で社会を教える」授業は、こうした意味での社会意識をもつ学生を理想的なターゲットとしているはずである。しかし実際には、社会問題に関心のある学生ですら――あるいは、そういう学生だからこそ――文学は娯楽や趣味であって、社会問題の考察には何の役にも立たないと考えるようだ。社会的リアリズムの小説を読んだところで、所詮はフィクションである。社会を知る、社会を

---

[1] 2015年6月8日付で文部科学大臣下村博文（当時）の名前によって全国の国立大学に通知された「国立大学法人等の組織及び業務全般の見直しについて」を参照のこと。

考えるために、どうして生の現実ではなく、フィクションを相手にする必要があるのか。

「文学で社会を教える」ことが可能であるとしても、それは文学作品が社会の現実を反映しているからではない。難解なテクストを暗号解読するように読めば、社会がわかるというのでもないし、社会問題の解決案を示してくれるわけでもない。教室ではまず、文学と社会はそもそもどのようにかかわっているのかという問いを、学生に投げかけることから始めてもよいだろう。文学は物理的に、社会のなかに存在する。社会のなかで生産され、流通し、わたしたちの手元に届く。文学作品を生み出す作者もまた、社会のなかに生きている。わたしたちが行うこの読書という行為も、娯楽や趣味としてであれ、大学の授業の予習としてであれ、つねに社会のなかで行われる。たとえば、イギリスの近代小説というジャンルは、産業社会の成立、自由主義的思想の普及、そして金銭的・時間的余裕のある中流階級の誕生がなかったならば、書かれることも読まれることもなかった。現代英語文学は、植民地支配の歴史から生じた英語という言語の世界的な拡散と、出版産業のグローバル化といった社会的、経済的基盤があるからこそ、世界のいたるところで書かれ、読まれている。

だが、文学が社会のなかにあるだけでなく、文学のなかにもまた、社会は存在する。文学はけっして社会の映し鏡ではないが、社会の痕跡はいかなるテクストの細部にも宿っている。作家は意識的あるいは無意識のうちに、現実社会を再現しようとしつつ、解釈している。あるいはユートピアやディストピアを構想し、「こうでありえたかもしれない」仮想現実を描くことによって、現実の社会にたいして異議申し立てや働きかけを行う。本章が扱うことになっている「人種」と「階級」は、いずれも資本主義＝帝国主義のシステムが生み出したカテゴリーであるが、近代文学はしばしば人種・階級の表象（あるいは誤表象）をつうじて、システムの内側からそのひずみや歪みを露わにし、社会への批判的応答を実践している。筆者が文学の授業をつうじて学生に伝えたいのは、文学が社会を理解するために「役に立つ」ということではなく、文学とは社会とのかかわり方、社会への問いかけ、働きかけのひとつのかたちであるということなのだ。

2. 何を読むのか

　いかなる文学作品もなんらかのかたちで社会にかかわり、社会に応答しているという観点からすれば、「社会を教える」ためには何を読んでもかまわない、ということになる。だが実際には、筆者が学部の授業で読む文学作品は、作者が積極的に社会を描き、社会問題を扱っているもの、ジャンルとしてはリアリズム小説を選ぶことが多い。筆者のように社会科学系の大学の教養科目として英文学を教える場合、そういった教材のほうが学生にとっては語学的にも内容的にもとっつきやすいようである。しかし、だからといって、たんに作者自身の社会にたいする意見を理解しようとするだけでは、あえて文学を読む意味はない。作者の意図を裏切るテクストの複雑さと重層性に学生の眼を向けさせることは、授業の重要な目標でもある。

　大人数の講義科目では、特定のテーマに沿って、狭義の文学作品に限定しないさまざまなジャンルのテクストを作家・地域・時代横断的に扱うことが多い。人種・階級という問題系につながる授業としては、2016年度は「民衆」をテーマとする講義を行っている。エドガー・アラン・ポーの「群衆の人」、フリードリヒ・エンゲルスの『イギリスにおける労働者階級の状態』、チャールズ・ディケンズの『二都物語』、ギュスターヴ・ル・ボンの『群衆心理』、ジョゼフ・コンラッドの『ナーシサス号の黒人』、W. E. B. デュボイスやハーレム・ルネサンスの作家によるリンチの描写、C. L. R. ジェイムズの『ブラック・ジャコバン』などといった作品から、群衆や大衆の描写の部分を抜き出して論じている。[2] 作品全体を読まないという点ではある種の「ディスタント・リーディング」の実践だが、[3] 同時に描写の細部の徹底的な精読でもある。たとえば、『二都物語』でバスティーユを襲撃する群衆は、次のように描かれる。

---

[2] 「群衆(crowd)」、「大衆(masses)」表象にかんしてはジョン・ケアリーの『知識人と大衆』（1992年）が古典的研究だが、知識人の大衆嫌悪や大衆恐怖が強調されすぎ、大衆表象のアンビヴァレンスが十分に分析されていない。

[3] 「ディスタント・リーディング」はフランコ・モレッティの提唱した読解方法。世界の文学を一つの体系としてとらえ、テクストの精読（クロース・リーディング）をしない。

> With a roar that sounded as if all the breath in France had been shaped into the detested word [the Bastille], the living sea rose, wave on wave, depth on depth, and overflowed the city to that point. Alarm-bells tinging, drums beating, the sea raging and thundering on its new beach, the attack begun. (*A Tale of Two Cities* 223–24)

 押し寄せる波として非人格化された群衆は、革命を起こす原動力であるとともに統御不能な破壊力でもあり、一方ではル・ボンの群衆論やコンラッドのアフリカ人表象、他方ではC. L. R. ジェイムズの(ハイチ革命の主体としての)黒人奴隷の表象につながりうる。
 一冊の小説をじっくり読むような授業を行うこともある。たとえば、ディケンズの『大いなる遺産』を一学期で読了したことがある。受講した学生の英語力は高かったが、大半の学生は翻訳を読んでおおまかなプロットを把握していた(翻訳であらすじをつかむことは、むしろ推奨している)。この小説が階級をひとつのテーマとし、しかも階級上昇とその挫折という表向きのストーリーの背後に、産業社会の成立によって上流階級(紳士)が中産階級にとってかわられるという歴史が書き込まれていること。その中産階級の勃興を支えているのがオーストラリアやエジプトといった植民地の存在であること(ピップが相続するはずだった遺産は、囚人マグウィッチが流刑地オーストラリアで築いた財産であり、相続の見込みを失ったピップは、事務員としてクラリカー商会のカイロ支店へ赴く)。こうした大枠の議論は、翻訳で読んでも十分に可能である。
 授業では、基本的な批評の枠組みも紹介する(レイモンド・ウィリアムズの『田舎と都会』とエドワード・サイードの『文化と帝国主義』は、「文学で社会を教える」方法論としてもいまだ有効である)が、[4] メイン・プロットからは少し逸脱しているように見えるエピソードや文章を中心に、原書での精読も重視している。『大いなる遺産』ではたとえば、ロンドンのジャガーズ弁護士の事務所で働くウェミックの自宅に、ピップが招かれるというエピソードがある。ウェミックはシティにある事務所からは離れた南ロ

---

[4] 批評理論や批評用語の入門書としては、三浦玲一編著『文学研究のマニフェスト』(研究社、2012年)、大貫隆史他編著『文化と社会を読む 批評キーワード辞典』(研究社、2013年)などを学生に勧めたり、授業で活用したりしている。

ンドンのウォールワスに小さな家を所有しており、そこで老親の介護をしながら暮らしている。事務所での勤務中は堅苦しいウェミックだが、自宅ではずっと人間らしくふるまい、ピップに手料理を振る舞う。ロンドンの労働の場と私生活の場を空間的にも心理的にも分離している様子は、労働と私生活が一体化しているピップの故郷の状況——義兄ジョーの鍛治場は住宅に隣接しており、労働と私生活は不可分である——とは対照をなしている。都市化・産業化が労働者の日常生活にどのような変化を及ぼしたか、小説が細やかに描いていることを学生とともに発見していくのが、授業で精読を行うときの目的のひとつである。

　小説中における階級の「文化的」表象、たとえばジョーやマグウィッチといった下層階級の人物の話す英語と中上流階級の英語との差異がどのように表象されているかといったことは、もちろん原書を読まなければわからない。ミス・ハヴィシャムの屋敷から帰宅し、エステラに侮辱されて意気消沈しているピップに向かって、ジョーは次のように言う。

> "Whether common ones as to callings and earnings," pursued Joe, reflectively "mightn't be the better of continuing fur to keep company with common ones, instead of going out to play with oncommon ones [...]" (*Great Expectations* 71)

　上級階級への羨望に苦しむピップにたいして「普通の人間は普通の人間どうしで付き合うのがよい」と言うジョーの言葉は、この小説における倫理的指針を表している。このジョーの重要な発言のなかで、下層階級の訛りは fur や oncommon といった表記によって、テクスト上で可視化されている。そのことによって、倫理性は下層階級と結びつけられるという、価値の反転もまた目に見えるかたちで示される。階級言語の文字化という19世紀リアリズム小説の言語実験は、20世紀のカリブやアフリカの英語文学ではクレオールやピジンによって継承されている、などと話をつなげることもできるだろう。たとえば、ジーン・リースの『サルガッソーの広い海』のなかでもっとも倫理的な人物は、クレオールの話し手である黒人乳母クリストフィーヌである。

3. 現代社会へのアダプテーション

　授業で一冊の長編小説を読む場合は、基本的には一つの作品、一人の作家、一つの時代に絞って議論することになるが、その小説のアダプテーション映画を授業に取り入れ、解釈の変遷やメディアによる表現の違い、作品の時代を超えたアクチュアリティなどを論じる手がかりにすることもある。19世紀の小説と20世紀の映画の表現形式、流通形態、オーディエンスといった面での類似点と相違点について、時間をとって講義することもある。

　『大いなる遺産』を読む授業では、小説読解と並行して、アルフォンソ・キュアロン（Alfonso Cuarón）監督の映画版（1998年）を鑑賞した。この映画は、舞台を1980年代のアメリカに移したアダプテーションであり、主人公フィンはマイアミの漁村からニューヨークへと移動し、画家としてデビューする。映画を見た学生の多くは、フィンが画家になるという設定に関心をもったようである。原作でピップが憧れる紳士は、財産があってそれらしき教養を身につければ誰でもなれる（そういった教養が産業化した社会では役に立たないことは、小説のなかでも繰り返し指摘されている）。しかし、画家は誰もがなれるわけではない。フィンは映画の最初から画家としての才能を認められており、「遺産」を失った後もパリで画家として成功している。原作が紳士階級の没落を描いていたのとは対照的に、映画はアート産業を批判的に描きつつも、芸術家の才能そのものを否定することはなく、教養よりも個人の天才を重視するポスト産業化社会の価値観を代弁している。

　過去の時代に書かれた文学作品を現代のコンテクストに置いて論じたり再解釈したりすることは、文学を「研究する」立場からすれば、アナクロニズムとして批判されてもしかたがない。しかし、文学をつうじて「社会を教える」――より適切には、「社会を考える」――ことが目的であれば、作品が書かれた時代や地域の社会と、今現在学生たちが生きている時代と地域とのあいだのつながりを考察することは不可欠である。授業にアダプテーション映画を活用することは、たんに映像によって語学力の不足を補うためだけでなく、広い時間的・空間的視野でもって社会を考えるという意味でも有意義である。映画を使わず、学生たち自身に現代風のアダプテーションを考えてもらってもよい。学部1年生の英語の授業でジョージ・オーウェ

ルの『動物農場』を読んだときには、舞台を現代日本のブラック企業に置き換えてテレビドラマ化するなどといった名案(?)も現れた。言われてみれば確かに、搾取されているにもかかわらず「もっと働くぞ("I will work harder")」が口癖の使役馬ボクサーが悲惨な末路を迎える状況は、現代の企業社会の暗部をみごとに風刺しているようにも思えてくる。

4. 人種と階級

　最後に、本章のテーマである人種と階級の関係について、補足しておきたい。社会問題に関心のある知的な学生は、社会の問題を特定のパラメータで一元化して論じたがる傾向にある。たとえば、人種やジェンダーは二次的な現象であり、社会の根本的な問題は経済格差であり階級である、といった具合に。だが、人種による人間のカテゴリー化や近代的なジェンダー役割分業は、階級とともに近代産業化のプロセスのなかで生じたものであり、これらはつねに互いに絡まり合い、関係しあっている。「人種」は植民地支配や奴隷貿易を正当化するために構築された疑似科学であり、帝国主義はプランテーション経済をもとにして発展を遂げた。人種も階級もジェンダーも、すべて近代の世界システムによって生み出され、またそのシステムを下支えしてきたということを、学生に理解してもらいたいと思っている。

　とくに人種にかんして言えば、それが言説として確立し、文学作品のなかで顕在化するのは 19 世紀末から 20 世紀以降である(もちろん、ヴィクトリア朝のテクストで、植民地とともに人種が暗示されることはある)。人種はイギリス、アメリカ、カリブ海地域、南アフリカではそれぞれ異なるやり方で構築されているし、階級との関係も地域によって異なる。筆者自身はここ数年、授業でイギリスの移民文化を取り上げることが多く、しばしば人種と階級の関係をテーマにしてきた。たとえば、ハニフ・クレイシ(Hanif Kureishi)の映画脚本『マイ・ビューティフル・ランドレット』(*My Beautiful Laundrette*, 1986 年)は、イギリスの新自由主義体制下における人種と階級の関係を考えるうえでは、格好の教材になる。パキスタン移民が麻薬の密売等の違法な手段によって富を築き、サッチャー政権を歓迎し、自分は「プロのビジネスマン」であって「プロのパキスタン人」ではない

とうそぶく姿は、ショッキングではある。しかしクレイシの作品は、白人プレカリアート層と移民のあいだの関係がたんなる敵対関係ではなく、その未来には連帯の可能性もあることを示唆している。[5]

　もちろん、授業の主役は学生である。どんなにすぐれた作品を教材に選んだとしても、「読む」という作業に学生が主体的にかかわらないかぎりは意味がない。教師の側でも、教えすぎない、問いの答えを用意しない、問いを投げかけて学生自身に考えさせるといった心がけが必要である。教室にいる学生は毎学期異なる。そのとき、その教室にいる学生たちとの関係性のなかで授業は作られ、文学作品は新しいやり方で読まれるだろう。大学は社会のなかにあるが、大学の教室のなかにも社会はある。そして、文学を学ぶ教室のなかで、社会はつくられていくのである。

文　　献

〈引用文献〉

Dickens, Charles. *A Tale of Two Cities*. 1859. London: Penguin, 2003.
——. *Great Expectations*. 1860–61. London: Penguin, 2003.

〈参考文献〉

Carey, John. *The Intellectuals and the Masses*. London: Faber and Faber, 1992.
Moretti, Franco. *Distant Reading*. London: Verso, 2013.
Williams, Raymond. *The Country and the City*. New York: Oxford UP, 1973.
Said, Edward W. *Culture and Imperialism*. London: Chatto and Windus, 1993.
大貫隆史、河野真太郎、川端康雄編著『文化と社会を読む　批評キーワード辞典』研究社、2013 年。
川端康雄、大貫隆史、河野真太郎、佐藤元状、秦邦生編著『愛と戦いのイギリス文化史 1951–2010 年』慶應義塾大学出版会、2011 年。
三浦玲一編著『文学研究のマニフェスト』研究社、2012 年。

---

[5] 『マイ・ビューティフル・ランドレット』の具体的な分析については、『愛と戦いのイギリス文化史 1951–2010 年』第 21 章（367–81 頁）を参照のこと。

2 社会を教える：ジェンダー
―― わたしたちは複雑な関係性のなかで生きている

越智　博美

1. ジェンダーとは社会的性差である
　　――ほんとうにそれだけですか？

　ジェンダーという言葉を、大学生はそれなりに聞き飽きている。「社会的、文化的に形成された、いわゆる男らしさ、女らしさ、ですよね？」で終わりである。それはたてまえとして理解されるものであってそれ以上のものではない。

　けれども、と問うてみたい。そのジェンダーが「社会的、文化的に形成」されているなら、社会や文化がかわれば、男らしさも女らしさも変わるのではないか？　さらに言えば、ジェンダーだけを個別に取り出して語るなどということが果たしてできるのだろうか？

　たとえば『風と共に去りぬ』(1936年)の有名なシーン、スカーレットが町はずれにおいて解放奴隷とおぼしき黒人と貧乏白人に襲われるエピソードを思い出してみよう。スカーレットが襲われたことを受けて、アシュレーや夫のフランク――実はKKKのメンバーたち――が犯人と思われる男たちを成敗する。しかしそれはたんに人種および階級の問題に留まるものではない。同時に白人女性を弱き者として護る行為でもある。だから、その行為は弱き者の枠に収まりきらないスカーレットを弱き者として教化する意図を秘めたものでもある。スカーレットは淑女が行くべきではない場所へ、淑女ならばすべきではないこと(ひとりで馬車を駆り、みずからが経営する製材所に行く)をおこなっていたからこそ襲われたと周囲の人々は考えているのだから。とすると、この場合のジェンダーの規範は、南北戦争後の南部にあっても旧南部的な信条を守り続ける白人コミュニティにおける淑女に割り当てられた領分ということになるだろう。しかもそれは黒人男性、および貧乏白人男性の乱交的なセクシュアリティ、さらには白人男性

の正しきセクシュアリティおよびその男性性の規範と並べられて相互に規定しあうものでもあるのだ。このときジェンダーは、セクシュアリティ、人種、階級のさまざまな要因と結びつきあいながら重層的に規定されていくものであるだろう。

　このことを、現代のわたしたちにより身近なカーソン・マッカラーズの『結婚式のメンバー』(1946 年)を例にとって考えてみたい。この中編小説は、冒頭でどこにも居場所がなく、仲間もいないように感じ、自分が自分でなければよいとすら思いながら苛立っているフランキーという 12 才の少女のひと夏を描いたものである。第一部では彼女はおてんば娘のフランキーという名で登場し、フランキーでいることに苛立っている。父と一緒に寝ることを許されなくなった 12 才の少女は、兄の結婚式に参加してその後も兄夫婦についていけば世界に参画でき、この何のメンバーでもないような状況を打開できると考える。第二部においてはF・ジャスミンとして行動し、うっかり軍隊の男にホテルに連れ込まれて襲われそうになり、第三部においては本名のフランシスという女の子らしい名前で登場する。結局のところ結婚式を終えたあと兄たちについてアラスカに行くことはできなかった。ずっと母親代わりでもあった黒人家政婦のベレニスと別れ、幼い従兄弟ジョン・ヘンリーを急な病で亡くして、自分の場所を見つけられない少女の夏は終わっていくが、郊外に引っ越して新しい女友達もできたことで将来の世界旅行をあらたに夢見ている。大人への一歩を踏み出したことで、ジェンダー規範に寄り添うように方向づけられているかのようである。しかしもはや破天荒なフランキーではなく、そして奇妙にもかつての痛みを忘れたかのような彼女の「女の子らしさ」を目にしたわたしたち読者は、むしろ言葉にされないその喪失に思いを致さざるを得ない。このときわたしたちもまたみずからが通ってきた思春期の胸の痛みを、せつない思いとともに、なにかしら共有することになるだろう。その限りにおいてこの物語はセンチメンタルな、誰もが共鳴することのできる、広く読者の心に訴える物語である。

　またこの物語はある意味男でも女でもないおてんば娘(トムボーイ)であることをやめて「女性」になっていかねばならない社会の要請の強さを強く示唆してもいるだろう。自分を受け容れられずに「誰かほかの人」になれればいいのに、と強く願う気持ちが、見世物小屋にいるフリークにはなりたくない——

すなわち多数の人とあまりにも異なるために、レッテルを貼られ、あまつさえ見世物になる人々——にはなりたくないという願いと結びつくとき、それは社会の同調圧力を敏感に感じ取っているということでもあるからだ。

しかしながら、この誰もが体験しそうな、あるいは誰にとっても理解できるような胸の痛みはまた、この少女が生きる社会と時代に特有の相を持ってもいる。

2. 境界を越える——社会にはいろいろな境界が隠れている

世界から疎外された悩みに、あらゆる試行錯誤（世間的には問題行動と呼ばれるかもしれないが）をしながらも解決できずに苛立ち、みずからをももてあますフランキーにベレニスは言う。「わたしたちはなぜだか捕らわれているんだよ」と。加えて黒人のほうがさらにもうひとつ余計に捕らわれているのだとも。わたしたちが社会に生きることは、見えないけれども確かにそこにあるさまざまな制約を受けながら、あるいはそうした制約に身を委ねて自己成型しながら生きていくということかもしれない。この物語を微細に読み込むなら、自分の身の置きどころ、人や世界との繋がりを求めるフランキーは、彼女を捕らえるさまざまなものに触れ、あるいは越えていく動きのなかで、それらと交渉しながら自己規定する存在である。これを読みのプロセスに入れていくと、彼女を取り巻くさまざまな網の目が、見えてくる。きっとそれは、なぜわたしたちがこの物語に共感するのか、その理由をかいま見せてくれるのではないだろうか。そうなったときに「ジェンダー」とは、たんに習得すべき知識としてではなく、わたしたち自身の生にかかわる問題として捉えるきっかけにもなるように思う。

わたしたちを捕らえているもの——ひそやかに、目に見えないけれどもわたしたちを形づくるもの、だからこそわたしたちを捕らえ、またどこかに属するようにしながら、他方で分断もするもの——それらを第2章のF・ジャスミンの彷徨は見せてくれているように思う。兄と花嫁について行くと決めたときから彼女は世界に参画したような気持ちになっている。もはやフランキーに別れを告げF・ジャスミンとなった彼女は、ピンクのワンピースを着て口紅を引いて、町に出る。掃除中の女性に話しかけ、道路補修の労働者に話しかける。けれど相手は彼女の声を聞いていないし、相手

2. 社会を教える：ジェンダー

が話している声は彼女の耳に届かない。階級の格差は超えられないかのようである。そして彼女は町に流れているゆったりした音楽に合わせた足取りで「町の反対側、メインストリートと工場を越えて、工場地区の灰色に曲がりくねった通りの方へ」向かっていった。その「むせ返るような埃と、惨めな灰色の朽ち果てたような小屋」の地域なら相手がいるかと思い、さらにそこから白人地区と黒人居住地区を隔てる「見えない線」を越えて、黒人居住地区へと軽やかに進む。実のところ、それら異なる人々とのあいだにコミュニケーションは成り立ってすらいないのだが、そのことに彼女は気がつかない。けれども、彼女が自分の居住する区域の外へとみずから出向いていく行動を止めるものは何もない。白人中流階級の、まだジェンダー規範を身につけきっていないおてんば娘としての彼女には、階級も人種も障壁とは感じられないのだろうか。

　実のところ、少女の自由さは、白人中流階級であるからこその特権的なことでもある。このような越境の行動のあいだ、彼女の頭にはそうしたおこないを叱責するベレニスの声が聞こえ続けている。たとえばフランキーは警察に行って、行方不明の自分の猫の捜索を頼むが、ベレニスにとっては、警察官に気軽に用事を頼むなどあり得ない。フランキーはベレニスの義弟ハニーに、メキシコでもキューバでも行けばよいのではと無邪気に勧めるが、彼女の言葉は、人種の問題を12才にしてすでに意識せずして学んでいることを露呈する。ハニーがあまり黒くないからにはキューバ人として通るから行けばよい、つまりはパッシング可能だからと言うのである。しかもキューバという南部よりも南の地は、フランキーが兄と花嫁の白いカップルに帯同して行く先として想定するアラスカとは真逆の方向でもある。無邪気にも残酷な言葉は、彼女がすでに「白人」になりつつあることを語ってはいないだろうか。彼女がおてんば娘として享受している境界を超える自由は、実のところ、白人中流階級の子どもであったから得られた自由でもあったのではないか。白人で中流階級であるからこそ境界の向こうへ行ける。そして警官とも心やすくいられる。家出をして怪しげな酒場にいても、警官から見つけてもらって保護してもらえる。彼女の動きと、ベレニスの言葉、ハニーとのやりとりを合わせて読んだときに見えてくるのは、実は、世の中では人種や階級が違えばフランキーのおてんば娘としての自由はないかもしれず、またフランキーは自分が思っている以上に地

域のメンバーであるということだ。

3. 世界とともだち——歴史の視点を入れてみる

　この物語のBGMはベレニスの語りや黒人の歌とも言えるのだが、もうひとつ聞こえ続けているものがラジオから流れる戦況ニュースである。この物語を少女の成長として読むと、誰にでも幾分か共有できることのある物語に見えるし、また、だからこそ愛されるのだろうが、意外に意識されていないのが、この夏が「第二次世界大戦中」という歴史上の特定の時期であるということかもしれない。白いカップルである兄夫婦について行きたいというその夢は、ソ連とその彼方に日本を睨む軍事の最前線たるアラスカに行く兵士としての兄夫妻について行くことである。この点に着目したHarilaos Stecopoulosの議論に依拠しながら物語を見返してみれば、彼女を規定しようとするジェンダーの規範をめぐる、もうひとつ別の層が見えてくるのではないだろうか。

　フランキーは毎日のように台所でベレニスと、またしばしばジョン・ヘンリーとともに3人でラジオを聞いている。また雑誌の『ライフ』の写真も見ている。彼女の頭のなかで、地球は回っていて、世界は近い。明らかに彼女の頭のなかには、『フォーチュン』や『ナショナル・ジオグラフィック』、『ライフ』などに掲載されたリチャード・E・ハリソン、あるいはハリソンの地図製作に影響を受けた世界地図があったろう。航空機時代にあって北極を中心に描かれることで、アメリカがけっして孤立してはいないことをダイレクトに伝えた「ひとつの世界、ひとつの戦争」地図は、学校の壁にも貼られて当時爆発的に人口に膾炙して世界の見え方を決定的なかたちで変えた。フランキーはしばしば地名を口にする。そしてアメリカの町やできごとと世界の町やできごとはなにやら混ざりあっている。「中国、ピーチヴィル、ニュージーランド、パリ、シンシナティ、ローマ」。

　　その夏、パットンはフランスじゅうからドイツ人を駆逐した。そして
　　また兵士たちは、ロシアやサイパンでも戦っていた。彼女は戦いと兵
　　士たちを見た。けれどもあまりにも沢山のいろいろな戦いがあって、
　　頭のなかでは何百万もの兵士をいちどきに思い浮かべることはできな

2. 社会を教える：ジェンダー

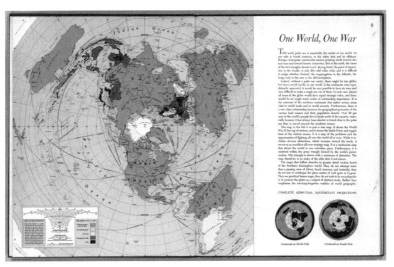

One World, One War drawn by Richard Edes Harrison / David Ramsey Map Collection / http://www.davidrumsey.com

かった。ひとりのロシア人兵士の姿が目に浮かんだ。ロシアの雪の中で黒っぽく、凍って、凍った銃を持っていた。ひとりの切れ長の目をした日本人兵士が目に浮かんだ。ジャングルの島で、緑の蔓の中を滑るように動いていた。ヨーロッパ、そして木にぶら下げられた人々、そして青い海に浮かぶ戦艦。(23)

フランキーが思い描く世界の戦闘には「木にぶら下げられた人々」のイメージが差し挟まれている。ここで不気味にもナチスの虐殺と「奇妙な果実」——ビリー・ホリデイが、人種分離制度を敷く南部で激しさを増していた黒人に対するリンチを告発して歌った歌における、木にぶら下げられた黒人の形象——とが結びつく。ステコポウロスの指摘するように、軍隊においてもリンチ事件が発生していることを思うなら、アメリカの覇権は、人種差別をその裡に秘めたものであることを——しかも第2章からすれば女をレイプするかもしれない制度でもあることを——この部分は示唆してはいないだろうか。(Stecopoulos 101–25)

実際、熱に浮かされたように世界に行くんだ、みんなと友達になるんだ

と戦況を伝えるラジオの回りを興奮して歩き回る彼女の手にはナイフが握られており、世界と友達になることが、ナイフ＝軍事力とともにあるアメリカの覇権のイメージを知らず知らずのうちに反復している。なにしろみんなに会うその前には日本の戦艦を沈没させることも込みでの「みんなに会う」だからだ。思春期の少女の不安定な言動がはからずも露呈するのは、アメリカの軍事力に支えられた覇権の構造である。当時の南部は「奇妙な果実」の国としてアメリカ内部のナチスであるかのように他者化されていた。マッカラーズが提示するのは、その戦争とアメリカの拡大に「奇妙な果実」がたくし込まれているという図式である。「奇妙な果実」はアメリカにとって無縁ではないもの、帝国に組み込まれているものなのである。フランキーがみんなに会い、世界のメンバーになるのは、暴力装置としての軍隊の侵攻をともなう覇権国家の一員としてなのだ。

　ナイフを振り回して興奮するフランキーを抱き寄せ、なだめるベレニス。重なる二人のシルエットは、町中で幻視した兄夫婦——しかし実は黒人男性２人の寄り添う姿——を奇妙にも思い起こさせる。異性愛の白人の軍人とその妻と二重写しになる黒人たち。ナイフを振り回すフランキーをなだめるメイドのベレニス。この交錯しあうセクシュアリティ、ジェンダー、そして人種に着目するなら、マッカラーズがこの物語で示しているのは、たんなるおてんば娘の通過儀礼にとどまるものではないという読み方ではないだろうか。あるいはおてんば娘は時至れば女になるという単純な図式ではないのではないか。フランキーが白人中流階級の少女をあらたな友人として郊外生活に踏み出すことが、ベレニスとの別れ、そして異装の少年ジョン・ヘンリーとの別れと引き替えであることを思えば、彼女の「女の子らしさ」は確実に白人中流の、そして異性愛の女の子になるようにという要請のもとにある。そして世界への夢は今や「ツーリスト」として——ネオ・コロニアリズムのエージェントとして——世界を旅して世界市民になる夢へと変奏されるのだ。それとともにおそらくベレニスとジョン・ヘンリーが象徴するアフリカ系アメリカ人と、逸脱したジェンダーとが、何かの符牒のように同時に彼女の人生から消え失せて、この物語の、彼女の成長の無意識として沈澱していくのである。

　ジェンダーという視点から文学を読むなら、できることならば「社会的、文化的に規定された男らしさや女らしさである」というだけではなくて、

それをみずからの人生、みずからが生きる社会とのかかわりにおいて理解したい。そのためには、そこにある男らしさと女らしさが、どのような社会的な、歴史的な条件とともにあるのかという視点を入れ込みながら考えていくこともまたひとつのきっかけになるのではないだろうか。

📖 文　　献

〈引用文献〉

McCullers, Carson. *The Member of the Wedding*. 1946. New York: Houghton Mifflin Company, 2004.

Stecopoulos, Harilaos. *Reconstructing the World: Southern Fictions and U.S. Imperialisms, 1898–1976*. Ithaca: Cornell UP, 2008.

〈参考文献〉

Yaeger, Patricia. *Dirt and Desire: Reconstructing Southern Women's Writing, 1930–1990*. Chicago: U of Chicago P, 2000.

Schulten, Susan. *The Geographical Imagination in America, 1880–1950*. Chicago: U of Chicago P, 2001.

3 時代・社会を教える
── イギリス「社会小説」と英文学教育

丹治　愛

1. 英文学教育──何を目的とするか

　教育においては「何を目的とするか」によって当然授業の方法は変わってくる。わたしの勤めている大学・学部では、研究者をめざす学生は皆無に等しく、おそらく95%をこえる圧倒的多数の学生が一般企業に就職することをめざしている。英文学を選択した動機にしても、英語を勉強したい、小説を読むのが好き、英語圏の文化を知りたいというところからはじまって、そのうちの一部がしだいに英文学について専門的な知識を得たい、文学作品について専門的な論じ方を学びたいというレベルまであがってくる。

　そのような状況のなかで、わたしは教育の照準を一般企業志望の圧倒的多数の学生にあわせている。そのため、講義をとおして専門的な知識を一方的にあたえることは最小限にして、その最小限の知識を前提にして、作品を実際に読んでもらい、こちらからあたえた課題について自分なりに考え、その結果を論理的な言葉で書いてもらう訓練を重視するようにしている。

　学生自身が文学作品を批判的に読み、自分なりに課題を解き、その解答に説得力のある表現をあたえるとともに、それが思いつきではなくテクストによって十分に支えうる解答であることを論理的に証明するという書く訓練をとおして批判的な読解能力、説得的な表現能力、論理的な思考能力といった言語能力と論理能力を養成していく──学生たちのあまり魅力的ではないエントリーシートを読むと、彼らがそのような訓練を必要としているように思えるからである。

　最小限の専門知識がどの程度のものか、たとえばヴィクトリア朝全般にわたって支配的な小説ジャンルでありつづけた「社会小説(social novel)」

を例にして説明しよう。

(1) 起源(1830年代)
(2) 代表的な作家・作品(おもにロンドンを舞台にしたチャールズ・ディケンズ『オリヴァー・トゥイスト』(Charles Dickens, *Oliver Twist*, 1838)、おもに工業都市を舞台にしたエリザベス・ギャスケル『北と南』(Elizabeth Gaskell, *North and South*, 1854–55)、農村を舞台にしたジョージ・エリオット『アダム・ビード』(George Eliot, *Adam Bede*, 1859)やトマス・ハーディ『テス』(Thomas Hardy, *Tess of the d'Urbervilles*, 1891))
(3) 共通の特徴(貧困・犯罪などの問題を貧困者や犯罪者の道徳的資質ではなく、社会的仕組みと関連づけている)
(4) 背景(産業革命後に成立した階級社会=階級的利害を共有する者どうしが横のまとまりを固めつつ、異なる階級どうしが対立する社会)

そのうえで、たとえば身分の高い金持ちの男性による身分の低い貧しい女性への性的誘惑という共通の主題をもった作品——「社会小説」以前のサミュエル・リチャードソン『パミラ』(Samuel Richardson, *Pamela*, 1740)と以後の『アダム・ビード』『テス』——をくらべて、婚姻外の性交渉という反道徳的行為をどのように価値づけているか、身分差のある男女の関係をどのように描いているかを分析させる(もちろん、自分の読み方が根拠のあるものであることを、作品からの引用をまじえて論証しながら)。

要するに、これからの英文学教育の最重要の問題のひとつは学生の言語能力と論理能力を鍛えるためにどのような課題を発見していくかだろう。しかしこれはなかなかの難題である。英文学の膨大な作品のそれぞれについて適切な課題を発見しそれを教材化していくことは、教員個人の能力をこえる。だからこそ、ひとりの個人が発見し創造した教材を共有していくシステムが求められるのであるが、それが整っていない現状では、とりあえずは個人的なこころみとしてはじめていくしかない。以下は、文化研究的モデルにそったそのようなこころみの一端である。

2. 文学と社会──文化研究的モデル

　文学をとおして社会を学ぶというのは、いったい何を学ぶことになるのか。人間は等しく社会のなかで生きざるをえない社会的動物であるが、人間の社会というものは一定の共通性（たとえば言語をもつなどの）をもちながら、時代や地域によって異なるものでもある。そして、社会の違いを生みだすものがそれぞれの社会の文化なのである。そうだとしたら、ある社会について学ぶということは、その社会のなかにどのような文化が存在しているかを学ぶということをふくむことになるだろう。

　この場合、文化とは、その社会のなかに生きている人間を一定の方向に方向づけようとするイデオロギー的な力の束のようなものと理解しておこう。それぞれの社会は、たとえば死者にたいしてどのような感情をもつのか、自然についてどのような認識をもつのか、女性をどのように表象するのかについて、ある程度定まったタイプをもっており、その社会の構成員の感情、行動、認識、表象などをそのタイプにそって方向づけることになる。人間は、言語を学んでいく過程で必然的に世界を構造化することを学んでいく以上、言語と文化の外部で生きることはできないだろうし、言語と文化というフィルターをとおすことなく世界──主観のうちなる内的世界もふくめて──を認識することも表象することもできないだろう。

　文学作品も表象である以上、そこに文化のイデオロギー的力の痕跡が刻まれている。したがって、ちょうど考古学者が墳墓の副葬品から先史時代のイデオロギーを探るように、文学作品のなかに刻まれている目に見える徴（言語的表現）から、それが書かれた時代の不可視のイデオロギーを探りだすことが可能なのではないか。作者がそのイデオロギーを意識している場合も、意識していない場合もあるだろうが、それは厳密には区別できない。

　たとえばジョゼフ・コンラッド『闇の奥』（Joseph Conrad, *Heart of Darkness*, 1902）は、作品の主題としてアフリカにたいする西欧の帝国主義的侵略を批判的にとりあげながらも、ナイジェリアの作家チヌア・アチェベ（Chinua Achebe）が批判したように、同時代の進化論的人種観の影響のもとで、アフリカの黒人をヨーロッパの白人の対極にある「先史時代人」と見なす人種差別主義を露呈させている。それが意識的なものであったか無意

識のものであったかはわからない。

　学生にあたえる課題としてまず考えられるのは、作品を読んで文化のイデオロギー的力の痕跡と解釈しうる箇所を発見させ、そのイデオロギーが何についてのもので、どのような内容をもっているかを分析させることである。これはそれほどむずかしいことではないだろう。『テス』を例にとれば、たとえば女性観にかかわるイデオロギーの痕跡はさまざまなところに発見できるからである。

(1) エンジェルがテスのなかに「清純な『自然』の娘」「幻の女の精——全女性が結集された一つの典型的な姿」を認め、「アルテミスとか、デメター」と呼んでいるところには(20章)、[1] 女性を「家庭の天使」ととらえるヴィクトリア朝的女性観の典型があらわれている。
(2) アレク、エンジェル、母親、語り手が、それぞれテスの婚姻外の性交渉をどのようにとらえているかというところには、「家庭の天使」像だけではない、ヴィクトリア朝の多様な女性観があらわれている。
(3) テスがエンジェルの婚姻外の性交渉を許しながら、エンジェルがテスのそれを許さないところには、性にかんするダブル・スタンダードの典型があらわれている。
(4) 語り手が「彼女は一般に認められている社会の掟を余儀なく破る羽目に陥りはしたが、その中で自らを勝手に異分子だと考えている、この自然の環境に通用する掟を、けっして破りはしなかった」と述べ(13章)、そして殺人を犯して処刑されるテスを「清純な女性」と総括するところには、キリスト教的な「社会の掟」を否定する1890年代の「新しい女」としての生き方が示唆されている。

　この程度のことならば、それほど優秀ではない学生でも発見できる。しかし、学生に以下のような示唆を事前にあたえておくことは有用である。というのは、文化を静態的にとらえるだけでは不十分であるということ、ひとつの社会のなかには、相互に矛盾しあう複数の文化が同時に拮抗しあ

---

[1] 『テス』からの引用は岩波文庫版(井上宗次・石田英二訳、1960年)を用いるが、文脈にあうよう訳文を変えたところがある。

いながら存在しているということである(上記の(2)を参照)。階級を異にすれば文化も異なってくるし、地域によっても(アレクは北部人である)、世代によっても、性差によっても同様である。

時間軸を導入すれば、「支配的な(dominant)」文化、「残存的な(residual)」文化、「新興の(emergent)」文化が相互に拮抗しているということでもある。小説を文化研究的観点からながめようとするときには、文化をそのような動態的なモデルで理解しなければならない。自然観についても、『テス』のなかには、異教的自然観、キリスト教的自然観、機械論的自然観、ロマン主義的な自然観、ダーウィニズム的自然観、不可知論(科学的自然主義)的自然観が複雑に共存している。

3. テクストの批判的読解——さらに一歩

イデオロギー的力の痕跡が刻まれている箇所を捜すのは学生にとってそれほどむずかしくないと述べたが、学生にとってむずかしいのは、その箇所の具体的なテクストを批判的に解釈し、その結果を論理的に構造化していくことである。たとえば語り手が宿命論を示唆しているかに見える以下のふたつの箇所——テスが彼女の「悲劇的原因」となったアレクと出会った場面と、その数か月後、アレクによって処女性を奪われた場面——をどのように解釈できるだろうか。

> テス・ダービフィールドが無心に胸のバラを見おろしたとき、その眠むけを催させる[アレクの]紫煙の陰に、彼女の演ずる劇の『悲劇的原因』[中略]が潜んでいようと、気のつくわけもなかった。[中略]このようにして事件は始まったのだ。もし彼女がこの出会いのもつ意味が分かっていたら、あらゆる点で自分にふさわしく望ましい人[エンジェル][中略]ではなくて、なぜ、この日、望ましくない人[アレク]に会い、恋慕の情を寄せられる運命にあったのかと、尋ねたことであろう。しかも彼女の知っている人の中でほぼ理想に近いと思われる男性[エンジェル]にとっては、彼女の印象は束の間のものにすぎず、半ば忘れられていたのだった。
>
> [中略]目を開けば幸福になれると定まっている時に、造化の神(Na-

ture)は「さあご覧！」と、その哀れな人間にむかって言ってくれることはあまりないし、また、「どこに？」という人間の叫びに対しても「ここだ！」と答えてくれることもめったになく［中略］人類の進歩発展が完成の極に達したとき、はたしてこのような錯誤は、現在われわれを引きずりまわしているものよりはもっとすぐれた直覚や、社会機構のもっと緊密な相互作用によって、是正されるものであろうか？　だがこのような完全な状態は、予言することも、また、可能であると考えることすらできないのである。(5章)

訊く人もあるであろう。テスの守護天使(guardian angel)はどこにいたのか？　彼女の素朴な信仰の神(the providence of her simple faith)はどこにいたのか？　と。［中略］その神は話しこんでいたか、何かに熱中していたか、旅に出ていたか、それとも、眠っていて目をさまさなかったのかもしれない。［中略］この美しい女性という織物に、どうして、それが受ける運命にあったような卑しい模様が描かれることになったのだろうか？　［中略］何千年ものあいだ哲学はその理由を分析してきたが、今もってわれわれを首肯させるように説明することはできないのだ。［中略］あの片田舎に住むテスの村の人たちが、宿命論的にお互いのあいだで飽きもせず言っているように、「そうなるようになっていた」のだ。(11章)

これらの箇所において語り手が織り上げているテクストは、たしかに「宿命論」を強く示唆している。しかしテスの悲劇的宿命を定めているのはどのような神なのだろうか。ギリシア悲劇におけるような超越神なのだろうか。少なくともここであげられている「造化の神」も「守護天使」も「素朴な信仰の神」も、主人公が「悲劇的破局」に陥るのを防ぐために行動することを怠っているだけである。テスを積極的に悲劇へと追いやるのではなく、テスと出会ったエンジェルに「さあご覧！」と言うこともなく、アレクと出会ったテスにその「出会いのもつ意味」を教えることもなく、アレクによる処女性喪失の危機から彼女を救い出してくれることもない。要するに、何もしないだけである。

「その神は話しこんでいたか、何かに熱中していたか、旅に出ていたか、それとも、眠っていて目をさまさなかったのか」——いずれにしろ、超自然

的存在は、その行動によってではなく行動を怠ることによって、その存在によってではなくその不在によって、テスの悲劇的人生をつくりあげていく。いったいこれらの箇所は、宿命論を肯定しているだろうか、それとも宿命を定める超越神――「アイスキュロスのことばを借りていえば、『神々の司』」(59章)――の存在を否定しているのだろうか。語り手は、「片田舎に住む」「村の人たち」同様、宿命論者なのだろうか、それともエンジェルと同様、超自然的な存在を前提として世界を説明することを拒否する「不可知論」者なのだろうか。

　もうひとつ注目したいのは、「人類の進歩発展が完成の極に達したとき、はたしてこのような錯誤は、[中略]もっとすぐれた直覚や、社会機構のもっと緊密な相互作用によって、是正されるものであろうか？」という箇所である。そして語り手は「このような完全な状態」の実現可能性を否定している(「予言することも、また、可能であると考えることすらできない」)。社会小説の作家たちが「社会機構」の是正によって実現しようとしていた「人類の進歩発展」の可能性を否定しているのである。この意味で『テス』は、同年に公刊されたオスカー・ワイルド『ドリアン・グレイの肖像』(Oscar Wilde, *The Picture of Dorian Gray*, 1891)と同様、社会小説の流行の終焉を告知する作品としても評価されうるのである――唯美主義を標榜している後者とは異なり、道徳的メッセージと社会的メッセージの発信を意図しているにもかかわらず。[2]

　テクストの細部にこだわって批判的に(＝「木目に逆らって」)読解し、その結果を論理的に配列して、作品全体の解釈へとまとめあげていく――それは学生にはたしかにむずかしい作業だろう。しかしそれこそが英文学教育の中核であり、英文学研究の長年の伝統が活かされるべき分野なのではないだろうか。その中核に触れた学生は、批判的な読解能力、説得的な表現能力、論理的な思考能力に裏打ちされた魅力的な教養と自信をもって社会に出ていけるだろう。英文学教育はそうなるべきだろう。

---

[2] 『テス』は、社会制度の完成のみならず人間性の完成を懐疑するが、その意味では同じ世紀末の作品『闇の奥』とも通底する。啓蒙主義的人間性への世紀末的懐疑は、20世紀モダニズム文学・ポストモダニズム文学への入口である。

4 時代・社会を教える
―― アメリカ「南北戦争」と文学

新田 啓子

1. このクラスのテクストはなんですか

　文学を通して社会について学んだり、説明したりすることはそれほど特殊な行いではなく、日常的に試みられていることである。かつてアメリカに学部留学していた際、文学以外のリベラルアーツ科目として履修したうち、ミクロ経済学の授業ではダニエル・デフォーの『ロビンソン・クルーソー』(1719年)、国際関係論ではジュール・ヴェルヌの『八十日間世界一周』(1873年)、現代史ではリチャード・ライトの『アメリカの息子』(1940年)等、多様な文学作品が教科書とされ、活発な議論が成立していたのに驚いた記憶がある。

　もっともその驚きは、日本で同等の例はあまりないだろうという推測から来ていたのかも知れないが、特定の言語修得を基盤とした文学研究分野の外では、むしろ原書と翻訳の区別もなく、文学を自由に活用しているとさえ見えることがしばしばある。『タイム』や『ニューズウィーク』など日本でも馴染みの大衆論説誌の読者であれば、社会事象を象徴的に説き起こすため、詩や小説を引用する書き手の多さに気付いたことがあるだろう。卓越した想像力をもつ個人としての作家たちに世界に対する批判的視座を求めることは、特に英語圏では、思考を助ける一般的な手順となっているように見える。

　だが、そもそも文学研究に従事していない人々が、こんな風にのびのびと文学と付き合っているのとは対照的に、本職の者にとってみれば、「文学で教える」授業というのは、それほど気楽なものではない。こと英文学では、英語原典の判読が前提条件となるのに加え、作品を、主題ではなく道具として扱うことになる可能性にも、常に批判が付きまとってきた。

　1960年代に遡る「言語論的転回」が、歴史や社会それ自体も言語に規定

されているとの意識転換を要請すると、歴史や社会は文学と等価な「テクスト」となった。もはや文学テクストは、コンテクストに従属しているのではない。それらと相互に連動しながら、ある時空に構造化された表意制度を具現すると考えられるようになった。本来実証学を標榜し、観察や実験を重んじていたはずの社会科学が、虚構としての作品を通して、社会を支える想像の体系に興味を示した所以である。しかしこの現象は、我々にも幾許かの自由を与えてくれた反面、文学自体の自己認識を揺るがすことにもなったのである。作品が、所詮は一定の言語規則にコード化された物語にしか過ぎないのなら、作家の主観の固有性や限定性、創作行為の自律性はどうなってしまうのか。仮にあらゆるテクストが、意味の発現を支配する「制度」や「権力」に行き着くのなら、そもそも解釈など必要なのか。

「文学で教える」ことを目指す以上、作品は、いわば社会が刻印された表象や言説、あるいは一つの意味装置として読まれることになるだろう。そのような理解を受け入れながら、作品自体をあくまで一義的な目的と置き、地道な訳読なしでは済まない授業を構成するのは可能か。「社会」とは、本に書かれたことについての解を与える要素と見えて、読解の必要性を忘れさせもするのである。

ちなみに、この手の授業に関心をもつ学生は多いといえる。それは、文化的背景など、作品外の現象を話題としてもよいからである。たとえ英語が読めなくとも、社会に対する一般的な知識から、作品の時間性や筋書きを共有したと感じることができるのだろう。他方、より敷居の低い「社会」を使ってテクストの裾野を広げることで、「わかった感覚」を作れることは、あくまでこの種の授業の利点だ。その感覚を利用しながら、テクスト自体に意識を向けようという工夫が、まずは必須ということになろうか。その究極の目標は、「わかった感覚」からの解放。文学を介して時代や社会を教える意義は、それらに関する「通念」からの解放にある。以下では南北戦争を描いた作品を通し、この逆説を考えてみたい。

2.「南北戦争」を学び捨てる

1861年から65年まで戦われた南北戦争（The Civil War）は、先頃ちょうど終戦150周年を迎えた。動産奴隷制度に基づく経済体制の維持を賭け、

南部諸州は連合国を結成し、連邦を脱退する。これを再統合すべく始められたのが、南北戦争である。この戦争を境とし、合衆国の社会機構や文化的風潮、経済体制は大きく変化した。20世紀前半以来、同国史家の間では、「第二のアメリカ革命」とも呼びならわされたこの戦争は、現代にいたる国家の基盤を準備した決定的な要因として認識されているのである。

この「革命」は、当然のことながら、作家たちの想像力にも刺激を与え、数々の作品のモティーフとなってきた。だが、いわゆる戦争小説というものは、交戦の最中に出ることは少なく、戦争をめぐる物語は、その決着がついて初めて醸成されるもののようだ。南北戦争も例外ではない。折しもこの時代に相次いで創刊され、人気を博した娯楽文芸雑誌には、戦況に着想を得た短編が活発に掲載されていた。しかし、そのように量産された作品の質はかなり低いものであり、戦争の実相をより的確に伝えたのは、「純文学」よりむしろ日記や随筆などの「ノンフィクション」であったといわれる (Wilson ix)。とはいえ戦時期にも、「南北戦争文学」を担うジャンルが存在しなかったわけではない。とくに詩人たちは、事件に対してリアルタイムで反応していた。彼らは戦時社会への思いを、いち早く作品に結実させていたのである。

ウォルト・ホイットマンは、戦地で傷病兵看護を手伝った経験などに基づいて、のちに『草の葉』に組み入れられた『軍鼓の響き』(*Drum-Taps*, 1865) を上梓した。ここに収められた詩、53編の創作時期は明記されてはいないものの、5年に及んだ交戦期間が詩人のうちに育て上げた、多層的な戦争観の記録であるのは間違いない。例えば「響け！ 響きわたれ！ 軍鼓よ！――鳴れ！ 進軍ラッパよ！ 鳴りわたれ！／和議はいらぬ――忠告を受けても聞いてはならぬ」(「響け！ 響きわたれ！ 軍鼓よ！」) といった詩行に、戦争に肯定的なホイットマンの政治的信条を探るような読み方もある。しかし一連の詩は、開戦の興奮一色に染められているわけではない。時間のうちに蓄積された心的体験の集積として、傷、苦しみ、殺戮への恐怖から、同胞愛、死者への哀悼、果ては国家への危機感まで、戦争が人に与えうるおおよそあらゆる想念が、経過的に、また例示的に、映し出されているのである。

加えてハーマン・メルヴィルも、この戦争から詩作への強い動機を得た一人だ。『戦闘詩篇と戦の諸相』(*Battle-Pieces and Aspects of the War*, 1866)

は、この作家にして初めての、詩人としての仕事となった。ホイットマンが戦線に触れることができたのに対し、メルヴィルは、収録された72編の詩のほとんどは、終戦間際の「リッチモンドの陥落が与えた衝動」に発したものだと述べている。「前兆」と題されたジョン・ブラウンの処刑風景（1859年）から「叛乱軍[南軍]の捕虜」解放に寄せた随想（1865年）まで、事跡の発生年が付された詩の数々と、固有名が刻まれた墓碑銘様の追悼句は、歴史に基づく叙事詩の形を取っている。しかしこれは、実際の会戦記であるわけではない。その勝敗が決したのちに——ロバート・ペン・ウォレンによれば分析的かつ「悲劇的」に(27)——「連邦の維持」という大義のために命を賭けた「30万人」に捧げられた、私的追想なのである。

　南北戦争は、このように、アメリカン・ルネサンスという時代の創意を担った二人をともに動員したのであるが、二つの詩集の微妙な違いは、文学における「現実」の位相を考えるヒントになるのではないか。エドマンド・ウィルソンは、この戦争がアメリカ文学に与えた意義を説き明かした大著『愛国の血糊』（1961年）で、その違いに触れている。ホイットマンは、軍病院でみずから修羅場を体験し、そこから直接、戦闘がもたらす「人間の悲哀」への視座を得た。他方メルヴィルは、一度の慰問を除いては戦地に赴くことはなかった。すると彼の戦争詩は、報道風の体裁を取りつつ、その実、戦局時報に鼓舞された銃後の民の愛国心をなぞった程度の、空疎なものに終わっている（Wilson 479）。

　ここで注目したいのは、詩人が戦地に赴く行為が重要視されていることだ。例えばこれが戦争報道であるのなら、既存の情報を下敷きに書くのと、戦場で取材した内容を書くのとでは、おのずと優劣が生じよう。実際の見聞を基盤とした真実がなければ、ジャーナリズムは成立すまい。だが一方で、文学を支える真理は別だ。それは、実地との物理的・即時的な符合ではなく、作家が出来事をいかに理解し、そこからなにを想起して表現世界を築くのか、その次元に宿っている。たとえメルヴィルが戦地に立つことがなかったとしても、我々は、ホイットマンがより真実に近かったとする距離観念は用いないし、メルヴィルの詩を「嘘」であるともいわないのである。ウィルソンも、このように単純な真偽について議論しているわけではない。情報として、すでに活字に平板化された「戦況」は、みずからもまた病に伝染しそうな環境で、傷痍兵の包帯をひたすら換えるような生活

と、同等程度に単独的な戦争観を養うことができるのか。こう問いただしているだけなのだ。

さて、文学における「現実」の問題は、これ自体では当たり前の話である。しかしここから、文学で社会を教えるという問いに帰れば、授業の枠が少し見えてくるのではないか。つまり戦争詩に書き込まれている時代性とは、歴史書はおろか、戦場においてさえ、ただ転がっているものではない。戦争のはじまりを、いわば反奴隷制テロリストであるジョン・ブラウンの処刑に見いだすメルヴィルの史観は、歴史家に共有されてはいないだろう。だが、彼がそう考えた必然性を詩の中に探すことは可能である。それこそが、メルヴィルが文学をもって省みた、戦争に突入したアメリカ社会の像を読み取る作業となるのだ。さらにそこから、これまで我々が了解してきたこの戦争の知識を保留してみられるか——やや拡大的にG.C.スピヴァクの言葉を使えば、「戦の諸相」を詩にした作家の「言語的洗練」を学び取り、南北戦争を「学び捨てる」ということである。このことなくして、文学でこの戦争を教える意味はないといえる。ただ常識をつけるために合衆国の歴史的危機を学びたいなら、アメリカ文学を読むなどという迂遠な方法は取る必要がないからである。

3. 戦争文学の社会的時空

文学を通してわざわざ時代を教えようとする試みは、すなわち、それまで自分が知っていると信じていた「現実」が、いかに部分的な一物語断片に過ぎなかったかということを、実感させることに等しい。「物語」というカテゴリーはまさに文学の本領であるが、これはもとより客観性や一般性より、その創り主の主観的独自性から評価されるものである。だが、物語の力とは、特異性だけで判断されるわけでもない。冒頭で、社会科学の教室で実際に読まれていた小説に触れたが、ああしたものを読ませる教師は、社会に対する言説もまた物語だという見解に加え、小説という一個人による虚構であっても、時代を代表するような作品があるという認識の持ち主に違いない。社会知を文学的想像力との「インターテクスチュアリティ」で捉えようとする動機は、このような前提から生じていると思われる。

だが、英文学の教室で確かめられるべきものは、そのインターテクスチュ

アリティではないだろう。知りたいのは文学と社会の相対的な関係ではなく、作品に描かれることにより、思わぬ形で生成／増殖する社会だからといえばよいか。前段で述べたように、文学の真理が、物語の設定と物理的時空との一対一の対応で決まるわけではないという理は、ある作品が照らす社会は、その物語の背景のみには限られないということである。作品は、読まれることを意図して出版されているが、その受容の折々の過程で、新たな社会的文脈を引き込み続けるものなのだ。文学を媒介することで社会が増殖するとは、そのような意味である。

　例えばくだんの『軍鼓の響き』には、「包帯をあてがう者」("The Dresser")という一編がある。

　　砕かれた頭を覆ってやり（かわいそうに錯乱した手よ、包帯を引きちぎらないで）
　　騎兵の首を貫いた弾をくまなく、くまなく調べてやる
　　息づかいの音は高まり、目はもはや淀んでいるが、命は懸命に闘っている
　　（来てくれ優しい死よ！　どうか頼む、美しい死よ！　お願いだから早く来て。）

このように、残酷に形体を損なわれた瀕死の患者の身体一つ一つに接しながら、黙々と手当てを続ける語り手の感懐が綴られている詩であるが、これは現代、字義的な意味での戦時の風景とはまったく別の、ある社会的状況を指示するようになったのである。アメリカでは、1980年代以来、HIV／エイズ禍に見舞われた男性同性愛者のコミュニティが、次々に罹患する仲間に寄り添い、ともに闘病した自分たちの状況を言い当てた作品として、この詩を公に取り上げるようになったのだ。つまりホイットマンは、南北戦争を詩にすることで、それを超えた。史実としてのその戦場をはるかに超えた時空に対し、ある社会的闘争への、戦争と等価な認識を求めるための言葉を提供したのである。図らずも、いや異性愛の規範を超えた親密性を讃えた詩人にしてみるならば、おそらくむしろ必然的に。

　歴史学の教室ならば、このような読み方はしないはずだ。かたや英文学の教室においては、ホイットマンは、創作年代の社会状況を実証すべき証

4. 時代・社会を教える──アメリカ「南北戦争」と文学

拠の一つというよりは、我々読者の社会への眺望を、設えなおす素材となるのだ。このことは、いかなる文学作品にとっても、そこから社会を想起する以上、同じように働く原理といえるだろうが、しかし、戦争文学という種目は、それをひときわ明瞭に表しているように感じられる。なぜだろう。それは多分、戦争文学を可能とする時間性に係わっている。

　前段で私は、戦争小説というものは、成立までにとりわけ多くの時間を要する傾向があり、戦時中に書かれることは稀であると説明した。それはすなわち、戦争小説の物語は、個々の事件の即物的な時間の意味を総括すべき「戦後」なくして編まれ得ないものだからである。なんであれ、ある程度政治化された視点をもたずに戦争の意味を具象化するのは難しく、それは最低限、勝敗によって変化する。だから戦争小説は、ほとんど本質的に戦後小説ということができ、物語を遡行的に織りなす想像の領域が、社会的文脈を拡張することになるのである。社会そのものの進展は、本来過去から現在へ向けて起きるものであるだろうが、小説の時間性は、逆向きの因果律から、ある戦争が起きた社会にとどまらず、その戦争を問題とした社会をも構造的に照射するのだ。

　南北戦争小説の秀作といわれ、ジョゼフ・コンラッドにも賞賛を受けたスティーヴン・クレインの『赤い武勲章』(*The Red Badge of Courage*, 1895) が出版されたのは、戦後30年目のことであった。「ニューヨーク304連隊」に籍を置く一兵卒ヘンリー・フレミングは恐怖に駆られて脱走したのち、偽りの理由で保身しつつ原隊復帰する。この主人公が、おのれの行為を恥じながら、やがて兵士としての自覚にいたるという物語だ。しかしクレインは何故に、敗者ではなく、勝者北軍に属する兵士を、恥にまみれた者としたのか。この問いは、彼にこの作品を構想させた「金ぴか時代」の様相に対する興味を刺激するだろう。本来奴隷解放を目指した体制は、実のところ、どんな新社会を作り得たのか。果たしてそれは皮肉にも、「北部のアンクルトムの小屋」として批判された、貧民の棲家がひしめく社会にほかならなかった。だとすれば、60万余の命を奪った戦争の大義は果たされたのか。

　南北戦争がアメリカ史に占める位置づけが重要であればあるほどに、それを主題化する小説は、以後の社会の方向性への歴史認識を揺さぶりうる。近年その意味で面白いことが起きている。2006年のピュリッツァー賞最終

候補に、奇しくもほぼ同じ題名をもった南北戦争小説2冊が入ったのだ。E.L. ドクトロウの『行軍』(*The March*)と、オーストラリア作家ジェラルディン・ブルックスの『マーチ家の父』(*March*)である。受賞したのは、『若草物語』の翻案小説である後者だった。しかし、なぜこの年にこんなことが起きたのか。南北戦争小説を欲するアメリカ社会があったとしたら、それはなぜか。このテーマで教えるたびに繰り返し考えている。

📖 文　　献

〈引用文献〉

Crane, Stephen. *The Red Badge of Courage*. New York: Norton, 1976. Print.
Melville, Herman. *Selected Poems of Herman Melville*. Ed. and Introd. Robert Penn Warren. Boston: David R. Godine, 2004. Print.
Whitman, Walt. *Drum-Taps*. The Walt Whitman Archive. 1 May 2016. Web.
Wilson, Edmund. *Patriotic Gore*. 1962. New York: Norton, 1994. Print.

〈参考文献〉

エドモンド・ウィルソン『愛国の血糊』中村紘一訳、研究社、1998年。
ルイザ・メイ・オルコット『若草物語』吉田勝江訳、角川書店（角川文庫）、2008年。
スティーヴン・クレイン『赤い武功章』西田実訳、岩波書店（岩波文庫）、2002年。
ジェラルディン・ブルックス『マーチ家の父』高山真由美訳、武田ランダムハウスジャパン（RHブックス）、2012年。
ウォルト・ホイットマン『草の葉』酒本雅之訳、岩波書店（岩波文庫）、1998年。全3巻。

5 表象文化(映画)を教える
——「アダプテーション」というコンセプト

新井　潤美

　少し前までは、文学の授業で作品の映像化を学生に見せることは必ずしも良いこととは思われなかった。授業中に映像を見せることに反対する大学教員もいたのを覚えている。文学作品の映像を見せるのは、作品のリトルド版を読ませるのと同様、文学作品鑑賞における安易なショート・カットとみなされていたのである。また、例えば映画をまるまる一つ見せることは教員にとっても、学生にとっても、いつもと気分を変えた、ちょっとした「息抜き」のように捉えられてもいた。ところが最近では、授業で映画をそのまま見せることは教員はともかく、学生にとっては息抜きにはならず、嫌がられることさえ多いという。娯楽としての映画を見ることもあまり無い学生にとって、映画を見ることは必ずしも原作へのショート・カットにはならないのだ。教員の側の「手抜きだ」と不満を言う学生もいるそうだ。こういう状況の中、英文学の講義を始めた頃から映像を使った経験から、いくつかのエピソードを反省をこめて思い起こすと共に、英文学教育において、映像を有効に使う可能性について探ってみたい。

1. 多様な映像資料の使用とその結果

　日本の大学の授業は普通90分だが、90分間、学生の集中力と興味を講義だけでもたせるのは難しいし、実際、90分間そのまま講義した場合、それだけの情報量を理解し、消化するのは学生でなくてもかなり困難だろう。あの高名な文学研究家イレーン・ショウォルター(Elaine Showalter)は、2003年に『文学を教える』(*Teaching Literature*)という本を出している。その中で学生に講義の内容を記憶させるために必要だと教育の専門家が奨励する様々な要素をまとめているが、「明瞭な構造とアウトライン」「講義の目標を明確にする」「ハンドアウト——特に、学生が答を記入する質問を用

意したり、メモを書く箇所などを用意するとなお良い」といった項目の中に「視聴覚教材——何に注目すべきかはっきりさせること」という項目がある(Showalter 51–52)。つまり映画やドラマのような視聴覚教材を使った場合、ただ漫然と見せていてはダメだということなのである。これは言うまでもないことかもしれないが、映像を見せる前に、こちらとしては明確な指示をしたつもりでも、学生にとって初めて見る映像である場合は指示が今ひとつ伝わらないことが多い。

　例えばある女子短期大学でエリザベス・ギャスケルについての講義をしたときには、「当時のロンドンの様子を理解する」という名目で、キャロル・リード(Carol Reed)監督のミュージカル映画『オリバー！』(*Oliver!*, 1968)の一部を見せた。これはチャールズ・ディケンズ(Charles Dickens)の『オリヴァー・トゥイスト』(*Oliver Twist*, 1838)をライオネル・バート(Lionel Bart)が1960年にミュージカル化した作品を映画化したもので、撮影は主にスタジオで行われているが、道路の舗装、鉄道、煙突掃除、大道芸人、ロバート・ピール(Robert Peel)のMetropolitan Police Forceのパトロールなど、当時のロンドンの風物がいくつも盛りこまれている。映像を見せる前にあらかじめそれを説明し、見ながらメモをとるようにと指示した。まさに「何に注目すべきかをはっきりさせる」ことを行ったわけだが、学生はそういう細部に気をとられるあまり、映画を「鑑賞」したとは言えない結果になってしまった。あらかじめ最初に全体を見せるか、あるいはDVD等で各自見てくるように言ってから、改めて細部を見せるほうが効果的だっただろう。

　またあるときは、ある大学の法学部の、いわゆる一般教養科目としての「文学と階級」のテーマの講義で、他の国の階級の例としてボーマルシェ(Pierre Beaumarchais)の「フィガロ」の三部作、『セビリアの理髪師』(*Le Barbier de Séville*, 1775)、『フィガロの結婚』(*Le Mariage de Figaro*, 1778)、『罪ある母』(*La Mère coupable*, 1792)の話をしたが、その際にはオペラの映像、ロッシーニ(Gioachino Rossini)の『セビリアの理髪師』(*Il barbiere di Siviglia*, 1816)とモーツァルト(Wolfgang Amadeus Mozart)の『フィガロの結婚』(*Le nozze di Figaro*, 1786)を使ったことがある。イギリス文学の講義で、フランスの戯曲家が、スペインを舞台にして書いた戯曲を、それぞれイタリア人とオーストリア人が曲をつけた、イタリア語のオペラを映像

資料として使ったので、期末試験の答案を見たら作家の国も時代もごっちゃになってしまって、ひじょうに混乱した学生が何人もいた。こちらとしては丁寧に教材と講義との関係を説明したつもりだったし、学生の「教養」の幅を広げたつもりだったのが「イギリスの作家モーツァルトが書いた、階級をテーマにした『フィガロの結婚』」といったとんでもない思い違いを植えつけてしまったようだ（この場合はあっさり内容を忘れてくれたほうが害が少ないのだが）。

2. 忠実なアダプテーションの問題点

しかし教材にこのような混乱をまきおこす映像を使ったのには、学生の興味を様々なジャンルのものに向けるといった教育的な思惑や、あるいは自分の好きな作品を見せたいという利己的な理由だけでなく、私自身がイギリスの中学校、高校で受けた英文学の授業で頭にたたき込まれた2つのことが原因かもしれない。一つは、中学校卒業資格試験のGCSE（当時はO Levelsと呼ばれていた）や、高校卒業資格試験であるA (Advanced) Levelsの試験対策本であり、文学作品のプロットやテーマを簡単にまとめて解説したStudy Aidsと呼ばれる参考書を絶対に使わないこと。もう一つは文学作品をもとにした映画やテレビドラマなどの映像資料を避けることである。正確に言うと、映像資料に関しては見ること自体は問題なかったが、映像作品が原作に忠実であればあるほど「原作と映像を混同しないように」という注意を繰り返し受けた。じっさい、原作に忠実そうに見える映画には一種のスティグマがつきまとい、つねに「原作の二流の代用品」と見なされていた。したがって、文学作品の映画の中でも、時代設定を変えず、コスチュームやセットがオーセンティックな映画を軽視する習慣が身についてしまったのである。「ヘリテージ映画」と呼ばれる作品がいささか低い評価を受けがちなのもこのことが原因だろう。その結果、自分が教える側に立ったときも、最初は古典と呼ばれる文学作品の「忠実な」アダプテーションをあえて避けていたのである。

文学作品の「忠実な」アダプテーションが高く評価されないのは、それがつねに、原作を読んでいる視聴者の期待を何らかのかたちで裏切るからだろう。まず俳優が「イメージに合わない」ということがある。彼らの容

貌はもちろん、その声やアクセント、そして表情や身振りなどが与える印象は大きい。さらに衣装や背景、建物や部屋の内装、バックに流れる音楽さえもが視聴者に「イメージと違う」と思わせる可能性はいつでも生じる。文学研究者にとってアダプテーションとはあくまでも一つの解釈であり、原作を忠実に映像化したものではないのは明らかだが、文学作品にも映画にもそれほど接したことのない学生にはこのことが理解できないことが多い。そしてアダプテーションが「忠実」であればあるほど、それが原作をそっくりそのまま映像化したオーセンティックなものだと思い込んでしまう。

例えばジェイン・オースティン（Jane Austen）の『高慢と偏見』（*Pride and Prejudice*, 1813）を法学部の教養科目としての「文学」の講義で扱ったことがある。学生には翻訳でも良いからあらかじめ作品を読んでくることを課題として、講義では作者と時代背景について少し解説し、5, 6週かけてテキストを読んでいった。ハンドアウトに原文からの抜粋を印刷し、分析をする過程でいくつかの映像作品を紹介した。主に、BBCで1995年に放映されたドラマ・シリーズと、2005年に公開された、ジョー・ライト（Joe Wright）監督の『プライドと偏見』を使ったが、それは主に当時の衣装や建物、町の様子、舞踏会での踊り方といったもの、つまり作者が詳しく描写するわけではないので、本で読んだだけでは想像しにくいものを見せるためだった。オースティンは特に、そういった細部を描く作家ではない。したがって例えば主人公のエリザベスが、遊びに行った先のビングリー家で体調を崩して寝込んだ姉を心配して、泥道を歩いて、野原をつっきって看病に行く描写を読む際、彼女がどんな服を着ているのか、現代と比べていかに動きにくいか、当時の道が、雨が降った後はいかに泥まみれか等が視覚的に確認できると、エリザベスの行為の大胆さ、彼女の活力、そして姉への思いがよりよく理解できるようになるだろう。また、オースティンの小説では舞踏会が、社交の場、登場人物の出会いの場としてだけでなく、登場人物の振る舞いや社交の場での会話を読者に提示する場として大きな意味を持つ。『高慢と偏見』では、ダーシーとエリザベスが舞踏会で互いに最悪の印象を抱き、また、別の舞踏会ではベネット一家が振る舞い、発言ともに見苦しいところを見せて恥をさらし、また、ダーシーは舞踏会で徐々にエリザベスに惹かれていく自分に気づく。この場合の踊りを、ワルツの

ような踊りだと思ってしまうと(そしてたいていの学生は最初はそう思うのだが)、当時の舞踏会の持つ意味、踊りができることの重要性などがよく理解できないかもしれない。この時代の複雑なステップや動き、パートナー以外の相手とも踊ること、踊りながら会話を続ける必要があることなど、映像を見てこそ分かることがある。もちろん、その映像そのものが、正確に当時の踊りを再現しているかどうかは確認する必要がある。

　しかしこのような目的のために映像を使用すると、今度はそれを見せられた学生は、その映像作品のすべての要素が、原作に忠実であるように思い込んでしまうということも言える。例えばジョー・ライト監督の映画について多くの学生が、「登場人物の表情が豊かなので、その人物についての理解が深まった」といった内容のコメントを書いていた。これはもちろん、文化の違い、つまり日本人は一般的にあまり表情を変えない、あるいは表情が表すものが、日本と英米では違うといった背景から、俳優の表情が日本の学生には新鮮に見えるからかもしれない。「理解が深まった」というのはつまり、学生にとって、登場人物が怒り、困惑、喜びなどの感情を表わす様を見ることで、彼らがより「実感」できる存在となるということなのだが、そこには俳優、あるいは俳優に指示を出す監督の「解釈」の要素があることに気づかずにいることが多い。かれらが異文化の存在であるからなおさら、ある映像で俳優が見せる表情や所作が、その登場人物本来のものだと信じこんでしまうのである。

　したがって、話の筋に少しでも原作と違う要素が表れると、それはすぐに学生にとっては非難の対象となる。例えば1940年にアメリカの監督ロバート・Z・レナード(Robert Z. Leonard)が監督した、ローレンス・オリビエとグレタ・ガルボ主演の『高慢と偏見』は学生にいたって不評だった。ロマンティック・コメディを主に作っていたレナードは、この作品もそのタッチで作っており、衣装も踊りも音楽も時代錯誤で、正確さよりも、華やかな印象を優先させている。さらに驚くべきことに、原作では最後まで傲慢で不愉快な人物であるレイディ・キャサリンが、レナードの映画では、ぶっきらぼうで愛想はないが、心は優しい、『若草物語』のマーチおばさんのような人物になってしまっていて、エリザベスを、自分に反抗した唯一の人間で、気骨があると褒めるばかりでなく、実はダーシーに頼まれて、エリザベスの気持ちを確かめに来たのだという設定にまでなっている。こ

れにはかなり本気で怒りを表明した学生もいて、さすがは法学部の学生、こんなに変えてしまって法的に問題は無いのかとまで問うてきた。

3.「解釈」の概念

　BBCのドラマ『高慢と偏見』では、ダーシーが服のまま、ペンバリーの敷地内の池にとびこむというシーンが有名だが、このシーンは原作には無い。しかしダーシーのような、あの時代の紳士の男性性が現代の視聴者にはどうしてもつたわりにくいので、このような場面を作ることによって彼の情熱や「男らしさ」を監督が表現したのだという解説を加えると、このくらいの逸脱ならば学生も納得する。しかしやはり学生に人気があるのは、ジョー・ライト監督の『プライドと偏見』だった。この作品では、ベネット家が必要以上に貧乏であるかのように描かれ、ダーシーとの「階級差」が強調されていて、研究者の間では評判が悪いのだが、ダーシーと、紳士の娘であるエリザベスの関係は「階級違いの恋」ではないという理解が無い視聴者にとっては、ライトの描写のほうが分かりやすいのだろう。このような映画はオースティンの研究者や愛読者に評判が悪くても、映画という商品を現代のグローバルな市場で売るためには、原作をどのように変えていかなければならないかを学生に説明することによって、映画を客観的に評価する習慣をつけてもらうための格好な材料になりうる。

　結局、文学作品の理解を助けるために映像を使う場合は、「忠実な」アダプテーションを見せながらも、監督や俳優の「解釈」の要素を指摘して、映画も一つの作品解釈であることを学生に意識させるという方法に落ちくようだ。冒頭にも書いたように、現代の学生は映画そのものを見ることはそう多くないようで、映画のリテラシーの無い彼らにとって、文学作品の映画化を見るのが、原作の理解への安易なショート・カットとはもはや言えない。授業で映画をそのまま見せると不満の声が上がり、要所要所で映像をとめて、コメントを挟むことが歓迎される。「忠実な」アダプテーションを使い、原作との違いを指摘、分析することによって、作品の理解と共に、映画を批判的に見ることも教えることができる。そしてさらには映画を使うことによって「手抜き」をしているのではという学生の疑惑を回避することもできるのである。

文　献

McFarlane, Brian. *Novel to Film*. Oxford: Oxford UP, 1996.
Monaghan, David, Ariane Hudelet, and John Wiltshire, eds. *The Cinematic Jane Austen: Essays on the Filmic Sensibility of the Novels*. London: McFarland, 2009.
Showalter, Elaine. *Teaching Literature*. Malden: Blackwell, 2003.
Svinicki, Marilla D. and Wilbert J. McKeachie, eds. *McKeachie's Teaching Tips: Strategies, Research, and Theory for College and University Teachers*. 14th edition. Belmont: Wadsworth, 2014.

6 表象文化（演劇）を教える
——芝居の難しさと面白さ

岩田　美喜

　昨今の大学生にとって、〈文学〉とはしばしば〈小説〉のことを指すらしい。小説が、彼らがこれまで自主的に触れたことのある唯一の文学表現であることも珍しくなく、そのためか彼らはあらゆる物語を〈小説〉として解釈しようとする。その結果、演劇を教える教員は、いくつかの混乱と困難に遭遇することになるだろう。半年にわたって『ハムレット』をじっくり精読した（はずの）演習のレポートに「『ハムレット』という小説は」という文言を多数発見し、「当時はまだ小説というジャンルは生まれてないって、初回の授業で言ったのに．．．」と、ひとりつぶやくなどというのは、実は序の口にすぎない。こうした明らかな誤解の背後には、もっと根本的にしてかつ微妙な、「芝居を読む」という行為にまつわる問題の数々が潜んでいる。

　本章では、いくつかの芝居を取り上げて、学生が何を問題とするのか、また、それを克服するために教員の側にどのような工夫が必要か、を考えたい。さらに、そうした初歩的な戯曲リテラシーを備えた学生とともに、芝居を「面白く読む」ヒントを示すことができれば幸いである。

1. 芝居の何が躓きの石となるのか

　では、演劇テクストに慣れていない学生にとって、戯曲を読むことの何がそんなに難しいのだろうか。かつてジョージ・スタイナーは、〈難しさ〉という概念を腑分けして、付随的な難しさから存在論的なそれまで、難しさのスペクトラムを提示するという荒技をやってのけた（Steiner 18–47）。だが、本章が想定する学部学生向けの授業で、演劇の存在論的な難しさまで切り込んでいける機会はなかなかないだろうから、ここで問題になるのはもっぱら付随的な難しさ（調べれば分かる類の、解決可能な難しさ）になる。本節では、学生が犯しがちな誤りをいくつか取り上げ、なぜそのような誤

りが生じるのかを分析したい。

　まず彼らは、いわゆる地の文が存在せず、台詞だけで進んでいく、戯曲という形式に面食らう。それに関連して、地の文から登場人物の感情を読み取ることを習いとしているために、台詞の応酬からその文脈を察するのに、苦労をするようだ。ジョン・オズボーンの『怒りを込めて振り返れ』(John Osborne, *Look Back in Anger*, 1956) を例に挙げてみよう。この芝居は、労働者階級のジミーと中産階級出身のアリソンという階級差婚夫婦の物語であり、舞台は終始彼らの住むワンルームのフラットで進む。ベッドサイドには、薄汚れたクマとリスのぬいぐるみが転がっているが、観客がその小道具の意味を悟るのは第1幕も終盤になってからだ。アリソンの中流意識を当てこするジミーの口調に不穏なものを感じたアリソンが、怯えながらやめてほしいと訴えると、以下の対話がそれに続く。

> ジミー（*彼女の不安気な顔を注視して*）お前はすごくきれいだな。美しい、大きなお目々のリスちゃんだ。（*アリソン、ほっとして明るく頷く。*）溜め込み屋で、がりがり木の実をかじる、そんなリスちゃん。（*アリソン、喜んでその所作をする。*）ぴかぴかに磨き込んだ毛皮に、駝鳥の羽みたいな尻尾。
> アリソン　いぇぇぇぇぇぇぇぇぇい！
> ジミー　ほんとに羨ましいぜ。
> 　　　　*ジミー立ったまま。アリソンの両腕が彼の首に回される。*
> アリソン　でも、あなたもとっても素敵なクマさんよ。ほんとに、すごぉぉぉぉぉぉぉぉぉぉく、立派なクマさん。(32)

　以前、筆者の授業でこの場面を担当した男子学生が、「険悪かと思ってたら急にイチャイチャして、意味が分かりません。要するにバカップルなんだと思います」と発言したことがあった。しかし、第1幕冒頭のト書きが言及した、「大きくてほつれたテディベアと柔らかくてふさふさしたリスの縫いぐるみ」(1) を忘れてさえいなければ、地の文が心情説明をしてくれなくても、意味は明白なはずだ。彼らは、これまで何度も、この子供っぽいロール・プレイングをすることで、夫婦の危機をかろうじて回避してきたのだ。逆にいえば、ごっこ遊びを通じてしか衝突を避ける術を思いつかな

いほどに彼らの溝は深い。さらに、こうして正面衝突を表面的に避けているために、夫婦の閉塞状況はかえって高まっており、いずれは本当のカタストロフィが来るであろうことまでもが予表されている。

　こうした事柄は、舞台の観客にはむしろ自明のことである。常に視界の端に、二つの縫いぐるみが転がっているのが映るからだ。同様に、舞台を実際に見ている観客には、芝居の時空間が〈いま、ここ〉であることは、当然すぎて意識する必要すらない。『オイディプス王』(Sophocles, *Oedipus Rex*, 5c., B.C.)のように古い作品であろうと、『ねずみ捕り』(Agatha Christie, *The Mousetrap*, 1952)のように途方もないロングラン作品であろうと、今見ているこの自分の眼前で展開されるのが、芝居というものだからだ。

　だが、文字テクストでしか演劇に触れたことのない学生は、これが理解できない。ゆえに現在形で書かれているト書きを、概して過去形で訳す。教員が口頭で何度注意しても、勝手に過去形で変換してしまう。同様に彼らはしばしば、登場人物の入退場にきわめて低い関心しか払わず、「今舞台の上にいるのは、誰と誰か」といった単純な質問に、ひどくまごつく。しかし、これは芝居を鑑賞するうえで重要なことなのだ。こうした学生の多くは、舞台の上で複数の人間集団が同時に異なる会話を進める場面にとりわけ弱く、誰と誰がどのような話題に加わっているのか、正しく追えないことも珍しくない。けれど、ベン・ジョンソンの『シジェイナス』(Ben Jonson, *Sejanus*, 1603)のような政治陰謀劇であれば、このような密談の同時進行こそが作品の要諦であり、作品を理解するのに、「AがBとしている会話は、少し離れたところにいるCに、わざと聞かせようとしているものだ」といった文脈の把握は必須である。文字だけで芝居を読もうとする学生は、台詞のない人物を劇世界そのものから抹消してしまいがちだが、そこにいるだけの人物が舞台の上では重要な役割を果たすことも多い。演劇のテクストには、小説とは異なる文法があるのだ。

2.　どうすれば演劇テクストが身近になるのか

　では、どうすれば演劇の文法を身につけられるのだろうか。そもそも、こうした誤りの多くは、文字テクストを三次元の舞台空間に置換する想像力が、学生に欠落していることに由来する。となれば、理想的には、実際

にその作品の舞台上演を学生とともに鑑賞しながら、台本上でこう書かれているものが、上演ではこうなるということを逐一比較していくのが、一番よい解決策ということになろう。しかしもちろん、世の中そううまくは行かない。シェイクスピアのような超有名作品を除けば、一般にイギリス演劇の舞台上演がDVDやブルーレイとして商品化されることは少なく、まして日本語字幕がついたものなど皆無に近い。すると次善の策として、映画化されたものを使用することになるが、ここにも落とし穴が待っている。映画と舞台の文法もまた、少々異なっているからだ。

　舞台の上には何もないことを基本的前提として書かれた初期近代演劇は別として、近代以降の演劇は普通、頻繁な場の転換を嫌う。これは、古典主義的な立場から三一致の原則(作中の時間、場所および筋を、一日、一箇所、一本にすること)に従っているためもある。しかし何より、王政復古期以降、劇場が大がかりな背景板や大道具を備えるようになって、場面の転換にかかる時間と労力が増大したことが大きい。また、現代演劇では、「頻繁な場面転換が不得手」という舞台の特性を逆手にとって、全幕を通して場の設定は変わらないものも多い。ウィリー・ラッセルの二人芝居『リタの教育』(Willy Russell, *Educating Rita*, 1980)などは、その好例だろう。この戯曲は、フランクという中年大学教員と、彼が担当する公開大学(日本でいう放送大学)の個人授業を受講しているリタという美容師の関係を描いたものだが、舞台は徹頭徹尾、彼の研究室での個人指導の場面から成っている。二人の人間が同じ場所でする会話を繰り返し(しかし変化をつけて)描くことで、本作は彼らが抱える人間関係の問題と、彼ら自身の関係の絶え間ない変化を、より痛切に浮かび上がらせているのだ。

　しかし、映画は違う。映画は、どのような時空間をも自在に行き来することができるし、それゆえに、密室での二人の人間の会話で終始する映画があったら、おそろしく閉所恐怖症的な前衛映画のように感じられることだろう。実際、ラッセル自身が監督を務めた映画版『リタの教育』(1983年)では、戯曲の設定は放棄され、多数の人間が多数の空間を行き交う普通の映画になっていた。前述の『怒りを込めて振り返れ』も、原作ではジミーとアリソンのフラットのみを場としているが、初演の演出を担当したトニー・リチャードソンによる映画版(1959年)では、街中の屋台で働くジミーなどが映されている。その他にも、カメラ・アイによる視点操作や、

別の場面を映しながらのボイス・オーヴァーなど、映画には舞台と異なる演出法が多数存在するので、映画を見せればすぐに学生の演劇に対するリテラシーが上がるとは、思わない方が良いだろう。

　もちろん、舞台上演の映像が入手しがたい作品を扱う場合、とにかく作品に興味を持ってもらうための最初の一歩として、映画やドラマなどの映像を利用したり、日本語の翻訳を活用することは、学生のレベルに応じて積極的にやってしかるべきだ。しかし同時に、舞台における空間と人物を意識させる必要を忘れてもいけない。場の設定が具体的な芝居であれば、空っぽの舞台空間を簡素な線で表したワークシートを作成したり、黒板を使用したりして、ト書きを手掛かりに舞台空間を再現させるのも一つの手だ。ゼミのような少人数のクラスであれば、重要な場面を抜き出して実際に演じさせるのも良い。このようなアクティヴィティを毎回やる必要はないが、何らかのかたちで、学生に自分たちの学んでいるテクストが演劇なのだということを、しっかり感じてもらう機会を作るのが望ましい。

　教科書に何を使用するかも、悩ましいところだ。シェイクスピア作品であれば、大修館シェイクスピア双書のような、日本人学生向けの版が充実しているが、それ以外となると、学生が抵抗なく手に取れる教科書を探すのは至難の技だ。洋書しか選択肢がないのならば、Oxford Student Textsのシリーズは、注釈や解説が平易な英語でなされ、巻末にレポート用の課題までついているのでお薦めである。直接授業に関係はなくとも、喜志哲雄『シェイクスピアのたくらみ』のような入手しやすい良書を、参考書として読ませてみるのも一案だ。いずれにせよ、学生の理解度に合わせて適切な教科書も変わってくるので、場合によっては教員がその都度資料を用意するなどの工夫も必要になるだろう。

3. どのような瞬間に、芝居の面白さが輝くのか

　こうした苦労の甲斐あって芝居のいろはを身につけた学生が、「この芝居、面白いですねぇ」と言ってくれたら、教師としては冥利に尽きる気持ちになるだろう。良い戯曲であれば、どんな作品にも面白い瞬間が潜んでいるものだが、ここではリチャード・ブリンズリー・シェリダンの『悪口学校』(R. B. Sheridan, *The School for Scandal*, 1777)を題材に、そんな瞬間

を探してみたい。

　この芝居を成立させているのは、タイトルにもある通り「噂」(scandal)が影響力を持つ社交空間であり、主人公である二人の兄弟も、そこから逃れることはできない。兄のジョウゼフは高潔な紳士として評判が高いが、本当は偽善者の悪党で、弟のチャールズは破産寸前の放蕩者という悪い噂が一人歩きしているが、実は正直で磊落な快男児である。二人の姓サーフィス（表面）が示すように、彼らはそれぞれ社会的な自己と個人的なそれとの間に、乖離がある存在なのだ。

　人々の無責任な「噂」への情熱が、実在しないものを見たかのようにありありと描き出す滑稽味は、5幕1場の、サー・ピーター・ティーズルの決闘に関する情報通ぶりを競う場面（ちなみに決闘は行われていない）などによく表れている。だが、本作を代表する場面を一つ選ぶとすれば、やはり4幕3場の「衝立の場」だろう。ここでは、兄弟の元後見人サー・ピーターが、自分の若妻とチャールズの不倫を疑ってジョウゼフの家へ相談に来る。ところが、ジョウゼフはまさに当の夫人を誘惑していたところだったので、慌てて彼女を衝立の後ろに隠し、彼を迎える。そこへチャールズまでもが訪ねて来るので、サー・ピーターはクロゼットの中へ潜み、ジョウゼフに彼の本心を聞き出すよう頼む。

　さて、困ったのがジョウゼフ。ティーズル夫妻は、ちょいちょい左右から顔を出しては彼を慌てさせるし、弟は夫妻の耳に入れたくない話題ばかり振ってくるしで、弱り果てたジョウゼフは、サー・ピーターがいるからもっと穏便な話題を選んでくれと弟に伝える。すると、何につけ開けっぴろげなチャールズは、クロゼットからサー・ピーターを引きずり出したかと思えば、ついには衝立を倒してしまう（次頁図参照）。かくして気まずい対面を果たした夫婦は、自分たちの人間評価が色々な意味で誤っていたことを学ぶ。この場面が巧妙なのは、兄弟のキャラクターが身体言語とぴったり一致しているところだ。嘘で固めた生活を送っているジョウゼフは、ひっきりなしに舞台を動き回り、せかせかとしたスラップスティックを続けていかなければならない。これに対してチャールズは、登場するやいなや、扉を開け、衝立を倒し、その行動によって真実一路の人間性を体現するのだ。

　しかし、この作品の巧みさは、ここで止まるものではない。『悪口学校』

図　ドルリー・レイン劇場での上演における衝立の場

において、主役のはずの、そして裏表がないはずのチャールズは、むしろ観客にとって掴みづらい存在になっているのだ。二面性がある兄のジョウゼフは、二面性があることを観客に理解してもらうために、独白や傍白を多用して、自分の本心や狙いを常にわれわれに明かしてくれる。そのため、観客はジョウゼフを非常に近しく感じることができる。ところが弟のチャールズは、常に本心しか言わないことになっているので、傍白や独白が極端に少なく、観客から妙に遠い（そもそも、彼はなんと第3幕まで登場すらしない）。

　つまり、『悪口学校』は、チャールズの胸のすくような行動に快哉を叫ぶ喜びを与えてくれるとともに、独白と傍白という演劇独特のテクニックを通じて、喜劇の大団円から放逐される小悪党のジョウゼフにも惜しみない愛を注ぐよう、観客を促しているのだ。こうした妙味を学生が教員とともに学び、発見するとき、演劇の授業はきっと双方にとって面白く、充実したものになっているだろう。

文　献

〈引用文献〉
Steiner, George. *On Difficulty and Other Essays*. Oxford: Oxford UP, 1978.
Osborne, John. *Look Back in Anger*. London: Faber, 1957.
Sheridan, Richard Brinsley. *The School for Scandal*. Ed. Diane Maybank. Oxford Student Texts. Oxford: Oxford UP, 2008.

〈参考文献〉
Morwood, James, and David Crane, eds. *Sheridan Studies*. Cambridge: Cambridge UP, 2005.
Thomson, Peter, ed. *The Cambridge Introduction to English Theatre, 1660–1900*. Cambridge: Cambridge UP, 2006.
Worth, Katharine. *Sheridan and Goldsmith*. Houndmills: Palgrave, 1992.
喜志哲雄『シェイクスピアのたくらみ』岩波書店（岩波新書）、2008年。

第3部
英文学を教える

1 　中世文学への誘い

唐澤　一友

1. 中世の不思議な世界

　中世イギリス文学といってもあまりピンとこない学生が大半ではないだろうか。そうだとすれば、まずはより身近なところにある中世的なるものとの関連で中世英文学の世界の一面を垣間見ることから始めるのが良いように思われる。例えば、学生にもよく知られているハリー・ポッター・シリーズ(1997–2007年)のような魔法使いが活躍するファンタジー文学では、中世以来の文学伝統からの影響やこれへの意識が見られることがよくある。そのような身近な例を中世文学の世界への入り口として利用するのは、学生の興味を喚起するには効果的なように思われる。本稿の前半では、ハリー・ポッターと中世文学との接点を中心に、例えばどのような切り口でファンタジー文学を中世文学への導入として使うことが出来るかということを見ておきたい。

＜中世文学を代表する魔法使い＞

　魔法使いの世界が舞台となるハリー・ポッター・シリーズには、時々マーリンという魔法使いの名前が言及される。彼は魔法使いの子供たちが食べる Chocolate Frogs というお菓子のおまけについている「有名な魔法使いカード」に描かれており、Prince of Enchanters という称号で呼ばれ、また、目覚ましい業績を残した魔法使いには彼の名前の付いた Order of Merlin という勲章が与えられる。あるいはまた、この物語世界には、驚きを表す Merlin's beard! という表現もある。

　このマーリンとは、中世イギリス文学を通じて最も有名な魔法使いであり、ハリー・ポッター・シリーズで上述のような扱いを受けているのもそのためである。2008–12年には、イギリスのBBC放送で、マーリンを主

人公にした Merlin というタイトルのファンタジードラマが放送され人気を博したが、これ以外にも彼を扱った映画、テレビドラマ、ミュージカル、小説、ゲーム等は無数にあり、その「名声」は現代にまで轟いていると言える。

　中世文学において、マーリンのことが大々的に最初に語られるのは、伝説的なアーサー王のことを初めて本格的に「記録」した、ジェフリー・オブ・モンマス（Geoffrey of Monmouth, 1100 頃–55 頃）の『ブリタニア王列伝』（Historia regum Britanniae, 12 世紀前半）においてである。マーリンは人間の女性と夢魔（incubus）との間に生まれたとされ、不思議な力を使って、本来別の場所にあったストーンヘンジを解体し、現在の場所に元の形と全く同じに組み立てたとされ、地中深くに隠れているものを言い当てたり、姿かたちが別人になる薬を調合したりすることも出来るようである。中世の写本に描かれた、長いローブを身にまとい、長い顎鬚を蓄えたマーリンは、現代の我々の目にも魔法使いらしい姿に映る。そういった中世写本の絵を見ると、中世以来の伝統が現代まで受け継がれているということを感覚的に感じることが出来るだろう。上述の Merlin's beard! という表現にも、中世以来伝えられているこのようなマーリン（あるいは魔法使い）の典型的なイメージが反映されている。例えば、マーリンについてこのように簡単に紹介した上で、マーリンが活躍するトマス・マロリー（Thomas Malory）の『アーサー王の死』（Le Morte d'Arthur, 15 世紀後半）の冒頭部分を読んでみるのも良いだろう（1485 年にウィリアム・キャクストン［William Caxton, 1422 頃–91］が印刷・出版した版は、かなり平易な末期の中英語で書かれているので、現代英語の知識だけでもかなりの程度理解できる）。

＜中世ヨーロッパの共通語としてのラテン語＞

　ハリー・ポッター・シリーズには、様々な魔法の呪文が登場する。そして、それらの多くは、例えば、Expecto Patronum や Petrificus Totalus などのように、ラテン語やそれを模した言葉になっている。ここにも中世以来の伝統が反映されあるいは意識されている。中世におけるラテン語（文学）の存在は大きく、これについて知っておくことは重要であるが、ハリー・ポッター・シリーズで使われる呪文の言葉を出発点として、中世イングランド（あるいはより広くヨーロッパ）におけるラテン語やラテン文学

に関して、例えば以下のような話をすることも出来るだろう。

　ラテン語はもともとローマの言語であったが、ローマ帝国がキリスト教化され、カトリック教会の本拠地がローマに置かれて以降、キリスト教と学問の言葉として西ヨーロッパ中に広まった。イングランドには6世紀末にローマからキリスト教が伝わり、これ以降約一世紀の間にキリスト教化が進み、それと共に宗教や学問の分野、および記録文書などを中心にラテン語が使われるようになった。アングロ・サクソン時代の歴史を綴ったビード (Bede, 673頃–735) の『英国民教会史』(Historia ecclesiastica gentis Anglorum, 731頃) や有名な「マグナ・カルタ」(Magna Carta, 1215)、上述のジェフリー・オブ・モンマスの『ブリタニア王列伝』など、中世に書かれたものは当然として、例えば、ニュートンが万有引力のことを論じた『自然哲学の数学的諸原理』(Philosophiæ naturalis principia mathematica, 1687) に代表されるように、近代のイギリスでもなおラテン語は使い続けられた。

　魔法や呪文の類は、現代的な目からすると超自然的、非科学的なものであるが、中世においては、宗教や科学と密接に関連する分野に属し、この分野においてもラテン語が使われることが多かった。例えば、以下の引用は、アングロ・サクソン時代後期、10世紀に書かれた写本に含まれる『リーチブック』(Leechbook) という医学書からの一節で、関節痛に対して効く呪文のことが述べられた部分である。

　　　Sing VIIII siþum þis gealdor þær on, and þin spatl spiw on:
　　　　Malignus obligavit, angelus curavit, dominus salvavit.
　　　Him biþ sona sel.
　　　（この歌を患部に向けて九回歌い、それから患部に唾を吐きかけよ：Malignus obligavit, angelus curavit, dominus salvavit. 患者はすぐに良くなるであろう）

解説の言葉は古英語だが、（イタリックになっている）呪文の言葉そのものはラテン語である。この呪文にも見られるように、キリスト教時代の呪文はキリスト教の世界観に基づくものが多く、キリスト教の言葉であったラテン語によるものが多い。ハリー・ポッター・シリーズにおける魔法の言葉の多くがラテン語やそれを模したような言葉になっているのも、このような中世以来の伝統の延長線上にあるものと言えるだろう。

魔法や魔術は中世の錬金術とも密接に関連するところがあるが、ハリー・ポッター・シリーズ第一作のタイトルに含まれる philosopher's stone（賢者の石）とは、錬金術の伝統に属するもので、これを表すラテン語の lapis philosophi に対する英訳である。ここにもラテン語を含めた中世以来の伝統とのつながりを見て取ることが出来る（なお、伝統的でより直訳的な言葉を用いたイギリス版に対し、アメリカ版では意味が優先され、これが sorcerer's stone に変更されている）。

＜ルーン文字と魔術・魔法＞

ハリー・ポッター・シリーズでは、時々ルーン文字のことが言及されることもある。例えば、ホグワーツ魔法学校にはルーン文字学の授業があり、その授業で Ehwaz (ᛗ) および Eihwaz (ᛇ) という文字について学ぶ場面がある。作中で言及される『吟遊詩人ビードルの物語』(The Tales of Beedle the Bard) という古くから伝わる魔法使いの子供のためのおとぎ話集は、その表紙にルーン文字でタイトルが記されているとされており、この物語自体、もともとはルーン文字で書かれていたとされている。

ルーン文字は、アングロ・サクソン人を含め、ゲルマン人特有の文字で、古来、占いや魔法等と関連付けられてきた。例えば、古代ゲルマン人の風俗を記録したタキトゥス (Tacitus, 56 頃–120 頃) の『ゲルマーニア』(Germania, 1 世紀) には、ルーン文字を用いた占いのことかと思われる記述がある。また、北欧神話によれば、ルーン文字の知識は、呪術や医療と関連する力を持つ神オーディンによって獲得されたものだとされる。このようなことから、ルーン文字は伝統的に魔法や魔術と結びつけられてきたもので、現在でも縁起の良い意味を持つルーン文字を彫ったアクセサリー等が売られていたり、ルーン文字占いが行われたりしている。ハリー・ポッターにおいて、魔法学校でルーン文字が教えられているのも、この伝統を踏まえたものであると言える。このようなルーン文字についての話を導入とし、例えば、以下のような中世文学の話につなげることも出来るだろう。

ルーン文字は、漢字と同じように、それぞれの文字に音価だけでなく意味がある。占い等にルーン文字が使われるのも、そのようなルーン文字の特性と関連している。このような特徴を利用して、「ドレミの歌」と似たような感覚で、ゲルマン人の間には、ルーン文字を覚えるための詩があった。

以下は古英語の『ルーン文字詩』(*Rune Poem*)の冒頭部分である。

  ᚠ byþ frofur fira gehwylcum;
  sceal ðeah manna gehwylc miclun hyt dælan,
  gif he wile for Drihtne domes hleotan.

  ᚢ byþ anmod and oferhyrned,
  felafrecne deor — feohteþ mid hornum —
  mære morstapa; þæt is modig wuht! (*Rune Poem* 1–6)
  (富(ᚠ)はあらゆる人々にとって良いものである。しかし、人はそれを気前よく分けなければならない、もし主の御前で栄光を得たいと思うのであれば。
  オーロックス(ᚢ)は勇敢で大きな角を持つ非常に獰猛な動物で、その角で戦う、よく知られた原野を歩く者である。さても勇ましき者かな)

このような要領で各スタンザの最初にルーン文字が置かれ、スタンザ全体がその文字で表される概念と関連する内容になっている。この種の詩は、古英語の他、古ノルウェー語や古アイスランド語のものも残っている。

 中世、特にその初期においては、作品と共に作者の名前を残すという習慣がまだ定着しておらず(あるいは現代における「著者」や著作権というような考え方も未発達で)、そのため、作者不詳の作品が多い。多くの作品が残されている古英詩に関しても、現代まで伝わっている詩人の名前はほんのわずかである。そのような時代にあって、作品の中にルーン文字を使って自らの名前を残した詩人がいる。彼は以下のようにして自分の名前を作品に組み込んでいる。

    A wæs secg oð ðæt
  cnyssed cearwelmum, ᚳ drusende,
  þeah he on medohealle maðmas þege,
  æplede gold. ᚣ gnornode
  ᚾ gefera, nearusorge dreah,
  enge rune, þær him ᛗ fore
  milpaðas mæt, modig þrægde,
  wirum gewlenced. ᚹ is geswiðrad,

1. 中世文学への誘い

```
gomen æfter gearum,      geogoð is gecyrred,
ald onmedla.    ᚾ wæs geara
geogoðhades glæm;    nun synt geardagas
æfter fyrstmearce     forð gewitene,
lifwynne geliden,     swa ᛚ toglideð,
flodas gefysde.    ᚣ æghwam bið
læne under lyfte;    landes frætwe
gewitaþ under wolcnum     winde geliccost.  (Elene 1256–71 行)
```
(その時まで、その男は常に悲しみに懊悩し、消えかかった松明(ᚻ)の如くであった、蜜酒の館で宝を、浮彫細工の金を拝領していたにもかかわらず。角笛(ᚣ)は嘆きの声を上げ、困った時(ᚾ)の友は苦痛を、辛い忠告を耐え忍んでいた、一方、心猛き馬(ᛖ)は、金線細工で飾られ、道しるべの置かれた道を走っていた。喜び(ᚹ)は、年月を経て衰え、若さも、かつての栄光も、変わってしまった。かつては、我ら(ᚢ)に若き日の栄光があった。今、定められた時を経て、昔の日々は過ぎ去り、人生の喜びは失われてしまった、丁度海の水(ᛚ)が、逆巻く波が、引いて行くように。富(ᚣ)は、天の下、誰にとっても、儚いものである。大地を飾るものは、天の下、過ぎ去っていくものである、丁度風と同じように)

この引用文の 2, 4–6, 8, 10, 13–14 行目に組み込まれたルーン文字は、『ルーン文字詩』の場合と同様、詩の一部として機能するが、その一方、ルーン文字だけを取り出して並べると、Cynewulf (<ᚳᚣᚾᛖᚹᚢᛚᚠ) という詩人の名前になる。この詩人は、他にもあと三作品において同様の方法で自分の名前を作品に組み込んでいる。これはかなり特殊なルーン文字の使い方であり、また、上で触れたような当時の文学における著者の匿名性という観点からも特殊なケースであると言える。このような例外的だが面白い例を通じて、ルーン文字について、また、著者や著作、あるいは作品のオリジナリティに対する当時の意識等の問題について扱うことも出来るだろう。

なお、この引用文では、使われたままの順番でルーン文字を並べれば詩人の名前になるが、同じ詩人の他の三作品では、文字を並べ替えて初めて詩人の名前になるアナグラムになっている。同様に、ハリー・ポッター・シリーズに登場し、主人公ハリー・ポッターの最大の敵である Voldemort の名もアナグラムに由来する。彼の名は Tom Marvolo Riddle だが、Tom という平凡な名前を嫌った本人が、名前の文字を並べ替え、I am Lord

Voldemortと名乗るようになったとされている。他にも、アナグラムは、例えば、ダン・ブラウン(Dan Brown)の『ダ・ヴィンチ・コード』(*The Da Vinci Code*, 2003)や『インフェルノ』(*Inferno*, 2013)のようなミステリー作品にも使われているが、そのような身近な例とも関連付けながら、古代・中世以来のアナグラムの伝統について扱うのも面白いかもしれない。

<中世文学におけるドラゴン>

　ファンタジー文学の一大源流であるトールキン(J. R. R. Tolkien, 1892–1973)の『ホビット』(*Hobbit*, 1937)や『指輪物語』(*The Lord of the Rings*, 1954–55)に典型的なように、ファンタジー作品には魔法使い以外にも、例えば、魔女、妖精、巨人、エルフ、ゴブリン、トロール、ドワーフ、ドラゴンなど、いろいろ不思議な存在が登場する。これもまたいろいろと得体の知れない生物が登場する中世文学の世界観に負うところが大きい。例えば、古英詩の最高傑作『ベーオウルフ』(*Beowulf*, 8世紀に成立?)にはグレンデルという正体不明の怪物やドラゴンが登場するし、アーサー王の円卓の騎士のうちの一人、ガウェインが活躍する『ガウェイン卿と緑の騎士』(*Sir Gawain and the Green Knight*, 14世紀後半)には、全身緑色で首を切り落とされても死なない、やはり正体不明の「緑の騎士」が登場する。『ベーオウルフ』と同じ写本(1000年頃)には、半獣半人の聖クリストファーの殉教伝 *The Passion of St Christopher*、東方にいるとされる不思議な生物に関する記述を集めた *The Wonders of the East*、アレクサンダー大王が東方に遠征に行った際に見聞きした不思議な存在についてまとめた *The Letter of Alexander the Great to Aristotle* と、いずれも怪物的で不思議な存在を扱った作品が集められている。『ベーオウルフ』写本が編纂されるより300年程前の7世紀末から8世紀初頭頃のイングランドでは、『怪物の書』(*Liber mostrorum*)と呼ばれる不思議な生物のカタログのような書物も書かれている。

　このように、中世文学の世界は不思議な生物の宝庫である。中でも特に、上述のトールキンの作品やハリー・ポッター・シリーズをはじめ様々な現代作品にも登場するドラゴンはひときわ大きな存在感がある。初期中世のイングランドを舞台とし、上述のガウェインも登場するカズオ・イシグロの『忘れられた巨人』(*The Buried Giant*, 2015)にも、中世的な世界観に基

1. 中世文学への誘い

づきいろいろ不思議な生物が登場するが、マーリンの魔法がかけられたQuerigという名のドラゴンは、物語の主題ともかかわる特別な存在である。このようなことを踏まえ、ドラゴンを一つの例に、中世文学の世界観やその現代文学への影響について、以下のような話をすることも出来るだろう。

上で触れた、怪物的な生物についての記録を集めた『怪物の書』の序文の中には以下のようなことが述べられている。

> ... de monstruosis hominum partibus describerem et de ferarum horribilibus innumerosisque bestiarum formis et draconum dirissimis serpentiumque ac uiperarum generibus.
> (...人類のうち怪物的な者について、また、恐ろしく数知れない種類の野生の獣、そして最も恐ろしいドラゴン、蛇、毒蛇の類について、記録しようと思う)

ここに述べられているように、この作品で扱われているのは怪物的だが実在すると考えられる生物で、実際、最初は実在の人物の話から始まる。しかし、実在の「怪物」の中には、現代的な感覚からすると明らかに架空の生物であるドラゴンも含まれており、その辺りに中世と現代との世界観の違いを感じることが出来る。

このような世界観の違いは、例えば、『アングロ・サクソン年代記』（*Anglo-Saxon Chronicle*, 9世紀末〜12世紀中頃）の中の以下の一節にも反映されている。

> AN. .dccxciii. Her wæron reðe forebecna cumene ofer Norðhybra land, 7 þæt folc earmlic bregdon, þæt wæron ormete þodenas 7 ligrescas, 7 fyrenne dracan wæron gesewene on þam lifte fleogende. (*Anglo-Saxon Chronicle*, D写本、793年の欄)
> (793年。この年、ノーサンブリアに恐ろしい兆候が見られ、哀れな人々は右往左往した。その兆候とは、大変な竜巻と稲妻であり、また、燃え盛る（複数の）ドラゴンが空中を飛ぶのが目撃された)

この作品は、アングロ・サクソン時代を中心に、イングランドで起こった様々な歴史的出来事を記録したものである。そこに空飛ぶドラゴンが登場

するというのは、中世と現代との世界観の違いに由来するものと考えられる。

初期中英語で書かれた『聖マーガレット』(*Seinte Margerete*, 13世紀初頭)や、『黄金伝説』(*Legenda aurea*)の中英語訳 *Gilte Legende* (15世紀)の中には、ドラゴンに飲みこまれるものの生還する聖マーガレットの話が、同じく『黄金伝説』の中の聖ジョージの話では、この聖人がドラゴンを退治した話が語られている。これらはキリスト教の聖人伝の伝統に属するもので、外来の話であるが、いずれにしろ、古英語期に続く中英語期においても、ドラゴンは「実在した」のである。

ドラゴンと同様、上で触れた不思議な存在の多くは、中世の世界には「実在した」のであり、魔法や予言の類と同様、ずっと現実的な存在として捉えられていたと言える。そして、そのような世界観の違いが生み出す独特な雰囲気が、中世文学の一つの魅力であると言える。中世的な要素を多く含むファンタジー作品は、そういった中世文学の魅力を上手く利用した試みの一つと見ることが出来るだろう。

2. 遠そうで近い中世文学の世界

魔法使いが活躍したり、不思議な生物が登場したりする中世文学の不思議な世界は、ファンタジーの世界同様、非現実的で我々の世界とは縁遠いものであるように感じられるかもしれない。しかしその一方で、中世文学を読んでいると、当時の文学と近現代の文学、あるいは中世の人々と我々現代人との間の類似性や連続性が感じられ、中世英文学の世界が遠いようで実はもっとずっと近いところにあると感じられることもまたよくある。本稿の後半では、このような観点から、中世文学の世界へのもう一つの入り口として、中世と近現代の文学に見られる類似性や連続性について見ておくことにしたい。

＜言語表現やその背後にある発想の類似性・連続性＞

上の引用文からも分かるように、古英語や中英語は現代英語と異なるところが多く理解するのが難しい。しかしそれでも、中世文学を読んでいると、言語的な連続性、あるいはものの見方や考え方の類似性が感じられる

1. 中世文学への誘い

ことも少なくない。そして、そのような例が少なからずあるということに気づいた時、非常に遠い世界のように感じられる中世が、より身近に感じられるようになる。最も分かりやすい例として、例えば、以下のような要領で、現代英語において使われる言い回しが、実は中世にその起源を持つということを示すことにより、中世の言語や文学と現代のそれの連続性や近親性の一端を示すことが出来るように思われる。

例えば、Love is blind. (恋は盲目)という文学的な響きの言葉も中世以来使われてきたものである。よく知られたヒット曲のタイトルにもなっているこの言葉は、近代初期にシェイクスピアが何度か使って以来、広く使われるようになったようである。例えば、『ヴェニスの商人』(*The Merchant of Venice*)の中には、次のような一節がある。

> But love is blind and lovers cannot see
> The pretty follies that themselves commit
> (しかし恋は盲目で、恋人達には、自分達のしている全く愚かなことが見えないのです) (2幕4場)

この表現の最初の記録は、シェイクスピアよりも2世紀程前の、中世後期に活躍した「英詩の父」チョーサー(Geoffrey Chaucer, 1342頃–1400)の代表作、『カンタベリ物語』(*The Canterbury Tales*, 14世紀末)の中の「商人の話」("Merchant's Tale")の以下の一節に見つかる。

> For loue is blynd alday and may nat see.
> (というのも、恋(の神)は全く盲目で、何も見えないのです)

「恋は盲目」という言葉の意味するところは現代でも感覚的に理解できるが、それは600年以上前の中世においてもおよそ同じであったのだろう。

「輝くもの全てが金ならず」を意味するよく知られた諺、All that glitters is not gold. についても、シェイクスピアの『ヴェニスの商人』の中に非常によく似た言葉、All that glisters is not gold. (2幕7場)があることが知られている。一方、チョーサーの『カンタベリ物語』の中の「僧の従者の話」("Canon's Yeoman's Tale")の中には、これと似た以下のような言葉が見つ

149

かる。

> But all thing which that schyneth as the gold
> Ne is no gold, as I have herd it told,
> (しかし、私の聞き知ったところによれば、金のように輝くもの全てが金だというわけではないということです)

諺やシェイクスピアの言葉と比べると、使われている語や簡潔さの点において異なるが、発想としては同じであり、ここにも中世から近代を経て現代へと受け継がれてきたものの見方・考え方があると言える(チョーサーの言葉は「金のように」という部分が付いている点においてより簡潔な諺とは違うが、光る物全てが金ではないというのは、例えば、火、稲妻、宝石などのことを考えると、あまりにも自明であることから、おそらくここにあるように「金のように輝くもの」の全てが金というわけではないというのが本来の形で、諺等として定着したものは、これが簡略化されたものなのだろう)。

「場違いな人」を意味する少し面白い響きの fish out of water についても、(この言葉そのものは初期近代の文献に初めて登場するものの)同様の発想がチョーサーの『カンタベリ物語』の「総序」("General Prologue")の中の、伝統に囚われない修道士のことを描写した以下の一節に見られる。

> He yaf nat of that text a pulled hen,
> That seith that hunters ben nat hooly men,
> Ne that a monk, whan he is recchelees,
> Is likned til a fissh that is waterlees —
> This is to seyn, a monk out of his cloystre.
> (彼[修道士]は、狩りをする者は聖職者でないとか、戒律に従わない修道士は、水から出た魚のような者、つまり[場違いで]修道院にはいられない修道士である、などという言葉を、羽をむしられた雌鳥ほどにも意に介さなかった) (角括弧内は現著者による補足)

これらの例のように、中世文学を読んでいると、現代と全く同じ、あるいは字面は異なるものの発想としては同じ表現が使われているのを目にす

ることがよくある。非常に遠くに感じられる中世の人々の感覚も、現代の我々の感覚も、似通ったところがあるということを知ることは、中世文学の世界をより身近に感じ、これに興味を持つ一つのきっかけになるように思われる。そういった観点から、この種の言語表現やものの見方・考え方の連続性を感じられるような例を、中世文学の世界へのもう一つの扉として利用することも出来るように思われる。

＜日本の文学伝統との類似性＞

　アイルランド民話の中に浦島太郎の話とよく似た話があったり、日本神話とギリシア神話に似たところがあったりというように、身近な日本の文学伝統と、それとは直接関係ないだろうと思われるヨーロッパの文学伝統との間に、時として偶然とは思われないほどの類似が見出されることがある。そして、この手の話もまた、学生たちの興味を引くのに役立つ。中世イギリス文学についても、日本の文学伝統と類似する話があったり、類似したモチーフが用いられたりするケースもあり、これもまた、中世文学への一つの入り口として利用できるように思われる。

　例えば、上述の古英詩『ベーオウルフ』の前半と似た話が日本にもあるということはよく知られている。日本の学生に向けた講義に基づくラフカディオ・ハーンの英文学史においても、以下のようにこのことが簡単にではあるが触れられている。

> The story of "Beowulf" will remind some of you of a Japanese hero, Watanabe-no Tsuna, who cut off the arm of a demon, and had it afterwards stolen away from him by a trick. (*A History of English Literature* [1927], vol. 1, p. 15)

　この類似は1901年に出版されたある記事において指摘されて以来、欧米の中世英文学者の間にも広く知られている。日本においても、国文学者の島津久基が、渡邊綱の活躍する羅生門鬼退治の話と『ベーオウルフ』の類似について、『羅生門の鬼』(1929年)という研究書の中で詳しく扱っている。例えば、このような論考を参考にしながら、渡邊綱の話と『ベーオウルフ』の該当箇所とを比較しながら読んでみるのも面白いだろう。

日本文学には、仏教的な世界観の下に発達した無常観が反映された作品が多くある。その一例としてすぐに思い浮かぶのは、『平家物語』冒頭の一節である。一方、中世イギリス文学、とりわけ古英語文学においても、これと似たテーマが扱われることがよくある。古英語文学には、煌びやかな繁栄とそこからの没落という対比がよく見られ、繁栄は儚いもので、いくら栄えても滅びを免れることは出来ないという、『平家物語』における「盛者必衰の理」とよく似た考え方が見られるのである。古英語文学の場合、没落は抗し難い「運命」(wyrd)の力によるものとされる。例えば、『ベーオウルフ』の終盤には、死を前にしたベーオウルフが以下のようなことを述べる場面がある。

　　　　　　　　　ealle wyrd forsweop
　　mine magas　　to metodsceafte,
　　eorlas on elne;　ic him æfter sceal. (2814b–16 行)
　　(運命がわが親族、勇ましき戦士たちを皆、(滅びの)定めへと追いやった。我もまた彼等の後を追わねばならぬ)

　ベーオウルフは 50 年に亘って国を繁栄のうちに安泰に治めたが、彼の国がドラゴンの襲撃を受けるようになったため、これと戦い退治するものの、その戦いで自らも致命傷を受ける。親族そして自らの死、ひいては一族の没落を「運命」(wyrd)の力によるものとしたこの一節には、古英語文学によく見られる、無常観にも通ずる運命観が反映されている。作品の最後には、王の死により君主を失った国それ自体が没落していく運命にあるのではないかと恐れる言葉があり、長きに亘って繁栄した国の暗い将来が暗示されているかのような陰鬱とした結末になっており、『ベーオウルフ』全体としても「盛者必衰の理」を説くような物語として読むことが出来る。

　以上に見てきたように、中世英文学の世界は、ファンタジー文学などとも通ずる不思議な世界である一方、現代文学や日本文学にも通ずるような、身近に感じられる要素が含まれているという一面もある。本稿では、そのような特徴に着目しながら、英文学を学ぶ大学生に、中世文学を紹介し、これに対する興味を喚起するための一つの方法を提案した。

2 シェイクスピアの教室
── 作品との対話を深めるために

井出　新

1. はじめに ── *A truant disposition, good my lord*

　いつの時代も人文学の教室に学生を留めるのは難しい。ハムレットの親友ホレイシオがウィッテンベルク大学を抜け出した理由は本人曰く「怠け癖」(truant disposition)だし、シェイクスピアですら古典講読が基本のグラマースクールには良い思い出がなかった──「泣き虫小学生は、鞄ぶらさげ、朝日を顔に、歩く速度はカタツムリ、いやいやながらの学校通い」(『お気に召すまま』2幕7場145-47行)。もちろん私自身も学生時代を顧みれば他人様の就学態度に口を挟める立場にはない。好奇心をくすぐるものはたいてい、教室よりも街の中にある。さらに、舞台映像技術が格段に進歩した今日、学生をシェイクスピア演習に留めることは至難の業と言える。劇場はもちろん、映画や漫画、インターネットなど、教室の外に気軽に楽しめて、面白く、わかりやすいシェイクスピアが溢れているからだ。シェイクスピアに高い商品価値を見出したショービジネスが戦略的企画を世界中で展開していることを考えれば、それも当然と言えば当然だ。そんな身近でスタイリッシュなシェイクスピアを尻目に、教室で原文にかじりつく私のシェイクスピア演習は劣勢を強いられている。

　打開策のひとつは、国内外で咲き乱れるシェイクスピアの舞台や映画を摘み取ってきて、新鮮なネタを原作と比較しながら分析・解説する形の授業かもしれない。そうすれば演劇や映画が現代的な感性でとらえた、芸術的偉人シェイクスピアを教室に召喚できる。ただ、ここで考えたいのは、教員と学生の感性でとらえた等身大のシェイクスピアを教室に召喚できないか、ということだ。もちろん演出家や映画監督各々のシェイクスピアに異論はない。しかしながら世界観・価値観が多様化し、様々な異文化の声に耳を傾けることが求められる現代社会で、いかに他者＝シェイクスピア

を受容し、他者を通して自己理解を深めるかは、演出家や映画監督だけでなく、私たちひとりひとりの問題でもある。とすれば、教員と学生とが一緒にシェイクスピアを読み、様々な読み方を教室で戦わせ、新しい視座を見つけることで、映画館や舞台が提供できない独特の楽しさ——自分自身の硬直化した価値観や臆見(ドクサ)を壊し、新しい見方や考え方を発見する楽しさ——を共有できないだろうか。

　教員の熱意や教育方針によって学生が劇的に変わるとは思わない。ホレイシオの"truant disposition"は「放浪癖」と訳すこともできるように、学生とは本来、様々な寄り道をすることが許された風来坊的な存在であり、いくら教師が一生懸命に授業を工夫してシェイクスピアの面白さを伝えても、学生の興味は潮の満ち引きのように移ろいやすい。それは読書と同じことで、私たちは「我々の具体的な個性・教養・思想・情操に呼応するものしか汲みとれ」ないのである(渡辺 431)。だから教室で必要なことはまず、亡霊と遭遇したホレイシオにハムレットが言うように、シェイクスピアと遭遇した学生に「不思議なこととして、そのまま受け入れろ。天と地の間には、人智では計り知れないことが山ほどあるのだ」(1幕5場 174–75行)と、敢えて不確実さや不可解さの中に留まるよう励ましつつ、学生と一緒になってシェイクスピアに尋ね、反問し、考えることだろう。その対話を通してシェイクスピアが学生の好奇心や探究心を覚醒させてくれる。つまり教授法やカリキュラムに依存するのではなく、シェイクスピアに依存するのだ。そのような「シェイクスピアの教室」(とりあえずそう命名しておくが)において私たちが赴くのは、映画でもなければ劇場でもない。現代に遺された作品そのものと、そこに綴られた言葉の織りなす重層的な世界なのである。

2.　台本というテクスト——*Imagination to give them shape*

　『ハムレット』は色々な意味で教室向きの作品だ。明治期から仇討ち物として、あるいは西洋文化の象徴として長く親しまれ、現在でも頻繁に上演されるため、主人公の名前ぐらいは誰でも知っているという利点がある。筋書きも喜劇と違ってさほど複雑ではないし、英語にしてもロマンス劇のような難物ではない。何よりも作品中に、読者を当惑させるような問題点

や謎が、他の作品以上に多数存在している。実際、芝居冒頭の十数行から、「台本」というテクストの面白さに関心を向けられるのも都合がいい。

「誰だ、そこにいるのは？」――『ハムレット』は登場した番兵バナードーの一声から始まる。小説の語りに慣れた読者はその唐突さに狼狽えるだろう。ここはどこなのか、登場人物は誰なのか、どういう状況なのか、シェイクスピアの台本は詳細な説明もないまま始まる。にもかかわらず、読んでいくうちに状況が飲み込めるから不思議だ。冒頭数十行の台詞にどんな情報が織り込まれているかを確認してみよう。まずバナードーの一声は相手の確認が不可能な闇の存在を示唆する。時刻は真夜中「十二時を打ったところ」、あたりは「ネズミ一匹物音をたてない」静けさだ。板付きの番兵「フランシスコー」は「ひどい寒さで心底気が滅入」っている。彼と交代するために登場した番兵「バナードー」は、「マーセラスとホレイショ」という「見張りの相棒」と間もなく落ち合う手筈だ。場所や時間、寒暖などの状況をはじめ、人物の名前、身分や関係性が示されていく。つまり短い台詞の中に、観客の理解を促し、その想像力を駆動させる仕掛けが埋め込まれているのだ。

同時に、シェイクスピアの台本には詳細なト書きが付されていないため、読者の側も想像力を働かせて、登場人物の置かれた状況や演技を洞察する必要がある。当時は劇作家自身が劇団員に直接説明すれば事足りたのだろうが、今はそうはいかない。逆に言うと、あれこれやかましい指示がない分、読者が自分なりに行間を解釈し、説得力のある演技や場面を生み出せるということでもある。例えば、「誰だ、そこにいるのは？」という問いに対して「いや、おまえこそ誰だ、動かずに名を名乗れ」というやりとり。奇妙なのは、なぜ見張りをしていた板付きのフランシスコーではなく、舞台袖から登場した交代要員バナードーが先に「誰だ、そこにいるのは？」と発話するのかという点だ。問う者と問われる者があべこべだから、フランシスコーは「いや、おまえこそ誰だ？」とツッコミを入れているのだろう。

ここで行間を読むことになるのだが、肝腎なのは後方の台詞から最初の場面を逆算することだ。交代要員バナードーは「もしホレイショとマーセラスに会ったら、急いで来るように言ってくれ」とフランシスコーに依頼する。バナードーはなぜか焦っている。その理由は、直後に登場する歩哨仲間マーセラスがバナードーに、「おい、例のものは今夜また現れたか？」

と尋ねることからはっきりとする。バナードーは怖いのだ、甲冑を身につけた例の亡霊が再び現れるのではないかと。だから暗闇で甲冑の音が少しでも聞こえようものなら、「誰だ、そこにいるのは？」と、フェザータッチの引鉄を引くように、すぐに暴発してしまうのだろう。こうして想像力をフルに働かせることで、最初の一声に漲っている恐怖感と緊張感を浮き彫りにするのだ。

　芝居を「観る」というのは現代人の思い込みである。ハムレットが "we'll hear a play tomorrow"（2幕2場524行）と言っているように、シェイクスピアや当時の観客にとって、芝居は「聴く」ものだった——落語や浄瑠璃がそうだったように。聞いているだけで言葉のリズムが耳を楽しませ、眼前にはっきりとランドスケープが浮かぶ。亡霊と遭遇した夜はどんな夜だったろう。バナードーは芝居小屋の遠くを指さしながら語る。

> Last níght of áll,
> When yón same stár that's wéstward fróm the póle
> Had máde his cóurse t'illúme that párt of héaven
> Where nów it búrns, Márcellus ánd mysélf,
> The béll then béating óne—

強勢（ストレス）を意識しながらこの台詞を繰り返し朗誦してみると、弱強のリズムが聞こえてくる。シェイクスピアは台詞を「無韻詩（ブランク・ヴァース）」というビートに乗せてくるから、私たちもラップのように身体を動かしながら口ずさんでみるといい。そのリズムを楽しむうちに、いつかどこかで見た夜の天蓋ががらんどうの教室を覆い、鐘を打つ音が聞こえてくる。

　大学の教室に勝るとも劣らず、当時の芝居小屋も貧相な空間だった。基本的な舞台構造は、三方を観客によって囲まれた板一枚であり、その舞台を青天井から降り注ぐ日の光が照らす。CGを駆使した映像や高度な照明技術、スペクタキュラーな舞台装置、様々な視覚的興奮を味わわせてくれるテクノロジー——そういったものに飼い馴らされた現代人が当時の大衆劇場に入ったら、なんと貧相で薄汚い掘っ建て小屋かと思ったことだろう。いや、シェイクスピア自身が、芝居小屋のお粗末さは百も承知だったのである。副教材として『ヘンリー五世』のプロローグを読んでみるといい。

シェイクスピアは「この粗末な舞台でかくも偉大なる主題を演じますこと、どうぞお許しください」と述べ、舞台にリアリズムを持ち込むことは到底不可能と自認する。

> この闘鶏場のような芝居小屋に、
> 果たしてフランスの大戦場を収められるでしょうか？
> 木造O字型のこの小屋に、アジンコートの空を怯えさせた
> 冑の群を詰め込み得るでしょうか？ (11–14行)

その上で、シェイクスピアは自らの演劇の核心に触れる──「我らが皆様の想像力に働きかけることをお許しいただき、[中略]我らの不完全さを想像力で補っていただきたくお願い申し上げます」。シェイクスピアは「なにもない空間」に、夜の城壁や嵐の荒野、鬱蒼とした森、きらびやかな宮廷など、すべてを台詞によって現出させ、一方の観客は、リズミカルな台詞により駆動した想像力をフルに働かせながら、自分の眼前に各人なりのランドスケープや状況をつくり出す。これがシェイクスピアの台本の持つ魅力であり本質と言える。教室にはもってこいの素材だ。逆に言えば、映画化されたシェイクスピア作品にしばしば窺えるように、視覚的・技術的に場面を作り込めば作り込むほど台詞はダブつき、観客の自由な想像力の働きは阻害されかねない。シェイクスピアはテクノロジー頼みの舞台を嘲うのだ。

3. シェイクスピアを探せ──*The play's the thing*

シェイクスピアは『ハムレット』を通して何を語りたかったのか？ そのことを特定するのは難しい。作品は自説を主張するプロパガンダではなく、観客を楽しませる「娯楽(プレイ)」だからだ。しかし逆に、人生で培った彼の思想や経験が『ハムレット』とは無関係だと言うのも極端すぎる。家庭環境や幼児体験、読書経験、演劇観、政治的・宗教的葛藤など、シェイクスピアが意識的に、あるいは無意識的に作品に書き込んだこともあっただろう。作品中の思いもよらぬ場所に顔を覗かせているシェイクスピアを探し出し、それが素顔かどうかを(もちろん証明はできないものの)色々な角度から確かめてみるのは楽しい作業だ。

比較的わかりやすい例として、ハムレットが旅回りの役者たちに説く道化の心得に注目してみてはどうだろう。「台本に書かれていない台詞を道化にしゃべらせるな。なかには自分から笑ってみせて、反応の悪い客の笑いを取ろうとする奴がいる。お蔭で芝居の本筋はどこへやら。まったく下劣極まる。そんなことをする道化の野心こそあさましい」(3幕2場 36–42行)。そもそも『ハムレット』の面白さは、劇の中に劇があるというメタ的な構造が、劇の中で劇に言及する余地を生んでいることだ。特に旅回りの役者への助言は芝居の本筋とは関係がないから、シェイクスピアがあえて道化に関する愚痴を書き足したかのような印象を与える。立ち止まって深く掘り下げるには絶好のポイントだろう。

　そこでシェイクスピアの劇団員同僚を学生に紹介しよう。ベン・ジョンソンの『みんな癖を出し』の「主な配役一覧」には1598年頃の劇団構成員が、そしてジェイムズ一世の庇護によって国王一座となった時の勅許状には1603年の構成員の顔ぶれが窺える (Chambers 2:71–72)。リチャード・バーベッジやジョン・ヘミングなど主な役者たちを紹介してから、道化を演じた人気喜劇役者にスポットを当てて1598年と1603年の顔ぶれを比較してみると、ちょうど『ハムレット』が上演された1599年頃を境に、ウィリアム・ケンプが退団し、その代わりにロバート・アーミンが入団していることに気付く。そこで二人の残存する版画(ポートレイト)を比較して印象を述べ合い、「お笑い」の質の違いも検討できるといい。[1] 身体に鈴をつけてジグを踊るケンプは、台本に縛られず当意即妙のやりとりで客をくすぐるお笑いが得意な伝統的喜劇役者。それに対して、著作を出版するなど文人気質のアーミンは、知的な「作りこんだ笑い」を重んじる喜劇役者。そうした両者の

---

[1] 図版1はウィリアム・ケンプを描いたもので、William Kemp, *Kemp's Nine Daies Wonder: Performed in a Daunce from London to Norwich* (London, 1600) のタイトルページから、図版2はロバート・アーミンで、Robert Armin, *The History of the Two Maids of More-clacke* (London, 1609) のタイトルページから。両者の「お笑い」の質を具体的に比べるには、シェイクスピアがケンプを念頭に置いて書いた『空騒ぎ』の警吏ドグベリーと、アーミンが演じたとされている『十二夜』のフェステ、『リア王』の道化とを読み比べて、「笑い」の作られ方の違いを確かめてみると面白い。アドリブのギャグを混ぜながら(場合によっては客を弄って)楽しませる笑いと、緻密に計算された落語やコントの笑いとの違いは、学生にもわかりやすいだろう。

図版1　　　　　　　　図版2

特性を押さえると、ハムレットの助言に仮託して元同僚ケンプへの不満を洩らすシェイクスピアを浮かび上がらせることができる。

　応用編は、シェイクスピアが家族生活の経験を『ハムレット』に書き込んではいないか、と考えてみることだ。シェイクスピアの家族に関する話は、なぜか学生の食いつきがいい。別の時代や国に目を向けることによって、社会が強いてくる「かくあるべき」家族像とは違う「規格外」の家族のありかたを見出すからだろうか。シェイクスピアが故郷ストラットフォードで定職に就くことができず、妻子と別れ住み、単身ロンドンで協働する道を選んだことを予備知識として学生に話し、家族から離れ住んだロンドンで彼が家族のように共に生活した人々は誰であったかを考えさせてみよう。具体的に言えば、それはシェイクスピアが属していた商業劇団という疑似家族だ。正確には、家族に近い存在形態をもつ「世帯」と言った方が良いかもしれない。幹部俳優が劇団の経営に全責任を負い、親方として女形を演じる子役の演技や台詞回しを厳しく指導し、寝食を共にしながら地方都市を巡業する利益共同体——シェイクスピアが自分の居場所を見つけたのは、そのような絆の強い、男同士の集団だったに違いない。[2]

---

[2] その絆の強さは、シェイクスピアが劇団員の親友バーベッジやヘミングらに記念の指輪購入資金を遺贈した遺書のくだりを読んでみると、実感できるだろう。Chambers 2:172 を参照。

こうした予備知識を基に、シェイクスピアが（自分の父親失格を棚に上げて）家族を厳格に統治する当時の「かくあるべき」父親を登場させていることに注目する。1幕3場に登場するデンマーク王の忠臣ポローニアスである。ポローニアス一家は母親不在の単親家族。そのせいか、彼の子どもたちに対する気苦労は過剰で、フランスに留学した息子レアティーズの暮らしぶりについて、家来レナルドーに現地調査を命じるほどだ。

　　ポローニアス　いいか、息子のことを少しは知っているようなふりを
　　　しろ。
　　　こんな風に言うんだ、「お父上やご友人なら存じ上げています、
　　　ご本人も多少は」とか。わかったか、レナルドー。
　　レナルドー　ええ、承知いたしました。
　　ポローニアス　それからこうも言える。「ご本人も多少は、ただ、あま
　　　り良くは存じ上げませんが、もし私の人違いでないとすれば
　　　かなり乱暴な方で、これこれに血道をあげておられ」とか、
　　　息子を悪く言って、好きなように言いがかりをつけろ。（2幕1場
　　　13–20行）

　ポローニアスは周囲が悪口にどう反応するかで息子の実態を把握しようとするのだが、行った先での演技・振る舞いや台詞の内容を家来に指導する念の入れようは尋常ではない。子煩悩ぶりは娘オフィーリアに対してもまたしかりで、ハムレットがオフィーリアに宛てた恋文について聞きつけると、すぐに娘に今後の行動指針を与える。女性に関する当時の規範、すなわち「貞節・寡黙・従順」を地で行くようにという指針である。面白いのは、ポローニアスの指導に対してオフィーリアが文句ひとつ言わずに従うばかりか、身振り手振りの演技によって、ハムレットの言動を綿密に報告することだ。

　　　私の手首をとってきつく握り、
　　　腕を伸ばしてあとずさりをされ、
　　　もう片方の手をこんな風に額にあて、
　　　まるで肖像画でもお描きになるかのように

私の顔をつぶさにご覧になり、長い間じっとそのままに。
それからようやく私の腕を軽く振り、
こんな風にお顔を三度上げたり下げたりして
悲しく深いため息をおつきになりました。(2幕1場88–95行)

これに対してポローニアスも、オフィーリアの立ち位置や演技の指導に余念がない。娘とハムレットとの関係を探るべく、二人の会話の盗み聞きを企む場面。「オフィーリア、ここを歩くのだ。[中略]この祈祷書を読んで。こうしてお勤めをしていれば、一人でも不自然じゃない」(3幕1場44–47行)。ポローニアスは家の者すべてに台詞を仕込み、演出しないと気が済まない父親なのである (Thomson 130–32)。

　シェイクスピアが「かくあるべき」父親を描くと、当時の理想的な家父長像に近くなるのは当然のこととしても、その父親が、台詞を教え込み、演技を指導し、演出まで手がけるプロンプターに似てしまうというのは面白い現象だ。同じような現象は例えば『テンペスト』に登場する単親家族のプロスペローにも窺うことができる。こうしたところに、シェイクスピアの身近な現実世界が、意識的もしくは無意識的に、芝居の世界に織り込まれた可能性はなかったか、他の作品に登場する家族にも目配りをしながら教室で意見交換をするうちに、シェイクスピアとの対話も次第に深まっていくことだろう。

4. 翻訳のすゝめ —— *You must translate, 'tis fit we understand them*

　シェイクスピアの教室において訳読は必須だが、英語だけでなく時代を翻訳することもしばしば求められる。例えば1幕4場で、亡霊の語りがハムレットや当時の観客に惹起した戸惑いを、現代の私たちが自分自身の感覚として理解するのはなかなか難しい。亡霊は自分の生前に犯した罪が炎で「焼き浄められる」まで、恐ろしい「牢獄」から出られない身の上を語る。ハムレットは父の霊に同情し、最初は復讐を誓うものの、やがて逡巡するようになる。父が語る死後世界とその枠組みを信じてよいのか。もし信じるなら、どのように現世を生きることが自分にはふさわしいのか、と。
　父の語りが示唆する枠組みは中世カトリックの煉獄体系である。シェイ

クスピアは「煉獄」(purgatory)という言葉を一切使わないが、観客は皆、亡霊がどこからやってきたかを理解できた。エリザベス朝になっても人々は、中世以来大きな社会的影響を及ぼし続けてきた煉獄のリアリティーから脱し切れていなかったからである(Duffy 338-76)。もちろん、こうした「煉獄」という死後世界に学生の方はリアリティーを感じるはずもないし、自分とは無関係の話と考えても至極当然だろう。しかし、そうした文化的差異を認識しつつ、当時の人びとと私たちとの共通項、すなわち死生観の変遷がもたらす不安や懐疑という点から、ハムレットの戸惑いを現代的文脈へと置き直すことはできないだろうか。

　亡霊をめぐるハムレットの戸惑いはどういう死生観から生じているのか、今度はテクストに立ち戻り、亡霊に関する認識のズレを確認してみる。まず、父の語る死後世界を疑うハムレットがプロテスタントの牙城ウィッテンベルク大学の学生であるという設定に注目させよう。プロテスタントにとって煉獄はカトリックが捏造した「虚偽」であり、亡霊は悪魔に過ぎない。「俺が見たあの亡霊は、悪魔かもしれない。悪魔には人好きのする姿に変身する力があるからな」(2幕2場587-89行)。同じような認識は学友のホレイシオによっても共有されている(1幕4場48-53行)。煉獄から来た亡霊か、それとも地獄の悪魔か、それが問題なのだ。

　しかしハムレットはさらに、煉獄から来たという父の霊との生々しい遭遇にもかかわらず、あるいはウィッテンベルク大学で受けたプロテスタント教育にもかかわらず、どちらの知的枠組みも本音では信じていない。

> 死ぬ、眠る。
> 眠れば夢を見るだろう——そう、厄介なのはそれだ。
> この世の思い煩いを振り捨てた時に
> 死という眠りの中でどんな夢を見るか、
> それがわからないから躊躇するのだ。(3幕1場65-69行)

どんな夢をみるかもわからず、「旅人が帰ってきたためしのない」世界を、どうやって信じることができるのか。死後世界の実在性に対するハムレットの懐疑的姿勢は、極めて現代的だ。

　死後世界が実在しないのであれば、自分がホレイシオたちと一緒に見た

父の亡霊の正体とは何なのか。それは単なる幻覚、あるいは集団ヒステリーということになる。亡霊が再び現れる場面を先取りして読んでみよう。ハムレットが母ガートルードの早すぎる結婚と節操の無さを難詰する場面、そこに再び父親の亡霊が現れる。しかし奇妙なことに、母の目には亡霊が映らないのだ。

　　王妃　誰に話しかけているの？
　　ハムレット　そこに何も見えないのですか？
　　王妃　何も。でも、あるものは見えています。
　　ハムレット　何も聴こえませんでしたか？
　　王妃　ええ、私たちの声の他には。
　　ハムレット　ほら、そこを、ほら、音もたてずに出ていかれる。
　　　父上が、ご生前そのままのお召し物で。
　　　ほら、いま戸口から出ていかれる。（亡霊退場）
　　王妃　それはすべてお前の妄想、
　　　狂気が巧みに実体のないものを作り出すのです。（3幕4場124–34行）

亡霊（もしくは悪魔）との邂逅は、神と死後世界の存在を保証するものだった。しかしシェイクスピアは、亡霊が死後世界からの訪問者でも悪魔でもなく、精神疾患による幻影かもしれないという可能性を、巧妙に芝居に滑り込ませている。死後世界だけでなく、自分の認識自体が危ういのだ。

　こうして『ハムレット』では亡霊の正体が最後まで明らかにされず、死後世界に関する明確な知的枠組みも提示されはしない。ハムレットは信じるべき枠組みを持たず、人間の認識にすら懐疑的だ。そうした心的態度は、死生観の大きく変動するルネサンスの過渡期的状況の反映と言えるかもしれない。そのことを指摘した後、政治哲学者チャールズ・テイラーの指摘、すなわち「究極的に信用できる枠組み」を失うことは「精神的に無意味な人生へと転落すること」(20)になるという人間の主体性に関する議論を紹介しつつ、「信用できる枠組み」を失う状況に立ち至っているのは、科学やテクノロジーの劇的進歩により過渡期を迎えている現代の私たちにしても同じではないか、という問題提起を学生たちに投げかけてみよう。誰が語る死後世界とその枠組みを私たちは信じ（あるいは疑い）、どのように生き

ようとしているのか、と。[3]

　現代の私たちの多くは啓蒙主義以降の知的枠組みを疑うことなく享受してきた。神が不在なら、悪魔も亡霊も不在であり、かつて宗教が与えてくれた死後世界に対する信仰も今はすでに失われて久しい。その一方で、科学という知的枠組みも、死の恐怖から私たちを救うことは今のところできておらず、また、すべての知的枠組みを疑い続けることが、人生を意味あるものにするというわけでもない。そのような神不在の世界で、人は人とソーシャルメディアを通して繋がり、お互いの記憶を後代に語り継ぐことによって、「無」という死後の恐怖に立ち向かおうとしている。しかし現実世界が他者の記憶を暴力的に葬り去り、個人を孤立させ、「精神的に無意味な人生」へと追いやる無慈悲な空間であることは、今も昔も変わらない。シェイクスピアは私たちに、一体どんな知的枠組みがこの世界を生きるに値するものとしてくれるのか、時代を超えて問いかけてくる。学生がその問いと対峙する時、もはやシェイクスピアは遠い過去の人ではなくなっているはずだ。

---

[3] もちろん学生からすぐに答えが返ってくるはずもないので、議論の潤滑剤として死生観を扱った小説や評論を挟むと良い。私の場合は、星新一のショートショート「殉教」を紹介している。最愛の妻に先立たれた研究者が、妻と話したい一心で、死後世界の死者と会話ができる通信装置を発明するという話である。『ハムレット』では「父の霊」がハムレットに死後世界を語るが、この小説では愛する妻が夫に死後世界を語る。その世界は（「父の霊」が語る煉獄とは正反対の）素晴らしい場所だ。研究者は記者会見を行い、発明の意義を強調する。科学という知の枠組みは、かつて宗教が与えたあの世への安心感を崩壊させたが、自分が発明した通信装置によってついに科学は人間を死の恐怖から解放した、と。そしてその研究者は、科学技術がもたらした画期的な通信装置から聞こえてくる妻の言葉を信じ、その後を追って自殺する。知の枠組みが変われば、死後世界の考え方も変わり、そして生き方も変わるということだ。研究者が遺した通信装置を使って多くの人々が同じように、先だった親類縁者から死後世界の素晴らしさを知らされ、次々と自殺していく。ところが最後に、その死体の山をブルドーザーで片付ける男が登場する。この男も通信装置を通して親類や友人に「早く来い」と勧められたのだが、あの世へ行こうとはしない。科学だけでなく、どんな知的枠組みも、自分自身の認識さえも、疑っているからだ。「連中には、科学の成果である機械、親兄弟や友人の声、それに自分の耳や目や判断力、また、あの世という理想の国の存在、こういった物を信じることができるらしいぜ」。このブルドーザーの男とハムレットとは、そこはかとなく重なってくるように思える。

5. 結語——*There is much music, excellent voice, in this little organ*

　宮廷での出世を目論むローゼンクランツとギルデンスターンが、旧友ハムレットの心の中を知ろうと食い下がる場面、ハムレットは手に持っていた笛を吹くよう彼らに頼む。それを拒絶する旧友たちにハムレットは言う。

> 俺を見くびるのもいい加減にしろよ。俺なら吹きこなせる、押さえどころもわかっている、心の秘密も引きずり出せる、低音から高音まで全音域の声音を引き出せるというわけか。この小さな楽器には豊かな音楽、見事な響きが宿っているのに、それすら君は奏でられない。ふざけるな、笛より簡単にこの俺を吹きこなせるとでも思っているのか？
> （3幕2場346–53行）

二人の旧友がハムレットの本音を聞けない理由は明白である。ホレイシオがハムレットに対して抱くような尊敬と友情を、彼らは持ち合わせていないのだ。

　近年、文化的に織り上げられたテクストとしてのシェイクスピアが高い精度で研究され、作品群の社会性や政治性も詳らかにされている。その一方で、シェイクスピアの人間性に、そして同時代人たちがシェイクスピアに対して抱いた愛着や敬慕に、光が当てられることは殆どなくなってしまった。確かにテクストは必ずしも安定したものではないから、批評的に読まれてしかるべきだろう。しかし作品を批評的に読むことと、作品に他者の知性を見出し、愛情や尊敬を持って読むこととは、必ずしも矛盾しない。

　少なくとも当時の劇団関係者にとって、シェイクスピアの作品は（娯楽商品ではあったものの）多くの思い出が詰まった知的遺産だった。『シェイクスピア作品集』（1623年）の序文で、シェイクスピアの同僚だった劇団員ジョン・ヘミングとヘンリー・コンデルは『作品集』編纂の理由を次のように語る。

> 私たちは作品を集め、孤児たちに後見人を見つけて、亡くなった者への務めを果たしただけで、金や名声を手に入れようとする野心などは毛頭なく、ただ素晴らしい友人で同僚だったシェイクスピアの思い出

を長らえさせたいと思っただけなのです。(Chambers 2:228)

つまり時を超えて『作品集』が私たちに届けられたのは、劇団関係者のシェイクスピアに対する愛着や敬慕の念がまずあり、それが次の世代に大事な作品を手渡そうとする意思へと昇華したからだ。「私は誰よりも［シェイクスピア］を愛していた」と友人に臆面もなく語ったベン・ジョンソンが『シェイクスピア作品集』に寄せた称徳詩で、「君はひとつの時代のものではなく、すべての時代のものだ」(Chambers 2:209)と讃えたことも、それを端的に示している。

もちろんシェイクスピアと面識のない私たちが、劇団員たちやジョンソンと同じ愛情をシェイクスピアに対して抱くことは不可能だろう。しかし、作品は何かを語ってくれるはずだ、という信仰にも似た気持ちでシェイクスピアに接することはできる。エマニュエル・レヴィナスは聖書の大事な読み方を「現代が失ってしまった」と述べている。それは「唯一信仰を持つ者だけがある直接的なしかたでそこへ踏み入ることができる」読み方だという(17)。これは言い換えれば、テクスト、すなわち他者の知性に対して、尊敬をもって接する者だけに開示される意味があるということだ。ハムレットが旧友たちに言いたかったのもそういうことだろう。

学問的な研究手法に磨きをかければかけるほど、私たちはシェイクスピアという笛の押さえどころを理解し、「豊かな音楽」を美しく奏でられるようになるのかもしれない。しかし相手は笛ではなく人間である。経済効率という名の下に人文学研究が無用の長物として切り捨てられる昨今、何より必要なのは他者の知性に対する敬意であり、私たちがその敬意を教室や社会に、自分自身の中に、育むことであるように思える。そしてそれを育めるものは「対話」以外にはない。だから私は学生に言う。テクストを批評的に読め。しかしテクストへの愛がなければ、テクストは理解できない、と。

文　献

〈引用文献〉

Chambers, E. K. *William Shakespeare: A Study of Facts and Problems*. 2 vols. Oxford: Clarendon, 1930.

Duffy, Eamon. *The Stripping of the Altars: Traditional Religion in England 1400–1580*. New Haven: Yale UP, 1992.

Jonson, Ben. *Every Man in His Humour. The Cambridge Edition of the Works of Ben Jonson, Vol. 4, 1611–1616*. Ed. David Bevington, Martin Butler, and Ian Donaldson. Cambridge: Cambridge UP, 2012.

Shakespeare, William. *As You Like It*. The Oxford Shakespeare. Ed. Alan Brissenden. Oxford: Clarendon, 1993.

———. *Hamlet*. The Oxford Shakespeare. Ed. George Richard Hibbard. Oxford: Clarendon, 1987.

———. *Henry V*. The Oxford Shakespeare. Ed. Gary Taylor. Oxford: Clarendon, 1982.

Thomson, Peter. *Shakespeare's Theatre*. Theatre Production Studies 1. London: Routledge & Kegan Paul, 1983.

チャールズ・テイラー『自我の源泉——近代的アイデンティティの形成』下川潔他訳、名古屋大学出版会、2010年。

エマニュエル・レヴィナス『タルムード四講話』内田樹訳、国文社（ポリロゴス叢書）、1987年。

星新一『ようこそ地球さん』新潮社、1961年。

渡辺一夫『渡辺一夫著作集11』筑摩書房、1970年。

〈参考文献〉

Bentley, Gerald Eades. *The Profession of Player in Shakespeare's Time, 1590–1642*. Princeton: Princeton UP, 1984.

Cox, John D. and David Scott Kastan, eds. *A New History of Early English Drama*. New York: Columbia UP, 1997.

Wrightson, Keith. *English Society, 1580–1680*. London: Routledge, 1982.

フィリップ・アリエス『死を前にした人間』成瀬駒男訳、みすず書房、1990年。

ピーター・ブルック『なにもない空間』高橋康也・喜志哲雄訳、晶文社、1971年。

3 英詩への誘い
――大胆な仕掛け(ギャンビット)：教室のフェリシア・ヘマンズ

アルヴィ宮本なほ子

1. 無知のしなやかさ

　外国語、外国文学を大学の教室で学ぶことは、日本にいながら文化横断的な知的体験をすることである。日常会話や時事英語ではなく、文学、その中でも特になじみの薄いであろうジャンルである詩を教材に取り上げるのは何故か。様々な解答があろうが、ここでは、文学作品(詩)が、外国語であっても、作者がその言葉に込めた思考やイメージ、言葉の背後にある文化の重層性、(日本語に翻訳されている場合も含めて)テクストが発散する異国文化の空気が、読者の知性を言葉の力によって刺激し、新たな思考を促すからと答えたい。英文学には興味があるが英語があまり好きではない(あるいは翻訳で読めばよいと思っている)場合も、外国文学を学ぶことが実社会とどう関係するのかよくわからないと思っている場合も、文字テクストから何かを「発見」する喜び、新しい世界が見えてくる時の知的興奮を体験することを通して、日本の学生は英語で書かれた文学テクストを教室で深く学ぶことの意義と喜びを知ることができるのではないかと考える。

　ここで教材として取り上げる英詩は短いものとする。そして、少数の例外を除き、学生は「詩」というジャンルは日本語でもそれほど読んでいないので、「知らない」ということを前提とする。英文学史上重要な詩もそうでない詩も、学生にとってはおそらくあまり変わらないので、文学史は作品を選ぶ基準として第一ではなく、選ぶ基準は、「知らない」ことから出発し、多くの発見ができるものであること。そして、その発見の中に、母語話者ではないことが強みとなるような外国文学研究の要素――無知であるがゆえのしなやかな読解力を持つ非母語話者だからこそ気がつくこと、ゆっくり読むから気がつくこと、日本人が英語の詩を読んだから見つけられる

もの——があることを学生自身が体験できるものであることが望ましい。「外国」文学を「外国」語で読むことによって、違う国から見ることによって、あるいは現在から過去を振り返ることによって見えてくるものが実感されれば、英語で読むこと、英文学を学ぶことの意義や重要性が理解されるはずである。

2. ヘマンズと「カサビアンカ」

どの時代のどの詩を選ぶかには様々な選択肢があるが、ここでは、現代社会の様々な問題の萌芽が見られ、文学者たちが作品の中でその問題を意識していたイギリス・ロマン主義の時代から選ぶこととし、フェリシア・ヘマンズ (Felicia Hemans, 1793–1835) の「カサビアンカ」("Casabianca", 1826) を取り上げる。「カサビアンカ」を選ぶ大きな理由は、読みやすさと鮮やかな視覚的イメージに加えて、作者のジェンダーの問題、歴史とフィクションの境界の問題、作品の興味深い受容史など多くの重要な問題を提起するためである。1 行目と 3 行目、2 行目と 4 行目が押韻する 4 行連を 10 連つらねた 40 行のこの作品は、難しい単語もほとんどなく、20 世紀初頭までは小・中学校で暗唱させていたほど人気が高かったのだが、その後批判され、この作品だけでなく、ヘマンズ自身が他の女性詩人ともども全く忘れ去られた。しかし、ヘマンズを含め、イギリス・ロマン主義時代の女性詩人は、1980 年代に再び注目を集め、現在、イギリス・ロマン主義の代表的詩人「ビッグ・シックス」——ワーズワス (William Wordsworth)、コールリッジ (Samuel Taylor Coleridge)、バイロン (George Gordon, Lord Byron)、シェリー (Percy Bysshe Shelley)、キーツ (John Keats)、ブレイク (William Blake)——という正典に大きな変更を迫っている。

ヘマンズと「カサビアンカ」を教室でどのように導入するかについてはいくつか切り口があるが、高校の世界史で習った知識と絡めて紹介する。[1]

---

[1] 2013 年度からの新学習指導要領に基づく教科書改訂後の高等学校の「世界史 B」の教科書 7 冊 (2014 年度使用) に記載されている用語から重要な用語を選び解説した『世界史用語集』では、バイロンの頻度は 5 である。世界史を学ぶ上で重要だと思われる頻度は 4 としている (230, iii)。なお、「ロマン主義」は頻度 7、「ビッグ・シックス」の中でもう一人記載のあるワーズワスは、頻度 1 である (230)。

世界史の教科書に頻出するバイロンが、当時、彼と人気を二分していた「女性」詩人ヘマンズの名声にたいへん嫉妬していたという逸話がある。バイロンは、自分とヘマンズの両方の作品の出版元でもあったマリー(John Murray)への手紙で、"woman"と"your feminine *He-Man*"を押韻してヘマンズの名字を揶揄し、"I do not despise Mrs. Heman[s]—but if [she] knit blue stockings instead of wearing them it would be better"と言って、「女性」詩人に肩を並べられることの不快をあらわにしていた(183, 182)。次に、ヘマンズとロマン派詩人の代表の「ビッグ・シックス」との違いを指摘する。まず、女性であること。また、戦争の時代でもあるイギリス・ロマン主義時代で、ヘマンズの3人の兄弟、夫は軍人であり、身内に軍人を持たなかった「ビッグ・シックス」よりも戦争に家族を送り出す気持ちをより身近に肌で感じていたはずである。このことから、ヘマンズが人気の絶頂期に、ナイルの海戦(アブキール湾の戦い)——ネルソン(Horatio Nelson, 1758–1805)が率いるイギリス艦隊がフランス艦隊をナイル河口で殲滅し、ナポレオンの東方進出の夢を打ち砕いた海戦[2]——の中の小さいエピソードを扱う「カサビアンカ」を発表したのは何故かを考えるよう促す。

　現在、「カサビアンカ」の入手しやすいテクストは、『ロングマン英文学アンソロジー』第4版(843–45)、または、Susan Wolfson 編の『フェリシア・ヘマンズ——詩、書簡、受容資料精選』(*Felicia Hemans: Selected Poems, Letters, Reception Materials* [428–30])である。本論では、学部生向きである前者を用いる。1826年に発表された「カサビアンカ」は、1798年のナイルの海戦で、ナポレオンの同胞のコルシカ出身のルイ・ド・カサビアンカ(Louis de Casabianca)が艦長を務めたフランス軍旗艦オリアン号の大爆発の際、炎に包まれる軍艦で最後まで軍務に忠実であった"The boy [who] stood on the burning deck / Whence all but he had fled" (1–2)——艦長の息子である少年兵ジャーコモ・カサビアンカ(Giacomo Jocante Casabianca)——の最期を描く。タイトルの「カサビアンカ」と1行目の燃え盛る甲板

---

[2]　英語の場合「ナイルの海戦」という言い方がよくされるが、日本では「アブキール湾の戦い」としている場合が多い。『世界史用語集』では「アブキール湾の戦い」は立項されていないが、この戦いは、ナポレオン(頻度7)を学ぶ際に「エジプト遠征」(頻度6)、「ネルソン」(頻度4)を学べば知ることになる(204, 205)。

にただ一人立つ「少年」が同一人物であることは、ヘマンズ自身がつけた註、あるいは、現代の研究者がつけた註を読まない限りはっきりとはわからない。『ロングマン英文学アンソロジー』は、頭註で、この作品が「ヘマンズの最も有名な作品(で最も不当にパロディ化された作品)」であること、カサビアンカとは誰か、ヘマンズがこのエピソードを使う際に依拠したのがサウジー(Robert Southey, 1774–1843)の『ネルソン伝』(*The Life of Horatio, Lord Nelson*, 1813)であっただろうこと、ヘマンズがこの資料に加えた一つの大きな修正点——カサビアンカ少年の実年齢を10歳から13歳に引き上げたこと——を簡潔にまとめ、タイトルにつけた註で、初出時にヘマンズ自身がつけたカサビアンカに関する註を収録している(843–44)。ウルフソン編の『フェリシア・ヘマンズ』では、編者による註はさらに詳しく、重要な点として、初出時1826年に、ナイルの海戦のフランス軍側のエピソードについての詩を発表することの意味を指摘している(428)。

3. 教室のヘマンズ

「カサビアンカ」の英語に関して、学生にあまり馴染みのない単語は、"chieftain" (15), "booming" (19), "shroud" (27), "gallant" (31), "pennon" (37) ぐらいである。[3] どれも英和辞典で調べられるし、「子供」を形容している"gallant"は、この「子供」を描写している他のいくつかの形容詞から類推させることもできる。文法に関することで説明が必要なのは、"ask of the winds" (35)である。前置詞 of によって尋ねられる主体が示される用法である(*OED* "ask" 6c)。

教室でいきなりこの作品を学生に読ませてその内容を議論するわけにはいかないので、自宅での予習として、印象に残った点、よくわからなかった点等を書かせるのに加えて、考えるヒントになる問題を一つ出しておく。例えば、少年が任務の継続に関して3度呼びかけている相手——大文字の"Father" (13, 17, 26)——と少年はどのような関係なのか。あるいは、頭註と脚註を参考にするように指示した上で、何故ヘマンズは少年の年齢を史

---

[3] ロングマンのアンソロジーでは、"pennon"には、"pennant"という言い換えが記されているが、日本の大学生は"pennant"も辞書で調べねばならないだろう。

実通りではなく 13 歳としたのか。あるいは、詩の最終部で軍艦が大爆発した後、感情をあらわにして "The boy—oh! Where was he?" と叫び、爆風で砕け散った軍艦の "part" と少年の "heart" を押韻し、"the noblest thing which perished there / Was that young faithful heart!" と叫ぶ語り手は誰か (38, 39, 39–40)。

　上記のヒントは、学生がこの詩を読んでなんとなく感じる違和感――愛国の詩の中に交じる不協和音のようなもの――を感想から分析へ一歩進め、漠とした印象を詩の中の具体的な言葉、行、イメージなどと結びつけて論じる作業へと架橋するためのものである。詩の冒頭で燃える甲板に立っていた少年は、第 2 連で詳しく描写される。

　　　Yet beautiful and bright he stood,
　　　　　As born to rule the storm;
　　　A creature of heroic blood,
　　　　　A proud, though child-like form.（5–8）

ヘマンズが、出典であるサウジーの『ネルソン伝』のカサビアンカの年齢をわざわざ 10 歳から 13 歳に引き上げているにもかかわらず、詩の中では、むしろ少年の「子供」らしい純真な気高さ、幼さが強調されている。

　少年は、第 4 連冒頭で大文字の「父」へ「自分の任務（"task"）」はもう終わったかと尋ねる (14)。兵士としての「任務」であるなら、たとえ艦長が父親であっても上官への呼びかけとなるのではないか。あるいは、まだ幼い少年が紅蓮の炎への恐怖で動けなくなり、思わず父へと呼びかけているのか。この呼びかけの直前では、少年が "Without his Father's word" では甲板を離れないことと、少年が知りえない事実――"That Father, faint in death below, / His voice no longer heard"――が明かされ、呼びかけの直後では、少年が、艦長――父ではなく軍隊の指揮官を意味する "chieftain" が使われている――が「息子（"his son"）」のことに気づかぬまま倒れ伏していることが報告される (10, 11–12, 15, 16)。艦長が甲板の下のどこに倒れているのかや、少年の艦内での役割については、スティーヴン・ビースティの「クロスセクション」（輪切り図鑑）シリーズの第 2 作『大帆船――トラファルガーの海戦をたたかったイギリスの軍艦の内部を見る』の絵を見せ

るとわかりやすい。[4] 甲板のはるか下に倒れている艦長への呼びかけは、絶望的な状況の中で2度目、3度目となるにつれてむしろ天へと向かって発せられているように読め、大文字の「父」は、「神」に限りなく重なってくる。

　少年に「父」が答えない代わりに、船上を急速に覆っていく炎が描写されていることにも注目したい。少年の必死の叫びと並行して、炎がスピードをあげ、燃え広がる。文字で表現される炎の視覚的効果は凄まじく、炎は生き物であるかのように甲板から燃え広がり("rolled on")、少年はその息吹("their breath")を感じる (20, 21)。無音の炎が帆や横静索(シュラウド)を瞬く間に這い登り、少年の勇敢さと忠誠心と破滅を際立たせる。

> They wrapt the ship in splendor wild,
> 　　　They caught the flag on high,
> And streamed above the gallant child,
> 　　　Like banners in the sky. (29–32)

少年の問いかけを彩った燃え盛る炎が「勇敢な子供」の頭上高くで「軍旗」のように翻ると、それまで無音だった世界に大音響が響く。"There came a burst of thunder sound—" (33)。炎が船体を包んだ時に聞こえるのは、少年が求める「父」の声ではなく、軍艦が爆発する「雷鳴の爆音」なのである。

　旗艦の爆発から始まる最後の2連は、語り手の取り乱した声で特徴づけられる。"The boy—oh! Where is he?" (34) という語り手の疑問は読者の疑問でもある。語り手は、爆風に吹き上げられた船の残骸が一つ一つ海上に吹き散らされる様子を語り、ここで滅びた「最も高貴なもの」は、少年の

---

[4] 『大帆船』の帆船のモデルは、ネルソン提督の旗艦ヴィクトリー号だが、軍艦の構造はフランスのものともだいたい同じである。「提督」のセクションで艦長室の位置やカサビアンカ艦長が倒れていた可能性がある場所がわかる (26–27)。少年兵の役割については、戦闘時の艦内の輪切り図がある「戦闘の時の持ち場」のセクションに、「6人の大砲隊員」の6番目の「新しい火薬を補給する"パウダーモンキー"」は隊員の中で最も若いことが多く、「なかには、たった10歳と12歳の少年もいた！」という記述がある (18–19)。monkey に child を指す用法があることは、*OED* "monkey" II.5 を参照。

"young faithful heart"（40）——"young"に単なる若さではなく幼さ、"faithful"に「忠実さ」と「信仰心の厚さ」を読み込むことができる——であると結ぶ。少年の英雄的行為を永遠化して褒め称えることはしない。さらに、詩の中では固有名詞が使われていないので、このエピソードが、イギリス海軍史上最も有名な戦いの一つである「ナイルの海戦」のフランス軍旗艦オリアン号の大爆発であることを後世の読者は忘れがちであるが、ここで船と運命を共にした少年は、イギリス海軍の少年兵ではなくフランス軍旗艦の艦長の息子である少年兵である。この作品は、好戦的な愛国主義の歌だろうか、反戦の歌であろうか。少年の死を惜しむ語り手は、イギリス人であろうか、フランス人であろうか。

　英米では、アンソロジー・ピースとして1行目の「燃え立つ甲板に立つ少年」で記憶され、多くのパロディを生んだこの作品に虚心坦懐に向き合うことはなかなか難しい。しかし、そのような作品の受容史を知らない日本の学生は、作品の中のいくつかの不協和音に最初から敏感だし、「カサビアンカ」というタイトルの意味をヘマンズがこのタイトルにつけた自註で理解すると、この少年がイギリスの敵国側の少年であることの意味を考え、詩の様々な細部をもう一度注意深く点検する。教室では、詩の外側のいくつかの事実のうち重要な2点を補足的に説明し、テクストの読みをさらに深める手がかりとする。第1に1826年に——ナイルの海戦から約30年後、ネルソンの戦死から約20年後——ネルソンを国民的英雄にしたナイルの海戦でフランス人の少年を悲劇の英雄にした作品を発表するというのはどういうことか。ウルフソンは、『フェリシア・ヘマンズ』の「カサビアンカ」につけた頭註では「大胆な仕掛け（ギャンビット）」と評している（428）。「ギャンビット」は、先手の仕掛けのことだが、本来はチェスの用語で、ポーンなどを犠牲にして優位の立場を築くことを意味する（*OED* "gambit" 1.a）。[5] 少年カサ

---

[5] 国内の百科事典・辞典を中心に構築されたデータベース Japan Knowledge Lib を図書館で持っているのであれば、教室で一括検索した画面を見せることができる。『プログレッシブ英和中辞典』では、定義1で「優位に立つための策，先手(opening gambit)」、2でチェスの用語として説明している。『ランダムハウス英和大辞典』では、定義4で、「〔軍事〕策略行動；特に航空機が潜水艦の潜望鏡の視界から離脱して油断させること．」と説明している。「アブキール湾の戦い」（『日本大百科全書』）で、この海戦の歴史的意義をここで確認してもよい。

ビアンカの犠牲という仕掛けでヘマンズは何を読者に読み取らせたいのか。第2に、ウルフソンからさらに一歩進んで、ヘマンズが典拠にした、1813年の初版以来現在まで版を重ねている最もよく読まれたサウジーの『ネルソン伝』の該当部分を示して、ヘマンズの「大胆な仕掛け」──典拠（史実）の改変──について考える。史実にフィクションを加えることでヘマンズは何を伝えたいのか。

サウジーは、カサビアンカについては以下のように記している。

> オリアン号の乗組員のうち約七〇名が短艇に救助された。亡くなった数百名のなかにはカサビアンカ代将父子がいた。息子はわずか一〇歳のいたいけな少年である。最後に人が見たのは、艦が大爆発を起こす直前に、マストの破片につかまって浮かんでいる二人の姿であった。（『ネルソン提督伝』上 185）[6]

ヘマンズは、サウジーの伝える史実に変更を加え、カサビアンカ父子は最後まで旗艦に留まり、少年カサビアンカは 13 歳としている。少年の年齢が引き上げられたことで、カサビアンカが恐怖にすくんで動けなくなったわけではなく、自分の意志でとどまったことが明確になり、その一方で、「父」なる権威に最後まで従い命を落とす少年の幼さ、真摯さの危うさ、そのような「父」に対する疑問が、年齢にあわない「子供の姿」や軍艦の破片と押韻する彼の「心臓」によって読者に印象づけられることになる。サウジーが『ネルソン伝』で書いたのは、数行だけの波間を漂うフランス軍旗艦の艦長父子であり、「わずか」10 歳のカサビアンカが「いたいけな少年」だったことである。ここからヘマンズは少年の年齢と最期を変えて、敵国の少年兵を悲劇の中心に据えることによって、戦争そのものを問う壮大なヴィジョンを紡いでみせたのである。

---

[6] 邦訳は、サウジーが大幅に改訂した第 4 版（1830）に詳細な註を施した海軍士官学校教授の Geoffrey Callender 編の *Southey's* Life of Nelson を底本としている。カサビアンカに関する記述に関しては、初版から第 4 版までに違いは認められない。

4. テクストから外へ

　英米では、「カサビアンカ」に纏いつくお決まりの愛国の詩というイメージを振り払うことは現在でも容易ではない。しかし、日本の学生は、これを「知らない」ことで、テクストを注意深く読むことからこのテクストの本質に深く切り込むことができる。テクストの細部に見つけられる様々な発見を関連させて、どのような全体像が見えるだろうか。「カサビアンカ」は、自分が戦場に行くのではなく、戦場に家族を送る女性が書いたものである。この作品は、ナポレオン戦争の10年後、戦争の記憶が少し遠くなりつつあるが、読者の多くが戦場で戦った体験、戦場に家族を送った体験をまだはっきり思い出せる時に、戦場で命を落とすのは自国の兵士も敵国の兵士も同じであり、それは命令に縛られた理不尽な死であることを書くことで、戦争のない時代の構築へと人々の眼を向けさせるヘマンズの「大胆な仕掛け(ギャンビット)」だったのである。

　詩は、言葉が持つ力やその危うさを知るためには非常に良い文学テクストである。さらに、文学テクストは、現代まで読み継がれる中で、社会の様々な様相へと開かれている。例えば、「カサビアンカ」とパトリック・オブライアン(Patrick O'Brian, 1914–2000)の歴史小説を原作とするピーター・ウィアー(Peter Weir)監督の映画『マスター・アンド・コマンダー』(*Master and Commander*, 2003)を比較し、この映画が描く19世紀初頭のイギリス海軍の活躍とイギリス海軍の少年兵——戦死する少年、負傷して腕を切断する少年に焦点があたる——がヘマンズの「カサビアンカ」と大きく違う点を明確に知ることで、19世紀初頭と現代の共通点と相違点、一般の多くの読者(観客)をターゲットにしたヘマンズとウィアーの英仏海戦の提示の仕方の共通点と相違点が見えてくる。テクストを読む、コンテクストを知る、異なる時代・文化を理解する想像力を養い、自分の言語、自分の生きる場所を振り返り批評的精神を涵養する。詩のテクストを読むことから開かれる世界は広く豊穣である。

📖 文　　献

〈参考文献〉

Byron, George Gordon. *"Between Two Worlds": Byron's Letters and Journals: Volume 7*. Ed. Leslie A. Marchand. London: Murray, 1977.

Hemans, Felicia. *Felicia Hemans: Selected Poems, Letters, Reception Materials*. Ed. Susan Wolfson. Princeton: Princeton UP, 2000.

Japan Knowledge Lib https://gateway.itc.utokyo.ac.jp/lib/search/basic/DanaInfo=japanknowledge.com

Master and Commander: The Far Side of the World. Dir. Peter Weir. Universal Pictures, 2003. Film.

The Oxford English Dictionary online. http://www.oed.com/

Southey, Robert. *Southey's Life of Nelson*. Ed. Geoffrey Callender. 1922. New York: AMS P, 1973.

Wolfson Susan, and Peter Manning, eds. *The Longman Anthology: British Literature Volume 2A: The Romantics and Their Contemporaries*. 4th ed. London: Longman, 2010.

ロバート・サウジー『ネルソン提督伝』（上）（下）、増田義郎監修、山本史郎訳、原書房、2004 年。

全国歴史教育研究協議会編『世界史用語集』山川出版社、2014 年。

スティーヴン・ビースティ、リチャード・プラット『大帆船──トラファルガーの海戦をたたかったイギリスの軍艦の内部を見る』北森俊行訳、岩波書店、1994 年。

〈有益な参考文献〉

Kick, Russ, ed. *The Graphic Canon: The World's Great Literature as Comics and Visuals*. 3 vols. New York: Seven Stories Press, 2012–13.

Wu, Duncan. *30 Great Myths about the Romantics*. Oxford: Wiley-Blackwell, 2015.

4 英詩への誘い
―― 教室のホイットマン："There Was a Child Went Forth"

長畑　明利

1. 子供と自然――対象との同一化

　1989年に公開された *Dead Poets Society*（邦題『いまを生きる』）は、Walt Whitmanの詩にちなんだニックネームで呼ばれる教師が、生徒に反逆の精神を教える映画だが、実は作品中で実際に詩を読む場面は必ずしも多くない。詩を教える教師の言動に感化されたことは確かだが、生徒の行動は詩を読むことから生まれたようには見えない。以下の文章は、アメリカ詩を知るための導入として、ホイットマンの詩を教室で読むことを提唱するものだが、過去の詩人の作品を実際に読むことから、いまを生きる者に何らかの反応が生まれることを期待したい。選んだ詩は "There Was a Child Went Forth"（「外へ出ていく子供がいた」）である。

　この詩は、詩人自身をモデルとすると考えられるひとりの子供が、日々の生活の中で目にしたもの、接したものに・なる、あるいは、それらが彼の一・部・になることを歌う詩である。

>　There was a child went forth every day,
>　And the first object he look'd upon, that object he became,
>　And that object became part of him for the day or a certain part of the day,
>　Or for many years or stretching cycles of years.
>
>　The early lilacs became part of this child,
>　And grass and white and red morning-glories, and white and red clover,
>　　　　and the song of the phoebe-bird,
>　And the Third-month lambs and the sow's pink-faint litter, and the
>　　　　mare's foal and the cow's calf,
>　And the noisy brood of the barnyard or by the mire of the pond-side,

4. 英詩への誘い──教室のホイットマン："There Was a Child Went Forth"

　　And the fish suspending themselves so curiously below there, and the
　　　　beautiful curious liquid,
　　And the water-plants with their graceful flat heads, all became part of him.
　　(Whitman, *LG* 364)[1]

　子供を題材にする詩であるという理由もあるが、平易で口語的な英語で書かれていることをまず確認したい。行の長さは不揃いで、多くは長い。定型のリズムに従うこともなく、押韻も見られない自由詩である。構文も単純である。19世紀のアメリカの農家とその周辺の自然の中に見られる具体的なものごとが "and" によって繋がれ、それらが──あるいは、それらを言い換えた "all" が──"he became" の目的語となり、"became part of him" の主語となっている。

　子供は毎日出かけ、出かけた先で最初に彼が見つめたものになったという。そしてそのものはその日一日、あるいは、その日の何らかの時間、彼自身の一部になり、その持続の時間はさらに長くなっていったという。子供の一部になったのは、ライラックであり、草であり、白と赤の朝顔であり、白と赤のクローヴァーであり、フィービー鳥の歌である。三月生まれの子羊であり、「かすかにピンク色をおびた、ひと腹の豚の子」であり、子馬であり、子牛であり、騒々しく鳴く雛たちであり、魚たちであり、水であり、水草である。これらがこの子供の一部になった、と語り手は言う。農家を思わせる家の周辺で、子供が目にした植物や動物や鳥や魚、あるいは水が、この子供の一部になったというのである。

　さらに、ここには引用しないが、続く箇所でも、子供が目にとめ、自身の一部となった事物が列挙される。それは、4月と5月の野に見られる新芽、冬を越した穀粒ととうもろこしの新芽、花に覆われ、後に実をつけたリンゴの木、木イチゴ、路傍の雑草であり (*LG* 364)、対象はやはり農家で目にする植物や穀物である。

　子供がその日に目にしたもの、耳にしたものになり、それが自身の一部になったという表現には、子供は成長とともに失ってしまう世界との幸福な一体感を持つという、理想化された子供観を見て取ることができる。そ

---

[1] ここではいわゆる「臨終版」を用いる。以下、『草の葉』(*Leaves of Grass*) は *LG* と略す。

こには、人と人を取り巻く自然との連続性に関するエマソンらロマン派の詩人や思想家たちの考え方が反映されているとも考えられる。子供は経験によって得た知識に影響されることなく、初めて見聞きした自然界の事物と緊密な関係を結び、その記憶を内面化していく。その関係は本来あらゆる人が自然との間に持ちうるものだが、人は成長とともにそれを失っていく、という考えである。

　一方、外界の事物との一体化の記述は、子供の学習のプロセスを物語るものでもある。自然の事物や農家で目にする事物に続いて、語り手は、子供が目にした対象として人を挙げ、酔いどれの老人、女教師、友好的な少年たち、けんか好きの少年たち、少女たち、裸足で歩く黒人の少年と少女に言及する（*LG* 364–65）。そして、彼らもまた彼の一部になったと言う。これらの事例が示唆するのは、少年が成長して学校へ行くようになったこと、つまり、他の人間と関係を持つ社会的存在となったことである。続いて示される子供の両親の描写も、子供の親との一体感を示すとともに、子供の学習のプロセスを窺わせる詩行となっている。とりわけ、父親についての記述は、ホイットマン自身の父親の家庭での様子を読者に想像させるもので興味深い——"The father, strong, self-sufficient, manly, mean, anger'd, unjust, / The blow, the quick loud word, the tight bargain, the crafty lure"（*LG* 365）。子供はその様子を観察するが、詩の前半部に示された対象との一体感をここに見出すことは難しい。むしろ彼は、親や家庭内の様子を見ることで、家庭内の人間関係の中での振る舞い方を学んだことが想像される。

　この後、語り手は実在と仮想についての問いを差し挟んで、再び自身を取り巻く都市や村、川や海や空に見えるものごとを羅列し、これらが子供の一部となった、と述べて詩は終わる（*LG* 365–66）。"There Was a Child Went Forth" は、このように、子供と外界（自然）との連続性を、そしてまた、彼の学習と成長をうたう詩として読むことができる。しかし、ここではその内容に加え、子供が彼をとりまく外界の事物になる、また、その対象が彼の一部となるという表現が用いられていることに注目したい。なぜならそれは、ホイットマンの他の詩に見られる詩人と他者との「共感的同一化」（Gelpi 204）に、あるいは、詩人の「自己」が他者を「吸収」もしくは「内包」するという詩的着想に結びつくものだからである。この点を確

認するために、次に、"Song of Myself"（「私自身の歌」）の一部を読む。

2. 詩人とアメリカ──他者を内包する「自己」

　"Song of Myself"は長大な詩であり、多くの観点から読まれるべき作品だが、そこで詩人は、あらゆるものを分け隔てすることなく、自分の詩の中に受け入れることを繰り返し述べている。その姿勢ははじめ自然界に存在する様々な人やものを共感とともに眺めることで、また次にはそれらの存在者たちの傍に立って、その体験を共有することで示される。いずれの場合も、詩人は時空を越えて、対象とともにある。例えば、セクション「8」で、詩人はゆりかごの中に眠る子供を見つめ、ハエを追い払ってやる。「9」では、収穫期の田舎の納屋の様子を描いた後、その納屋に自身もいて、作業を手伝うと述べる（"I am there, I help" [*LG* 36]）。「10」では、詩人は猟師になり、大型快速帆船（clipper）に乗り込み、ハマグリ採りになり、猟師とインディアンの娘の結婚式に参列し、また、逃亡奴隷を匿う。「11」では、水遊びに興ずる28人の若い男性の姿を家の中から密かに見つめる女性が、ついには──おそらく空想の中で──彼らに加わり、その体に触れる様を詩人は報告する。「13」では、詩人は馬車の御者である黒人の様子を描写した後、その絵のように美しい巨大な男を愛すると述べ、馬たちと行動をともにすると言う（"I go with the team also" [*LG* 40]）。そして、その言葉に続いて詩人は、いかなる人も物も漏らすことなく、あらゆるものを自分自身へ、そして"The Song of Myself"という詩のために吸収すると述べる（"Absorbing all to myself and for this song" [*LG* 40]）。つまり、この詩において、描写されているものは詩人の「自己」（myself）の中に吸収され、その詩人の「自己」をうたうこの詩（"Song of Myself"）の中に内包される。詩人はそれらの人やものになるのであり、それらの人やものは彼の一部になるのである。

　それゆえ、この詩の特徴としてしばしば語られる「カタログ」の手法──様々な人々の様子、出来事、事物を羅列する手法──についても、そこに羅列される対象は詩人の「自己」の中に吸収され、詩人の一部になったものとして理解することができる。以下は64行にわたる羅列の一部である（「15」）。

  The pure contralto sings in the organ loft,
  The carpenter dresses his plank, the tongue of his foreplane whistles its wild ascending lisp,
  The married and unmarried children ride home to their Thanksgiving dinner,
  The pilot seizes the king-pin, he heaves down with a strong arm,
  The mate stands braced in the whale-boat, lance and harpoon are ready,
  The duck-shooter walks by silent and cautious stretches,
  The deacons are ordain'd with cross'd hands at the altar,
  The spinning-girl retreats and advances to the hum of the big wheel,
  The farmer stops by the bars as he walks on a First-day loafe and looks at the oats and rye, (*LG* 41)

　ここでホイットマンは、様々な職業や境遇の人々が、それぞれの仕事や行動に従事する様を瞬間的に捉え、並べている。それはすなわち、詩人の「自己」の中にそれらの人やものが吸収されたことを意味する。羅列はさらに続き、アメリカの夥しい数の人や事物が、詩人の「自己」の中に、そしてその「自己」を歌う詩の中に取り込まれることになる。同じセクションにおいて、多くの人や事物の羅列の後に述べられる "And these tend inward to me, and I tend outward to them, / . . . / And of these one and all I weave the song of myself" (*LG* 44) という言葉は、まさにこのことを示すものと言える。

　このように、ホイットマンは "Song of Myself" において、自らが外界の対象になり、それらの対象が自身の一部となるという詩的着想に基づいて、19世紀中庸のアメリカに住む様々な人やそこに見られるものを、詩人の「自己」の中に吸収し、詩の中に取り込んでいる。そこで描写されているそれぞれの人物たち——大工、感謝祭のディナーに向かう子供たち、水先案内人、捕鯨船の航海士、鴨撃ち、助祭、糸を紡ぐ女性たち、農夫など——の仕事や活動には統一性がなく、それらは脈絡なく並べられているように見える。またそれらの人々はいずれも相互には関連性を持たない。そうした相互に関連性を持たない人やものを並べることによって、しかも、その数を膨大なものにすることによって、ホイットマンは、個として自立した、広大なアメリカに住む人々を、相互に優劣関係を示すことなく、並列的に

結びつけている。対象が詩人の「自己」の一部になるという着想に従えば、それらの対象を吸収していく「自己」は必然的に巨大化することになる。詩の終盤（「51」）に現れる有名な言葉 "Do I contradict myself? / Very well then I contradict myself, / (I am large, I contain multitudes.)" (*LG* 88) は、アメリカの多様な人やものを、矛盾も含め、ありのままに吸収して巨大化した、詩人の「自己」を表現するものにほかならない。

3. ホイットマンからアメリカ現代詩へ

　ホイットマンの詩には、そのセクシャリティの表現をはじめ、様々な特徴があるが、アメリカの多様な人やものを吸収する詩人の「自己」という着想、そしてそれによってアメリカの多様な姿を描き出す試みは、民主主義、平等主義の視点、アメリカの口語の使用、などと相まって、ホイットマンをまさにアメリカを体現する詩人として位置づけることに貢献している。そうしたホイットマンの姿は、20世紀の多くのアメリカ詩人たちにとっても無視できない存在であった。

　たとえば、モダニズムの詩人とみなされるウォレス・スティーヴンズ (Wallace Stevens, 1879–1955) は、人々が生きていくために信じることのできる新しい言説を紡ぐ詩人というテーマを生涯追求した詩人だが、そのような役割を担いうる詩人を求める願望の詩において、しばしば、ホイットマンの自信に満ちた自己像に言及している。ハート・クレイン (Hart Crane, 1899–1932) の『橋』(*The Bridge*, 1930) は現代のアメリカを描く叙事詩の試みであり、その一部をなす "Cape Hatteras" にはホイットマンへの呼びかけが見られる。『夢の歌』(*The Dream Songs*, 1969) で知られるジョン・ベリマン (John Berryman, 1914–72) は、詩のスタイルの上ではホイットマンと相容れないが、"Dream Song 22" では、詩人の "I" が様々な個人の属性を帯びる次のような詩行を書いている（1連のみ）。[2]

---

[2] こうしたいわゆる "I Am" poem を実際に書いてみると、他者になる、他者を代弁するという詩的着想を実感し、ホイットマンその他の詩人が試みたことをより深く理解することができるだろう。参考文献に挙げた Koch and Farrell は、実際に詩を書くことで、詩の理解を深めるのに有益な教材である。同書には、"Song of Yourself" を書いてみようという課題がある。

I am the little man who smokes & smokes.
I am the girl who does know better but.
I am the king of the pool.
I am so wise I had my mouth sewn shut.
I am a government official & a goddamned fool.
I am a lady who takes jokes. (Berryman 24)

　また、ビート（Beat）の詩人アレン・ギンズバーグ（Allen Ginsberg, 1926–97）は、長詩 "Howl" で、同世代のもっとも優れた者たちが狂気によって破壊されていく様を、ホイットマンを思わせる息の長い行を連ねる詩形を用いて描いている。ホイットマンの "Song of Myself" に見られる「他者」を吸収して巨大化する「自己」という着想こそ見られないものの、自身の同世代の様々な人物の振る舞いや経験を、詩の語り手の "I" が「見た」として1センテンスの中に包摂する構文は、ホイットマンのカタログの手法を思わせるものである。現在も活躍を続けるジョン・アッシュベリー（John Ashbery, 1927–）は、ホイットマンのようにアメリカ全体を詩の中に吸収しようという姿勢には批判的であるかもしれないが、"The Songs We Know Best" では、詩における声の主を巧みに変化させることによって、複数の他者の声を詩の語り手が代弁するという試みを、いくぶん遊戯的な調子もこめて実践している。

　他者になる、他者が自身の一部になるという表現に注目してホイットマンの詩を読むことは、このようにアメリカの他の詩人の詩について検討することにも繋がる。ホイットマンとの関連によってのみアメリカ詩を読む必要はもちろんないが——多様性の国アメリカでは、その詩もまた多様である——ホイットマンの詩に見られる詩人の自己と他者との関係は、アメリカの詩を読む者にひとつの重要な視点を提供してくれる。"There Was a Child Went Forth" は、それを知るための導入の詩として適切である。

文献

〈引用文献〉

Berryman, John. *The Dream Songs*. New York: Farrar, Straus and Giroux, 1969.

Gelpi, Albert. *The Tenth Muse: The Psyche of the American Poet*. Cambridge: Harvard UP, 1975.
Whitman, Walt. *Leaves of Grass*. Ed. Sculley Bradley and Harold W. Blodgett. New York: Norton, 1973.

〈参考文献〉
Bloom, Harold. *A Map of Misreading*. New York: Oxford UP, 1980.
Koch, Kenneth and Kate Farrell. *Sleeping on the Wing: An Anthology of Modern Poetry with Essays on Reading and Writing*. New York: Vintage, 1981.
川本皓嗣『アメリカの詩を読む』(岩波セミナーブックス 75) 岩波書店、1998年。
広岡実『アメリカ現代詩におけるホイットマン像』山口書店、2000年。

5 小説への誘い——小説の誕生

武田　将明

1. はじめに

　「小説の誕生」というと、イギリス文学研究者が最初に思い浮かべるのはイアン・ワットの『小説の勃興』(1957年)だろう。名誉革命後に中産階級が勃興したイギリスでは、18世紀に入って事実をありのままに書き留める新しい文学、すなわち近代小説が世界に先駆けて勃興したというワットの説は、後で見るように様々な批判を受けながらも、しぶとく生き延びている。

　他方で、ワットが定義したような近代小説は、前提となる〝近代〟が終わってしまった21世紀では、絶滅と言わないまでも、文化の周縁に追いやられているようにも見える。少なくとも、小説を読んで考えることが人文系の高等教育において必須だと見なされる(文学研究者にとって幸福な)時代は過去のものとなったようだ。

　そうしたときにあえて、「教室の英文学」を標榜する本書において「小説の誕生」を論じるのであれば、ワット以降の「近代小説の勃興」をめぐる議論の単なる紹介であってはならないだろう。もしも〝近代小説〟を教室で教えること自体が時代遅れと思われているのなら、〝近代小説〟とは異なる小説の意義なり魅力なりを引き出すことが、現代の「教室の英文学」に求められるからだ。

　ゆえに、本章では「小説の誕生」の物語を述べることはしない。もしもそういった物語をご所望であれば、筆者も分担執筆した石塚他編『イギリス文学入門』(2014年)、あるいはSaeger, *The Rise of the Novel* (2012)を読んでいただきたい。ここではあえて、大きな物語よりも18世紀の小説の特徴をよく伝えるふたつの作品の細部を取り上げ、具体的に18世紀小説が人間の生活や心理をどのように捉えたのかを示そうと思う。そこから

おのずと〝近代小説〟の通念に囚われない、時代を超えた小説の面白さが伝わるならば、「教室の英文学」的には成功といってよいのではないか。

2. 18世紀イギリス小説の感性──デフォー『ペストの記憶』

「叙事詩と小説」(1941年)のバフチンによれば、『イーリアス』におけるトロイア陥落のように「絶対的な過去」のできごとを題材にとり、固定的な世界観を前提として語られる叙事詩に対して、「未完結の現在」すなわち現在進行中のできごとを描き、複数の世界観が無秩序に混在するのが小説だという。

バフチンの議論は特にイギリス文学を意識したものではないが、「未完結の現在」あるいは絶えず変化する現実を迫真の描写で捉える点で、18世紀のイギリス小説は傑出している。実際、デフォーの『ロビンソン・クルーソー』(1719年)やリチャードソンの『クラリッサ』(1747–48年)がフランスをはじめヨーロッパ各国の文学に影響をあたえた大きな理由のひとつが、他国の文学には見られない迫真性にあった。その実際のありようを確認するため、デフォーの『ペストの記憶』(*A Journal of the Plague Year*, 1722)を見てみよう。

1664年9月に最初の死者を出したペストは次第に猛威を増し、およそ1年後にはロンドン市内に遺体を埋葬するための巨大な穴がいくつも掘られるようになる。65年の9月10日ごろ、『ペストの記憶』の語り手「ぼく」は、地元の教会墓地に掘られた穴へと向かう。感染の危険を伴うことは承知しつつも、そのおぞましい穴に遺体が投げ込まれるのを見たいという「好奇心」を抑えることができなかったのだ。そんな彼に対し、教会墓地を見張る墓掘りは警告する。

> 俺たちがどんな危険なことでも怖がらずにやってるのは、これが俺たちに課された仕事で、義務だからです。(中略)ところがあんたは好奇心に駆られたというだけで、ここに来るハッキリした訳はほかになさそうだ。まさかあんた、それだけでこんな危険に踏みこむことが許される、なんて言い張るつもりじゃないでしょうね。(デフォー『ペストの記憶』、研究社から刊行予定の拙訳)

それでも「中に入れ」と心のなかで駆り立てられているんだ。それに教訓となる光景が広がっている気もするし、役に立たないことはないはずだよ」と粘る語り手に対し、ならば「神の名のもとにお入りなさい。間違いなく、あれは説教になるでしょう。(中略)あの光景は見る者に語りかけてくる。(中略)あれを聞けば誰でも悔い改めるでしょう」と、この信仰心の篤い墓掘りは告げ、扉を開ける。

　彼の言葉でぼくの決意は少しぐらつき、揺れ惑ううちにかなりの時間が過ぎた。しかしちょうどこの間、ミノリーズ通りの端からこっちに来る二本の松明が見え、触れ役が鐘を鳴らすのが聞こえた。すると死の車(デッドカート)と呼ばれる馬車が街路を駆け抜けながら飛び出してきて、あれを見たいという欲望に抗えなくなってぼくは中に入った。

　ここでいくつか質問を出そう。すべての答えを考えてから先を読んでいただきたい。

> 問1．ここまでの内容で「ぼく」のとった行動をすべて挙げなさい。
> 問2．問1で答えた行動を描写するのに、なぜこれだけの長さが必要なのか、理由を述べなさい。
> 問3．問2で答えた理由をよく示す箇所を指摘し、その特徴的な点を述べなさい。できれば答えに「未完結の現在」というバフチンの用語を入れること。

　まず、問1の答えは、(墓掘りとの会話を除けば)「墓地に入った」というだけである。問2への答え方は様々だが、遺体を見たいという不謹慎な欲望をもつ「ぼく」が感じた倫理的な戸惑いを、本人が経験したとおりに描くため、というのが解答例になるだろう。この問2を教室で解説する際、なぜ「ぼく」が倫理を気にするのかという点も、学生に確認すべきである。つまり、当時はペストの原因が分からず、しばしば市民の不道徳な行いを懲らしめるための天罰だ、という意見が見られたこと。ゆえに、「ぼく」は、不謹慎な行動によって自分が神の怒りに触れ、ペストに感染するのではな

いか、と不安なのである。ついでながら、疫病や天災を「天罰」とする考え方は、現代では完全に古いものとなったかどうか、学生と議論をするのもよいだろう。

　問1、問2でなにをどう読めばよいのかを明らかにしてから、少し時間をかけて問3を考えてみてはどうか。すると「ぼく」が自分の動機を「好奇心」と呼んだり、「教訓」を得たいと説明したり、揺れ動いていることが分かる。彼の心の不安定さは、信仰心の篤い墓掘りの確信に満ちた言葉と並ぶことで強調されている。しかし、なによりも18世紀小説のリアルさを示すのが、最後の展開だろう。好奇心と良心の板挟みになり、動けなくなった「ぼく」の背中を押したのは、その場を偶然通りかかった死の車だった。作者のデフォーは、18世紀の作家の中でも倫理的な主題をよく扱うことで知られるが、彼の創造する人間は決して道徳の教科書どおりの行動をとるわけでもないし、欲望のまま自由に生きるわけでもない。自分でも何をどうしたいのかハッキリしないまま、ふらりと墓地に足を踏み入れてしまう。しかしこの中途半端さを通じて、先の見えない人生を送っている人間の心理が克明に描かれている。こうして「未完結の現在」の生々しさが表現されるのだ。

　こうして「ぼく」が墓地に入ると、『ペストの記憶』の語りは非常に不安定になる。墓地には先ほどの死の車の人びとのほか、「ひとりの男がうろうろして」いた。

> 埋葬人たちが男のそばに行ってみると、(中略)実は妻と何人もの子供を一度に馬車に連れ去られたせいで、あまりに重苦しく悲痛な思いに打ちひしがれた人物だった。(中略)彼が心底嘆いているのは見れば明らかだったものの、悲しみ方は男らしく、涙が止めどなくあふれ出すことはなかった。穏やかに、「ひとりにしてください」と埋葬人たちに頼み、「家族の亡骸が投げこまれるのさえ見られたら帰ります」と告げた。それを聞いた人びとはしつこく注意するのを慎んだ。ところが車が向きを変え、亡骸が無差別に穴にぶちまけられるのを見た途端、彼は愕然とした。最低でも穴の中に丁寧に並べてくれるものと想像していたのだ。(中略)それでこの光景を見た途端、もはや抑え切れなくなった男は大声で叫んだ。なにを言ったのかは聴き取れなかったけれど、

彼は二、三歩後ずさりし、気を失って倒れてしまった。

　この劇的な場面では、視点の切り替えに注意を促すべきだろう。まず、埋葬人たちの視点で悲惨な男の言動が書かれ、つぎにこの男の視点で「亡骸が無差別に穴にぶちまけられる」様子が語られる。これは論理的に考えるとおかしい。すべてを観察していたのは「ぼく」だったはずだからだ。しかし、「未完結の現在」を生々しく写し出すという目的を考えれば、とても効果的な書き方だと言えるだろう。墓地にいる謎めいた男に話しかけるのは（どこかで良心の咎めを感じている）「ぼく」より（義務を果たしているだけの）埋葬人の方が自然である。そして遺体の投棄現場を見てショックを受けるのは、埋葬人でも「ぼく」でもなく、家族を亡くした男でなければならない。『ペストの記憶』の主役は、語り手の「ぼく」も含めた特定の人物ではなく、このショッキングで予想不能な現在そのものだ、と言ってもよいだろう。

　18世紀の小説は、19世紀以降の小説と比べると、無駄に長いとか、視点の処理が雑だといった批判をされることがある。だが、『ペストの記憶』を読むかぎり、それは18世紀小説が未成熟だったというより、「未完結の現在」を描くという小説の特性を大胆に追求した成果だったように思える。ただし、このような表現が、様々な人物の性格を描き分け、変化に富んだ物語を展開する19世紀以降の小説と異質であるのも事実だろう。次に、19世紀小説との接点をより明確に示す、フィールディングの『トム・ジョウンズ』(*Tom Jones*, 1749)を読んでみよう。

3. 19世紀小説への展開——フィールディング『トム・ジョウンズ』

　はじめに、『トム・ジョウンズ』のあらすじを書いておく。みなしごのトムは、篤志家のオールワージ氏に引き取られる。オールワージ氏には子供がなく、その甥のブリフィル（後出の朱牟田訳をはじめ、よく「ブライフィル」と表記されるが、こちらのほうが正しい）と一緒にトムは成長する。やがて彼は隣接するウェスタン家の娘ソファイアと相思相愛となるが、ソファイアの父は素性の知れないトムが娘と交際するのを許さず、ソファイアとブリフィルを結婚させようとする。しかもずる賢いブリフィルの策略によっ

てトムはオールワージ家を追放されてしまうが、最後にはブリフィルの悪事が露見し、さらにトムがブリフィルの父親違いの兄で、オールワージ氏の甥であることも明らかとなり、今度はブリフィルが追放され、トムがオールワージ家の後継者に収まる、というものだ。

　これから見るのは、名誉を回復したトムが、晴れてソファイアに求婚する場面である。もはや彼らの結婚を妨げる要因はなにもないはずだが、唯一、ソファイアには不安な点があった。それはトムが追放され、二人が離れているあいだ、彼が何人もの女性と浮気をしたことで、結婚した後も同じような裏切りを働くのではないかと心配なのである。それを念頭に、次のやりとりを読んでいただきたい。

　　「ああ、ぼくのソファイア、ぼくは永久にゆるしてはもらえないのかしら？」――「ジョウンズさん、そのことなら私はあなたご自身の公正なお裁きに信頼して、あなたの行動に宣告をくだすのはあなたにおまかせしていいのじゃないかしら。」――「ああ、ソファイア、(中略)ぼくがあなたに懇願するのは、公正な裁きなどではない、慈悲の情(なさけ)なのだ。公正な裁きはぼくに罪ありとするにきまっている。」（フィールディング『トム・ジョウンズ』朱牟田夏雄訳、岩波文庫）

　トムは、ソファイアとの交際を許されず、家からも追放された「あの時のぼくの不幸な境遇やぼくの絶望を考えてほしい」と訴え、幸福になったいまは浮気をしないだろう、と語る。それにソファイアは、「時が、時だけが、(中略)あなたの悔恨の真実さを(中略)私に確信させる力を持っています」と答える。だがトムは、「ぼくが不実な男でないことのもっとよい証拠」を示すと言い、ソファイアを鏡へと連れていき、こう述べる。「ほら、あの美しい姿、あの顔、あの形、あの目、それからその目を通して輝いているあの心、それがとりも直さず保証じゃないか。これだけのものがわが物になりかけているという男が、なお不実な気持でいることができるだろうか。」

　これを聞いたソファイアは「顔を赤らめてなかば微笑む(ほほえむ)」ものの、「ちょうどこの部屋を出てゆけばこの鏡の中に何も残らないように」、「私の姿などは、私が見えなくなればあなたの心の中に残ってはいないでしょう」と

答え、やはり「証明は時にしてもらいましょう」と譲らない。結局、「短い試験期間」を設けてから結婚することになり、トムが「今まで見せたことのないほどの熱烈さで彼女に接吻」したとき、ソファイアの父で、粗野だが憎めないウェスタン氏が乱入する。

　「かかれ、かかれ、トム、それ踏み込め。(中略)おやおや、もうすっかりすんだのかな？　娘は日を決めたのか、君？　明日か？　あさってか？　あさってよりあとには一分だってこのわしが延ばさせないぞ。」——「お願いです、」ジョウンズが口を入れて、「ぼくのためにならそういうことはやめてください。」——「なんだ、お願いだと——」ウェスタンが叫ぶ、「貴様はもうちっとは生きのいい男かと思ったに。(中略)冗談じゃない！　今夜にだって喜んで式をあげたいんだ。な、そうだろう、ソフィー？」

　そして強引な父に押し切られる形で、ソファイアは翌日の朝にトムと結婚することを承諾する。「お父さまのご意志なら、それでは明日の朝といたします」と彼女が口にした瞬間、「ジョウンズは膝まずいて、激しい喜びに彼女の手に接吻」し、ウェスタン氏は「部屋のなかをピョンピョン踊りまわりはじめ」る。

　ここでふたたび、読解のヒントとなる問題を出しておこう。今回は、二人の登場人物の描き分けがどうなされているか、そして二人のすれ違いから婚約に至る過程、すなわち「未完結」の状態からひとつの重要なできごとの発生する手順がどう処理されているかに注意しながら、考えてほしい。

> 問1．上記の対話でソファイアはトムになにを期待していたのか。なるべく具体的に述べること。
> 問2．どうしてソファイアとトムはすれ違うのか。場面に即して説明すること。
> 問3．最後、意外な形で結婚が決められたが、そのときのソファイアの気持ちを想像せよ。嬉しかったのか、それとも……

　問1へのヒントは「あなたご自身の公正なお裁き」というソファイアの

言葉だろう。まず彼女は、トム自身が自分の浮気を反省することを求めている。さらに、「あなたの悔恨の真実さ」を示すのは「時だけ」だとも述べる。ここで彼女が望んでいるのは、もう二度と浮気をしないとトムが決意を固め、その証拠として一定期間の試練に耐えることだ。このソファイアの期待は、それほど特殊なものではない。

にもかかわらず、二人の会話は根本からすれ違っている。「公正な裁き」より「慈悲の情」を望み、自分が浮気しない証拠として「時」の代わりに「鏡」を示すトムの問題はどこにあるのか。これは問2の答えでもあるが、トムが常に他者に依存する点が、彼らのすれ違いの原因である。自分の裁きより他人の赦しを求め、自分で自分を律するのではなく、ソファイアが美しいから浮気をしない、というのでは、彼女の期待にまったく答えていない。教室でここを議論するときには、トムの弁明を理解できるかどうか、複数の学生の意見を求めると興味深いかもしれない。

根は善良だが直情的すぎ失敗する傾向のあるトムと、同じく善良で、しかも理性的に考えることのできるソファイアの議論では、どちらが勝つか明らかだ。しかし同時に、先ほどの引用が巧みなのは、トムに鏡を見せられたソファイアが「顔を赤らめてなかば微笑む」といった、和やかな表現を織り交ぜている点で、この二人の対立が幸福な結末になることを読者に予感させている。つまり、『ペストの記憶』と比べると「未完結の現在」が与える不安は意図的に緩和されているのだ。それでは、この作品はこのまま結婚という幸福な結末に落ち着くのかと言えば、それも違う。急転直下、ソファイアの父が騒々しく登場し、翌日の朝に結婚式を挙げることを彼女に承諾させている。さてそのとき、はしゃぎまわる男たちのかたわらで、彼女は何を感じていたのか。問3への答え方はさまざまだろうが、本章の筆者は、トムと結婚できる幸福感と同時に、彼の浮気癖を直す機会を失ったことへの不安も、彼女の胸に去来していたように想像する。『トム・ジョウンズ』の作者は、もちろんトムとソファイアの幸福を願っていただろうが、同時に一点の曇りもない幸福など、小説以前のおとぎ話にしか存在しないことも、よく知っていたはずだからだ。ソファイアはいわば、「未完結の現在」を受け容れるという犠牲と引き換えに、トムとの結婚という幸福を手に入れたのだ。

1722年に出版された『ペストの記憶』と比べて、1749年に刊行された

『トム・ジョウンズ』では、より個々の人物造形が明確になり、人びとのさまざまな意見や行動が組み合わされている。これから何が起きるか分からないという緊張感は『ペストの記憶』の方が勝っているかもしれないが、『トム・ジョウンズ』も決して「未完結の現在」という小説特有の時間感覚を忘れずに、『ペストの記憶』よりも物語性の豊かな作品をつくることに成功している。18世紀の後半から19世紀にかけて、フィールディングのほか、トバイアス・スモレット (Tobias Smollett, 1721–71)、ウォルター・スコット (Walter Scott, 1771–1832)、マライア・エッジワース (Maria Edgeworth, 1767–1849)、ジェイン・オースティン (Jane Austen, 1775–1817) などの作家たちの試行錯誤により、小説は多様な人物を可視的に描き分け、大きな社会を舞台にできるようになった。これがチャールズ・ディケンズ (Charles Dickens, 1812–70) などヴィクトリア朝の作家たちに継承され、国民文学としての小説が絶頂期を迎えるのである。

4. おわりに

19世紀以降の小説について述べるのは、本章の役割ではない。その代わり、近年になってSrinivas Aravamudanの *Enlightenment Orientalism: Resisting the Rise of the Novel* (2012) のように、西洋と非西洋（アラヴァムダンの場合は中近東）との交渉という視点から18世紀小説史を根本的に読み直す仕事が続々と生まれていることを付言しておく。ポスト植民地主義批評や世界文学批評といった、近年の文学理論の展開によって、いわば18世紀の小説は生み直されている。そして小説が読者に「未完結の現在」を体験させる文学なのであれば、過去の作品を現在進行形の文学として読み直すとき、まさに私たちは「小説の誕生」に立ち会っていると言えるだろう。本章がごくわずかであれ示したように、18世紀イギリス小説は、そのような読みの可能性に満ちている。

📖 文　　献

〈引用文献〉

Defoe, Daniel. *A Journal of the Plague Year*. London, 1722. Ed. Louis Landa. Oxford: Oxford UP, 2010.（ダニエル・デフォー『ペストの記憶』武田将明訳、研究社、2017 年刊行予定）

Fielding, Henry. *The History of Tom Jones: A Foundling*. London, 1749. Ed. Thomas Keymer and Alice Wakely. London: Penguin, 2005.（ヘンリー・フィールディング『トム・ジョウンズ』朱牟田夏雄訳、岩波書店、1951–55 年）

〈参考文献〉

Aravamudan, Srinivas. *Enlightenment Orientalism: Resisting the Rise of the Novel*. Chicago: U of Chicago P, 2012.

Seager, Nicholas. *The Rise of the Novel: A Readers' Guide to Essential Criticism*. Basingstoke: Palgrave Macmillan, 2012.

Watt, Ian. *The Rise of the Novel*. London: Chatto & Windus, 1957.（イアン・ワット『小説の勃興』藤田永祐訳、南雲堂、1999 年）

ミハイル・バフチン「叙事詩と小説」、杉里直人訳『ミハイル・バフチン全著作』第 5 巻、水声社、2001 年。

石塚久郎他編『イギリス文学入門』三修社、2014 年。

6 小説への誘い
―― ジェイン・オースティン『エマ』を読む

高桑　晴子

1. 何をテクストに選ぶか

　19世紀イギリス小説は長い。そのため、セメスター制やクォーター制が常となった現在の大学で、まともに授業で取り上げることがいささかためらわれるかもしれない。だが、一方で19世紀イギリス小説は「小説らしい」。一定程度の長さがあり、明確な主人公が存在し、その人物が何をしてどうなるのかというプロットがはっきりしている。つまり、主人公の行動に従ってテクスト内の道しるべをたどっていけば、自然と小説の最後までたどり着けるということだ。曲がりなりにも数百ページのものを読破すれば、学生は達成感を得るだろう。そう考えてみれば、19世紀イギリス小説は、あまり「小説」や「文学」というものに触れたことがない学生にとって格好の導入となるともいえる。

　とはいえ、授業で取り上げるにあたっては実際的にならざるを得ない。英語の難易度や長さは条件になってくる。1セメスターである程度丁寧に読んでいくとすれば、ペーパーバックで300–400ページのものがせいぜいであろう。方言など英語のバリエーションの使用も多すぎないほうが初心者にはよいかもしれない。また、文学史を無邪気に語ることは難しくなってきているとはいえ、いわゆるキャノンとして確立されている小説を一つくらいは味わってもらいたい、ということもあるだろう。そのようなことを踏まえて、今回は、ジェイン・オースティン『エマ』(Jane Austen, *Emma*, 1816)を選ぶことにする。オースティンの小説、とりわけ『エマ』は、イギリス小説の一つの完成形といわれてきた。オースティンには「田舎の村の3,4家族というのが格好の材料なのです」という有名な弁があるが(*Letters* 275)、『エマ』は非常に精緻にその狭い世界を描き、リアリズムの手法を確立している。何よりも、オースティンの小説が若い女性を主人公とし、女

性の成長と結婚をテーマとした物語であることで、学生の共感を呼びやすいことは大きい。学生は 200 年も前の話に共感し夢中になったことに驚くようだ。まずは愉しむものとして小説を味わえてこそ、よりよく理解したいという欲求も湧くというものだろう。

2.『エマ』で何を教えるか

　『エマ』は、主人公エマ・ウッドハウスが、お節介な縁結び騒動を引き起こしながら、いかに正しい自己認識に達し、正しい相手との結婚という結末に至るかを描いている。このエマの成長物語に読者を寄り添わせるために、語りの距離感が巧みにコントロールされていることに、まず学生は気がつかなくてはいけない。「エマ・ウッドハウスは、美人で、悧巧で、金持ちで、何不自由ない家庭とよい気立てに恵まれ、この世の幸福を一身に集めるかに見えた」という冒頭の文からして(3, 強調筆者)、3 人称の語り手のエマに対するアイロニーを感じさせるが、語りの手法上、特に重要なのは、文学史的にも取り上げられることの多い自由間接話法だ。語り手は直接話法、自由間接話法、間接話法、叙述を巧みに行き来することで、エマの視点を共有しつつ、エマの誤謬が見えるような位置に読者を置く。『エマ』のある章の数ページを取り上げて語りを分析するだけで、ごく自然に見えるエマの心理描写がいかに巧妙な手法によってコントロールされたものであるかに気づくことができる。[1]

　『エマ』はまた、ゲーム、謎解きといった要素の多い小説だ。謎々やアルファベットゲームなどの言葉遊びが恋愛というより大きなゲームと結びつき、恋愛にまつわる謎の解明がエマの成長というテーマに強く絡んでいる。ロンドン近郊サリー州のハイベリーという村周辺から外に出ることのない主人公エマの成長物語が求心力を持つのは、語りの手法の巧みさと、謎解きという探偵小説的なプロット運びによるところが大きい。これらを丹念に見ていくことで、『エマ』が小説の一つの完成形といわれる所以の一端を見ることができる。

　しかし、『エマ』が英文学史上のキャノンに位置付けられている理由はお

---

[1] 木下善貞「『エマ』第 49 章の数節の分析」はこの好例だろう。

そらくそれだけではない。もう一つの理由として「村の3,4家族」という限定された中に、階級や女性のあり方の問題などより大きな19世紀初頭のイギリス社会が見え、ハイベリーがある種のマイクロコズムとなっていることが挙げられる。これは、ナポレオン戦争や社会的・政治的問題については書かずに卑近な事柄を緻密に描いた作家、と文学史的にはとらえられるオースティンを読むにあたって、案外、重要なことかもしれない。オースティンの小説は、等身大の主人公の成長物語という形を取るだけに、学生は、物語に自己を重ね合わせ、歴史性を無視して直截にメッセージを受け取ることも可能だ。が、歴史性をあえて意識することで、エマの成長物語が持つメッセージを多層的に批判的に読むことができることに気づくことも必要だろう。それはまた、オースティンのキャノン性を一歩引いて見ることにもつながる。そこで、この後に続く節では、19世紀イギリス小説理解に必要な予備知識を提供しながら、階級と女性のあり方ということを中心に具体的に『エマ』を読んでいくことにしたい。

3. 『エマ』と階級社会——ジェントルマンをめぐって

　19世紀イギリス小説を読むにはいくらかの予備知識が要る。J. P. ブラウンの『十九世紀イギリスの小説と社会事情』は、階級をその筆頭にあげ、19世紀イギリス小説において欠くことのできない要素だとしている (17)。実際、チャールズ・ディケンズ、ジョージ・エリオット、トマス・ハーディなどをとっても、階級はその小説を理解する前提条件となっている。『エマ』もしかりだ。広大な地所を所有し、治安判事を務めるミスター・ナイトリー、地所を購入したばかりのミスター・ウェストン、教区牧師として赴任してきた若いミスター・エルトン、前任の牧師の遺族で生活が苦しくなっているベイツ母娘——地所の規模、家柄、職業、収入源、収入額などさまざまな複雑な要素で決まるハイベリーの階層のグラデーションを感じ取れないと『エマ』の面白さは半減する。また、ここで描かれる微妙な差異が、ジェントリーやジェントルマンと呼ばれる、上流階級下層部から中産階級上層部にかけての層に限定されているということにも併せて注意すべきだろう。この階層にはあたらない使用人、貧民、ジプシー、村の商店主といった人々も『エマ』には存在することはするが、彼らはあたかも風

6. 小説への誘い──ジェイン・オースティン『エマ』を読む

景の一部であるかのように物語の背景に押しやられている。[2] このオースティンのスコープの狭さは、イギリスの諸階層を扱うヴィクトリア朝期のディケンズやエリオットの小説と比較してみてもわかるだろう。

　イギリスの階級制度の厄介さは、階級の区分が確固としてあるようでて決して固定的ではないということだろう。例えば、ジェントリーやジェントルマンとは、基本的には、土地を所有し、自ら労働に従事する必要のない階層を指す、と考えておけばいいのだが、19世紀の初頭には、その適用範囲は専門職（プロフェッションズ）（国教会聖職者、内科医、法廷弁護士）や陸・海軍の将校、さらには商売や事業で成功して土地を購入した者というように、中産階級上層部に拡大していた。『エマ』における階層のグラデーションの背後には、このジェントルマンと呼ばれる層の流動性がある。エマの序列意識の強さ、そしてハリエット・スミスをめぐる縁結び騒動を理解するためにはこのことを踏まえる必要がある。

　エマのお節介には、夫選びという形で出自のはっきりしない無名のハリエットを自分の思い描くハイベリー村の社会的序列の中に位置付けたいというエマの願望が見え隠れする。実際、ハリエットの夫選びは、だれをジェントルマンと認めるかをめぐるエマとミスター・ナイトリーとの論争という形を取っている。ハリエットは、ナイトリーからかなりの面積の土地を借りてアビー・ミル農場を経営する自作農（ヨーマンリー）のロバート・マーティンから結婚を申し込まれるが、このことがエマには気に入らない。エマに言わせれば、ハリエット・スミスがジェントルマンの娘であることは疑いようがなく、マーティンとの結婚は、「品位を下げること」にほかならない（65）。一方、ナイトリーはマーティンを「ジェントルマン農夫（ファーマー）」と評し（65）、「ロバート・マーティンの態度には、分別、誠実さそして快活さがあり、大変好ましいものだ。そして彼の心には、ハリエット・スミスなどにはわからなかったであろう、真の上品さ（gentility）があるんだよ」とエマに言ってのける（69）。エマとナイトリーが「ジェントルマン」とその資質を表す "gentle" という語をどのように使っていくかを少し丁寧に見ていくことで、19世紀初頭のジェントルマンの定義と範囲の揺らぎという意外と大きなテー

---

[2] これは、1996年のITVドラマ版『エマ』が、召使や村の住民、収穫をする農民たちのカットを意識的に挿入することで明示したことでもある。

マが見えてくる。

　エマは、マーティンを「とても野暮で、風采というものがない」と批判し、もう少し「紳士階級(gentility)に近いものがあるかと思っていた」とくさす(32)。そして、マーティンと対比して教区牧師のミスター・エルトンを「気さくで、愛想がよくて、親切で、丁重だ(gentle)」と持ち上げ(34)、ハリエットの結婚相手にと目論む。エマは"gentle"に人当たりの良さ、特に女性に対する物腰の柔らかさという、伝統的な騎士道精神を求めている。それに対して、ナイトリーは分別や誠実さなど中産階級的な職業倫理にもつながるような要素を"gentility"の中心に据える。[3] ジェントルマンの流動性を前に、ジェントルマンの範囲の拡大を警戒するエマと、自作農(ヨーマンリー)をも体制側(エスタブリッシュメント)に受け入れる余地を示すナイトリーという対比が浮かぶ。ハリエットが結局はマーティンと結ばれるという大団円を迎えることで、この対立は、ナイトリーに軍配が上がる。ジェントルマンの定義は中産階級的な価値観を取り込んだものとなり、こののちヴィクトリア朝小説が示すように、その適用範囲は19世紀を通して拡大していく。ハリエットの夫探しという極めて個人的な騒動から、19世紀的なイギリスの体制側(エスタブリッシュメント)が向かう先が提示されるということを『エマ』に見て取ることも可能だ。

4.　『エマ』の女性登場人物たちと結婚

　階級とともに、学生がとらえ損ないやすいのは、19世紀初頭における結婚が個人の自由意思に基づく恋愛の成就などではなく、基本的に財産を持たない女性にとっては文字通り死活問題であったということだ。そのため、『高慢と偏見』(*Pride and Prejudice*, 1813)などでは「自分も周りに惑わされず、しっかりと自分の意見をもって結婚や恋愛を考えていきたい」というような感想がたいへん多くなる。もちろん、それも小説の一面をとらえているのではあるが、それにしてもオースティン小説のハッピーエンドが内

---

[3] この点については、クローディア・ジョンソンがジェンダー批評の観点から『エマ』が展開しているのは新しい男性性の自然化であると主張し、1790年代の女性に対する慇懃さ(gallant)といった感傷的な男性性が、ナイトリーに体現されるような人情深さ(humane)という価値観に転換されていくと指摘している(198–201)。

包する自由恋愛と将来の経済的・社会的安定とのせめぎあいにはもう少し敏感になる必要があるのではないか。[4]『エマ』でいえば、1万ポンドの持参金を武器に、国教会聖職者ミスター・エルトンの妻に収まるブリストルの商家出身のミス・ホーキンズのような結婚がこの時代の結婚の標準といえる。そこから外れてしまう女性は、ミス・ベイツのように、経済的に困窮し、社会的にも軽んじられていくことになる。

　このように、『エマ』には結婚によって左右される不安定な女性の立場が描かれているが、それが最もよく表れているのはジェイン・フェアファックスだろう。ジェインは、エマとは対照的に、両親を早くに亡くし財産も確たる後ろ盾もなく、家庭教師として生計を立てていくしかない。しかし、先行きの見通しがないジェインにこそ、最も劇的でロマンチックな物語が用意されている。ジェインは、ミスター・ウェストンの息子で母方の名家の跡取りとなっているフランク・チャーチルとひそかに婚約していたのだ。この謎が解き明かされたとき、主人公エマの物語の陰で、ジェインが秘密の婚約に良心の呵責を感じ、フランクの思わせぶりな態度に苦悩していたことに、読者は気づく。幸い、フランクの口うるさい伯母が亡くなり、二人は晴れて結婚できることになる。しかし、ジェインの寄る辺なさ、病気になるほどの葛藤からは、結婚がどれほどまでに女性たちにとってのっぴきならない問題であったかが見て取れるし、奇跡的な結婚の障壁の解消からは、ジェインの恋愛の成就と社会的・経済的安定という結末が女性の願望充足的なものであることがわかるだろう。

　ここで、他の小説にも視野を広げてみると、『エマ』の別の可能性に思い至ることもできるかもしれない。孤児で家庭教師になる（はずの）女性がジェントルマンの妻に収まるというジェイン・フェアファックスの筋書きは、シャーロット・ブロンテ（Charlotte Brontë）の『ジェイン・エア』（*Jane Eyre*, 1848）を容易に想起させる。『ジェイン・エア』は主人公が不安定な立場の女性であるからこそ、読者は主人公に感情移入して彼女の道程をたどることができる。とすれば、エマよりもジェインのほうがヒロインとしてふさ

---

[4] この恋愛に基づく結婚と経済的・社会的安定のための結婚という二種類の要請がオースティン小説のヒロインたちにもたらすダブルバインドについては、小山太一の『自負と偏見』論が参考になる。

わしいのではないか。『高慢と偏見』のエリザベス・ベネットにしても、財産というほどのものを持たない娘が、年収1万ポンドの名門大地主に果敢に対抗していくから読者は共感するのだ。このように「結婚」と「階級上昇」が多くの19世紀イギリス小説のテーマとして有効であることを確認すると、『エマ』が、経済的にも恵まれ、ハイベリーにおける地位も安泰なエマを主人公に据えていることが、なんだか不思議に見えてはこないだろうか。

　そこで気づくのは、『エマ』がエマを主人公としていることで、実は、結婚したくない女性の話になっている、ということだ。エマは、ハリエットをはじめとする他人の恋愛沙汰にはやたらと首を突っ込みたがるが、当の自分に関しては「結婚する気はない」と嘯いている。「私には普通女の人が結婚しなければ、と思うような誘因はまったくな」く、「愛情もなしに、私の今の立場を変えたいと思うなんて愚の骨頂」だ(90)——エマは、愛情を自らの結婚の必須要件として持ち込んで、自由意思を標榜しているが、その裏返しとして、結婚が女性にとって何よりもまず社会的・経済的要請であり、ある種の束縛であるととらえている。さらに、このヒロインは「たくさんの別個の興味をもつ活動的な精神」を有し(92)、独身生活を謳歌するという選択を夢想する。「結婚しない」という選択肢の模索は、揺るぎない経済的な基盤を前提とする。3万ポンドの財産を持つ恵まれた立場にあるエマは、通常の「結婚」と「階級上昇」の物語とは少し違った形で、「過激」に女性にとっての結婚を考察する余地を小説に与えているといえるかもしれない。

5. 『エマ』の心地よい保守性とキャノン性

　もちろん、結末が示すように、『エマ』において主人公が「結婚しない」という選択はあり得ない。ハリエットの結婚相手の可能性としてナイトリーが浮上した瞬間、エマ自身がハートフィールドでの父親との生活を突如として荒涼としたものと感じるようになる。この展開の中では、「結婚しない」という選択肢は、何不自由のない世間知らずなお嬢さんの世迷言であり、未熟な女性の過剰な自己愛のなせる業ということになる。エマのナイトリーへの恋愛感情の自覚は彼女の成長を決定づけるものであり、エマの

6. 小説への誘い──ジェイン・オースティン『エマ』を読む

成長とは、彼女が自省を経て、自らの意思で結婚という制度を受け入れていくこととも言えるだろう。これは何といっても収まりがよく心地よい。最後はこの収まりのよさを改めて問うてみてもよいのではないか。

　ハリエットの縁結び騒動も結局は収まるべきところに収まっている。マーティンに対するナイトリーの評価は、第3節でみたようにジェントルマンの定義と範囲の拡大を示すものではあるが、その一方で既存の秩序は尊重されてもいる。エマに吹き込まれたハリエットの結婚相手の可能性は、エルトン、フランク、ナイトリーと次々に膨らんでいくが、ハリエットは、最初にナイトリーが推奨したように、階級上昇の高望みをせず、「ジェントルマン農夫（ファーマー）」としてジェントルマン社会の外周に位置するマーティンと「安全に、立派に、幸せに暮ら」すことになる（68）。マーティンと身の丈に合った結婚をするハリエット、ハイベリーからはるか200マイル離れたヨークシャーで玉の輿に乗るジェイン、そして、この界隈きっての有力者ナイトリーと結婚するハイベリー一の令嬢エマ──『エマ』は時代の変化に対する柔軟性を見せながらも極端に現在の階級秩序を変革することはない。『エマ』の大団円の心地よさが、この安定性にあることに、学生の注意を向けたい。

　この安定した収まりのよい結末に到達するために、エマはときに過激で気まぐれな認識を改めていかなければならない──それが成長物語としての『エマ』だといってもよい。そしてエマとナイトリーの結婚は、エマが、ナイトリーの寛容な保守性を受け入れていくことの象徴となっている。エマがナイトリーと結婚することに安堵するとき、読者は『エマ』のなかの社会秩序が大きく破壊されることなく、すべてのものが収まるべきところに収まる保守性に安心しているのではないか。

　ナイトリーは19世紀的なイギリスの体制（エスタブリッシュメント）側の方向性を示すヒーローといってもいいだろう。ここで、『エマ』におけるナイトリーが「イングリッシュネス」と結びつけられていることを想起してもよい。ナイトリーはフランス語の"aimable"を英語の"amiable"と本質的に異なるものとして示す人物であり（160）、ナイトリーの屋敷からの眺めは「イングランドの緑、イングランドの農地、イングランドの安らぎ」と称えられる（391）。ヒロインがナイトリーの価値を結婚という制度として受け入れるとき、『エマ』の心地よい保守性はイングリッシュネスと結びつけられる、と言うこ

ともできる。⁵ こうして、ハイベリーはイングランドのマイクロコズムとなり、小説の結末が示す社会の調和と安定はイングランドのものとなる。このあたりにも、『エマ』が英文学のキャノンとなる理由がありそうだ。話は大きくなるが、『エマ』をキャノンとして受け入れるならば、こうしたことも考えてみることは学生にとって必要なことかもしれない。

📖 引用文献

Austen, Jane. *Emma*. Ed. Richard Cronin and Dorothy McMillan. The Cambridge Edition of the Works of Jane Austen. Cambridge: Cambridge UP, 2005. Print.
——. *Jane Austen's Letters*. Ed. Deidre Le Faye. 3rd ed. Oxford: Oxford UP, 1995. Print.
Emma. Screenplay by Andrew Davis. Dir. Diarmuid Lawrence. Perf. Kate Beckinsale and Mark Strong. Meridian-ITV/A&E, 1996. DVD.
Johnson, Claudia L. *Equivocal Beings: Politics, Gender, and Sentimentality in the 1790s, Wollstonecraft, Radcliffe, Burney, Austen*. Chicago: U of Chicago P, 1995. Print.
Poovey, Mary. "The True English Style." *Persuasions* 5 (1983): n. pag. [originally 10–12 in Print]. Web. 27 April, 2016.
木下善貞「『エマ』第49章の数節の分析」『ジェイン・オースティン研究』第9号（2015）、1–19.
小山太一「ゲームの規則——『自負と偏見』再読」『一九世紀「英国」小説の展開』海老根宏・髙橋和久編著、松柏社、2014年、114–35.
J. P. ブラウン『十九世紀イギリスの小説と社会事情』松村昌家訳、英宝社、1987年。

---

5 メアリー・プーヴィは、ジェイン・フェアファックスの恋愛問題や「結婚したくない」エマが示す恋愛や結婚をめぐるイデオロギー的問題を『エマ』がやり過ごしていると指摘する論考を著しているが、その題名が "The True English Style" であるのは意味深長だ。

7 小説への誘い
——「物語」を読むことの愉しみと難しさ

秦　邦生

1. モダニズムの難しさ

　20世紀以降のイギリス小説を、文学初心者の学生に教えることはなかなかに難しい(もちろん、どんな時代の外国小説を教えるにしても、特有の困難がつきまとうはずだろうが)。その要因の一つは、この時期のイギリス文学を代表するいわゆるモダニズムの小説には、ごく一般的な意味でいう「物語性」が乏しいことではないかと個人的には思っている。

　例えば、ジェイムズ・ジョイス(James Joyce)の『ユリシーズ』(*Ulysses*, 1922)では、レオポルド・ブルームが日がな一日ダブリンの街をほっつき歩いた末に、ようやくもう一人の主人公スティーヴン・ディーダラスに遭遇する。ところが二人はその後すぐに別れてしまい、この出会いに果たしてどんな意味があったのかはよくわからない。ある一日を描いた小説である点は共通するヴァージニア・ウルフ(Virginia Woolf)の『ダロウェイ夫人』(*Mrs Dalloway*, 1925)にしても同じか、さらにたちが悪い。クラリッサ・ダロウェイとセプティマス・ウォレン・スミスは、最後まで直接出会うことすらない。いちおうクライマックスの場面で、クラリッサはパーティの最中に後者の自殺のニュースを偶然耳にして、どうやら深遠な啓示的「存在の瞬間」(ジョイス的用語でいうepiphany)を経験しているようなのだが、このような専門用語を導入すると学生の関心はたいてい作者の文学観や思想のようなものへと逸れていってしまい、肝心の作品読解は(これ幸いとばかりに)どこかに置き去りにされてしまう。

　もちろんこれは、作品がつまらないとか、モダニストが物語作家として下手だとかいう問題ではない。むしろここには、経験に意味を与える形式としての「物語」、とりわけそのプロットの伝統的終わり方に対する違和感がモダニズム的実験の原動力になった、という文学史的テーマがある。[1] だ

がそのことをいきなり大上段に構えて講釈しても、学生にはまず実感として理解されないだろう。TV やラジオなどマスメディアの時代はとうに過ぎて、Facebook, Twitter, Line など SNS 全盛の現代においてさえも（いや、そういう時代だからこそ？）、学生達は小説にはわかりやすく楽しめ、感動を与えてくれる物語を求めているようだ。イギリス小説ではオースティンやブロンテがやはり永遠のスタンダードで、最近ではそれにハリー・ポッターが加わったぐらいか。演習の前期に『自負と偏見』(*Pride and Prejudice*, 1813)、後期に『ダロウェイ夫人』を読み学生の好みを聞いたところ 9 割方が前者を選んだ、というのは筆者自身の実体験である（なかにはウルフにはまって、卒論を書くことにした学生もいないわけではないのだが）。

ただ、文学教育の衰退がささやかれる今日の状況を鑑みると、これは必ずしも悪いニュースではない。オースティンのような正典的作家の物語を丁寧に読み解くことにはやはり大きな教育的効果がある。あるいは、すれっからしの読者を自認する文学研究者ですら "a childlike desire to be told a story"（McEwan 314）からどこまで自由なのか、胸に手を当てて考えてみるのもよい自省の機会になるのでは。だから、普段文学に縁遠い学生たちを惹きつけるためには、まず「物語の面白さ」を重視してテクストを選びたい。ただそれでも、伝統的な物語を解体して小説を刷新したモダニズムの文学史的意義を忘却することは避けたい。ではどうしたらよいか？ 物語をぞんぶんに愉しみながら、同時にそれを異化し、批評的に考えること——今回はそれを目標に設定してみよう。

2. 物語の「内容」と「形式」

難しい課題を設定したと思われるかもしれないが、必ずしも無謀な試みではない。20 世紀前半イギリスのモダニズムは以後の文学史においてさまざまな反発や模倣をもたらしたが、現代イギリスの作家達に目立つのは、モダニズム的実験の遺産と対話しながら、なお物語性を重視する傾向である。現代イギリス小説においては（映画化にも適するような）プロット重視という伝統回帰的な姿勢と、物語の相対化というモダニズム的批評意識が

---

[1] 例えば Brooks の議論を参照。

しばしば共存している。[2] そのような現代小説をテクストに選んで教室で学生とともに読み進めながら、教員の側から文学史的知識を適宜補ってゆくのが、ここで想定する教育アプローチのひとつの基本姿勢である。

　ただし、「物語」への疑問や違和感は、できればテクストを読みながら学生のなかに自然にわき上がってくるほうが望ましい。その意味で、語りの技法に注目することはやはり必須だが、しばしばそうした観点は物語を愉しむこととは矛盾しがちである。物語の「内容」に没頭して夢中で頁をめくっているときに、誰が技法、すなわち「形式」の問題などにいちいち注意を払うだろうか？

　他方、語りのプロセス自体を物語の内容の一部として前景化する小説は、たしかに存在する。具体的に言うと、三人称小説よりも一人称小説のほうが、学生達の関心を「語り」の問題に惹きつけやすい。もちろん三人称小説においても「語り手」の存在が想定され、それが「作者」とは違うことは前提として教室内で共有されていてほしいのだが、それでも三人称小説の場合、語り手がしゃしゃり出てこない分、その言葉は内容を示す透明な媒体と思われがちである。対して、作品世界内に身を置いた一人称の語り手は、彼／彼女自身がひとりのキャラクターでもあり、その語り手の性格や、なんらかの利害に動機づけられた「語り方」そのものが物語の内容にも大きな影響を及ぼすことは、学生にも比較的に理解しやすい。

　カズオ・イシグロ (Kazuo Ishiguro) の作品、『日の名残り』(*Remains of the Day*, 1989) や『わたしを離さないで』(*Never Let Me Go*, 2005) などが演習テクストの定番なのは、以上のような理由によるのではないか。前者ならば、執事スティーヴンズはなぜ、かつて主人ダーリントン卿に献身的に仕えた過去の自分を正当化する必要を感じているのか？ あるいは女中頭ミス・ケントンとの思い出を語る際、なぜスティーヴンズの記憶は奇妙に混乱しているのか？ 後者であればキャシー・Hが過去を回想する行為と、彼女の現在の状況とはいかなる関係にあるのか？ こういった問いかけは物語の内容と形式の両方に関わるものであり、こうした疑問を追いかけるうちに語りの技法の問題に行きあたれば、夢中で読み進めてきた物語自体をいっ

---

[2]　このような動向を呼称するために、James と Seshagiri は最近「メタモダニズム」という用語を提案している。

たん相対化し、客観的に考えなおす姿勢が養われるかもしれない。

3. あらすじの確認と細部への注目

　だがせっかくの機会なので、もう少し厄介な例も検討したい。すでに一度タイトルを挙げずに引用した、イアン・マキューアン（Ian McEwan）の『贖罪』（*Atonement*, 2001）である。この物語は小説家を志望する13歳の少女ブライオニーを主人公に据えているため、彼女が「物語を書く／語る」行為そのものが、おのずと作品のテーマのひとつになっている（モダニズム的「芸術家小説」のヴァリエーションと見なすこともできよう）。またこの小説の読者ならばご存知の通り、この作品の大半は三人称小説なのだが、最後の最後で主人公のブライオニー自身が、私たちがそれまで読んできた物語の「作者」であったことが判明するに至って、そこに一人称的観点が潜在していたことが判明する。つまり、三人称小説の語りの「透明さ」を想定しがちな学生達の先入観を効果的に揺さぶる仕掛けが、このテクストには施されているのである。

　いや、語りの技法に関する難問は後回しにしよう。演習などでまず筆者が学生に要求するのは、「あらすじ」を的確に把握することだ。あまりに初歩的と思われるかもしれないが、現代の典型的な英語小説の長さはだいたい10万語以下、この小説は約12万語もあることを踏まえると、物語を要約して的確なあらすじを書くのは、じつはけっこう難しい。これは、とりあえず微妙な細部を犠牲にしてでも、物語のエッセンスを抽出することである。『贖罪』は、1935年のある夏の日、主人公ブライオニーが13歳の少女だった頃に経験した事件から小説の着想を得て、その64年後に幾度もの改稿を経てようやく書き終えるまでの物語として、まず要約できる。より具体的に言えば、少女時代のブライオニーの行為は、姉セシーリアと恋人ロビーとの関係を引き裂いてしまい、さらにロビーが第二次世界大戦に従軍するに至って、二人の再会もきわめて困難となる。果たしてロビーは過酷なダンケルク撤退戦を生き残り、セシーリアと再会できるのか？　ブライオニーは過去のあやまちを償い、二人から赦しを得ることができるのか？　彼女は、この経験を文学的に昇華して作家になる夢を叶えられるのか？　物語に没入して先へ先へと頁をめくっているときに読者を駆り立てて

いるのが、例えばこうした疑問が形作るサスペンスであることは、はやいうちに明確に言語化しておきたい。

　もちろん、ただ直線的に読み進めるだけではよい読み手とは言えない。ときには既読の箇所を読み返し、べつべつの箇所にあらわれる要素同士がどう関係するのかを考えることも大切だ。そのきっかけとして、学生達に「反復」——繰り返し物語にあらわれるモノやイメージ——への気づきを促してみよう。つまり、モチーフや象徴の問題である。わかりやすい例としては、第一部第二章で初登場する「花瓶」がある。噴水から花瓶に水を汲もうとしたとき、セシーリアとロビーは花瓶を引っ張りあって、それを壊してしまう。水中に落ちた破片を拾おうとセシーリアが服を脱いで水に入ったことが、二人がお互いへの欲望を自覚するきっかけとなるいっぽう、この小事件は遠くからその光景を目撃したブライオニーがのちに誤解に基づく告発に走る一因ともなる。また、セシーリアは破片を接着して花瓶が割れた事実を隠すが、第二次世界大戦中の第三部で、花瓶を手に取った召使いがそれを落として今度は粉々に砕いてしまう。フランク・カーモードはこの花瓶が、物語中の「ほかの壊れやすいもの」——セシーリアの処女性や大戦中の人々の「命」自体——と共鳴している、と観察しているが、つまりこの花瓶の命運は、セクシュアリティや戦争の暴力を象徴している、ということだろう (Kermode par. 5)。

　ただし、象徴と意味との一対一対応は存在しないことには注意しておきたい（学生にはよくある誤解）。多くの場合モチーフや象徴は適度に曖昧かつ多義的なものであり、また、しばしば相互とゆるやかに結びつき、豊かな意味の幅を獲得する。花瓶の例に戻ると、それは第一次世界大戦で戦死したクレム叔父の遺品だった。彼はこの品をフランスで子供を含む多くの村人達を爆撃から救った際に感謝の印として得たのだが (McEwan 22–23)、この逸話は第二部でのロビーの戦場経験を予告しつつ、皮肉な対照を暗示する。ドイツ軍戦闘機による空襲にみまわれたロビーは民間人の母子を救おうとするが、絶望的な努力にもかかわらず失敗する (235–39)。それに先立ち彼は木にひっかかった子供の足を目撃し (192)、その後、仲間とともにべつの少年の屍体を埋葬する (224–25)。またつかのまの回想で彼は、かつてわざと水に飛びこんだ10歳時のブライオニーを助け出したことを想起するが (229–32)、そういえば、第一部で警察に逮捕される直前の彼の行為

は、夜中に失踪した双子を見つけて、連れ戻すことだった(182-83)。こうやって個々の場面や細部を連想でつないでゆくと、メインのプロットとは異なる次元で「子供を救うこと／救えないこと」というサブ・テーマが持続的に変奏されていることがわかる。この観点からは、第一部のブライオニーの欲望が、自身の未熟さから脱すること——隠喩的には、自分自身の子供時代を殺すこと(72)——であったこともまた興味深い。こういう解釈は、物語を直線的に読み進むだけではやはり出てこない。時には教師からこういう例を示唆することで、読み返しつつ細部と細部をつなぐことの意義を強調することも大事だ。

4. 語りの技法と終わりの問題

　語りの技法についての関心は、あまり抽象的に論じるのではなくて、こうやって物語への具体的理解を深めながら養ったほうが効果的だろう。第2節で、一人称小説のほうが語りの問題に学生の関心を惹きやすい理由として、物語との具体的関係を挙げておいた。じつのところ三人称小説においてもその語り口はつねに一定ではなく、語り手の立ち位置と、キャラクター達の観点との関係で微妙に変動することがある。その点を理解するには、キャラクター同士の人間関係の緊張や変化という、物語のミクロ的な展開への認識がときには役立つ。

　『贖罪』第一部の重大事件、ブライオニーによるロビーの(レイプ犯としての)告発を具体例に考えてみよう。先述したように、このあやまちの引き金となったのは、ロビーとセシーリアのあいだに起きた噴水での出来事をブライオニーが遠くから目撃したことだった。年少の彼女は、それを前者から後者への性的な脅しの結果だと誤解したのだ。さて「誤解」とはしばしば、ひとつの出来事に対する複数の人々の認識や解釈が、互いに食い違う結果として生じる。興味深いことに、第一部における語りは章ごとにべつのキャラクターの行動を追いつつ、重要な場面で同じ出来事を繰り返し語っている。つまり、ある出来事が異なるキャラクター達の観点からどのように見え、どう解釈されるのかを、「視点」ないし「焦点」の移動という技法をもちいて表現している(例として、噴水の挿話は第二章と第三章、ロビーとセシーリアとの図書室での性交は第十章と第十一章で、異なる観点から

二度ずつ語られている。それぞれを比較してみよう）。三人称の語りはつねに客観的なものではなく、ときにキャラクター達の意識をフィルターにして、出来事とその「解釈」を同時に提示する。[3] この小説では、複数の人物達の解釈同士の齟齬が不幸な事件を招き、物語をさらに前へと進める役割を果たしているのだ。

　ここまで来ると、「物語とは、つねにある出来事に対する（誰かの）解釈である」という、もう少し抽象的なテーゼを導入してもいいかもしれない。双子を捜索中に暗闇で従姉ローラのレイプ犯を目撃する場面でブライオニーは、顔は見えなかったのに、それまでの一日の経緯から、ロビーこそが犯人だと確信する。この告発は、まさしく彼女自身が求めてきた"her own discovery . . . her story" (166)だったわけだ。他方、そのような「物語≒解釈」は完全に主観的な幻想でもなく、特にそれが流通し、他人たちに受けいれられるときには、しばしば階級や性差などの社会的要因がからんでくる。ブライオニーの告発が両親や警察の支持を受けたのは、ロビーが使用人の息子で労働者階級出身だったから、という事情があったらしい。この事件の真犯人探しにおいては、ふたたび複数の解釈の葛藤が見られる。例えば、ロビーとセシーリアはもう一人の使用人の息子ダニー・ハードマンを疑っているが、そう考える彼ら自身、階級的偏見からどこまで自由なのか。他方、第三部で成長したブライオニーは、（奇怪にも）のちにローラと結婚した大富豪のポール・マーシャルこそ真犯人だと主張するが、事件当夜顔が見えなかった以上、厳密にはそれもひとつの解釈でしかなくて、真相は文字どおり「闇のなか」なのだ。この「物語」が富豪夫妻に対するブライオニーの反転した階級的偏見（または嫉妬）の産物ではないという保証は、残念ながらどこにも明確には書き込まれていない。

　すこし議論がこみいってきたので、この架空の教室内の学生達が置いてけぼりを喰っていないか心配だが、机につっぷしている学生は揺り起こして、結論代わりに次のポイントだけは強調しておきたい。「物語」がある出来事に対する語り手の解釈であるとすれば、それを読む側の役割は通常思われるほどには受動的なものではない。むしろある物語を受けいれたり拒

---

[3] 「視点／焦点」の技法については、例えばMontgomeryらの教科書的説明が有益だろう。

絶したりすることは、語り手の「価値観」に根差した解釈への共感や反発を通じて、読み手自身の「価値観」を間接的に表明することでもある。一般に、とりわけ文学初心者の学生は物語を素直に受けいれ、語り手との無意識的な共犯関係に陥りがちだ。だが『贖罪』の場合、主人公がこの小説の「作者」でもあったという仕掛けを通じて、読み手が最終段階で演じるべき役割へのメタな自意識が促されている。途中まで主人公の過去の経験に忠実だった物語は、じつは第三部の終わりで、創作による「嘘」を含んでいた。この場面でブライオニーは、セシーリアと前線から生還したロビーがつかのまの休息をともに過ごす郊外の下宿を訪れ、過去のあやまちを謝罪する。だが最後に明かされる真実によると、この面会はじっさいには起きなかった。現実にはロビーはフランスからの撤退直前に死亡してセシーリアと再会することはついになく、セシーリアも数か月後の空襲で亡くなっていた。姉妹がふたたびまみえて言葉を交わし、そこで「贖罪」の可能性が模索されることもまた、本当はなかったのである。

　要点を整理すると、この小説はブライオニーが「信頼できない語り手」であることを暴露することで、二通りの物語の結末に対する読み手側の判断と選択を迫っていることになる。[4] 第一の結末では、恋人たちは試練を経て再会し、未来に向けてかすかな希望の光をつかんでいた。だが第二の結末によれば二人は歴史のうねりに呑まれ、再会と和解の希望などまさに「おとぎ話」でしかなかった。後者を真実として受けいれる読者は、この小説をなによりもまず、個人の運命を翻弄する現実の戦争の惨禍についての物語として解釈するだろう。他方、最初の結末を好む読者の立場もまた複雑だ。もちろん、たんなるロマンチストの可能性もある。だが悲惨な現実に対する一定の慰(なぐさ)めを与えるものとして「虚構(フィクション)」の価値を認める読者は、モダニズムの物語批判を受けいれつつ、一周回って物語の役割へのひねくれた信頼を表明しているのかもしれない。つまり、終わり(closure)をどう評価するかという問題には、思想やイデオロギーの問題が必然的にからんでくるということである。

---

[4] これはやや特殊な例だと思われるかもしれないが、メタフィクションの一種と見なせば、ヤン・マーテル(Yann Martel)の『パイの物語』(*Life of Pi*, 2001)のようなほかの同時代小説の結末と比較対照することもできよう。

5. 一冊の小説から出発する

　もちろん、ここまで説明してきたさまざまな着眼点については、物語論の研究書を頼りに体系的に解説することもできる。だが、物語の魅力に身を任せつつ小説の理解を深めた読者には、かけがえのない実感が備わっているだろう。『贖罪』という一冊の小説についての具体的な読みの経験が大きな文学史的理解にも敷衍可能であることは、モダニズムの問題に触れつつ暗示したとおりである。この作品には、ウルフ、オーデン、オースティンなど、他作家への豊かなインターテクスト的言及が含まれている。もし授業中に余裕があれば、それらをきっかけに学生たちを時代遡行的な濫読へと誘うことも有意義だろう。ただそれは応用編ということで、最後に基本を再確認したい。小説への深い理解は、直線的に一度通読するだけではなく、再三にわたって読み返すことで養われる。学生にはまず、その姿勢を自然に身につけさせたい。かつて E. M. フォースターは、「次へ、次へ」と時系列的なストーリーの流れを追うだけの読者を子供や原始人、要素間の複雑な相互関係が構成するプロットを味わう読者を、小高い丘を登ってから背後の眺望を見わたす者に喩えていた。もしも一冊の小説を読み終わった後に、幾人かの学生が前者から後者への脱皮を遂げていたら、それは得がたい成長と呼べるのではないか。

文　　献

〈引用文献〉

Kermode, Frank. "Point of View." *London Review of Books* 4 October 2001. Web.
McEwan, Ian. *Atonement*. New York: Vintage, 2002. Print.

〈参考文献〉

Brooks, Peter. *Reading for the Plot: Design and Intention in Narrative*. Cambridge, Mass.: Harvard UP, 1984. Print.
James, David, and Urmila Seshagiri. "Metamodernism: Narratives of Continuity and Revolution." *PMLA* 129.1（January 2014）: 87–100. Print.
Montgomery, Martin, Alan Durant, Tom Furniss, and Sara Mills, *Ways of Reading: Advanced Reading Skills for Students of English Literature*. 4th ed. London: Routledge, 2012. Print.

8 小説への誘い
——18, 19世紀文学を教える

中野　学而

はじめに——アメリカ19世紀小説の壁

　時代設定が相対的に古い18, 19世紀アメリカ小説は現代日本の学生にとってとかく敷居が高いものとなるが、皮肉なことに、事態は特に新生国家アメリカ合衆国がイギリスからの「知的独立」を真に果たすと言われる19世紀のほうに関してより深刻となる。「キャノン」と呼ばれるものになればなるほど、背景の設定が森の中だったり大海原だったり、あるいは登場人物がそもそも極端に少なかったり抽象的な概念の「化身」だったりと、2010年代の日本に生きる平均的な大学生が作品世界にいざ入ろうとする際に必要な共通の前提という意味での「なじみ」が薄いものばかりになってくるのである。

　むろんこの一般論的事態には必然的な理由があり、その理由こそアメリカのアメリカたる所以に直接関係してもいるということは、これまでもすでにアメリカ文学(アメリカ精神)の「ロマンス性」あるいは「象徴主義的傾向」などとして理解されてきている。神と孤独に対峙する個人が世界に(過剰なまでに)意味を読み込もうとする傾向、と要約してよいかと思うが、ピューリタンの精神伝統に起因するそのような性質がアメリカ文学の世界で独特の発展を見て見事に開花したのが、まさにここで扱う19世紀中葉のいわゆる「アメリカン・ルネサンス」の時期だった。

　そういうわけで、よかれあしかれこの時代のアメリカの小説作品には、他の国の作品には見られないレベルで作者個人の強烈なメッセージがみなぎる。この性質によってこの時代の小説世界はどうしても抽象的にならざるを得ないし、悪くすると小説が閉塞的で近視眼的なものにもなってしまう。学生にとっての敷居の高さも、ひとえにここに由来する。

1. 学生にとって文学の授業とは──メルヴィルという最高峰

　さて、上記のように厄介な「高い壁」をめぐる事情はひとまずさておき、もともとメッセージ性の強いアメリカ19世紀小説作品がおりなす特異な山脈の中でも最も強烈なメッセージを持ち、だから最もアメリカらしくひときわそびえたつ「最高峰」は、なんといってもハーマン・メルヴィル（Herman Melville）の作品群となろう。そうであれば、学生たちにこの時代の小説の雰囲気を伝えるには、やはりメルヴィルの小説をなんとかうまく教えるにしくはないことになる。

　ただし現実はもちろん厳しい。基本的な海抜が高いアメリカ19世紀小説山系の中でも、メルヴィル作品はあらゆる意味で飛びぬけている。語彙的にも内容的にも思想的にも、興味本位で多少触れる以上のレベルの「精読」となるとハードコアにすぎる。いくらエッセンスのみをなるべくうまく語って作品への橋渡しをしようとしたところで、そもそも捕鯨船になど乗ったことがない大多数の日本人学生に世界最大のクジラの生け捕り作戦を強要するのはどう考えても得策ではない。

　しかしそれでもやはり、アメリカ18, 19世紀小説をもし具体的な作家を一人だけ選びつつ紹介するとなれば、その作家はどうしてもメルヴィルとならなければならないと私には思われる。この作家こそ、18, 19, 20, 21世紀を通して考え得る限りのアメリカ文学の「最高峰」として、いつの時代の学生にとっても本当に意味のある作家であるという確信があるからである。アメリカ19世紀文学の最大の魅力は、メルヴィルにせよウォルト・ホイットマン（Walt Whitman）にせよその巨大なパワーというかエネルギーというか、世界をその根底から自らのビジョンのもとに作り変えてしまおうとしているかのような作家の意気込みや確信の強さ（あるいはそれが揺らぐ際の振れ幅）をおいてほかにないのであれば、学生にもそこを感じてもらわなければ意味はないだろう。

　多くの学生にとって教師と授業で文学作品を少しでもまともに読むという経験はまさに一期一会、せっかく大学まで来てあえて流行らない文学を学ぶなら、やはり大学でしか学べないと教師が自信を持って言えるような最高峰で咲く孤独な花を、なぜそこがアメリカ文学の最高峰の頂なのかという明確な理由とともに、あくまでもいまの学生が興味を持てるような

形で手向けたい。こんな時代の日本に生きる若者だからこそ、こんな感性がありえるのか、あっていいのか、と、多少なりとも目を見開いてもらいたい。

しかし繰り返すが、だからこそ壁は高い。過度のロマンス性、宇宙的なまでの思索性という壁が、ますます「実学マインド」一辺倒となりゆく現在のいたいけな学生たちの前に厳然と立ちはだかる。

2. 読者を誘う常識の世界──「バートルビー」の奇跡

このようなジレンマのなかで、はたせるかな、まさにメルヴィルには、メルヴィルのように人生の辛酸をなめ尽くした作家だからこそ、長さとしてもそう長くなく、語彙レベルもほどほど、何よりも当時の「無関心」な一般読者にとってもまたいまの学生にとってもがぜん親しみやすいと考えられるようなリアルかつ卑近な設定を確信犯的に用いることで、メッセージが知らず知らず読者の体内を駆け巡りじわじわと効いてくるような、ほとんど「奇跡的」と言ってよい作品がひとつ運命的に存在していることは、この論集全体にとっても非常に示唆的なことではないだろうか。その作品とは他でもない、いまの一般企業と本質的にも表面的にもなんら変わりのないウォール街の法律事務所を舞台にした名編「書記バートルビー」("Bartleby, The Scrivner; A Story of Wall-street," 1853)である。

もちろん周知のようにこの作品の絶望と孤絶はあまりにも深いし、そのメッセージをはっきりと読み取るのも容易なことではない。しかしその深遠さにもかかわらず、表面だけ見れば、舞台設定的にもまた語学的にも、学生にかかる負荷はおそらく限りなくゼロに近いと言っていい。以下は冒頭部近くの原文──

> All who know me, consider me an eminently *safe* man. The late John Jacob Astor, a personage little given to poetic enthusiasm, had no hesitation in pronouncing my first grand point to be prudence; my next, method. I do not speak it in vanity, but simply record the fact, that I was not unemployed in my profession by the late John Jacob Astor; a name which, I admit, I love to repeat. (4)

ジョン・ジェイコブ・アスターの名前や "little given to" という表現などを語学的に多少解説しさえすれば（前者は読解のカギのひとつとなるのだが、ひとまずは「当時大成功をおさめていた著名なビジネスマン」くらいの説明だけでよいだろうし、後者に関しては "little" も "given to" も受験の必須表現である)、「安全第一」「詩人的な熱狂とは無縁」「慎重と規律が最大の取り柄」という常識的な、またちょっとした虚栄心を隠しもしないこの語り手の生き生きとした口吻に学生はなごまされさえするだろう。無闇にエネルギッシュなターキーと神経質かつぶさつにも程があるニパーズ、それから彼ら二人が仕事中に食べ散らす菓子を調達するのが主な仕事のジンジャー・ナット少年という三人の事務員たちの紹介も、ドタバタ喜劇調のユーモアにあふれたものである。

　これなら学生に読めないはずはない。メルヴィルの猛毒については最後まで何も知らせず、安心してこの語り手の穏健な世界に入ってもらえばいい。

　さて、かように語り手も一般人、舞台も一般中小企業ならば脇役も一般人の一般世界に、一風変わった、しかしやはりこれもまずは一般人としか言いようのないバートルビーという若者がやってくる。ふつうに面接を受け、めでたく雇われる。オフィスの一角に机があてがわれ、仕事が始まる。バートルビーはなかなか有能なようである。以下も原文──

> 　At first Bartleby did an extraordinary quantity of writing . . . . He ran a day and night line, copying by sun-light and by candle-light. I should have been quite delighted with his application, had he been cheerfully industrious. But he wrote on silently, palely, mechanically.
> 　It is, of course, an indispensable part of a scrivener's business to verify the accuracy of his copy, word by word. (10)

バートルビーの機械的な仕事ぶりが気にはなるが、基本的には何の変哲もないオフィスの光景である。必要とあらば "application" や "industrious" などの中級単語の解説さえ加えれば、状況がまったく理解できない学生はまずいまい。自らの就職前後のイメージを自然に重ねるものもいれば、「仮定法における条件節の if の省略」を復習するものもいるかもしれない。か

くしてバートルビーのいるオフィスでの日常の様子は当たり前のように描き出されていく。

　もちろん周知のようにこのままタダでは済まないのだが、それも含めたこれからの予想外、不可解の展開が学生の興味をうまくひねりあげつつ持続させるほうに転べばしめたものである。

　ある時バートルビーは、仕事を命じる語り手に対し「できればしたくないのですが」というあの不可解な決めゼリフを言い放つが、以下の引用部冒頭の倒置法を乗り越えれば、やはり単純な英語――

> 　In this very attitude did I sit when I called to him, rapidly stating what it was I wanted him to do—namely, to examine a small paper with me. Imagine my surprise, nay, my consternation, when, without moving from his privacy, Bartleby in a singularly mild, firm voice, replied, "I would prefer not to."
>
> 　I sat awhile in perfect silence, rallying my stunned faculties. Immediately it occurred to me that my ears had deceived me, or Bartleby had entirely misunderstood my meaning. (10–11)

「彼の言葉に、私はとっさに聞き違いをしたのだろうと思った」――紙幅の都合上、以下は俯瞰の位置に立って急ぐが、とにかくこの驚きの瞬間を皮切りに、バートルビーの奇行劇が幕を開ける。やがて彼は一切の仕事を拒否するに至り、周囲のものすべてを困惑と憤激に陥れたかと思えば、慈悲心からなんとか彼にまつわる事情を理解しようとする語り手からさえもついに（当然だが）解雇と退去の通告を受け、それでもオフィスを立ち去ろうとはせず、最終的に警察から強制立ち退きを食って入れられた監獄でも一切の慈悲や事情説明の要求を拒み、結局自死（餓死）してしまう、という例のものすごい展開である。しかしやはり、たとえば刑務所の中庭でのバートルビーの最期の描写はどうにも陰鬱かつ静謐な、倫理の真空状態とでも言うほかない凄みあふれるものである一方、それでも英文としては読みにくいところはたぶん何もない。これだけ長くても、引っ掛かりとしては「エジプト」関係の比喩の必然性がよくわからない（しかし比喩としてはもちろん何も難しいところはない）、というくらいだろうか。

The yard was entirely quiet. It was not accessible to the common prisoners. The surrounding walls, of amazing thickness, kept off all sounds behind them. The Egyptian character of the masonry weighed upon me with its gloom. But a soft imprisoned turf grew under foot. The heart of the eternal pyramids, it seemed, wherein, by some strange magic, through the clefts, grass-seed, dropped by birds, had sprung.

　Strangely huddled at the base of the wall, his knees drawn up, and lying on his side, his head touching the cold stones, I saw the wasted Bartleby. But nothing stirred. I paused; then went close up to him; stooped over, and saw that his dim eyes were open; otherwise he seemed profoundly sleeping. Something prompted me to touch him. I felt his hand, when a tingling shiver ran up my arm and down my spine to my feet.(33)

　このように終始一貫した平易な英文とともに、監獄の中庭で足を折り曲げながら衰弱死したバートルビーの身の上を哀れみながらも語り手はおそらく再び日常に戻っていくことが示唆されるが、バートルビーをこのように奇怪な行動に駆り立てたものとは結局何だったのか、最後まで全く明らかにはならない。実情を明らかにしようとする気概も能力も、そもそも小説内に登場する誰にも持ち合わされていない。
　かくして、不可解がここに極まる。彼の死後あきらかになった断片的事実――彼はかつて「配達不能文書課」(34)の書記の職を政権交代の気まぐれによって失っていた――を紹介しながら次第に感極まってくる語り手の最後の言葉も、一見常識的な、しかしよく考えればまさにこのバートルビーの存在のありかたが伝染したかのように不可解な、「ああ、バートルビーよ！　ああ、人間性よ！」(34)というものとなる――え、これで終わり!?
　しかし、むしろ問題はここから始まる。事実、語学力を上げたくて丹念に読んできた学生には、これは何かがおかしい、と確実に感じられていると信じてよい。ここまで来れば、学生はすでにメルヴィルの世界に引き込まれている。

3. 文学作品読解の勘所――メルヴィルのやさしさ

　「常識」を売り物にしてきた語り手は、あまりにも無礼で非常識的に思えるバートルビーを「慈悲心」からあれこれ助けようとまでするので、むしろ常識人以上に心やさしき人物と言ってよい。しかし、たとえば語り手の最後の詠嘆のセリフを取ってみても、「バートルビー」という固有名詞のあとに「人間性」という極端に大きな意味の抽象名詞がまったく同じレベルで並置してあって、「常識」ではよく意味が取れないのみならず、そもそも感嘆符が二つもついているところなどは最初に見た「詩的興奮とは無縁」うんぬんのくだりと完全に矛盾してもいる。このような言行不一致に注目しながら最後のセリフの意味についていろいろ意見を交わしあい、バートルビーの言動のあまりの不可解さを思いながら作品をあちこち読み直しているうち、学生には、ひょっとするとこの語り手の「常識性」にこそなにか深刻な問題があったのではないか、とうすうす感じられてもくることだろう。それはとりもなおさず、自分自身の日常の存在の深淵をおそるおそるのぞき込むことにほかならない。

　学生も基本的には常識人だから、初読の際には語り手の最後のセリフにある程度は納得し、あるいは煙に巻かれながら、多かれ少なかれ、たとえば「人間にはどんな慈悲も届かないほどの深い絶望がありうるということが語り手にも分かったのだろう」などという常識的見解を導き出してひとまずは読み終えていることだろう。語り手の意図も、そういう読者からの反応をこそ期待するものであると読める。しかしおそらくメルヴィルの目には、それらの反応は哀れみとしても慈悲としても、いずれ耐えがたいほど生ぬるく見えている。メルヴィルはここで、ほんとうの慈悲はこの世界に存在しえるのか、という恐るべき問いを、渾身で読者に問いかけているのだからである。

　ここに至って、メルヴィルのものすごさ、つまりアメリカン・ルネサンスの一つの真髄のありかたが学生にも肌で感じられてくることだろう。自らの奇行の理由を尋ねる語り手に対し「それはあなた自身分かっているはずでしょう」(21)と逆にバートルビーが問いかける場面があるが、要するにすべての問題は、語り手自身が無意識のうちに前提としつつ日常を送っているすべての判断基準――つまりは現代西欧文明の根幹としてのキリス

ト教の倫理体系全体——の偽善性、欺瞞性への認識と、「それを言っちゃおしまいよ」と思われるほどに根源的な疑念に魂をひねりつぶされてしまったようなかなしくも巨大なメルヴィルのやさしさにあった。本文をよく読めば、たとえば「慈悲の心」一つ取っても、前述のようにアスターを崇拝する語り手が考えるそれは、あくまでも「商取引」の語彙で語られるような常識的な保身性を前提とするものにすぎないことがよくわかる (13–14)。先ほどの「エジプト」関係の不可解な比喩も、キリスト教的世界観誕生以前の世界の存在を感じさせるものとして、やはり必然的なものだったことが分かってくるだろう。

　バートルビーの絶望の原因は、いまでは背景の「ウォール街」という場所の特異性にまつわるものやネイティヴ・アメリカンの強制移住の問題など多岐にわたるものとされているので、ひとまずは CiNii などで様々な論文を参照するよう学生を導けばよい。上でほんの一例を示したようなかたちで入念に彫琢された細部に注目することで、およそありとあらゆるアメリカの、そして西欧世界全体の罪悪や欺瞞がそこに見出されてくるだろう。[1]

　このような見事な構造は、語りの平易さともあいまって、メルヴィルの思想が極限まで凝縮された形で埋め込まれたものであると同時に、不注意な読者にもシュールな不条理ギャグ (?) として読めてしまうようなユーモアを持ってもいるし、また作品が明らかに含んでいることが感知される何かしらの「真実」を絶対に明らかにしないまま作品が閉じられている点でクラスでのディスカッションのネタに適してもいるので、いずれにせよ学生は最後まで一定の興味を失わない。ある程度作品解釈への意見が出揃ったあたりで、はじめてメルヴィルの破滅的人生遍歴や最高傑作『白鯨』の思想を紹介しつつ、当時のアメリカが 19 世紀半ばという空前絶後の楽観主義と拡張主義の時代にあったからこそ彼のような人がこのような端正かつ異形の奇跡的作品の執筆にまで追い込まれて行かざるをえなかった経緯を話していけば、学生にとっては、みずからが生きるこの近代社会の足下に広がる恐ろしい深淵をメルヴィルのような人がどう見ていたのか、多少なりとも思いをいたす契機となるだろう。このような絶望がそもそも存在し得るのは、アメリカという国の土台がおそらく人類史上最もラディカル

---

[1] 大島、Saiki 参照。

な理想主義と希望とによってできているからこそのものなのであり、だからこそ、その理想主義が諸刃の剣の片方に自己の信念への強大すぎる確信を生むことにもなった、と言えば、アメリカ19世紀小説の勘所は学生にほぼ過不足なく伝わっているはずである。

最後に——なぜ文学を学ぶのか

　目の前の無関心な読者に「恐ろしい真実」の存在を知らせるため、まずは物語の表面に興味を持たせ、そこから果てしない深みへと降りていく——われわれの学生たちについて言えば、それはたとえば、まさに19世紀中葉突然のように(もちろんそれは突然ではなく、歴史上の必然であったのだが)目の前に現れたアメリカとの関係のなかで自己を根底から編成し直すことを迫られ、立身出世、富国強兵、八紘一宇、一億玉砕、平和憲法、所得倍増、列島改造、バブル崩壊で現在に至るこの日本という島国に生きていることの意味を考える契機ともなる。メルヴィルの『白鯨』(*Moby-Dick; or, The Whale*, 1851)こそアメリカ文学が日本に言及した「最初のめざましい実例」(佐伯　8)であり、ほぼ『白鯨』出版と同時期のあのペリー(Matthew C. Perry)の黒船の来航からしてそもそも太平洋における捕鯨基地の条件に関する江戸幕府との交渉の一環だったのだと言えば、学生にもその関連の持つ重要性は伝わるはずである。

　一般論として、文学を学ぶことの最大の理由は、何と言っても文学は心、人の心をこれほど深く見つめることはほかのいかなる学問分野、メディアによっても不可能であり、すぐれた文学作品を丹念に読むしかない、ということに尽きる。メルヴィル自身を今度は批判的に読む、という契機もそこから生まれよう。結局のところ、真の理想主義がえてして陥らざるを得ない独善性を渾身で呪うメルヴィルのそのやさしさの根拠じたい、アメリカの理想主義、ピューリタニズムの純粋志向のあらわれにほかならない。もちろんメルヴィルはそのことも十分踏まえていたのだが、まさにそれを踏まえているという強烈な自意識こそ、アメリカの理想主義の独善化の無限円環の起源にある。メルヴィルはアメリカで最も偉大な作家だが、それでも彼を批評のゼロ地点に温存したままでは先はおぼつかない。

　偏狭なナショナリズムに陥ることを強く戒め、グローバルに国境を越え

ることを積極的に促しながら、同時に安易に国境を越えられるなどと思い上がらないよう釘もさす。近代の産物たる国境は総じて抑圧的／分断的なものだが、それならばそもそもなぜ国境などというものが設置されねばならなかったのか――。

　この 2017 年の日本を生きる学生はすべて、まさに眼前の世界の状況について何をどのように問えばよいのか分からない「書記バートルビー」の語り手の困惑のうちにいる。「それは君たち自身が一番良く知っていることでしょう？」とメルヴィルならば言うかもしれない。しかし当のメルヴィル自身にさえ本当のところは分かっていないだろう。だからこそ 19 世紀アメリカ文学の教室には、あらゆる思考の根源を刷新する破戒と創造への責務があるのだと思う。

文　　献

〈引用文献〉

Melville, Herman. *Melville's Short Novels*. Ed. Dan MaCall. New York: Norton, 2002.

Saiki, Ikuno. "'Bartleby, the Scrivner': The Politics of Biography and the Future of Capitalism." *Melville and the Wall of the Modern Age*. Ed. Arimichi Makino. Tokyo: Nan' Un-Do, 2010. 77–96.

大島由起子「「バートルビー」に潜む北米先住民――空間攻防とアメリカの負の遺産をめぐって」『身体と情動――アフェクトで読むアメリカン・ルネサンス』高橋勤・竹内勝徳編、彩流社、2016 年、231–49.

佐伯彰一『文学的アメリカ――雑種社会の可能性』中央公論社（中公新書）、1976 年。

〈参考文献〉

千石英世編『シリーズ　もっと知りたい名作の世界⑪　白鯨』ミネルヴァ書房、2014 年。

平石貴樹『アメリカ文学史』松柏社、2010 年。

牧野有通『世界を覆う白い幻影――メルヴィルとアメリカ・アイディオロジー』南雲堂、1996 年。

9 小説への誘い
――「入口」としての20世紀アメリカ小説

諏訪部　浩一

1. 現状と目標

　学生が外国の文学・文化に関心を持たなくなったといわれるようになって久しいが、そうした状況において、「20世紀(以降)」の「アメリカ」の「小説」は、まだ比較的親しまれている方だといえるかもしれない。フランス文学の研究者に、アメリカ文学は「入口」があって羨ましいといわれたことがあるが、それは確かにそのとおりだろう――同時代のアメリカ小説はかなりコンスタントに翻訳紹介されているし、グローバル化＝アメリカ化が進む現在、学生が「アメリカ」に触れずに過ごす日など1日たりともないのだから。アメリカ化＝グローバル化である以上、アマゾンで購入したポール・オースター(Paul Auster)の新刊の感想をスターバックスでiPhoneをいじりながらツイートしている学生は、おそらくそれらの「アメリカ性」をほとんど意識していないだろうにしても、である。

　こうした現状に鑑みてすぐに思いつく当面の目標は、「入口」を活用しつつ(そして広げつつ)、そこから入ってきた学生には早急に「出口」を指し示すのではなく、なるべく長く滞在してもらうということになるだろう。これはいたずらにレトリックを弄しているわけではない。外国文学を読む最大の意義は、空気のように意識されない自国の――あるいはグローバルな――文化から別の文化の中に入っていくことにあるはずだし、そして「別の文化」の中に長くいてはじめて、その文化のみならず、自国の文化をも相対化・対象化する視座が得られるからだ。

　だとすれば、学生に外国の小説を読ませるという場合、それがたとえ(比較的)気軽にアクセスできる「20世紀(以降)」の「アメリカ」の「小説」であっても、あるいはまさにそうであるからこそ、簡単にわかったような気にさせてはならないということになるだろう。だが、問題はもちろん、

わかりにくさを感じながらも面白いと思ってもらわなくてはならないという点にある。

2. テクストの選択

このように考えてくると、やはりテクストの選択が重要になる。まずは「小説」として面白いと思ってもらわなくては始まらないのだ。したがって、一部の学生だけが面白がるようなものではなく、大半の学生が面白いと思えるような、これなら読んでもいいと思えるような作品を選びたい。もう少しハードルを下げるなら、名前くらいは聞いたことがある作家／作品ということになるだろう。それがつまり「入口」の有効活用ということであるわけだ。

ここですぐ想起されるのが、村上春樹が翻訳している一連の作家達であるのだが、彼らの作品から長編を1冊選ぶなら、やはりF・スコット・フィッツジェラルド(F. Scott Fitzgerald)の『グレート・ギャツビー』(*The Great Gatsby*, 1925)になるだろう。現代日本で最も影響力のある作家が、20世紀のアメリカ文学で最も重要な小説のうちの1冊を、機会あるごとに宣伝してくれているのだから、それを利用しないのはあまりにももったいないように思う。[1]

もっとも、『ギャツビー』を選ぶのは、単に村上春樹という作家の知名度に依存してのことではない。それなら『キャッチャー・イン・ザ・ライ』(*The Catcher in the Rye*, 1951)でも『ティファニーで朝食を』(*Breakfast at Tiffany's*, 1958)でも『本当の戦争の話をしよう』(*The Things They Carried*, 1990)でも構わないはずだろう。いや、もちろんそれらでも構わないのだが、特に『ギャツビー』を選択してみたのは、それが読んで面白い小説であることはもとより、モダニズム期の作品であるということで、現代の学生から適度に「距離」があり、適度の「わかりにくさ」を(面白いと思ってもらえるような形で)含むように思えるからだ。

この「わかりにくさ」は、1つには作品世界が今日の学生からすれば大

---

[1] こうしたコンテクストにおいては、当該作品が以後の(アメリカ)文学に与えている影響について、例を出して紹介してもいいかもしれない。『ギャツビー』に関する具体例としては、参考文献リストにあげた Anderson を参照。

昔である事実に起因しているが、より重要なポイントは、モダニズム期の小説が、アメリカにおいては世紀転換期に定着した「リアリズム」を前提としつつ、それに対して批評的なスタイルで書かれていることである。小説は人間や社会を「リアリスティック」に描かなくてはならないが、言語は透明な媒体ではなく、現実をありのままに表象することなどできないのだという20世紀的な逆説を、この時代の作家達は抱えこんで出発したのだ。彼らがそうした認識を作品に反映させたのは、自分達の書くものをいわゆる大衆小説——それは今日に至るまで、原則として（SFなどの「ジャンル小説」を除けば）リアリズムのモードで書かれている——と異なる「芸術」としたかったからだともいえようが、まさしくその「芸術性」が「わかりにくさ」を生むわけである。

　小説を読み慣れていない学生にとって、モダニズム時代の小説の「芸術性」は、難解にも古臭くも感じられるかもしれない。だが、それはすなわち、この壁を突破することができさえすれば、20世紀のアメリカ小説に限らず、ほとんどすべての小説への「入口」が開けてくることを意味するだろう。したがって、あらためて強調しておけば、どうしてもモダニズム時代の作品でなくてはならないわけではない。要するに、小説家というものが「ただ書いているだけ」ではないという（文学の教師にとっては自明の）事実に向けて、学生の知的好奇心を刺激できるテクストであればいいだろう。

3. 初級編——小説技術への注目

　このように述べてくると、イデオロギー批評や新歴史主義を通過した教員＝研究者の目には、あまりにも反動的な、新批評的な姿勢に見えてしまうかもしれない。だが、20世紀小説をとりあげる以上、作品のテクニカルな面は決して無視できない。作家が駆使する「技術」を読みとれなくては、小説の「内容」——歴史性やイデオロギー——を正確に読みとることもできないのだ。それどころか、ある作品を歴史性やイデオロギーによってのみ解説してしまうことは、学生にとってはむしろ弊害になりかねない。そうした「解説」は、確かに「わかりやすい」のだが、その「わかりやすさ」は「小説」の面白さとはあまり関係がないし（小説以外のものを読んでも同じようなことがいえるのだから）、また、その「時代」や「イデオロギー」

にあてはまらない作品を読むときに役に立たないため、汎用性が低いように思えるからだ。

　したがって、「内容」を読み解く面白さを堪能してもらうためにも、まず「技術」を読み解く面白さに気づいてもらうように努めたい。もちろん、最初は初歩的なものでいい。あまり文学作品に触れてこなかった学生にしてみれば、象徴や語り手の使用といった基本的なテクニックでさえ新鮮に感じるだろうし、いったんそのように感じてもらえれば、教員がそこから話を広げることはいくらでもできるはずだ。ジェイ・ギャツビーが手を差しのばす「緑色の光」やデイジー・ブキャナンが身にまとう「白い服」が何を意味しているのか、あるいは「ウェスト・エッグ」と「イースト・エッグ」といった初歩的な対比関係が理解できるようになれば、この小説における「自動車」の役割といった少し複雑な話にも十分ついてこられるはずである。

　いま「少し複雑」だといったのは、「自動車（の運転）」が小説全体にわたってライトモチーフのように用いられているからである。実際、小説のクライマックスとなる第7章は、プラザ・ホテルへの往路においてはギャツビーとトム・ブキャナンが自動車を交換し、復路においてはギャツビーの車をデイジーが運転してマートル・ウィルソンをひき殺してしまうわけだし、そもそもマートルの夫ジョージは自動車修理工として設定されている。また、クライマックスの結末が自動車事故であることに鑑みれば、トムが新婚旅行から戻ってきたばかりのときに自動車事故を起こして浮気が公になってしまったことや、ジョーダン・ベイカーがニック・キャラウェイを乗せた車で危うく人をひきそうになったことなど、この小説に「不注意な運転手」が満ちている点にも注目できるはずだ。そこに至れば "They were *careless* people, Tom and Daisy" というニックの総括的な言葉にも反応できるだろう (Fitzgerald, *Gatsby* 179, 強調は引用者)。

　こうした話をする上で重要なのは、これらが偶然の産物ではなく、作者の「技術」の賜であることを学生に得心させ、作家を——あるいは「小説」を——信頼させてやることである。「どこまで深読みしていいのでしょうか」というのは学生からよく受ける質問の1つだが、おそらくこの問いの裏には「小説とはそれほど真剣に読む価値があるものなのか」という不安がある。そうした不安を取り除いてやり、（根拠さえあれば）どこまでも深読みしてよいと答えるためには、作品を読んでいるだけでは気づけない点

を指摘することも有効である。「ジョーダン・ベイカー」という名が当時の自動車メーカーの名前を2つあわせたものであるという情報などが端的な例だが、彼女の恋人であるニックが(不自然にも)小説中でほとんど車を運転していないように見えることを草稿との比較によって示してもいいだろう。[2] そうしたヒントを与えることによって、例えばニックの "I am . . . full of interior rules that act as *brakes* on my desires"（*Gatsby* 58、強調は引用者）という言葉に「ブレーキ」という(自動車に関連する)語が出てくることに気づくような学生が出てくれば大成功だ。

4. 中級編——細部から全体へ

上で『ギャツビー』における「自動車(の運転)」を例に述べてきたことは——やはり新批評的な——「精読」の実践例と総括できるかもしれない。ただし、強調しておかねばならないが、精読とは小説の枝葉末節に拘泥する「木を見て森を見ない」行為では決してない。それはむしろ、作品の一部だけをとりあげて恣意的な解釈をすることを避けるための作業なのだ。示した例も、「細部」への注目によって「全体」を貫く原理に気づかせるという点に主眼を置いたつもりである。[3]

作品全体にわたる「原理」にはさまざまなものがあるが、それらを意識させるのに有効な方法の1つは「視点／語り手」への注目だろう。リアリズム小説からモダニズム小説への移行は、視点／語り手に関する「技術」の洗練を加速させたといっていいが、その洗練は、20世紀小説を読む際には、物語が提示する場面がある人物の「目」(視点人物の場合)や「口」(語り手の場合)を通して提示されていることが前提となったことを意味する。こうした「前提」を学生に共有してもらわねばならないが、これは難しくないだろう。第2章の終わりが混沌としているのはニックが泥酔しているからだといわれれば、誰もが納得するはずだ。

---

[2] ニックが車を運転していることが明らかな例の1つは最初のブキャナン邸訪問なのだが、そこにおいてもフィッツジェラルドは「車(car)」という語を使うのを——草稿では使っていたのだが(*Trimalchio* 19)——避けている(*Gatsby* 19)。

[3] 拙著(『『マルタの鷹』講義』)においても、物語の「細部」を作者の「技術」に注目して論じる作業を通して、小説の「全体」を把握することを目指したつもりである。

視点／語り手への注目は、物語の細部への注目を必然的にもたらすし、それはいわゆる「行間を読む」という、近代小説の醍醐味にも通じるだろう。また、これも 20 世紀小説においては「前提」となることだが、そうした作業を通して「視点人物／語り手」と「作者」のあいだには違いがあることを実感してもらえるようにも導いていきたい。とりわけ、先に触れたいくつかの作品を含め、アメリカの 20 世紀文学を代表する小説の多くは 1 人称の語り手を起用しているのだから、作者と物語のあいだに語り手が存在していることは、ぜひともわかってもらいたい点だろう。

『ギャツビー』という小説に対する一般的な理解は「夢の喪失」の物語というものだろうが、こうした「全体像」に関しても、「語り手」の存在に目を向けることで複雑化する。例えばその主題を扱った作品に「冬の夢」("Winter Dreams," 1922)という短編があるが、これは「語り手」を起用していないために、読者が主人公デクスター・グリーンの感じる「夢の喪失」に感情移入しやすい作品となっている。[4] だが、語り手を使用している『ギャツビー』の場合は、そう単純にはいかない。というのも、ギャツビーが経験する「夢の喪失」を我がことのように感じるニックは、いわば「冬の夢」の読者の立場に身を置いているのだが、彼が語り手として介在することにより、ギャツビーのロマンティックな物語は相対化されざるを得ないからである。実際、ニックがギャツビーの悲劇を美しく語ろうとしても――というより、そのように語ろうとするからこそ――ギャツビーとデイジーの関係が現実には不倫にすぎないことはもとより、ニック自身がその手引きをしたという生臭い事実が問題になってくるわけである。

いささか大風呂敷を広げることになるかもしれないが、学生がこの「相対化」を理解できるなら、その理解が『ギャツビー』という小説の全体像ばかりでなく、現在に至る近代小説の歴史全体にも通じているのだと――だからさまざまな小説を読んでみるといいと――示唆してもいいだろう。「夢」に突撃して敗れ去るギャツビーの物語は、それだけをとり出してみれば 19 世紀的な「ロマンス」であるが、「リアリズム」を通過した 20 世紀

---

[4] 「冬の夢」もフィッツジェラルドの代表作に相応しく、デクスターの「視点」を相対化する視座は物語に埋めこまれているといえるのだが、当面の文脈では『ギャツビー』における「語り手」の存在を強調するために対比的に紹介しておけばよいだろう。

の「小説」とはそうした「ロマンス」を相対化する視点なくしては成り立たない。また、ギャツビーの物語を「ロマンス」として提示しているのはニックという「語り手」であり、そのカラクリを開示する本書は「ポストモダン」的な一種の「メタフィクション」にもなっているのだ。

　作者の「技術」に注目することで始まった話は、こうして作品の「全体像」をどのようにとらえるかを経て、小説の歴史全体へとつなげていくことができる。もちろん、そうする過程においては、ギャツビーを"Gatsby, who represented everything for which I have an unaffected scorn"と見なしていたスノビッシュなニックがギャツビーのロマンティシズムに影響されて"Gatsby turned out all right at the end"と感じるようになっていくプロセスを (*Gatsby* 2)、物語の随所に差しはさまれるニックの皮肉なコメント(「アイロニー」がモダニズム文学の特徴の1つであることも指摘したい)に注意を払いつつ、なるべく丁寧に追いかけていきたいところである。[5]

5. 上級編──イデオロギーをめぐって

　物語の「細部」を、「全体」を意識しつつ丹念に読み解いていくという作業は、それを繰り返し「新批評的」と呼んできたことからも明らかなように、作品に関する予備知識(歴史的背景など)を必要としない。それはいわば誰にでもできる行為であり、だからこそ「教室の英文学」に相応しいアプローチであるわけだ。

　しかしながら、そのようなアプローチから導き出される「解釈」は、常にすでに解釈者＝学生自身のイデオロギーに染められている。したがって、いささか皮肉ないい方をすれば、ある問題に関する解釈者のイデオロギーが1920年代のイデオロギーとさして変わりがないからこそ「自然」な解釈がおこなわれることもあるだろうし、逆に今日的な物の見方を身につけているがゆえに「誤解」をしてしまうこともあるだろう。後者に関してよく見られる例を1つあげておけば、「アフリカ系アメリカ人を"negro"と呼んでいるので差別的だ」といった(歴史性を無視した)見解である。

---

[5] 参考文献リストのDonaldsonの論文は、ニックのスノビズムに関して詳しく論じており、「(信頼できない)語り手」に興味がある学生にとって好例となるだろう。

学生の「誤解」に関しては正してやればよいが、厄介なのはむしろ「自然」に読んでしまっている場合、そしてそもそも「問題」の存在に気づいていない場合だろう。このようなケースは、要するに自分が内面化しているイデオロギーに守られている——そして小説の「わかりにくさ」を見ないようにしている——わけだが、これではせっかく外国文学を読むという経験をしておきながら、作品＝「別の文化」の、そして自らの（文化の）イデオロギー性を意識しないままで終わりかねない。

　したがって、たとえ学生の「誤解」として顕在化しない「問題」であっても、そして1冊の小説に存在するあらゆる「問題」を拾いあげることなど教員個人の能力を超えているにしても（教員もまたおのれのイデオロギーに守られているのだから）、やはり時間の許す限り、多くの小説にあらわれる——つまり、汎用性が高い——人種・階級・性差といった主要な「問題」については「問題化」しておくべきだろう。実際、上で述べてきたようなアプローチによって、ギャツビーの「ロマンス」はニックによる「解釈」の産物であることが十分に実感されているなら、彼らが読んでいるもの（読めているもの）が語り手の、作者の、そして彼ら自身のイデオロギーに縛られているという事実を理解してもらうことは、決して難しくないはずだ。

　人種・階級・性差を扱う際の比重は、小説によって異なるというしかない。『ギャツビー』の場合は、主人公が階級の壁を越えようとして失敗する物語であり、語り手が最も敏感に反応するのも階級の差異なので、やはり「階級」について特に詳しい話をすることにはなるだろう。ただし、日本の一般的な学生にとって最も身近な問題である「性差」についても彼ら自身の経験に引きつけて考えさせるべきだろうし、大方の学生にとってはおそらく他人事のように感じられている「人種」の問題については、まさにそれゆえにきちんと「問題化」しておく必要がある。

　こういった作業をするに際して肝要なのは、「問題」がテクストの中から浮かびあがってくるように誘導することである。「この小説では階級問題が重要です」と簡単に説明するのではなく、例えば小説冒頭で家柄を誇りながら安い家賃について二度言及してしまうニックの語り口に注意を向けさせるというように、物語の「細部」に注意を払って「小説」を読むという姿勢を貫き通すということだ。あるいは第2章でマートルのパーティが、そして続く第3章でギャツビーのパーティが提示されるという構成＝小説

技術の効果を考えさせるといったこともできるだろう。そのような積み重ねがあるからこそ、ギャツビーの「夢」はデイジーを獲得することではなく、デイジーを獲得できるような人間になること、つまり彼の「夢」はトムのような人間になることだったのだという、この小説における最大の皮肉が実感されることになるのだ。

6. 知識よりも「実感」を──小説を「小説」として読んでもらう

　小説にあらわれるさまざまな「問題」に関する知識は、小説を読まなくても得られるものである。実際、人種・階級・性差といった問題が重要であることは、誰もが知っているだろう。だが、知っていることと実感することは異なるし、小説を「小説」として読むという「行為」が与えてくれるのはまさに「実感」なのだ。その意味において、学生に小説の面白さを味わってもらうことは、彼らに小説の外部へと通じる「出口」をも提供することになるはずなのだが、「出口」の所在を教えても、無理に出て行ってもらう必要はもちろんない。教師＝ガイドは、「小説」への「入口」がそのまま広い世界への「入口」であったことに気づいてもらえるよう努めるべきなのである。

📖 文　　献

〈引用文献〉

Fitzgerald, F. Scott. *The Great Gatsby*. New York: Scribner, 2004.

──. *Trimalchio: An Early Version of* The Great Gatsby. Ed. James L. W. West III. Cambridge: Cambridge UP, 2002.

〈参考文献〉

Anderson, Richard. "Gatsby's Long Shadow." *New Essays on* The Great Gatsby. Ed. Matthew J. Bruccoli. Cambridge: Cambridge UP, 1985. 15–40.

Donaldson, Scott. "The Trouble with Nick." *Critical Essays on F. Scott Fitzgerald's* The Great Gatsby. Ed. Scott Donaldson. Boston: G. K. Hall, 1984. 131–39.

諏訪部浩一『「マルタの鷹」講義』研究社、2012 年。

10 小説への誘い
——英語圏文学を教える

中村　和恵

1. 教える理由——英語圏文学ならではの魅力で教室を活性化する

　イギリスとアメリカ以外にも、英語で文学作品が書かれ、出版されている地域は数多くある。そうした地域出身の、あるいは祖先からそうした地域の文化をなんらかのかたちで継承するなど、英米以外の地域を背景に持つ英語作家や詩人が、いま世界各地で活躍している。こうした現象は主に大英帝国による植民地支配により生じた政治文化的環境によるもので、18世紀頃からみられ、19世紀以降、とくに20世紀半ば以降、非常に活発になった。図書館分類や新刊書カタログでは「その他」の項目にくくられ、軽視されがちだったこうした書き手の作品に、もっと目を向けていくべきだ、という反省が、20世紀後半につよまり、広まった。英語圏文学、英語による世界文学、コモンウェルス文学、といった名称が雑誌や研究書、アンソロジーの表題に多くみられるようになり、20世紀末頃にはポストコロニアル文学という名称が、これらにとってかわる勢いでつけ加わった。同時にこうした作家・詩人たちが国際的に知名度の高い文学賞をつぎつぎに受賞し、注目を浴びる機会が増えていった。日本でも、第二次大戦後の「英」文科が、それまではあくまでも英とはイギリスのことだといっていたのを次第に改め、重要な英語文学・文化の発信地としてアメリカ合衆国にも目を向けるようになったように、今後は英米以外の英語文学も教育・研究の対象として重視されるべきだ、という考え方が、大学組織や学会の中でも承認を得るようになっていった——。

　ここまではおそらく、英語文学に関わる方の多くが了解済みのことだろうとおもう。こうした反省と認識の上に大学で読まれるべきテキストのリスト見直し、いわゆる「正典(キャノン)の書きかえ」が提言され、いくつかの大学の英文学科は英語文学、英語圏、英語文化といったことばを用いた名称に変

更された。だが、21世紀初頭の現在、日本の外国文学教育の現場において、英米以外の英語圏文学を「その他」としておまけ的に扱う傾向は、いまもなくなったわけではない。

英語文化・文学系の授業でインドやケニア、ジャマイカやフィジーの作家をとりあげます、というと、なんだか妙なことをやるクラスに間違って入りこんでしまった、とでもいうような顔をする学生がいる。それでいままでは何を読んできたの？ というと、シェイクスピア、ポー、シェリー、フィッツジェラルド、と30年以上前にわたしが英文学科で習ったのとまったく変わらない名前が挙がる。どうやら正典を書き換えなくては、という話はセオリーとしては承認を得たが、ほとんどの場合実際は微調整が関の山というのが現実のようだ。その理由にはおそらく文学部および人文系教育全般に関するいまの日本の政策の大問題も関係しているが、ここではそれは端折ろう。どうして英米文学の講義でインドなんですか、と不満顔で訊いてくる学生もいる。そこでわたしは毎回一から、いやゼロから説明しなくてはならない。国と民族の境界は、文化は、言語は、固定されたものではなく、つねに揺れ動いているのだということを。植民地支配とはなにか、どんな地理的広がりがあり、なにが実際に行われたのか、そして政治的独立でその影響は消えるわけではなく、現在も世界の状況を左右している、数々の問題の根本原因のひとつなのだということを。

つまり教室で英語圏文学を教えるのは大変なんだ、とおもわれるだろうか？ いや、これが、まったくの反対。じつは英語圏文学は、いまとても教えやすいのだ。一度テキストの中へ誘導してしまえば、多くの学生たちが顔を上げ、おもしろがり、笑い、考え始める。最初はなじみの薄い地域名や民族名、よく知らない歴史的背景などに戸惑い、とんちんかんなコメントや質問をしていた学生たちが、テキストを読み進めるうちにだんだんと、自分はいま世界に関してなにか重要なことがわかり始めている、という充実感を示し出す。そういう手応えをわたしは毎年感じてきた。もちろん全員とはいかない。どんなクラスだってそれはそうだ。しかし英語圏文学のテキストはうまくすると、外国文学どころか本を読むことさえ苦手な学生にも、文学っておもしろいんですね！といわせる魅力を有している。

それはつまりはこういうことではないか、とわたしはおもう——「世界の中心」とは自分たちのことじゃない、と感じている人々の物語こそ、普遍

的で、痛烈で、共感を呼ぶのだ、ということ。なんだそんなこと、イギリス文学にもアメリカ文学にもそうした心情は描かれているじゃないか、という反論は、大変もっともなのだが、残念ながら既存の価値世界で立派なものとしてエスタブリッシュされてしまったテキストにまとわりつく思いこみやオーラの霞を払いのけて、しっかりまっすぐ読み解くのは、プロでもなかなか、大変。それに対し、バングラデシュの女性作家たちの短篇集、トンガやパプア・ニューギニアの小説、日本漁船が登場するソロモン諸島の詩、さらにマオリの女首長や、南アフリカのインド系家族のお母さん、イヌイットのおばさんたちの、ラディカルにして地に足のついた名台詞、ナイジェリアの宗教儀礼が軍事政権にテロ活動と報じられてしまう倒錯性、カリブ海はアルバ島生まれ・グレナダ島育ちの作家のクレオール英語に混ぜこまれるパピアメントゥなどの混成言語、あるいは話者がほんの少数になったオーストラリア先住民の一グループに生まれ、自分のことばを理解する人が誰ひとりいない土地に強制移住させられた男の孤独...ほら、文学が好きだろうが嫌いだろうが関係なく、単純に新鮮な好奇心が頭をもたげてはこないだろうか。それ、どこにある国？ その人たちどんな暮らしをしているんだろう？ なぜ英語で書くの？ そうした素朴な疑問の答えを探して読み進めていくと、内戦が、超大国の暴力が、経済不安が、人種問題が、環境汚染が、奴隷制の過去が、芋づる式につながって、どんどん姿を現し始める。いまを生きる人なら、この世界を理解するために、どうしたって一度は考えてみなきゃならない問題が、具体的な人物像や書き手それぞれの声とともに、生き生きと立ち上がってくる。眠たかった教室が、現実と切り結ぶ思考の場になる。

　繰り返し言うが、同様のことは従来のいわゆる英文学科のキャノンを通じても、発見できる。問題はそれらをどう読むか、なのだ。いいかえれば、いま一度英語文学をリアルで喫緊なものとして呈示するのに、「英」および「米」と「その他」の文学・文化の19世紀末頃から現在までの力関係、まさにそれ自体がポストコロニアル文学研究の主題である政治地理学の問題を視野に入れた上で、英語で書かれた文学作品の再マッピングがきわめて有効である、ということ。つまり英語圏文学というジャンルにハイライトを当てるということは、ひとつの文化に限定されない視点で、欧米中心主義を離れ、相対的に英語で書かれた文学をとらえ直すことなのだ。英文学

の比較文学的再考、といってもいい。

　英語圏文学はイギリスやアメリカと関係のない場所の文学ではない。移民やその子孫たちの文学こそ、いまや英米文学の核をなしているということを、思い出してもらいたい。ここ20年のノーベル文学賞受賞者のうち、英語の書き手たちが、どこで育ったのか一瞥しただけでも、英米文学という呼称の限界は明らかだ。アリス・マンロー（Alice Ann Munro カナダ）、ドリス・レッシング（Doris Lessing ペルシア[現イラク]および旧ローデシア[現ジンバブエ]）、J. M. クッツェー（J. M. Coetzee 南アフリカ）、V. S. ナイポール（Vidiadhar Surajprasad Naipaul トリニダード・トバゴ）、デレク・ウォルコット（Derek Walcott セントルシア）、ナディン・ゴーディマー（Nadine Gordimer 南アフリカ）、ウォーレ・ショインカ（Wole Soyinka ナイジェリア）。トニ・モリスン（Toni Morrison）はアメリカ合衆国出身だがアフリカ系、シェイマス・ヒーニー（Seamus Heaney）はアイルランド出身、となるとハロルド・ピンター（Harold Pinter）のみが「典型的イメージ」にあてはまるイギリス出身の白人ということになるが、彼の両親はユダヤ系ポルトガル人だ。レッシングの著書の題通り、「イングランド人を探して」（*In Persuit of the English*, 1960）さまよってしまうような事態。

　しかしかれらがみな故郷にとどまって書きつづけたわけではない。英語「圏」という語を、固定した地理的イメージでとらえることは、いまや実態にそぐわない。イギリスとアメリカの間を移動する作家・詩人がかねてから多かったことはいうまでもない。アパルトヘイト下の南アフリカで書きつづけたクッツェーは、いまはオーストラリアの人である。カリブ海からイギリスやカナダに移住、あるいは南太平洋からニュージーランドやハワイに移住した書き手、インド系アメリカ人やパキスタン系イギリス人の作家、そうした例は枚挙にいとまがない。ジャッキー・ケイ（Jackie Kay）は、スコットランドで生まれ育ち、産みの母はスコットランド人だが、父はナイジェリア人留学生、養父母はスコットランド白人。幼いころから養子とは、人種とは、家族とはといった問いを抱えてきて、それが書く動機となり主題となってきた人だ。若い頃に労働現場で知り合ったカナダ北辺の先住民族を作品中に描くハワード・ノーマン（Howard Norman）は、出自からいえばポーランド系アメリカ人。移動する人口の時代、もはや国別の境界線が意味をなさなくなった動的文学史の現状に即していえば、英語圏文学

とは飛び火し混淆し変容しつづける英語という言語を、かろうじて共有する広大なネットワークのことだ。

　英語圏文学という視点は、このように民族や国境を越えて動く「いま」をとらえることができる。そのアクチュアリティは学生に訴える大きな魅力だ。世界を理解するための、じつはもっとも早く、もっとも深く、もっとも広く、しかももっともおもしろい手段である文学は、実学だ——教室で声を大にしてそういえるテキスト群が、この視点により数多く発見／再発見できるのだ。

2. なにを教えるか——テキスト選択の実例

　ひとりの作家を読みこむのもいい。しかし英語圏文学入門篇なら、抜粋や短篇や詩をいくつか選んで、複数の書き手たちの声に触れてみるのはどうだろう。まずはその多様性と豊かさに驚いてほしいとおもうのだ。

　イスラム原理主義ということばがマスメディアで頻繁に用いられるようになった頃から、学生たちに宗教＝原理主義、といった短絡的誤解がしばしば、みられるようになった。ハニフ・クレイシの短篇「わが息子狂信者」（Hanif Kureishi, "My Son the Fanatic," 1994）では、ロンドンでタクシー運転手をしてがんばって家族を養ってきたパキスタン移民のお父さんと、イギリス生まれ・イギリス育ちでイスラム教育など受けてこなかったのに原理主義に走る息子が対立する。モシン・ハミッドの小説『不本意な原理主義』（Mohsin Hamid, *The Reluctant Fundamentalist*, 2007. 日本語訳の題は『コウモリの見た夢』、ミーラー・ナーイル監督の映画の日本語題は『ミッシング・ポイント』）では、やはりパキスタン人の青年がアメリカに留学し一流企業に入社、だが9・11で周囲の目が一変し運命に翻弄される。いずれも主人公はもともと資格試験や就活に挑む学生。平均的な日本の大学生たちとよく似た価値観の持ち主だったかれらが、なぜ「怖いテロリスト」に豹変する、あるいはしたかのように誤解されるのか。その原因はじつはかれらの周囲の目、すなわち移住先社会の排他性にあることが、物語を通してかれらの視線に立つことで見えてくる。

　インドという土地を主題として、インド人によるインド文学、イギリス人によるインドを舞台にした文学、インド系移民たちとその子孫の文学

を、比較してみるのもおもしろい。ヴィカス・スワラップ『Q&A』(Vikas Swarup, *Q&A*, 2005. 日本語訳の題は『僕と1ルピーの神様』、ダニー・ボイル監督の映画の題は『スラムドッグ＄ミリオネア』*Slumdog Millionaire*)は映画のほうがよく知られているが、映画には出てこない小説の場面を抜粋で読んでみるということもできる。スラムの少年の暮らしやヒンドゥーとイスラムの確執について、この作品などいくつかの映画作品を参考に紹介するのもいいし、インド英語文学の古典的代表作、マルク・ラジ・アナンドの『不可触民』(Mulk Raj Anand, *Untouchable*, 1935) をめくってみてもいい。さらに『不可触民』に前書きを寄せ推奨したE. M. フォースターの『インドへの道』(E. M. Forster, *A Passage to India*, 1924)の、在印英国人社会の偏見を鋭く批判した一節をこれらと並べて考えてみれば、イギリス文学史に別の角度から光を当てることができるだろう。

逆にインドからイギリスにやってきたインド人の話、例えばアニタ・デサイ(Anita Desai)や、インド系トリニダード人としてカリブ海からやってきたサミュエル・セルヴォン(Samuel Selvon)らの経験と引き比べてもいい。トリニダードとそのお向かいにある南米北部の国ガイアナでは、大英帝国内で奴隷制度が廃止された後、農業労働者として導入されたインド系移民労働者の子孫が、人口の四割を占めている。セルヴォンと同様の背景を持つV.S. ナイポールが、インドへ行って始祖の国で驚愕の体験を重ねる話もおもしろい。さらにアメリカに移り住んだジュンパ・ラヒリ(Jhumpa Lahiri)を読んで、外に根づいていくインド人の様子を知るのもいいし、むしろスダ・ムルティ(Sudha Murti)が内側から素朴に語る南インドの労働者や農村民の、近代化に戸惑う心情を視野に入れるのもいい。アルンダティ・ロイ(Arundhati Roy)に、インド人作家の現代社会問題へのアプローチの一例をみることもできる。インド、と一言でいっても見る人、語る立場で千差万別、理解にはグローバルな視野が必要なことがよくわかる。

世界中に拡散した、いわばディアスポラ・アフリカの文学に地域横断的にアプローチするのもいい。その導入に、例えばブラック・ミュージックの歌詞を用いるのも有効だ。サム・クックで奴隷労働を歌うアメリカ黒人の歴史的背景を確認し(Sam Cooke, "Chain Gang", 1960)、ジェイムズ・ブラウンの逸話から公民権運動と音楽の交差点を知り(James Brown, *Live at Boston Garden: April 5, 1968*, 2009)、ボブ・マーリーでスラム街を歌うジャ

マイカの混血青年の反抗の背景に触れ（Bob Marley, "Corner Stone", 1970）、腐敗した権力を指弾するナイジェリアの闘士フェラ・クティの戦略に「精神の脱植民地化」（*Decolonising the Mind*, ケニアの作家 Ngugi wa Thiong'o の著書、1986 年）の意味を問う（Fela Ransom Kuti and Africa 70, *Expensive Shit*, 1975）。そんなポピュラーなものをとりあげたって勉強にならないでしょう、だいたいフェラ・クティなんて訛りがひどくてわからない、などと思われる方もいるかもしれない。しかし 21 世紀の日本の学生の多くはこうした一昔前のミュージシャンをほとんど知らないし、これらの歌詞を解釈するには数多くの背景知識が必要だ。学ぶべきことはすくなくない（訛りのことは最後に述べる）。初めて聴くかれらの歌のパワーとダンスのクールさに圧倒されて、アフリカ諸国の英語文学や、世界各地のアフリカ系文学を読み出す学生もいるのだ。一見とても単純な歌詞から、例えばカリブ海・セントルシアの詩人デレク・ウォルコットの詩へ移るのは、大ジャンプのようでいて、実は両者とも同じ文化基盤から解釈されうるものであることを知ると、詩など前世紀の遺物だといいたげだった学生の態度が、がらりと変わることもある。子ども向けバージョンでさえも読んでいないという学生がいまや多いストウ夫人『アンクル・トムの小屋』を、そこで紹介するのもいい。日常が、大衆文化が、大学の講義とつながるとき、教室のお勉強が自分自身の大事な話へと、スイッチが切り替わりうる。

　移民問題も、ぜひとり組みたい主題だ。移民とその子孫の自伝的文学は手法も内容も多岐にわたり、一大ジャンルといえる。日系移民の物語から入れば、昨今の移民問題も他人ごとでなくなるかもしれない。アメリカの日系作家ジョン・オカダの『ノー・ノー・ボーイ』（John Okada, *No-No Boy*, 1957）、ハワイの日系二世作家ミルトン・ムラヤマの『欲しいのはただ自分の身体だけ』（Milton Murayama, *All I Asking for Is My Body*, 1975）、日系カナダ人の詩人・作家ジョイ・コガワの『おばさん』（Joy Kogawa, *Obasan*, 1981. 日本語訳の題は『失われた祖国』）などが有名だが、より最近では父が一世・母が二世のアメリカの作家ジュリー・オオツカの『屋根裏の仏さま』（Julie Otsuka, *The Buddha in the Attic*, 2011）が繊細かつ力づよい。これらの作品で学生は太平洋戦争と日系人への人種差別という問題にも直面することになる。日本人が第二次世界大戦中、北米で強制収容所に収監されていたことを知る学生は、意外なほどすくない。

日系から中国系のマキシーン・ホン・キングストンの『女戦士』(Maxine Hong Kingston, *The Woman Warrior: Memoirs of a Girlhood Among Ghosts*, 1976)など、他の東アジア系移民へと話を広げるのもいい。ポルトガル・中国・イギリスを文化的背景として育った香港生まれのオーストラリア人作家ブライアン・カストロ(Brian Castro)の『渡鳥』(*Birds of Passage*, 1983)は、複数の文化の間で生きる人を時代を越えて描く。フィジーの作家ヴィルソニ・ヘレニコの「塗りかけの柵」(Vilsoni Hereniko, "The Unfinished Fence", 1994)は、ニュージーランドで働く南太平洋の出稼ぎ労働者の話。世界中、とくにいわゆる先進国の都市で、きつい・汚い・危険な肉体労働を、こうした外国人労働者が引き受けている。かれらの側から世界を眺める機会は貴重だ。導入クラスでは、極度に洗練された表現や実験的構成・文体よりも主題を重んじて作品を選ぶ、というのもひとつの考え方だろう。英語が苦手な学部生や文学の価値に懐疑的な学生を、主題の切実さでつき動かすことができれば、学ぶモチベーションを高めるきっかけになる。

　ほかにもさまざまな主題の下に作品を選ぶことが可能だ。でもそんなにいろいろカバーするのは大変だ、という方に朗報。簡単な方法がある。よいアンソロジーをお求めになればいいのだ。現代インド、カナダ、オーストラリア、ニュージーランド、アフリカ女性作家、南アフリカ、南太平洋、東南アジア、西インド諸島、ポストコロニアル文学(Postcolonial literature)、英語文学(Anglophone literature)、英語の世界文学(World literature in English)など、各地の英語文学や関連キーワードを検索して、最新のものや版を重ねている選集を入手し、作品を選べばいい。先述した作家たちの中にもそうして見つけた作家がたくさん入っている。この作業は楽しい。そう、ポストコロニアル文学は理論偏重、それも政治的理論偏重で結論はひとつ、だからつまらないとうめいて離れていった人がどうやら多いようだが、それは当然、いうまでもないが最も大事なのはよい作品なのだ。読めば読むほど、英語文学の世界はなんて深いんだ！ とわくわくする。先生のわくわくは学生にきっと伝わる。それから、各国英語の辞書は是非用意なさったほうがいい。意外なことばが地域によってまるで違う意味を持っているからだ。例えば colouredとは誰か？ 南アフリカとカリブ海では中身が相当違うのである！

3. いかに教えるか
──背景を語り、異なる世界へのあと押しをする

　紙幅が尽きてきたので、ごく簡単に具体的に、英語圏文学ならではの教え方の注意点を提案として述べておきたい。

　例えば、先述したようなテキストを教材とし、感想や解釈、要約や訳を学生に課す。最初の感想は幼稚かもしれず、訳は間違いだらけかもしれない。どうしてそのようなことになるのか。きっと背景知識が不足しているからだ。講義と講読を組み合わせたかたちで、テキストの背景を詳しく解説し、理解が深まるよう配慮しながら進めることが必要だろう。背景がわからなくてはテキストは読めないこと、自分が当然とみなしている世界観とは別の世界観が確かに存在していることを、実感するいい機会になる。進み具合が遅すぎるというときは、授業の最初に予習分の理解度のミニテストをすると宣告するのも有効だ。テスト！　とあわてた学生たちが懸命に範囲を予習する。答えあわせをしながら内容のポイントをいくつか押さえて、重要点を解説し、読み進めればいい。

　マオリ語、ヒンディー語などが織りこまれた作品や、標準英語とはおそろしく異なった地方訛りの英語、クレオール英語、スラングだらけの会話文等を前に、標準英語じゃないとわからない、わかる必要もない、テキストに向かない、などと考えるのは、古い。いま一歩外に踏み出せば、ありとあらゆる種類の訛りや混成言語や異言語を含んだ英語が行き交っている。それが世界の現状だ。そこで日本人は読み書き話して仕事をし、交流を広めていかなくてはならない。変った表現や地方語だって、インターネットや辞書で調べれば大抵のことはわかる。むしろ標準英語とどこが違うか、きちんと確認すれば、標準英語の再認識ができる。わかりやすいクレオール英語の語りで書かれたジーン・リースの「ジャズって呼びたきゃ呼べばいい」（Jean Rhys, "Let Them Call It Jazz", 1962）などは格好の教材だ。

　植民地争奪戦やテロリズム、人種問題や民族対立など、政治的なことに教室で触れることを恐れる必要はない。歴史をどう解釈するかに正解はない。教室の素材として文学が優れている理由は、そこにもある。とにかくこの作家はどういっているのか、この歌詞はなにを歌っているのか、細部を丁寧に、正確に読もうと試みればいい。賛成も反対も自由。まずは耳を

傾けなくては、議論は始まらない。優れた書き手の作品ならどのみち、伝えられる内容は単純に片づくようなことじゃない。

実際、世界ではいろんなことが起こっている。まるで無関心にみえても、本人も無関心だとおもっていても、学生はそうした話を見聞きしている。見聞きしながら、よくわからないまま胸に抱えている、その状態が一番不安で、こわい。読んで調べて理解することでしか、恐怖の霧は薄れない。結論は出さなくていい。結論など出ない問いを、文学は問い続けているのだ。稚拙であれ学生が問い考えるプロセスに丁寧につきあってくれた教室の体験を、貴重なものとして一生忘れない学生が、きっといる。

文学は実学である。人間が生きていくために必ず必要な、疑いもなく有用なものである。そのことを英語圏文学を通じて、読者は実感できる。一度それが納得できれば、テキスト解釈も、背景を調べるのも、かつてとは段違いにおもしろくなる。あらゆることはつながっている。入り口はどこでもいい。きみらの目の前にある世界は複雑でおもしろく、恐れる必要などまったくない、飛びこめ！ と学生をあと押しすればいい。地雷もないし鰐もいない、ときに行間から飛び出てくるかもしれないけど痛くない、なにしろ文学なんだから、とにかく読めばいいのだ！

参考文献

ほとんどの文献は本文中に示した日本語表記の著者名と日本語訳の題、（　）内に示した英語綴りの著者名と原題から容易に検索できる。複数の出版社から出ている作品も多いので、本文中の表記から出版社名は省き、簡略に示した。翻訳者名、翻訳の出版社名も同様の発想から省いてある。日本語訳が出版されていない場合は引用者が作品の題を訳し、原題と大きく異なる題名の下に日本語で出版されている場合はその訳題も併記した。言及した短篇作品の収められた選集三冊の書誌は以下の通りである。

Kureishi, Hanif. "My Son the Fanatic" in *Love in a Blue Time*, London: Faber and Faber, 1997.

Hereniko, Vilsoni. "The Unfinished Fence" in Albert Wendt ed., *Nuanua: Pacific Writing in English since 1980*. Auckland: U of Auckland P and Honolulu, U of Hawai'i P, 1995.

Rhys, Jean. "Let Them Call It Jazz" in Jean Rhys, *Tigers are Better Looking*. London: André Deutsch, 1968.

11 ファンタジーへの誘い

伊藤　盡

1.「ファンタジー」に人気はあるのか？

　教室の中で「ファンタジー」について語るのは大学教員の特権だ！——ファンタジー作家が大学に呼ばれ、教室で「ファンタジー」の講演をすることはあるだろうが...。大学のキャンパスで「文学」について語るのはアカデミックな感じだ。だが、たとえば「ファンタジー」について語ろうとする男が大学キャンパスのベンチに座っていると想像してみてくれ。「オタク？」と「引かれて」しまう場面を想像するのは難しくはない。大学教員が堂々と「ファンタジー論」を教えることができるのは、レアでラッキーなケースなのだ。

　そもそも、いかにアカデミズムとはいえ、「文学」それも「英文学」に特化した話題について熱く語る若き大学生は、現代日本では珍しい。ましてや、「ファンタジー」に興味を持つ人は、一割にも満たない程度だろう。東京都内の某私立大学文学部の3・4年次生1013人のうち、シラバスに「ファンタジー」という言葉が入った講義科目を受講したのは61名だったという2015年度に起きた事実は、何を意味しているだろうか。アカデミズムを標榜する大学では、「ファンタジー」は決してメジャーではないということか...。

　しかし、現実の社会現象としての「ファンタジー」に人気がないかというと、どうやらそうでもないらしい。例えば、2014年12月末日までの製作収入で世界最大のテレビ・映画スタジオ、ワーナー・ブラザーズ・エンターテインメント社の2014年度年次報告には以下のような文章が掲載されている：「ワーナー・ブラザーズ社は、『バットマン』や『ハリー・ポッター』のシリーズ、『ホビット』と『ロード・オブ・ザ・リング』の各三部作などの映画作品を含む、製品ブランドとキャラクターの制作ラインから

世界的に強力な作品資産を開発してきた」(24)。ワーナー・ブラザーズが自社のウリとする、上の四つの主な映画作品群のうち『ハリー・ポッター』、『ホビット』、『ロード・オブ・ザ・リング』の三つはすべて英文学ファンタジーが原作だ。つまり、「ファンタジー」自体に人気がないわけではない。ならばファンタジー教授法の実践を考える意義もあるというものだ。

2. ファンタジーの定義

　大学でファンタジーを教える場合、避けて通れないのが「ファンタジーとは何か」を考えさせることだ。この問いへの答を日本人に教えてくれる現在もっとも便利な書物にデイヴィッド・プリングル編『図説ファンタジー百科事典』がある。冒頭には「ファンタジーは〈心の願望〉の物語である」(6)との定義が記されているほか、「妖精物語」「アーサー王もの」「剣と魔法の物語」といった、今日の大学生諸君がイメージするタイプのみならず、「アラビアン・ナイト」など異国情緒あふれる伝統的なファンタジーの「類型」が列挙されており、より専門的研究入門書に触れるためのガイドを担ってくれる (27–71)。[1]

　しかし、「英米ファンタジー文学」はこの事典の類型だけに留まらない。個人的な挿話で恐縮だが、80年代、英文学者富士川義之先生の授業で私が紹介されたのは、現在では古典的ファンタジー研究書とされるローズマリ・ジャクソンのファンタジー論『転覆の文学』だった。メアリー・シェリーの『フランケンシュタイン』、ポーの「アッシャー家の崩壊」、エミリー・ブロンテの『嵐が丘』など、取り上げられた英米文学のゴシック・ファンタジーや幻想的リアリズムは、上掲プリングルの事典には類型として扱われてもいない。[2] しかし、それに遡ること2年前、児童文学者の猪熊葉子先生が市民講座でお話になるというので学校の授業をさぼって聴講し、ノートを取った私は、その時、「ファンタジー」とは「行きて帰りし物語」であ

---

[1]　より専門性の高いファンタジーの類型研究入門には、例えば Mendlesohn (2008) がある。

[2]　当時の理解では、ファンタジー文学が「幻想文学」という括りでまとめられたことは、『幻想文学』の誌名を持つ学術雑誌26号(1989年)の特集「イギリス幻想文学必携」にも認められる。

ると習い覚えていた。ファンタジー物語の中では主人公は別世界に旅立ち、冒険の中で様々な経験を積み、別世界から帰ってくるときには新たな人物になっているとの理解だ。猪熊先生はオクスフォード大学で J. R. R. トールキン教授に直接教えを受けた日本で唯一の人物だが（猪熊 47–51）、そのトールキンこそ、現在我々が「ファンタジー」と呼ぶジャンルの名前を初めて今日的な意味で用いた学者と言ってよいだろう。

　では、トールキンは「ファンタジー」をどのように定義したのか？　その定義に先立ち、私たちは「想像力」と「創造」の関係について考えるよう求められる。キリスト教圏である英語文化圏の中で、我々が住むこの世界は神の「創造」したもの Creation である。それに対して、人が言葉を用いてこの世に存在しないような「モノ」を表現することはどのように捉えられるだろうか？　現実世界には「白い羊毛」は存在するが、ギリシア神話には「金羊毛」が存在する。14 世紀の英国詩人の作品『ガウェイン卿と緑の騎士』は、英国人の「白い肌」の代わりに「緑色の肌」を持つ騎士について物語る。「別世界」としてならば、人間は言葉を操ることによって、羊毛を黄金に、肌の色を緑に変え、現実世界ではあり得ない驚異の魔法を揮えるのだとトールキンは指摘する。言葉の魔法が力を持つその「別世界」Faërie は、神の創造した世界を素材にする想像の産物だ。そこでトールキンは言葉による創造を Sub-creation「準創造」と呼ぶ（Tolkien, *On Fairy-Stories*, 41–42）。

　一方、人が心の中に image を持つことを可能とする能力を imagination と呼ぶことにトールキンは賛意を示す一方で、『オクスフォード英語大辞典』の 'fancy' の定義 4 で示された「imagination とは、現実に内在する統一感を、理想的な想像物に与える能力である」という見解に異を唱えている。理想的であろうがなかろうが、「想像」すなわち「像 image を思い浮かべる能力」はすべて imagination と呼ぶべきだと。そして、「現実世界に存在する内在的統一感を理想的な想像物に与え」ることは、イマジネーションと準創造物とを結び付ける技術であって、芸術の域にまで高められたその技術、その Art を「ファンタジー」と呼んだ（*On Fairy-Stories*, 59–60, 110–11）。この定義に従うならば、「ファンタジー」とは別世界物語を芸術作品にまで高める技法であると同時に、その技法によって作られた芸術作品そのものを表す用語でもあるのだ。

3. トールキンの「ファンタジー」を教える

　準創造物たるファンタジー作品の中に、現実世界に内在するような一貫性が存在するためには何が必要だろう？　今日のファンタジー作品に当たり前のように登場する「エルフ」、「ドワーフ」や「トロル」を例に取り、トールキンの最初のファンタジー『ホビットの冒険』が発刊された1937年当時の模様を、トム・シッピーは次のように言う：「[エルフたちが]一番知られていたのは、ヨーロッパの古典的なおとぎ話を集めた比較的小さな作品集から採られた、やはり比較的少数の物語群によってであった」(56)。「ドワーフ」が登場するのはグリム童話の「白雪姫」、トロルが登場するのはノルウェー民話の「三びきのやぎのがらがらどん」といった具合である。物語間につながりはなく、同一の地平を持つ地図も存在しえない。それら作品すべてを包括する内的一貫性が見えないのだ。しかし、中世文献学者のトールキンは知っていた、「ドワーフ」はドイツ語（Zwerg）ばかりでなく、中世北欧語（dvergr）にも、英語の最古層（dweorg）にも存在するということを。したがって、昔話以前、それぞれの国の言葉に変化する以前のゲルマン共通言語を話していた神話創造期以来、人々は「ドワーフ」という存在について語り継いできたということになる。同様に、「エルフ」も古高地ドイツ語（alp）、古北欧語（álfr）、古英語（ælf）に至るまで語られた。ならば、これらを語り継いだ先祖たちには、現在ばらばらに散在する「超自然の生きもの」に関する一貫性のある理解が備わっていたに違いない。「おとぎ話」は本来「こどものためだけの読み物」ではなかった。産業革命期以前に伝承文学が大人の継承すべき物語とされてきたのは、それまでは物語間に内在する一貫性が保たれていたからなのだ。文献学者 philologist たるトールキンをして、初めて到達できた仮説である。

　これに基づき、トールキンのファンタジー作品を読むとき、学生には二つの注意を喚起した。「想像言語」の問題と、現実世界との繋がりだ。[3] トールキンは「言語創造」という趣味を持っていたことを述懐している（*A Secret Vice*）。彼の言語は、トカラ語研究を行っていたアメリカ人大学院生デイ

---

[3]　同様の注意は、例えば *The Oxford Book of Fantasy Stories* のようなアンソロジーに含まれる'Xeethra'などの短編をテクストに用いる場合にも応用できる。

ヴィッド・サロによって語彙や文法を補填されて映画版『ロード・オブ・ザ・リング』や『ホビット』に用いられた。また、それ以外にも「エルフ語」(Elvish)と総称されるその言語はインターネット上に情報が溢れていることも学生に周知すべきだろう(伊藤)。ルース・ノエルの『中つ国の諸言語』上梓から42年目の2016年、学生諸君がインターネットを通じて自由に架空言語に遊べる時代になっているのである。

　ところで、ファンタジー作品に描かれる「別世界」への導入箇所は、それが小説の始まりに置かれようと、小説の中頃に置かれようと、読者は五里霧中の感覚にいつも襲われるものだ。それを実際に教室の中で体験するのも、最近流行の「アクティヴ・ラーニング」と呼べるだろう：

> Hador Goldenhead was a lord of the Edain and well-beloved by the Eldar. He dwelt while his days lasted under the lordship of Fingolfin, who gave to him wide lands in that region of Hithlum which was called Dor-lómin. His daughter Glóredhel wedded Haldir son of Halmir, lord of the Men of Brethil; and at the same feast his son Galdor the Tall wedded Hareth, the daughter of Halmir (33). (金髪のハドルは人間たち（エダイン）の長のひとりで、エルフ（エルダニル）たちからとても愛されていた。フィンゴルフィンを主君に戴き、そのもとに生涯を送った。フィンゴルフィンは、霧の国（ヒスルム）にあった谺響く土地（ドル＝ローミン）と呼ばれる地域の広大な土地を彼に下賜した。ハドルの娘グローレゼルは、ブレシルの民を治めていたハルミルの息子ハルディルに嫁いだ。その同じ婚儀の宴で、ハドルの息子である丈高きガルドルはハルミルの娘ハレスと結婚した)

これはトールキンの長編悲劇小説 *Children of Húrin* の冒頭である。翻訳文を提示するのは、最初の一読後にする。まずは目と耳で原文だけを読むのだ。学生たちを煙に巻くほど多くの固有名詞が出てくるが、音読では、固有名詞に含まれるr音は必ず巻き舌で発音して、普段学生諸君が耳にする英語とは響きが異なることを認識させよう。ファンタジーに親しんでいる程度は学生ひとりひとり違うだろうけれど、「エルフ」という語には多少の「ファンタジーめいた」語感を持っているだろう。しかし、elfとは所詮「英単語」だ。「別世界」の中でその生きものは想像言語シンダリンの Eldar と

いう名詞で呼ばれている。また「人間」を意味する語 Edain は、ある特殊な家系の人間だけを意味することを説明する。また、固有名詞は Fingolfin のみがエルフの名前で、あとは人間たちの名前と地名だけである。エルフ王 Fingolfin だけが第二音節に強勢を持ち、それ以外のすべての人間の名前は第一音節に強勢を持つことで、音読にリズムがつく。[4] カタカナの羅列を避けるため、意味を持つ地名は訳にルビをふる形で提示した。シンダリンの単語の意味は、トールキンの息子である編者クリストファーがテクストの巻末に語彙集として挙げているけれど、予習の段階で気づかない学生には注意を喚起するとよい。シンダリンという言語の持つこうした「別世界性」は、翻訳と原文を同時に読むことでのみ、初学者に伝わるものだ。そこを入口として、自分でグロサリーを読む愉しみを見つけて貰うのも狙いだ。

　大学の授業では、「語学」のクラスでファンタジーを読むクラスに振り分けられたり、単位の関係で、空き時間に英文を読む授業を履修するハメになった学生もいるかもしれない。「文学嫌い」なのに「ファンタジー」を読むクラスを履修することになったそのような学生には、イギリスの全国的な読者アンケートで文献学者トールキンが 20 世紀を代表する作家として選ばれたときに「文学」研究者たちの示した無理解について、シッピーの説(9–31)を紹介することも、ハードル越えの助けになるかも知れない。[5] 言語を理解することで別世界のモノや人の感情や考えを味わうことができる精読の授業では、優れた言語感覚の持ち主 philologist であるトールキンが、二言語併用の文化の在り方を次の科白のやりとりに示していることで説明するもよい。主人公トゥーリンの妹ウルウェンは、エルフの言語シンダリンで「笑い」という意味の名を持つ陽気な川ラライスのせせらぎの音のように笑うため、「ラライス」と渾名された。しかし彼女は流行病のために亡くなってしまう。その前にトゥーリンも病に伏していたが、妹の死を知ら

---

[4] 強勢位置は Salo 23–24 参照。一音節語と二音節語は第一音節に強勢、三音節以上の場合、後から二番目の音節が重いか軽いかによって異なるなど、音声学的な説明をしてもよい。

[5] 1997 年、20 世紀を代表する英文学作品を決めようとして、英国で実施された 5 つの異なる投票の結果、『指輪物語』がすべてで 1 位となった。この報せに、英文学研究者やプロの批評家は、こぞって憤慨し、嘆いたという。

ぬまま、回復する。床を上げた際に乳母にララィスのことを口にするのを禁じられた彼は、母親に次のように尋ねる：

> 'I am no longer sick, and I wish to see Urwen; but why must I not say Lalaith any more?' 'Because Urwen is dead, and laughter is stilled in this house,' she answered (40).（「僕はもう病気ではないから、ウルウェンに逢いたいんだ。だのに、なぜララィスの名を口にしてはいけないの？」「ウルウェンは死んで、この家には笑いが止んでしまったからですよ」と彼女は答えた）

ここで、ウルウェンという名前は人間の言語の語彙であり、一方ララィスというエルフ語の名前は、言わば外国語であるが、人間たちは両方の言語を用いる社会を構築していることになる。架空世界ではあるが、二言語併用という、現実の社会言語学的な視点から考察すべき箇所なのだ。

　様々なレベルでの現実世界との繋がりも重要だ。トールキンはオクスフォード大学在学時代に第一次世界大戦に出征する。フランスの激戦地ソンムで塹壕熱に罹り、英国に帰還することで命を取り留めた。その戦時体験は例えば次の一節の表現に表れているだろう：

> Thus fell the King of Noldor; and they beat him into the dust with their maces, and his banner, blue and silver, they trod into the mire of his blood (58).（こうしてノルドール族の王は斃れた。敵は王の体を突起の付いた棍棒で粉々になるまで滅多打ちにした。青糸と銀糸で縫い取られていた彼の軍旗は、彼の流した血だまりの泥池の中で、踏みにじられた）

美しいエルフ族の王が殺された後、敵による仕打ちを描くこの凄惨な場面は、特に若い学生には強い印象を残し、それまでの「ファンタジー」のイメージが崩されたとの反応を引き出した。ジョン・ガースによる詳しい研究や、シッピーも言うとおり (8–11, 191–201)、ファンタジー世界は世界大戦というそれ以前には考えられなかった規模の現実世界の戦争から生まれた。20世紀に人類が被った理不尽な経験を21世紀に継承していくことも、ファンタジー「から」の教えであることは、努めて述べ続けたい。

文　献

〈引用文献〉

伊藤盡「エルフ語紹介——トールキンの言語創作うらばなし」『文学』第 7 巻 (2006) 71–82.

猪熊葉子『児童文学最終講義——しあわせな大詰めを求めて』すえもりブックス、2001 年。

デイヴィッド・プリングル編『図説　ファンタジー百科事典』井辻朱美監訳、東洋書林、2002 年。

「特集：イギリス幻想文学必携」『幻想文学』26 (1989) 15–143.

トム・シッピー『J. R. R. トールキン——世紀の作家』伊藤盡監修、沼田香穂里訳、評論社、2015 年。

Allan, Jim, ed. *An Introduction to Elvish*. Frome: Bran's Head, 1978.

Garth, John. *Tolkien and the Great War: The Threshold of Middle-earth*. London: HarperCollins, 2003.

Jackson, Rosemary. *Fantasy: The Literature of Subversion*. London: Methuen, 1981.

Mendlesohn, Farah. *Rhetorics of Fantasy*. Middletown: Wesleyan UP, 2008.

Noel, Ruth S. *The Languages of Tolkien's Middle-Earth*. 1974. Boston: Houghton Mifflin, 1980.

Salo, David. *A Gate to Sindarin*. Salt Lake City: The U of Utah P, 2004.

Smith, Clark Ashton. "Xeethra". Ed. Tom Shippey. *The Oxford Book of Fantasy Stories*. Oxford: Oxford UP, 1994, 88–104.

TimeWarner Inc. "TWX Annual Report 2014." *Annual Reports*. Web. 16 March 2016.

Tolkien, J. R. R. *The Children of Húrin*. Ed. Christopher Tolkien. London: HarperCollins, 2008.

——. *On Fairy-Stories*. Expanded edition, with commentary and notes. Ed. Verlyn Flieger and Douglas A. Anderson. London: HarperCollins, 2008.

——. *A Secret Vice: Tolkien on Invented Languages*. Ed. Dimitra Fimi and Andrew Higgins. London: HarperCollins, 2016.

〈参考文献〉

ブライアン・アトベリー『ファンタジー文学入門』谷本誠剛、菱田信彦共訳、大修館書店、1999 年。

荻原規子『ファンタジーの DNA』理論社、2006 年。

12 児童文学を教える

佐藤　和哉

1. 大学教育と児童文学

　大学の授業で児童文学の作品を扱っていると、学生の反応に次の3つのパターンが見られることに気づく。第一に、多くの学生は、「この作品は、作者が...というメッセージを子どもに伝えたかったのだと思う」というように、作者の「メッセージ」を「子ども」に伝える「手段」として児童文学の作品をとらえる傾向にある。第二に、「児童文学は子どもに教訓を伝えるために書かれたもの」という「教訓主義」的な思い込みも強い。そのため、ややもすると真面目過ぎる態度で作品と向き合ってしまって、作品がもつユーモアに気づきにくい。そして第三に、「児童文学は子どもに夢を与えるもの」といった児童文学に「砂糖菓子」的な甘さを期待する態度も学生の間に根強く、広く見られる傾向である。

　文学作品の鑑賞なり研究なりについてそれなりに学んでいるはずの文学部の3, 4年生でも、話が「児童」文学に及ぶと、このように、「手段」「教訓」「夢」という観点から作品を見るようになってしまう。しかし、作者と読者の間に存在し、その両者とさまざまな関係を結びうるという点で、児童文学のテクストはほかの種類の文学テクストと何ら変わるところはないはずだ。

　本章では、A. A. ミルン（A. A. Milne, 1882–1956）の『くまのプーさん』（*Winnie-the-Pooh*, 1926）（以下、『プーさん』とする）、とくにその第一章を題材に、「手段としてのテクスト観」「教訓主義」「夢」とは異なる観点からの児童文学テクストの読みかたを考えてみたい。

　この物語を選ぶのは、第一に、その圧倒的な知名度にもかかわらず、実際に物語を読んだことのある学生は少なく、そのため学生の興味を惹きやすいことが挙げられる。第二に、とくにその第一章を取り出した場合、後

述する枠物語の構造が分かりやすい。第三に、学生の便宜を考えたときに一章分だと充分に短く、また少なくとも表面的には英語があまり難解ではないので、取り組みやすいといった利点がある。

　本章が想定しているのは、英語文学のテクストの理解・鑑賞・研究を主に行っている学科における、小〜中規模のクラスで、英語で読解を行う演習形式の授業である。石井桃子の古典的な訳も、阿川佐和子による比較的新しい訳も、学生が参照することは妨げない（学生のレベルによってはむしろ積極的に勧める）が、授業では原文を主に扱う。

2.　語りの構造——物語る場の虚構性

　『プーさん』は枠物語である。冒頭の一文には、階段を降りてくる「クリストファー・ロビン」と、頭をぶつけながら彼に引きずられているクマのぬいぐるみが登場する。クリストファー・ロビンの父親と思われる語り手の「私」が、居間の暖炉のまえでクリストファー・ロビンとぬいぐるみ（＝「ウィニー・ザ・プー」）に語って聞かせる、という枠のなかで物語が語られる。

　第一話は、当初独立した短編として『イヴニング・ニューズ』紙という夕刊紙の1925年12月24日クリスマス特集号に掲載されたものなので、この話の最後には枠に戻ってきて、お話をしてもらったクリストファー・ロビンがプーをひきずりながら自分の部屋へと階段を昇っていくところで物語は終わる。第二話以降はこの「枠」はなくなり、『くまのプーさん』最終話の最後で再び「私」とクリストファー・ロビンとの会話で、物語の枠に戻って終わっている。なお、続編『プー横丁にたった家』(*The House at Pooh Corner*, 1928)では、この枠構造はまったく登場しない。

　この冒頭部分を授業で扱ったときの学生の反応はさまざまである。まず、枠外に登場するクリストファー・ロビンの存在をまったく知らない学生にとっては、「クリストファー・ロビン」が「実在」であることは新鮮な情報らしく、興味を惹かれるようだ。それはよいとして、問題なのは、クリストファー・ロビンがミルンの息子であるために、「『プーさん』はミルンが息子のために書いた物語である」と結論づけてしまう学生が多いことである。この見かたでは、物語の語り手の「私」は実在のミルンと、話を聴い

ている少年は実在のクリストファー・ロビン・ミルンと、それぞれ容易に同一視されてしまう。この点は少し掘り下げておく必要がある。

この物語の語りの構造は次のようである(図1)。枠Aはこの『プーさん』という物語であり、枠Bはそのなかで「私」によって語られる物語である。話の大部分は枠Bのなかにあるが、前後で、また途中でも枠Aの世界に言及される(「『それ、ぼくなの?』と、ほとんど信じられないかのように、驚いた声でクリストファー・ロビンが言った。『君のことだよ』」(A. A. Milne, *Winnie*, 10))。また、枠B中のクリストファー・ロビンが"you"という二人称で語られている点にも、枠Bに対する枠Aの侵入が見られる(枠Bは枠Aの中で「語って聞かされる」物語であることが意識される)。

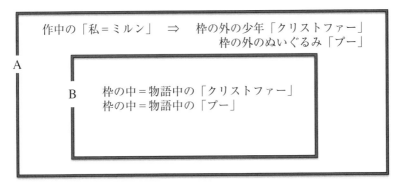

図1

この物語に二つの異なる相があり、それがときに混在していることは、youを主語にする文章に慣れさえすれば、そう理解が難しいものではない。一方、この枠があることで学生にとって気がつきにくくなっているのは、枠Aのなかの「私」が実在のミルンではなく、同様に「クリストファー・ロビン」が実在のクリストファー・ロビン・ミルンではない、という点である。

物語(枠A)中の「私」は子どもの想像的な世界に理解を示す優しい父親である。しかしそれは、実在のミルンがそうであることを必ずしも意味しない。実際、クリストファー・ロビン・ミルンは父親のことを、子どもと

遊ぶ天賦の才能に欠けているとし、少なくとも幼いときには、自分の世界には父親の占める場所がなかったと記している (Christopher Milne 50)。また、ミルン自身も、『プーさん』に先立つ子ども向けの詩集『ぼくたちがとても幼かったころ』(*When We Were Very Young*, 1924) について、自伝のなかで、「自分の仕事に真剣に取り組んでいる一人のライト・ヴァース作家の作品」であると述べているし、そもそも自分は特別に子ども好きでも子どもに興味があるわけでもないと断言している (A. A. Milne, *It's Too Late Now*, 239)。一連の子ども向けの作品は、ミルンが息子のために書いたというよりは、作家としての自分の技量を試してみる場として子どもの本を選んだというほうが正しいように思われる。

　学生は作品が作者の何らかの意思や意見を表明したテクストだというテクスト観にとらわれやすく、ことに「私」なる語り手が物語に登場し、しかも、物語本体を語る役割を与えられて登場した場合には、その「私」をいとも簡単に実在の作者と同一視する傾向にある。また、語り手と息子が現実の父子をモデルにしている場合、父が子どもに愛情を込めて書いた物語として作品を捉えようとしがちである。

　これに対して、『プーさん』の物語の構造に注目するとともに、場合によっては作品が作られたときの伝記的な情報を提供することで、「作者」と「語り手」の関係が簡単に同一視できるほど単純ではなく、また児童文学作品の作者と読者の「子ども」との関係も多様であることに注意を向けさせられるのではないかと考える。

3. 笑いの構造——言葉の遊戯性

　言うまでもなく児童文学は「笑い」や「楽しみ」の要素を含むものであるが、学生のあいだには、「教訓」の手段として児童文学のテクストを見ようとする態度が根強く見られる。『プーさん』に見られる英語の遊戯性に着目することで、そのような児童文学に対する見かたを変えることができるのではないだろうか。

　「児童文学」には教訓が込められているはずという思い込みがあるからか、教室で「笑い」の要素が扱われると思わないからか、授業で取りあげる作品にユーモアの要素が出てきたときの学生の反応は微妙で、ある種の

戸惑いさえ感じるようである。そのため、分かりやすく笑いの要素を示している次のような部分にさえ素直に笑えないことが多い。

> 昔むかし、今となっては随分と昔のことですが、つまり先週の金曜に、プーは森のなかで、「サンダース」という名の下に一人でくらしていました。(A. A. Milne, *Winnie*, 4)

「随分と昔」と「先週の金曜」の併置が、「笑うところ」であることに気づかない学生も多いし、このあとに続く「名の下に("under the name")」というフレーズを巡るやりとりも、慣用句を分解して字義通りに受け取る(「ドアの上にこの名前を金文字で掲げていて、その下に住んでいた」とする)笑いの型であることも説明を加えないと理解できない。

さらに、『プーさん』における笑いの要素を担うのは、プーの作る多くの詩である。単純に音が心地よいだけのものから、ナンセンスの論理をこね回すものまで、プーの詩には、まさに「ライト・ヴァース作家」としてのミルンの面目躍如たるものがある。若干の例を挙げておこう。前者の例としては、ハチミツを取りにハチの巣まで木登りをしているときの、

> Isn't it funny?
> How a bear likes honey?
> Buzz! Buzz! Buzz!
> I wonder why he does? (Milne, *Winnie*, 7)

が挙げられる。ほかに、風船にぶら下がって「雨雲」のふりをしているときの「雲の歌」、

> How sweet to be a Cloud
>   Floating in the Blue!
> Every little cloud
> *Always* sings aloud.
>
> "How sweet to be a Cloud

>   Floating in the Blue!"
>   It makes him very proud
>   To be a little cloud.（Milne, *Winnie*, 17）

なども好例である。いずれも短くて押韻や韻律が耳に心地よいが、それが体得できるためには、リズミカルに音読できなくてはならない。どこにも難しい単語はないので、正しく強勢を置きながらリズミカルに音読する練習に向いているし、音読を通じて英語のリズムを体得することもできる。

さらにナンセンスな笑いを誘う詩は、次の「不平の歌」である。

>   It's a very funny thought that, if Bears were Bees,
>   They'd build their nests at the *bottom* of trees.
>   And that being so（if the Bees were Bears）,
>   We shouldn't have to climb up all these stairs.（Milne, *Winnie*, 8）

あえてナンセンスな解説を施せば、プーは、「クマがハチだったら」という反実仮想のもとに「木の根っこに巣をつくるだろう」と言い、「そしたら巣にたどりつく（＝ハチミツを手に入れる）のにこんなに登らなくてすむのに」と「不平」を述べるわけだが、そもそもハチになっている時点で木登りは不要になっているはずである。この詩も、Bees と trees, Bears と stairs の脚韻が効果的で、ナーサリー・ライムズ以来の伝統とも言える、英語の子どもの詩における「意味に対する音の優越」が見られる。

これ以外にもユーモアや遊戯性に富んだ言葉の使いかたには枚挙に暇がないが、ここではあらためて韻文の重要性を指摘しておきたい。そもそも児童文学においては主に散文の物語が重視される傾向が見られるし、かつ、「教訓」や「メッセージ」の媒体として児童文学を見る見かたも今だに根強い。さらに、詩についても「笑い」やユーモアの要素、とくに言葉遊びの要素は軽視されがちである。

しかし、子どもを主な対象として想定する児童文学においてだからこそ、これらの要素はきちんと評価される必要がある。音と意味の戯れを感じ取り、言葉は「教訓」などの意味を示す「指示対象的」な機能を持つだけでなく、意味と音の関係にずれが生じることもあると学び、それが笑いへと

つながることを感じるのは、言葉の持つ可能性に対する感覚を養ううえで重要だろう。そこから、児童文学が必ずしも教訓などをこととするものではないことも、時に学生に思い起こさせる必要がある。

4. 「夢」と「現実」との相克——戦間期という時代

　最後に、授業において、児童文学作品を時代との関連で捉えることの重要性について述べておきたい。冒頭で述べたように、大学生が児童文学について抱きがちなイメージは「子どもに夢を与えるもの」であり、ぬいぐるみの動物たちが愉快な冒険を繰りひろげる『プーさん』は、いかにもそのイメージに当てはまりそうである。しかし、作品の発表年代を考慮に入れると、この側面だけでこの物語について語ることはできない。

　『プーさん』の出版は1926年で、1918年の第一次世界大戦終結後、8年しかたっていない。あらためて言うまでもないが、イギリスは第一次大戦において70万人の戦死者と200万人の重傷者を出すこととなり、イギリス社会に戦争が与えた傷は筆舌に尽くしがたく深かった。

　当時の文学作品のなかにはそれを如実に表したものもある。たとえば、『プーさん』が出版される前の年に発表された、ヴァージニア・ウルフ (Virginia Woolf, 1882–1941) の『ダロウェイ夫人』(*Mrs Dalloway*, 1925) には、戦争神経症（シェル・ショック）を患って自殺する男が描かれている。このような実験的・先鋭的な作品が生み出される一方で、1920年代に爆発的な人気を呼び、大多数の読者が好んで読んだのは、「探偵小説作家アガサ・クリスティ、歌に芝居に映画と何でもござれの才人ノエル・カワード、そして当代一の国民的作家 J. B. プリーストリー」(武藤・糸多　238) らの作品であった。いずれも戦争の影響があったようには見えない作品群を生み出した作家たちである。

　『プーさん』においても、そのなかに戦争を連想させるものを見つけるのは難しい。作品の世界は飽くまで平和で、小さな企みやささやかな自己顕示欲、穏やかな皮肉（登場人物同士の、あるいは作者の）を込めた会話はあっても、死や絶望は存在しない。静謐な騒々しさとでも言うべき楽しさに満ちた世界だ。この世界を戦争と結びつけるのはさすがに無理なようにも思われる。

しかし、ミルンは一次大戦に従軍しており、1916年ソンムの戦いにも加わっている。塹壕熱で11月には前線を離れ命拾いをすることになったものの、短期間とは言え、そこで彼は紛れもなく地獄を見た。ただ、通信士官であったために敵兵を殺さずに済んだことだけが彼の正気を保たせていた、と伝記作家のスウェイトは述べている（Thwaite 180）。このような経験が、逆に作品に何の影響も及ぼさなかったとは考えにくい。

　ピーター・ハントは、戦間期の児童文学を貫徹する特徴として、「子どもと本をめぐる現実から一歩退いて静観しようとする雰囲気が全体を覆っていたこと」を挙げている（Hunt 193）。つまり、この時代の児童文学に大戦の直接的な言及は見つからないということである。クリスティの推理小説について、「深く傷つき辛すぎるのでかえって何事もないかのように明るくふるまってしまう」という評言があるが（武藤・糸多 242）、児童文学について、また『プーさん』についても同じことが言えるのではないか。未曾有の戦争から10年とたっていないのに、その戦争を思い起こさせるような要素が何一つないこと、そのもののなかに傷の深さが窺い知れる。また同時に、プーの物語の舞台である「百エーカーの森」が提示する南イングランドの平和な自然風景が、ミルンの、そして同時代の読者の心の安定につながったのではないか、という可能性も指摘しておきたい。

　『プーさん』と時代の関係は必ずしもテクストのなかにその痕跡を見いだすことができないため、授業で扱う際には、「こじつけ」と受けとめられないような注意が必要だが、同時代のほかのテクストとの連関のなかに位置づけることで、学生がより広い視点から作品を見ることができるようにすることを心がけたいとも思う。ディズニーの影響もあって「夢のある世界」と受けとめられがちな『プーさん』を第一次大戦の災厄と関わらせ、そこから戦間期、あるいは20世紀前半の文化史へと視野を広げていく方策については、今後さらに考えてみたい。

5. 結びにかえて——積み残した課題

　本章では、児童文学をめぐる理論的な問題、とくに、1980年代以降盛んになる、「子ども」という存在に対する構築主義的な捉えかたについては敢えて言及しなかった。児童文学における「子ども」の存在が常識的に考え

られているほど自明ではないことに注意を向けるのは極めて重要である。しかし、「子ども」という存在の歴史性や精神分析についてのある程度の知識や素養がないと、たとえばこの分野の古典的研究、ジャクリーン・ローズ (Jacqueline Rose) の『ピーター・パンの場合』(*The Case of Peter Pan or the Impossibility of Children's Fiction*, 原著 1984 年；1992 年、邦訳 2009 年) を理解するのは、訳書を用いても相当困難であり、英語で作品を読むことに主眼を置く学部段階の授業では取りあげにくいと判断した。現状では、児童文学の理論的な側面は大学院で扱っている。

　今後、学部レベルでも、児童文学の理論的な側面を作品の読解とともに教えられるような手段や教材の開発が必要であると考える。

文　献

〈引用文献〉

Hunt, Peter, ed. *Children's Literature: An Illustrated History*. Oxford and NY: Oxford UP, 1995. Print.

Milne, A[lan] A[lexander]. *It's Too Late Now: The Autobiography of a Writer*. London: Methuen, 1939. Print.

——. *Winnie-the-Pooh*. 1926. Harmondsworth: Penguin, 1992. Print.

Milne, Christopher. *The Enchanted Places*. 1974. Harmondsworth: Penguin, 1976. Print.

Thwaite, Ann. *A. A. Milne: His Life*. London & Boston: Faber and Faber, 1990. Print.

武藤浩史・糸多郁子「英文学の変貌と放送の誕生」、『愛と戦いのイギリス文化史　1900―1950 年』武藤浩史ほか編、慶應義塾大学出版会、2007 年。237–52.

〈参考文献〉

Grenby, M. O. *Children's Literature*. Edinburgh: Edinburgh UP, 2008. Print. Edinburgh Critical Guides to Literature.

Hunt, Peter. *Children's Literature*. Oxford: Blackwell, 2001. Print. Blackwell Guides to Literature.

ジャクリーン・ローズ『ピーター・パンの場合――児童文学などありえない？』鈴木晶訳、新曜社、2009 年。

13 文学批評への誘い

田尻　芳樹

1. 序

　批評というと英文学のジャンルの中でも、詩、小説、演劇と比べて肩身が狭いようだ。現に、日本の大学の英文科ではそれら三つのジャンルを専門的に教える専任教員は普通そろっているが、批評だけを専門に教える専任教員はまずいない。また、性質上、批評とは、先に存在する作品に後から加えられる言説だという通常の理解から、二次的、付随的なものと考えられやすい。けれども、批評の授業では、そもそも作品を読むとはどういうことか、あるいは英文学を学ぶ意味は何か、といった根本的な問題を学生に考えてもらうことができるのであり、その意味では、他の三基本ジャンルのさまざまな古典を読む授業以上に本質的である。

　英文学の教育という枠組みの中で批評を教える場合、まず考えられるのは、英文学における批評の歴史を他ジャンルから独立させて教えることで、たとえば、サミュエル・ジョンソンの『近代詩人伝』あたりから始めて、コールリッジの『文学的自叙伝』、マシュー・アーノルド『教養と無秩序』、ウォルター・ペイター『ルネサンス』、オスカー・ワイルド『意向集』などの抜粋で19世紀をカヴァーし、20世紀は、T. S. エリオット「伝統と個人の才能」とヴァージニア・ウルフ「現代小説」でモダニズムの革新を理解してもらって、さらにI. A. リチャーズ、ウィリアム・エンプソンからF. R. リーヴィスへ、あるいはアメリカのニュー・クリティシズムへの流れを概観する、といった筋道が考えられる。けれども、こうした筋道を理解するには、詩や小説の歴史(古典主義、ロマン主義、世紀末、モダニズムなど)をまず理解している必要があるので、この種の授業が意味ある形で成立するのは大学院以上のかなりレヴェルの高い学生を相手にした場合のみではないかと思われる。

第二にいわゆる批評理論を概観するという手がある。これには、適切な注釈を加えればいまだに使えるテリー・イーグルトン『文学とは何か』を始め、さまざまな文献が日本語でも出ているので、それらを教科書にして、フォルマリズム、構造主義、脱構築、マルクス主義、精神分析、ポスト植民地主義、フェミニズムとジェンダー論などを概観することができる。これは概観と言ってもゆうに一学期はかかるはずで、少し詳しくやれば通年の講義にもなるだろう。現在、批評の授業という場合、こうした批評理論概観の授業になっていることが多いと推測される。

　最後に、批評とは何かを正面から問う原理論的な授業が考えられる。学生たちは、詩、小説、演劇など他のジャンルの授業でレポートを提出する場合、単に授業で習ったことを知識として十分習得したことを示すだけではなく、通例は自分の考えを述べるように求められる。つまり、作品を読んで、それを批評することを求められているのである。一体、そういう営みにはどういう意味があるのか。また、大学においてそういう営みを教育することにどういう意味があるのか。こういう根本的な問いは英文科の普通の授業ではけっして問われないので、批評の授業で考えるべきである。とはいえ、これは実践するのが難しいし、私自身試みたことがない。

　本稿では、あえてこの最後のタイプの授業について考えてみることから始めたい。次いで現に広く行われているはずだし、私自身も経験のある批評理論概観の授業について、その問題点と可能性について述べ、最後に一つの実践例を提示したい。

2.　批評とは何か──学問としての文学

　そもそも文学を大学で学ぶことにどんな意味があるのだろう。同じ文系科目でも法学や経済学と違って文学は大学で学ぶ学問の中ではどうも座りが悪い。しっかり体系化されていないし、小説を読むという趣味のようなことは、大学の外でやってもいいように思われる。同じ人文系科目でも、歴史学や哲学のほうがまだがっしりした学問らしさを備えている感がある。もちろん日本人が英文学を学ぶという場合は、「先進国」イギリスの文化を文学を通じて理解することには意味があると考える伝統が明治以来あったけれど、日本自体が十分な先進国となった今ではその意味は薄くなってい

る。ただし英語自体の重要性はますます広く認知されてきている。現に今大学の英文科に来る学生の大半は文学には興味はなく、英語が好きだ、英語に関心があるという理由で何となく入学してくるのである。しかしそれなら、文学など読んでいるよりは、実用英語を鍛えられる学科に行ったほうがいい、と言われても仕方ない。以上のような感触は、学生たち自身も持っている。そんな中で、英文学を読ませて、レポートで意見を書かせて（つまり批評をさせて）、どういう意味があるのだろうか。

　イギリス本国で自国の文学が大学の科目として認定されたのは19世紀であり、オックスフォード、ケンブリッジという最も伝統と権威がある二つの大学は、19世紀末から20世紀始めの時期まで正規の科目として認定することを頑強に拒んだ（優等学位を与えるようになったのはそれぞれ1894年、1917年）。その経緯は、先に挙げたイーグルトンの『文学とは何か』の第一章「英文学批評の誕生」でも論じられているから広く知られていよう。イーグルトンは、英文学の教育は、植民地、女性、労働者の三者を手なづけるためのイデオロギーとして、権威が失墜した宗教に代わって、社会の統合に寄与したと述べている。そのような解釈の是非はともかく、自国文学は大学で教える科目としては体系性に乏しく、方法論も脆弱なのでふさわしくないという意見が19世紀末に根強かったという事実に注意したい。キャロル・アザトンは、19世紀後半から顕著になる社会の職業化という文脈の中で、英文学批評の職業化を捉えようとしている。つまり、19世紀において、英文学を論じるのは大学で英文学講座を持っているわけではない文人たちだったのが、少しずつ大学教授が学問的に（つまり職業的に）論じるようになって20世紀に至るのである。もちろん、最初は学問的外観を見せるために、中世英語学、歴史学、ギリシア・ローマの古典との比較論などが中心だった。それが徐々に、今で言うような批評（作品をどう解釈するかという問題）も新しい学問の枠組みの中で市民権を得るようになったのである。

　英文学は学問になるためにそれらしい専門性を備えるべく厳密化されたが、そのような方向とは相容れない根本的な文学観を当時の文人自身が抱いていた。一つはマシュー・アーノルドに代表されるような、社会の産業化と低俗化に抗する人間的、道徳的文化として文学と批評を捉えるという考えである。こういう理想は高邁なだけあって、試験を通じて評価を下す

ような大学の学問とは相容れない。むしろ大学の外側の一般大衆に向けて訴えかけるべき性質のものである。他方、ウォルター・ペイターが強調したように、作品を真に鑑賞するためには高い感受性が必要で、そういう美的判断は学問的に評価できるものではなく、むしろ魂の問題である。文学的感動とはそもそもきわめて個人的な経験なのだから、分かる人にしか分からないという性質のものである。それゆえ教える、伝達することが根本的に不可能であり、大学における学問にはなじまないのではないか、とも考えられていた。[1]

　以上に素描したような世紀末イギリスで議論された大学における文学の問題は、今日まで引き継がれていると言ってよい。そもそも、文学は、大学でそれを扱う以前に、大学の外で独自の芸術活動として進行している。作家たちは大学とは無関係に（最近では大学で教えることも増えてきたが）小説を書き、それは市場で売れたり売れなかったりし、ジャーナリズムで話題になったりならなかったりする。それを批評するのはアカデミズムでなくても別によいのではないか。実際、特に日本では文学におけるアカデミズムとジャーナリズムの境界がきわめてあいまいである。また、もし文学は芸術であり、それに関する判断は結局個人の趣味に属するという考えを突き詰めるなら、高校生が『ハムレット』を読んで持った感想が、偉いシェイクスピア学者の見解と比べて価値がないとは言い切れないということにもなる。だから、そういう解釈＝批評を制度の中で教えようとしても限界があるのではないか。学問としての文学は、たとえば実証主義に徹すれば厳密な学問の観を呈するかもしれないが、それだけではカヴァーし切れないあいまいな「趣味」の領域をどうしても抱え込んでしまうのである。

　こうした論点を、適切な資料を提示しつつ学生に考えてもらう授業をするのは、大学とは社会においてどういう機能を果たすべきかという大学論も含むことになるし、十分に意味があることだと考えられる。その際、イギリスで英文学が大学の正規科目として認定されるようになるまでの経緯だけでなく、近代の日本において英文学および国文学がどのように大学で

---

[1] ここまでの二段落の内容はアザトンに依拠している（特に第三章「批評家たちと教授たち」）。なおアーノルドもペイターもオックスフォード大学のフェローで、アーノルドは同大学詩学教授にもなったが、いずれも英文学専門の教員ではなかった。

教えられるようになったのかについての資料も与えたい。[2] また、イギリスに関しても、批評とはいかなるものかという論点に即してアーノルドやペイターを読んでもらえば、単に文学史としてそれらを教えるよりも、ずっと身近に感じてもらえるだろう。

3. 批評理論の授業をめぐって

　いわゆる批評理論は1970年代から英米で広まり、文学研究・批評の方法を大いに変えた。19世紀の流れを汲むヒューマニズムの立場からすると、「作者の死」(ロラン・バルト)の後の「テクスト」を理論的、科学的に分析するといった構造主義、ポスト構造主義の手法は、人間不在の受け入れがたい態度であり、以降1990年代くらいまで英米でも日本でも理論派と保守派の対立が鮮明だった。今では理論はすっかり定着し、その分、論争を呼んでいたころの新鮮な活力はなくなった。個別作家研究でも実証主義への回帰が目立つ。

　しかし、批評理論の重要性は、それが20世紀の現代思想そのものであるという点にある。二度の世界大戦を経験し、「人間」、「存在」、「言語」、「世界」といった概念が根底から問い直された20世紀の思想から、より最近のポスト植民地主義、ジェンダー論などの思想潮流に至るまで広い範囲をカヴァーしている。何も知らない学生諸君にこうした現代思想への案内をすることは間違いなく重要な意味を持っている。しかし、その反面あまりにも多くの分野にわたっているので、学生は消化不良を起こしがちである。フォルマリズム、構造主義、脱構築という流れを知るにはフランス現代思想を知らねばならない。それは言語学、哲学、人類学など多くの分野にまたがっている。マルクス主義批評を学ぼうとすればベンヤミンやアドルノを、精神分析批評ならフロイトやラカンを読まねばならない。いったいこれらのどこが英文学なのか？　そう、批評理論がもたらしたのは、言語圏と学問分野の横断化であり、今の英文科生は昔の英文科生が知らなくてよかったことにまで目配りすることを要求されるのである。もちろんこれ

---

[2]　たとえば東京大学文学部で日本近代文学の正規の講座ができたのは、意外と最近の1962年である（三好行雄が初の専任教員）。

らをきちんと勉強するのはまず無理なので、学生は上澄みの知識だけを伝授されることになりがちである。また、教える側としても、このようなさまざまな流派を総花的にカタログのように概観するのは、（私自身、何度も経験しているが）後味の悪いものである。脱構築批評はこうやればできます、のようなマニュアルになると批評は死ぬ。あれらの流派はそれぞれもっと時間をかけて真剣に向かい合うべきものである。日本のバブル期に出た筒井康隆の『文学部唯野教授』(1990年)では、唯野教授がまさに概観的授業を行うのだが、それは現代思想が知のバブルの中でカタログ化＝商品化された有様を揶揄したものとも読める。

　もし、この一年は精神分析批評だけを教えます、と言って一つ一つをじっくりやれば、この欠点は逃れられるけれども、学生は何年も同じ授業に出るとは限らないから、結果的に教える内容が偏ってしまう。それなら、欠点を承知で一気に総花的に教えるほうがよいかもしれない。自分の関心を引く流派を知ってもらえば、それをきっかけにあとは自分でより深く学んでもらえる可能性があるからだ。さらにあえてポジティヴに考えれば、英文学の教師や学生が、無理を承知で脱領域的な批評理論をやるのは、アマチュアならではの強みがあると言える。アマチュアだと言うのは、たとえばデリダがらみでフッサールだのハイデガーだのと口走ればたちまち哲学の専門家から軽蔑のまなざしを向けられ、植民地主義批判を展開すると歴史学や社会科学の専門家に文学だけ読んで何が分かるという顔をされるかもしれないからだ。それでも、領域横断的な知を動員することに価値はある。武藤浩史は文学研究(批評と言い換えてもよい)は「精神分析、歴史研究を始めとする諸学問を援用した一種の総合学である」と述べている(武藤90)。そもそも先に述べたように文学が学問として成立するときも、言語学や歴史学を援用したのだった。学問としての文学(批評)はその性質上、雑種的にならざるを得ないのである。それなら、そういう性質を逆手にとって、既成分野がなかなかできない「総合学」として自らをポジティヴに打ち出せばよい。さらに言えば、批評理論の対象は狭義の文学にとどまらず、サブカルチャーを含めて文化全般に及ぶ。複雑に動く文化現象を的確に分析する、既成の枠組みにとらわれない敏捷性ある批評は今こそ求められているのであり、英文学の中での批評理論はそういうニーズに応える可能性を持っている。

4. T. S. エリオットから批評理論へ

　最後に具体的にテクストを示して、批評理論の初歩を教える一例を提示したい。批評理論の中心部分をなすのはやはり、作者ではなくテクストを理論的に分析するという態度である。これはロシア・フォルマリズム、ソシュールの言語学、ヤコブソンの詩学、レヴィ゠ストロースの人類学などを経て、ロラン・バルトの「作品からテクストへ」、「作者の死」を始めとする論考に結実する。こういう流れを英文科生にいきなり教えてもなかなか分かってもらえないはずなので、話を分かりやすくするために導入としてエリオットの「伝統と個人の才能」(1919年)のあの有名な一節を取り上げる。'Poetry is not a turning loose of emotion, but an escape from emotion; it is not the expression of personality, but an escape from personality' (Eliot 43). これには大概の学生が大いに驚く。彼らの常識にまったく反しているからだ。次いでこの詩論の実践例として「荒地」の最初の部分を読んでもらう。もちろん詳しい解説をするのではなく、それが現実の生活や古典作品の断片のコラージュで成り立っていて、分かりやすい内面の吐露などないこと、言語構築物としての作品が(作者の心理や人生とは別の)自律的秩序を持っているらしいことを何となく分かってもらう。そしてこのような分かりづらい作品がモダニズムなるものの代表例であり、その主要な特色の一つが、ロマン派的内面性を強く拒否する傾向だったと教える。[3] その傾向は、人間の主体や心理よりも言語(の秩序や構造)を優位におく傾向と結びついていた。モダニズムの「反人間主義」である。先に触れたロラン・バルトに結実する大陸の批評の流れは、英米よりもはるかに精緻な理論化が施されているとは言え、この「反人間主義」という特質は共有している。さらに言えば、フォルマリズム、構造主義、ポスト構造主義という流れは、20世紀前半のモダニズムの実践に対する理論的注釈と言ってもいいのである。学生には、まずこの点を理解してもらう必要がある。このように、批評理論の中枢部分をあくまでもモダニズムとの関連で理解してもらうようにすれば、単なるカタログの一部としてではなく、より実質的に批評理論

---

[3] ここでT.E. ヒュームの現代芸術論、ウィンダム・ルイスの『ター』の一節(内面を拒絶し無機的なもの＝死の状態を主人公ターは称える)、オルテガの評論「芸術の非人間化」などを補助的に持ち出してもよいだろう。

の背景を理解してもらえるだろう。この地点からはいくつかの発展系が考えられる。時間がなければここからいきなりバルトに飛んでもいいが、モダニズムにおいて言語が前景化されたことの例としてダダイズムの詩を紹介し、さらにロシア・アヴァンギャルドの詩とロシア・フォルマリズムが緊密に結びついていたことに目を向ければもっと興味を持ってもらえるかもしれない。英米の流れをもう少し追うならアメリカのニュー・クリティシズムの話をし、さらにそれと構造主義との類似点と相違点を指摘するのもよいだろう。しかし、より根本的なのは、なぜ20世紀に入って反人間主義的傾向が強まったのかという問いだ。これにはもちろん簡単に答えられないが、モダニズムについてできるだけ具体的に教え、映像なども見せながらあの時代を「体感」してもらえば、モダニズムだけでなく批評理論に関しても理解を深めてもらえるはずである。

文　献

〈引用文献〉

Eliot, T. S. "Tradition and the Individual Talent." *Selected Prose of T. S. Eliot*. Ed. Frank Kermode. London: Faber and Faber, 1975. 37–44.

武藤浩史『「ドラキュラ」からブンガク――血、のみならず、口のすべて』慶応義塾大学教養研究センター選書3, 2006年。

〈参考文献〉

Atherton, Carol. *Defining Literary Criticism: Scholarship, Authority and the Possession of Literary Knowledge, 1880–2002*. Basingstoke: Palgrave Macmillan, 2005.

テリー・イーグルトン『文学とは何か――現代批評理論への招待』(上)(下)大橋洋一訳、岩波書店(岩波文庫)、2014年。

筒井康隆『文学部唯野教授』岩波書店、1990年。

14 英文学と翻訳
―― 文芸翻訳は多世界の発見に通じる

武藤 浩史

1. はじまり

　これまで、主として大学の 1, 2 年生を中心に教えてきた中で、気がついてみると、授業の中で「翻訳」の占める割合が大きくなっていて、今では、教育と研究の双方にわたる仕事のやり甲斐と業績に、大きな影響を与えていることが分かる。

　教育と翻訳の仕事とのこの結びつきは、わたしが大学で教えはじめた 1990 年代初頭から、そうだったわけではない。最初は、個人的な憧憬と渇望から、文芸翻訳を志した。大学院時代に教えていただいた小野寺健先生は、言うまでもなく、当時の翻訳界の大御所で、その授業で、先生が原文を見ながらその場でそれを見事な日本語に直してゆく離れ業を目の当たりにして強い憧れを抱き、自分も翻訳したいと思った。そして、自分の専門である D. H. ロレンスの文章の息吹きを日本語で伝えたいと思った。小野寺先生のご厚意に甘えて、当時は晶文社に所属し、今では新潮クレスト・ブックス編集長として活躍する須貝利恵子さんをご紹介いただき、まずは、ロレンスの地中海の旅を描いた愉快な紀行文『海とサルデーニャ』(1993 年、晶文社) を翻訳した。それから、わたしにとって最愛の小説であるフォード・マドックス・フォード『かくも悲しい話を . . . (*The Good Soldier*)』(1998 年、彩流社) を翻訳した。そして、また、須貝さんに声を掛けていただき、トム・ベイカーのシュールでブラックな『ブタをけっとばした少年』(2000 年、新潮社) の翻訳を上梓した。ここまでの翻訳は、大学教育とは無関係に、研究の一部として、そして自らの美的体験のために、行った。

　だが、段々、大状況が変わってきた。石坂洋次郎の終戦直後のベストセラー小説『青い山脈』(1947 年) の終わり近くに、登場人物の次のような発言がある――「それあ貴方がおっしゃるように、外国の恋愛小説などを読ん

でおりますと、豊かな、すばらしい恋人同士の会話が出て来たりしますけど、私どもの社会生活はまだそれほど成熟しておらず、ずっと幼稚な段階にあるのだと思いますわ」。ここに見られる戦後民主主義の教養主義とリンクした外国文学への憧憬、そして、世界文学全集の隆盛が示してきたような、西洋の小説を読んで蒙を啓こうとする国民的傾向は、21世紀のとば口には、終焉を迎えつつあった。翻訳を通しての海外文学の紹介が敬意とともに注目される時代は終わった。

2. 逆風の中で

　イギリス文学研究者としては、このような逆風の中で、意識的に、戦略を考えなければならなくなった。もちろん、西洋文学がひどく有難がられる風潮が終わったこと自体には、ある種の歴史的必然性もあっただろう。だが、盥の水とともに赤ん坊も捨てるような愚挙を許すわけにはいかない。つまり、文芸翻訳のある程度の縮小は致し方ないこととしても、名作には、やはり、その時代にふさわしい新訳が、一般に入手可能な形で提供されつづけなければならない。

　それは、わたしにとっては小野寺健先生との出会いに代表され、歴史的視点に立てば、さらにその前のたくさんの優れた翻訳者によって支えられてきた伝統を継承する覚悟を意味するだけでなく、効率化の時代における学生の教養教育の問題と不可分の啓蒙プロジェクトの引き受けをも意味した。黙っていても、若い人たちがドストエフスキーを読む時代は、当たり前の話だが、終わっている。個人的な体験を語れば、十年ほど前に、或るそれも非常に優秀な学部学生が『白鯨』を「しろくじら」と呼ぶのを聞いて、時代の変化を痛感した。それは、若い人たちの知性の問題ではなく、知的環境の問題である。黙って何もしなければ失われてしまう大切なものを、生物多様性ならざる文化多様性のために、絶滅危惧種を守るように守っていこうと思った。J. M. クッツェーの講演「古典とは何か？」を読めば、あの大作曲家バッハでさえ、忘却の淵に投げ入れられそうになっていたのを、少数の音楽家が阻止していた時代があったことが分かる。

3. 「身体知」と精読の『チャタレー』プロジェクト

　そして、次の翻訳『チャタレー夫人の恋人』（2004年、ちくま文庫）は、主として教育的意図をもって訳された。きっかけは、2000年ごろ、文庫で唯一入手可能だったので授業で教科書として使っていた新潮文庫の翻訳（半世紀前の伊藤整訳）が古臭いと、一人の学生に苦情を言われたことである。たしかに、今の学生に楽しんで読んでもらえる入手可能な新訳が必要だと思った。そして、その実現には、自分で訳す他に選択肢はないことに気がついた。現代日本語の息吹きあふれる翻訳を心がけたが、幸い好評でささやかな増刷もあった。

　また、拙訳『チャタレー』と連動して、「身体知」教育と称する新しい文学教育の試みを、『「チャタレー夫人の恋人」と身体知』（筑摩書房、2010年）の中で紹介した。そこでは、翻訳を用いた芸術言語体験を、ワークショップ形式を活用し、ダンス、朗読、講談など他の身体経験と繋げて、体全体の体験に広がる芸術言語体験の教育を目ざした。その試みと成果は、2009年度から2012年度にかけて慶應義塾大学で実施した文科省大学教育推進プログラム「身体知教育を通して行う教養言語力育成」プログラムにも生かされた。

　教室で使った『チャタレー夫人の恋人』翻訳には、2つの意義があったように思う。その1つ目は身体的気づきに関するもので、たとえば、第5章でチャタレー夫人がはじめて猟番メラーズに会う次のような場面を使用する。

　　　彼女は、わき道から走りでてきたスパニエル犬を見ていた。それは鼻を上げて、やわらかく軽く鳴いて、二人の方を眺めていた。犬の後から、男が、鉄砲をもって、すっと歩きでて、襲いかかるように二人の方を向いた。だが、立ちどまって、敬礼すると、丘を下っていきかけた。新しい猟番に過ぎなかったが、彼女はぎくりとした。彼はいきなりさっと脅威のように現れた。何もない所で突然、脅迫されたようだった。...
　　　クリフォードが叫んだ。
　　《メラーズ！》

男はすっと振り向くと、すばやく小さく敬礼をした。兵士だ！
《この車椅子をくるりと回して、スタートさせてもらえるかい。そうすると、助かるのだが》
　男はすぐに鉄砲を肩にかけると、同じすばやくやわらかいふしぎな動きで、前に出た。(86–88)

　すっと、すばやく、しなやかに動く猟番の人間力に注目して、それを可能にする静謐な集中力の体得にみちびく呼吸や歩行の身体ワークショップを行い、小説の言語芸術を言語の外の体験的な世界に繋げてゆく。ベストセラーになったケリー・マクゴニガルの『スタンフォードの自分を変える教室』をはじめとする、最近流行りの、心身一如の科学的知見を基に、身体感覚を整えるスキルを磨いて新自由主義の競争社会を生き抜く「セルフヘルプ」と呼び得るものとも共通する、学生の人生のプラクティカルな応援歌として活用することができる。
　と同時に、そのような実用性を補完するという意味でも重要なもう1つの意義に、精読を通して歴史感覚を身につけるということがある。身体感覚を整えることによって養われる「セルフヘルプ」力は、冷静な思考力の基盤を提供するものだけれども、その時、その「セルフヘルプ」力がきちんとした歴史感覚に裏打ちされていないと、ファシズム的なものに導かれてしまう大いなる危険が伴うからである。次に引用する『チャタレー』第15章では、「すっと、すばやく、しなやかに動く猟番」の提唱する理想共同体建設の夢が彼の言葉を通して描かれる（同様の箇所は第19章にもある）。授業では、これを、その一部がナチズムと近いイギリスの自然回帰主義的な右翼運動やドイツ青年運動と考え併せることで、歴史感覚を養い、表象分析のための基礎知識としてもらっている。

《ああ、おれも時々、ここで、この坑夫たちの間で試してみたら一体どうなるだろうって思ったよ。今は労働条件が悪くなって稼ぎも多くない。そんなやつらに、〈金のことばかり考えるんじゃなか、要るもんちゅうても少しあれば大丈夫ばい、金のために生くるのはやめじゃ〉と言ってやったら――…おれは彼らにこう言うてやる。おい！ ジョーを見てみんしゃい！ 美しゅう動いとるぞ！ 生き生きと意識して動い

とるぞ。美しか男ばい！ それからジョーナを見てみんしゃい！ 一度も目ざめようとせんから、ぎごちなか、みっともなか男ばい。だれかれにこう言うてやるぞ。見んしゃい！ おのれの姿を見てみんしゃい！》
（15 章、438–39）

こうして身体感覚と歴史感覚を磨いた教え子の 1 人は、最近、AKB48 の PV のファシズム性の分析で某雑誌の映画評論大賞を受賞した。遍在するファシズム的なものへの感受性は、今日最も必要とされるものだろう。[1]

4.「多世界プロジェクト」1──「もの」と「喜びの幽霊」

振り返ると、この十年間は、その他にも、文化史教科書の編集と執筆（『愛と戦いのイギリス文化史』、慶應義塾大学出版会、2007 年、2011 年）にしろ、音楽関係の執筆（『ビートルズは音楽を超える』、平凡社新書、2013 年）にしろ、教科書や新書を通じての、教育的なプロジェクトに力を傾注してきたことが分かる。この方向性は、これからも変わらないだろう。

そして、2015 年と 2016 年には、久しぶりに、翻訳を 2 冊、上梓した。両方とも D. H. ロレンスの作品で、1 つは『D. H. ロレンス幻視譚集』（平凡社ライブラリー、2015 年）、もう 1 つは、小野寺健先生との共訳で、『息子と恋人』（ちくま文庫、2016 年）。今は、この 2 つを用いた教育を展開しはじめたところで、とりあえずこれを「多世界プロジェクト」と名づけて、その一端を紹介しよう。2016 年度は、慶應義塾大学日吉キャンパスで大学 1, 2 年生を対象にした「人文科学特論」という少人数クラスを「日吉のゼミ」と自称しつつ担当し、翻訳文学を中心に文芸作品の魅力を若い人たちと楽しんでいる。

「多世界プロジェクト」と呼ぶのは、初の単著『「ドラキュラ」からブンガク』（2006 年）が表象分析の面白さを伝える試み、その次の単著『「チャタレー夫人の恋人」と身体知』（2010 年）が精読を通した身体感覚教育の試みであったことから、今回の「多世界プロジェクト」はその双方の要素を取り入れた総合的なものにしようと思っていることや、それに加えて、や

---

[1] 伊藤弘了「國民的アイドルの創生──AKB48 に見るファシスト美学の今日的あらわれ」（映画評論大賞受賞作）、『NEONEO』第 6 号（2015 年冬）。

はり、文学を勉強する意義は単一的な視点から考えがちな専門家的思考の陥穽にはまらないために世界の多層性に気づくことだと思うからである。単に同じような字がお行儀良く並んでいるだけに見える活字の世界、芸術言語の世界に、実はたくさんの世界が隠れていて、傑作小説をきちんと読むということはその世界の多層性に気づくことである、ということを若い人たちに伝えなければいけない。そして、それをきちんとやるためには、世界文学の視点が必要で、母国の文学とともに、翻訳を通して、外国文学の広がりと深みにも触れることが望ましい。

2016年度の「人文科学特論」でも、枕には、村上春樹の初期の短篇「中国行きのスロウボート」を用いて、先進国になった現代日本のにぎやかな繁栄の軽い華やかさの裏にべったりと張り付いた歴史の重さを味読した。そして、その後で、翻訳小説を読んでゆく。

『D. H. ロレンス幻視譚集』からは2つの短篇を選び、比較的シンプルな風刺小説「もの」('Things')で始めて、より長く錯綜した「喜びの幽霊」('Glad Ghosts')に移行する。不労所得のあるアメリカの中流カップルが美と自由の人生を追求しながらその所得によって購入した所有物に支配されてゆく悲喜劇「もの」の次のような冒頭の語りを、まず学生たちに分析させてみる。

> 二人はニューイングランド出身の、真の理想家だった。...二人には小金があった。たいした額ではなく、二人合わせても、年三千ドルに達しなかった。それでも――自由だった。二人は自由だった。
> ああ！――自由！ 自分の人生を生きる自由がある！ 二十五歳と二十七歳の真の理想家のカップルは、共に美を愛し、「インド思想」...に関心を持ち、三千ドル弱の年収があった！ でも、お金なんて何だ！ とにかく充実した美しい人生を送ればいいのだ。(254–55)

まずは、彼らに、登場人物の意識の中心にある「自由と美」の世界と、物語の語り手には見えているが登場人物は自らの意識から排除しようとしている「お金」の世界の、二重性に気づかせることが出発点となる。語り手のメタ認知的語りの面白さ、それと登場人物の意識のギャップの面白さがこの物語を風刺文学として成立させていることが大切なポイントだ。小

説の何気ない語りの細部にいかに複雑で豊かな世界が共在するかを学生に気づかせないと、文学の話は始まらない。

　ここを出発点として、「もの」をある程度議論した後で、次に、より複雑な「喜びの幽霊」の分析に移る。学生時代の友人とその家族を心霊術にはまる義母の悪影響から取り戻すというプロットの「喜びの幽霊」の、語りの構造の面白さは、風刺的な部分とよりヴィジョナリーな部分の混在である。風刺的な部分は、「もの」の分析で得た知見を元に分析できるだろう。しかし、次のようなロレンス的な生のディープ・ヴィジョンを描いた箇所を理解するためには、精読に加えて、身体ワークショップの活用が効果的だ。

> 　ただ、わたしは、この人生の半分死んだ体のなかに熱いヴィジョンが埋もれていると感じていて、そのことにこだわっていた。死んだ体のなかの活きた体だ。(53)
> 　カーロッタと踊っていると、静かな慰めがおとずれた。彼女はとても静かで、遠くに心があり、ほとんどわたしを見なかった。それでも、朝の光に身をゆだねる花のような彼女に触れるのは、素晴らしかった。わたしの手の下の、温かく絹のような彼女の肩は、やわらかく、気持よかった。それは、大人になると滅多に花開かない子どもの直観のような第二の知を通して、わたしを知っていた。…彼女が、自分の人生すべての重荷と緊張を投げ捨てて、裸の自分をそっと、わたしの腕のなかにあずけてくれたのが、わたしにも分かった。わたしは、ただただ、このまま、彼女といて、彼女に触れていたかった。(101–2)

　ここで描かれている、そっと静かに触れることで新しい世界が開けるという体験の理解に学生を導くためには、言語的な説明と同時に、たとえば、最も簡便な身体的気づきの手立てを紹介すれば、祈りの際にそっと両手を合わせるという「セルフタッチ」の意味について、実際にやりながら考えてみるといったやり方が有効である。非言語的な体験を通して、逆に、芸術言語の力を確認することもできる。

5. 「多世界プロジェクト」2──『息子と恋人』

　長篇『息子と恋人』にももちろん論点は無数にあるが、まず学生に分かって欲しいのは、その小説世界の多層性である。人間世界には、歴史があり、その歴史的過程の中に社会があり、社会の中に家族があり、その中に個人の人生があると同時に、そのすべてを支える命の世界があり、それらすべてが人の生を多層的に構成しているということを実感させてくれる傑作が『息子と恋人』である。小説冒頭では、炭鉱町が生まれる歴史的過程が描かれる──「六十年ほど前に突如、変化が起こった。露天掘りの炭鉱が、資本家の経営する大鉱山に押しのけられたのだ．．．カーストン・ウェイト社は．．．谷間の川ぞいの「地獄長屋」の跡地に、「谷底」を建てた」(6–7)。その炭鉱町で、社会観・教育観・人生観の異なる夫婦と親子がいとなむ家族生活が描かれ、芸術的才能に恵まれた次男ポールの、ある時は自信に満ち、ある時は不安に苛まれ、ダーウィニズムの時代における信仰への懐疑という点においては進歩的で、小金をためたらロンドン近郊で暮らしたいという将来の夢においては保守的な、つまり、時代のさまざまな側面を体現した人生が描かれる。

　さらに、人間世界を大きく包みこむ脈動的な生命の世界が、随所に姿を見せる。その最初の現れである、冒頭近くの風景描写にある次のような細部を見落としたくない──「空では、光が鼓動し、脈打っていた」(14)。第一章終盤のクライマックスでは、ポールの母が「大きな夜と対峙し」て、揺れて蠢く自然界の存在に気づく(47–49)。第二章の母は、生と死の根源である、脈打つ太陽に赤ん坊を差し出して、彼を「ポール」と名づけようと直感する(76)。

　それが、長じたポールが恋人に語る次のような芸術観に通じてゆく──「それは、この絵にほとんど影がないからだ。光がゆらめいてるだろう？ 葉っぱの中や至るところに、ゆれてやまない命の原形質を描きこんだみたいだろ。こわばった形じゃないんだ。そんなの、ぼくには死んでるも同然だ。このゆらめきこそが、ほんとうの生だ」(297)。さらに、それは、彼が林の中で感じるタナトス的なもの──「このふしぎに穏やかな死の欲求」(554)──とも表裏一体であるように思われる。

　主人公を中心に人びとが歴史の中で、社会の中で、家族の中で、個人と

して、生き抜いてゆく姿を描くと同時に、兄の死、母の死と肉親の死に満ち満ちた『息子と恋人』は、宮崎駿の映画主題歌の一節を借りれば、「生きている不思議と死んでいく不思議」がありとあらゆる側面から描かれている傑作であると言うことができる。何よりもまずこの核心を若い人たちに伝えたい。小説に描かれた多世界を通じて生の多層性を知ることは、広い心、そして、折れない心を作ってゆくだろう。

　そして、やはり翻訳を使うことで作品選択の幅が広くなるし、さまざまな文化に内在する人生観に触れて、自分に合うものを見つけることが大切だということを強調しておきたい。『カラマーゾフの兄弟』のような大げさな身振りではなく、英国小説ならではのリアリティに共振する学生も多いだろう。生物多様性が人を救うように、教育における文化多様性の確保という点において、翻訳文学の担う役割は大きいと思う。

6. 翻訳教育プロジェクト

　最後に、翻訳教育の問題にひと言、触れておこう。現在、慶應義塾大学外国語教育研究センター設置科目「英語翻訳」を担当している。

　未訳の英語小説を主に用いて、個人試訳、グループワークを通した試訳の改良、教員の添削・コメント・模範訳の配布を1つのサイクルとして、学生の翻訳力を鍛えている。はじめに翻訳が近代日本の土台を築いた歴史的意義に触れるが、あとは、ひたすら、翻訳という職人芸を磨いてゆく。

　翻訳では、英語原文の伝えるイメージの正確な読解と日本語の精確な使用が必須であるため、英文和訳だけでは誤魔化せてしまえるような意味の曖昧な把握が許されない。英語と日本語にまたがり、言語能力が全般的に鍛えられる。また、実際的には、英和辞典と英英辞典の使い分けをはじめとする英語読解の諸ツールの適切な使用や、英語の語順に沿った意味の流れの的確な理解も求められ、厳しい英語の訓練となる。グループワークを取り入れることで、その厳しい作業を楽しくやれるような工夫もこらしている。

　英語と日本語の使い方の違いも体感できる。たとえば、某エッセイは次のような文ではじまる——'As a schoolboy, one of my more memorable experiences is of a journey I took during a school holiday, from Weston-super-Mare in Somerset to Leeds in Yorkshire'.この冒頭を、「〜の１つ」と言った生硬な直訳を用いずにどう訳せばいいか。とりあえずの模範訳は、「小学生のころの忘れがたい思い出に、長い休みのときに出かけた旅がある」となり、「に」と「が」を適切な場所に置くだけで意味の細部を伝えてしまう日本語助詞の洗練された力を実感してもらう。

　こうして、学生たちは、一年間、翻訳を学んで、英語と日本語両方の奥深い力を体得することになる。

　翻訳を用いて英語文学の豊かな世界を体感させることと、実際に翻訳をさせてより近い距離から英語文学に触れてもらうことは、理想的には、飛行機の両翼のように相補的なものであるべきだろう。さまざまな方向から、多彩な外国語文化を、母国語文化と絡めて学んでゆくという近代日本の伝統を、偏狭なナショナリズムと偏狭なグローバリズムの時代に守ってゆくことは、大変意義のあることと信じて、微力ながらも、日々、チャレンジを楽しんでいる。

15 英文学と日本文学
——日本人アメリカ文学者のアポロギア

後藤　和彦

1. のっぴきならぬ比較文学

　たとえばアメリカ文学を学ぶというのだから、アメリカのことについてはなるべく知っておくのがよい。この理解にしたがって、アメリカ文学概説やアメリカ文学入門のような授業を担当する場合は、この国の成り立ちから一応は話すことになる。国の成り立ちが、そのすぐ背後にあった熱い思いやそんな思いの主のひととなりを含め、とてもはっきりとしていることが、またこの国の国柄を語るうえでもっとも重要な点のひとつでもあるからだ。だから国を作ったピューリタンたちのこと、彼らの魔女狩りのこと、インディアンのこと、奴隷制度のこと、南北戦争のこと、金メッキ時代のこと、ジャズ・エイジのこと、冷戦のこと、ヴェトナム戦争のこと等々、アメリカのことはひとわたり話す。

　しかし、「アメリカ・文学」の重心は、どうしても後者に置きたい。もちろん他の国の文学の場合もそうであるように、アメリカ文学のことを、その国の国柄から説き起こすのはひとつの道であるし、それだけではなく、アメリカの成り立ち方からおそらくやってくるのだろうが、国柄が文学に割合ストレートに反響していて、「アメリカとは何か」「アメリカ人とは誰のことか」といった理念的なものに直接感応しやすい性質をもつのもまたアメリカ文学の特徴だとも言えるので、この道はかなり有力な説明手段ともなる。

　ただ、アメリカの文学が歴史や政治に実際に直流感電的であるとしても、文学は文学として自律的な部分をまったく有していないはずもないのだし、だとすれば、アメリカ文学の特質を語るのに、なるだけ歴史学などの他の学問の軒先を借りずにすませたいと思う場合、他の国の文学と比べてみるということが思いつかれるのにさほど不自然はなかろう。比較文学という

方法のことだが（いや、「比較文学」という立派に確立した一学問分野のことを言っているのではない）、さて比較文学とて、その文学が比較される国同士の歴史的・政治的・文化的差異についてすっかり端折って比較することもできないので、結局参照する他の学問の種類が2倍に増えるだけかもしれないし、参照方法が結果として杜撰になるのが落ちなのかもしれないが、何しろ「アメリカ・文学」のうち、こちらは後者により強い思い入れがあり、どうしても他人の手を借りなければならないのなら他の文学の手を借りたいのだという程度の意思表示にはなるだろう。

　日本で授業をする場合、また受講生が主として日本人である場合、参照することになる文学は勢い日本文学とならざるを得まい。参照した結果、聞いているひとがますます煙にまかれてしまうことになってはいけないし、こちらの腹積もりとしては、できるだけアメリカ文学をわかりやすく特徴づけ、できれば参照される側の文学が背後に抱えている歴史的・政治的・文化的事情についての解説は端折ってしまいたいのだから、たとえば自分がたまたまタガログ語文学に精通していたとしても、やっぱり参照対象としては適当ではない。すこしは馴染みの深い日本文学と比較してみることで、最終的に、アメリカの文学を生半可にわかった気にさせるだけかもしれない――いや、経験的にみて、わかった気にさせるだけだってたやすいことでは決してないし、わかった気になっただけでは食い足りないと思うほど奇特な受講生がたとえいたとしても、そのような学生は授業をとば口としていくらでもひとりで日本の文学を読みなおし、日本の歴史についてもう一度調べなおしてみればよいだけのことだ。

　もっとも素朴な外国語文学の勉強方法が、外国語の文学作品の一字一句いちいち辞書をひいて日本語に翻訳する行為だというのは動かないのではないか。そういう授業ばっかり受けてきて、割合それが得意だったからこそ、今自分が教壇に立っているので、「もっとも素朴な」とうっかり用いた形容詞は、制度化されて久しく、現状への適応力を失ってしまっているかもしれないが、制度内部に育ってきたものには反発しにくく、むしろそれをいつまでも温存保守しておきたいと感じられるような、とことさら自虐的に言い換えてもいい。だが、言い換えたところでこの訳読という行為をプロセスとしても介在させない外国語文学研究のあり方を想像することはどうやら難しい。本居宣長に憑依した小林秀雄のように、日本人は日本の

言葉に逃れ難く運命づけられているとまでは、彼ほど勇敢ではないので今は言えないとしても、逐語訳だって、できのよくない翻訳ソフトの金釘式ではない、できるだけ自然に流れる日本語を外国語の訳語として当てたいと少し背伸びをすれば、訳語として当てたいと思う語の意味だけでなく、その語の語源であるとか、実際的な用法の時代性とか社会性とか、場合によってはその語が漂わせる詩的情趣のごときものにさえ気を配りたくなるのが、少なくとも人情というものだろう。要するに、外国語文学をやるということは、最初から比較文学をやっているのだということをまずは認めてしまうのがよいと思うのだ。

2. アメリカと日本のあいだには

　そもそも日本とアメリカとの関係は根深い。（少なくともかつては）フランス文学者の内田樹の言葉を借りれば、「日本近代百五十年余というのは最初から最後まで、ペリー来航からグローバリゼーションまで、みごとに一貫して『対米関係』を基軸に推移してきた」、「日本のナショナル・アイデンティティとはこの百五十年間、『アメリカにとって自分は何者であるのか？』という問いをめぐって構築されてきた。その問いにほとんど『取り憑かれてきた』といってよい」（7–8）。まったくそのとおりだと思う。内田の述べるような事情を内田より以前に鮮明な問題意識として提出したのは、やはりもともとの素養はフランス文学である文芸評論家、加藤典洋の『アメリカの影』（1985年）であった。

　内田の『街場のアメリカ論』の要諦は、日本は世界の覇権国家たるアメリカを欲望せざるを得ないのだが、それはなぜかという問いに回答を試みるところにあって、こうした問いにアメリカ文学者を含むアメリカ研究者は決してじゅうぶんに答えられないと言っている。それはアメリカの研究者となるために骨身を削って獲得してきた英語力やアメリカで取得した学位が、現状では良質な文化資本であり、単価の高い「商品」であるときに、なぜ日本がアメリカを欲望するのか、つまりアメリカについて他より多くを語りうる資質が高く売り買いされるからくりを明らかにすれば、この商品にまとわりついてきたアウラの少なくとも一部は失われてしまうからだという（16–17）。

加藤の『アメリカの影』を読んで考えこまされてしまって以降、日本人の自分がアメリカ文学に惹かれてきた理由を考え続けなければならなくなった私は、内田の論理にしたがえば自分の価値をさげることにもっぱら腐心してきたことになるのかもしれない。思えばそれは私が、率直に言って、他のアメリカ学者に比して投げ出してさほど惜しくもない文化資本しか身につけてこなかったからかもしれない。もちろんアメリカ学者の本来あるべき適正価格を算出したいといった、まるで身内を裏切るような大胆不敵な腹積もりなどまるでなかったが、ただ、とりわけ私がアメリカ文学をやろうと心を決めて以降、本国アメリカで次々と編み出されてゆく新たな研究方法をいち早く、できるだけアメリカ人のように自家薬籠に収めるのに汲々として見える周囲の情況には、そんな勤勉さも持ちあわせていなかった事実を棚にあげつつ、なんとなく違和感を感じていたことは事実である。
　小島信夫の芥川賞受賞作「アメリカン・スクール」に伊佐という弱った英語教師が出てきて、運悪くアメリカン・スクール視察団の一員に抜擢され、観念して出かけはしたものの、英語得意を鼻にかけ、英語教育の方法論にもやたら自信があって、アメリカン・スクールでアメリカ人子女を相手にそれを披露したいと、伊佐にすればとんでもないことを言い出す別の日本人教師に恐れをなして、アメリカン・スクール視察団のなかにいながら、万が一にでも英語で話さなければならないような困った事態にならぬよう、TPOをわきまえず姑息な予防線を張ろうとするものだから、まわりにいる善意の日本人もアメリカ人もいっしょくたにどたばたのなかに巻き込んでしまう。伊佐のなかの何かがこうささやく――「日本人が外人みたいに英語を話すなんて、バカな。外人みたいに話せば外人になってしまう。そんな恥ずかしいことが．．．」（208）。そんなにいやなら英語教師自体をやめればいいのに、と言ってしまえば、たちまち自分に同じような言葉がこだまを返してきそうな気がする。アメリカ文学を一生やろうと思い定めておきながら、本場の研究動向のかまびすしさに嫌気がさす、自分じゃ見えない自分のみっともない後ろ姿がここにはある、かっこなんか気にせず、意図しておらずとも結果として周囲の同僚たちに冷水をぶっかける伊佐のやぶれかぶれの度胸あるいは一徹ささえ自分にはない、と。
　いや、私は加藤の提言に接してのち、いかなる理由が私の物思いかある

いは無意識を駆動していたかはさておき、アメリカと日本の運命ということを考え始めて以降、英語をしゃべるのがいやでいやでしようがないけれど英語教師をやめられない伊佐が、近代日本150年の、とまでは言わぬまでも、少なくとも戦後日本の無残なまでに喜劇的な情況を、恐ろしく適確にとらえた姿なのではないかと思われてきた。少なくとも戦後以降の日本がおかれてきたアポリア、自衛隊があって憲法第九条があることに端的に現れ出ているこの冷戦期以来の、あるいは占領期におけるGHQ占領政策のいわゆる「逆コース」以来の「ねじれ」、すなわち日本が真の自主独立を果たそうと思うならば、日米安保条約がアメリカに約束した米陸海空軍の日本駐留をご破算にしてアメリカにでていってもらわなくてはならないのに、ほんとうにアメリカに出て行ってしまわれると、日本の自主独立はとたんに犍陀多の蜘蛛の糸より細く頼りのないことになってしまう、そんな情況の。

　日本人がアメリカ文学について考えたり教えたりする場合、あるいはもうこの期におよんでアメリカ文学をやめて生計を立ててゆける余力も実力もない場合、こうした日本とアメリカをめぐる事情について、ほっかむりしておくのはやっぱりよくない（だいたい内田にまんまと言い当てられてばかりではシャクにさわるじゃないか）。かといって、やはり一から日本自存のための法整備を行いましょうとか、憲法9条は世界の宝、これとともに日本人は討ち死にしましょうとか、そういう根本的な問題に突き進んでゆくのは、たとえそれがひととして進むべき道だったとしても、偶然にせよ何にせよ日本人アメリカ文学者になってしまった私のようなものが採るべき道としてはあまりにかっこよすぎる気がする。英語は死んでも話さないが、英語教師は絶対やめない、伊佐がみっともなさまるだしで裸足でかけてゆく、そんなザマがちょうどよいか、あるいは周囲をおのれ次第の混沌のうちに巻き込んでしまう彼の姿は、どこか一本筋が通っているようにさえ思えてしまう。

　だから比較文学と言ってみたところで、アメリカ文学について考えていれば、あるいは学生のまえでアメリカ文学について、嘘八百とは言わないが、まことしやかにまくしたてていれば、自分の足元を誰かに見透かされているような気がしてきて、誰から頼まれもしない、誰も望んでさえいないのに自分の足元について話してしまいたくなるだけのことかもしれない。

たとえば、いつまでも自由でいたいハックルベリー・フィンが自分の自由とはどうやら根本的に違うらしい逃亡奴隷ジムの求める自由の質量(とは、つまり歴史の質量ということなのだが)をもてあましながら、ついに「おら地獄におちてもええ」と決断する、感動的で、同時に、ハックの決意は結局誰一人救わない、救えないのだとうら寂しくもなる場面に来ると、大江健三郎の「飼育」が、墜落して捕らえられた黒人アメリカ兵が少年の父に頭を叩き割られる寸前に少年の手を盾とし、結果、アメリカ兵の頭蓋骨と同時に砕けた少年の手が、戦争の終わる夏をすぎても、かつて黒人兵の肉体が発散していたのと同じ悪臭を放つ、暗い未来に宙吊りにされた結末を迎えることをついさしはさんでみる。あるいは、チャールズ・ボンが父トマス・サトペンからの認知を求め、腹違いの妹ジュディスと近親相姦を犯すといって父に迫り、父の息子、つまり自分とは腹違いの弟ヘンリーに進んで撃ち殺されようとする場面で、中上健次の『枯木灘』の主人公秋幸が、実父浜村龍造の懐の深さを確かめてやろうと、あえて犯した腹違いの妹さとこの近親相姦をぶちまけてみるが、父龍造はひるまず「知っとる。しょうがないわい。どっちもわしの子じゃ」とサトペンとは好対照をなす態度で応じるくだりを引き合いに出してしまいたくなる。そればかりのことなのだ。私は、要するに、伊佐にもなれず、かっこをつけるのをやめられないだけなのだ。

　大江も中上も知らない学生は途方にくれているかもしれない。なかにはこれをきっかけに大江か中上を手にとってくれる学生もいるかもしれない。ただ学生に期待するのは大いに結構なことだが、勉強ばかりしていられる学生などいないのだから、買いかぶりすぎるのはやっぱり無責任というものだろう。しかし、アメリカ文学について日本の私が日本語で語り続けていることが時折どうしても気恥ずかしくなって、あるいはどこか遠い自分とは縁のない場所の文学を将来の自分の文化資本の肥やしにでもと素朴に願う純真な学生に申し訳なくなってきて、アメリカ文学の授業だからと、日本とアメリカのあいだに流れる深くて暗い川にまつわる話を一からするかわりに(そんなことをしていればどんな授業でも同じ話を繰り返さなければならなくなる...いや、ほんとはそんな奇天烈なふるまいでもしてみせるべきなのかもしれない)、戦後日本がアメリカの影にあることを意識し、そこで文学することの意味を問いつづけた日本の作家の小説へ、わずかに

話頭を転じてみせて、弥縫策か罪滅ぼしを行うようなものなのかもしれない。

3. 村上春樹対全共闘世代

　この上、具体的な方法論の話を得々とするのは、恥の上塗りのような気もする。確か英文学会でハリー・ポッターが題材として採り上げられたことがあったようなおぼろげな記憶がある。それは少なからず英文学教育方法論にかかわっていて、とりあえず文学を読まない学生の関心を惹くのが最低限必要、どんな作品を相手にしても教え方次第——いや、この作品、子供向けの大衆文学とあなどってばかりではこちらの足元をすくわれる——、学生たちをその気にさせる可能性が高い作品があるのに——この作品からイギリス文化や文学の風土を知るすべもある、英語文学の王道や核心に迫ってみせるのが必要ならばそれもできる——、それをむざむざ無為にするのは教員の努力不足か勉強不足かのいずれかであると、おそらくそのような話に落ち着いていったのではなかったか（違うかもしれない）。いずれにせよ、これも一種の比較文学的方法なのだろう。

　さて、アメリカ文学と日本文学との比較という観点からすれば、それはさしずめ村上春樹を引き合いに採り上げてみようというのと似たようなことだろうか。実際、村上はアメリカ小説に高校時分から親しんできたようで、それには高校で国語を教えていた両親への反発があったのかもしれないなどとされるし（アメリカン・ジャズに徹底的にいれあげたのにもまた似たような理由があげられてよいのかもしれない）、最初の小説『風の歌を聴け』が群像新人賞を受賞したとき、選考委員の丸谷才一は元英文学者らしく、この新人はアメリカ文学のカート・ヴォネガットやリチャード・ブローティガンなどをよく勉強している、よほどの才能がなければこう上手に学びとることなどできないだろうとおおむね好意的な評価を下してもいる（加藤　20）。

　村上春樹はアメリカ文学にみずから親しんでいて、意識的にその方法をまねているのは確かなことのようだ。しかし、どうやらこの近しさがあだをなしたのか、日本のアメリカ文学者で村上に論及するひとには、村上の文学に好意的ではないひとが多い。たとえばそれは『アイロンをかける青

年』の千石英世であり、大部のアメリカ文学史の掉尾にあえて村上春樹を配した平石貴樹である。思えば、千石も平石も、当の村上とともに全共闘世代に属していて、ということはつまり、日本がアメリカなしでは生きてゆけないのをよいことに、アメリカは日本に平和国家でありながら、同時に軍事国家でもあれと理不尽な要求を突きつけて澄ましている、アメリカをなんとかしようじゃないか、あるいはアメリカは単に冷戦構造下における世界戦略上、自国にとってもっとも効果的な要求を真正面からしてきているだけにすぎず、これに対してまっとうな反発をし得ないばかりか、平和国家であり軍事国家でもあれという道理の通らぬ要求に、みずからすすんで我が身を引き裂いて唯々諾々と従っているばかりなのだ、この日本をなんとかしなくてはならない、何もしないでよいはずがない、何かできないわけがない、こういう若者たちの熱い思いが世の中を一色に染め上げたようなそんな時代を生きて、にもかかわらず／だからこそ、アメリカ文学を研究することに決めたひとびとだった。

　やがて70年代も過ぎ行き、学生運動は打ち続く内紛によって失速、やがて大衆的な共感を失って自滅し、一方、国内の嵐をやり過ごした日本は今やアメリカを凌駕せんとする世界に冠たる経済大国となろうとしていた。日本とアメリカの宿命的関係は、決して構造的に解消されたわけではないのにもかかわらず、嵐のあとに必然的に訪れる凪のような政治の停滞期がやってきて、政治的なもの一般への嫌悪と消費文化の多様化と深化を基調とする新しい時代が幕を開ける。そして過ぎ去った怒涛の時を、学生結婚した妻と、その父親から借りた金でジャズ喫茶を開き、粉骨砕身、これをかつかつ経営するのに無我夢中だった村上が登場してくる、まるで満を持していたかのように、全共闘世代への呪詛を遠慮無く口に出しながら——「村上の認識と思想は、その後の日本全体の思想になった。... 日本は高度成長期にあって、全共闘世代を『下劣な連中』[村上自身の言葉] としてほうむり去り、ひたすらブルジョワ化の道をたどっていた。村上は勝ち組だった。その勝ち組の空気が、じつは希望のなさそのものであることをもっとも早く、的確に見ぬいたのが村上だった」(平石　586–87)。

　平石や千石にとって、村上とは、アメリカと日本の関係をなんとかしなくてはならないという物思いに若者が取り憑かれていた時代をバイパスし、スルーして、世界は動かざる壁のごとく、ひとは壁にぶつかって割れるほ

かない卵のごとし、というイスラエルでの受賞講演にあったような境地にはやばやと到達し（壁対卵、社会対個人がこのように直接対峙していて、そこにバッファーとしての、あるいは社会の縮図でありながら同時にそのアンチテーゼともなり得る家族を欠いているのが村上文学の特徴であると平石は喝破しているが、これはそのままアメリカ文学の特徴でもある[588-89]）、結果として卵でしかなかったのに、しゃにむに壁を破ろうと熱く燃えていた若者たちが、必然的に歴史に淘汰されるのをじっと待っていたのに過ぎない、と見えている。

　一方、村上からすれば、自分は臭いものに鼻をつまんで、何しろけがをしないように嵐をただ見送っていたのではない、大学粉砕と叫んでいた連中は親に学費を賄ってもらえたかもしれない、しかし、自分はそのころもう「生活」していたのだ、妻をやしなっていたのだ、夫婦ふたり生きるために奴隷のように働いた、あれだけ日本を社会ごと解体するのだと威勢のいいことを吹聴していながら、嵐が去ればたちまち身なりをそれなりに整えて、サラリーマンとしてこの社会の羊のような一員となろうとしているではないか、自分はこんな日本の社会の素直な一員になるのはまっぴらごめんだ、だからこそ／にもかかわらず、自分には小説が書けるかもしれない、そう思っていた。村上は、その意味で、彼がもっとも愛したアメリカのブルーカラー小説家、短編ばかりを書いた、生きるのに必死で短編しか書けないと、土曜の昼下がり、混んだコインランドリーで突如イカヅチに撃たれたように悟ったというレイモンド・カーヴァーに似ていたかもしれない（Carver 24）。あるいはそうでも考えないかぎり、村上が、何から何まで違うように見えるカーヴァーという作家の個人全集を翻訳出版するほどに入れあげる理由は、おそらくよく説明できない。

　私にはどちらが正しいのかわからない。私の平石・千石理解は正しいのか、私の村上理解は正しいのか、それもわからない。村上文学は果たして日本近代文学の苦しみを知らず、アメリカ文学からその清潔に孤立した個人の孤独を借りてきてこしらえた文学でまんまと時代を先取りしただけなのか、それとも近代文学そのものを超越し、戦後文学に最後通牒を突きつけた、つまりポスト・アメリカの時空を日本の近代文学史上初めて見据えた文学的達成だといえばよいのか。わからないまま、私はこんな『風の歌を聴け』（1979年）のひとくだりを学生に示して、ここには日本とアメリカ

のあいだにある暗くて深い川に触れ合うような根本的な何かがあるだろうか、それとも何かあるかのごとく思わせぶりに付け足しただけなのか、と問いを立て学生たちを呆然とさせることぐらい、場合によってはしかねない。ちなみに語り手である「僕」の叔父は「終戦の二日後に自分の埋めた地雷を踏ん」で亡くなっており(9)、会話の相手の友人「鼠」の父は虫よけ軟膏を南方に進駐した日本陸軍に売りさばき、戦後は同じ成分を用いて家庭用洗剤に作り変えて一財産を築いた――「25年前、ニューギニアには虫よけ軟膏を塗りたくった日本兵の死体が山をなし、今ではどの家庭の便所にもそれと同じマークのついたトイレ用パイプ磨きが転がっている」(83)。

　「子供の頃[筆者注：おそらく彼の子供時代はアメリカによる日本占領期にあたる]はもっと沢山の飛行機が飛んでいたような気がするね」
　鼠が空を見上げてそう言った。
　「殆どはアメリカ軍の飛行機だったけどね。プロペラの双胴のやつさ。覚えているかい？」
　「P38？」
　「いや、輸送機さ。P38よりはずっとでかいよ。とても低く飛んでいた時があってね、空軍のマークまで見えたな。...あと覚えているのはDC6、DC7、それにセイバー・ジェットを見たことがあるよ」
　「随分古いね」
　「そう、アイゼンハワーの頃さ。港に巡洋艦が入ると、街中MPと水兵だらけになってね。MPは見たことあるかい？」
　「うん」
　「いろんなものがなくなっていくね。もちろん兵隊なんて好きなわけじゃないんだけどね...」
　僕は肯いた。
　「セイバーは本当に素敵な飛行機だったよ。ナパームさえ落とさなきゃね。ナパームの落ちるところを見たことあるかい？」
　「戦争映画でね」
　「人間ってのは実にいろんなもんを考え出すものさ。また、それが本当によくできてるんだね。あと10年もたてばナパームでさえ懐しくなるかもしれない」(88–89)

ココニハ何カガアル、気がする――でもそれが本当に「何か」であること
を確かめるのに、私は「アメリカの影」の一線で日本の近代文学あるいは
戦後文学を再検証しなければならないと思うだろう。そしてきっとそうす
るだろう、幾たびも。かくして私のアメリカ文学講義は、日本文学という
もうひとつの焦点からいよいよ逃れられなくなって、結果、いつも重心が
ふたつある楕円の形をなす運命のようだ。

引用文献

Carver, Raymond. *Fires: Essays, Poems, Stories.* New York: Vintage, 1984.
内田樹『街場のアメリカ論』NTT出版、2005年。
加藤典洋『村上春樹は、むずかしい』岩波書店(岩波新書)、2015年。
小島信夫「アメリカン・スクール」、『アメリカン・スクール』所収、新潮社(新潮文庫)、1994年、183–228。
平石貴樹『アメリカ文学史』松柏社、2010年。
村上春樹『風の歌を聴け』、『村上春樹全作品 1979–1989 ①』所収、講談社、1990年、5–120。

付　録

1. アンケート：学生時代に読んで役立った本
2. 英文学研究・教育関連団体一覧

付録 1　アンケート：学生時代に読んで役立った本

- 本書の寄稿者を対象に、「英文学研究を志した頃、（原則として）授業で紹介されたり使ったりして役に立ったと思う本」を1冊挙げていただき、その理由を400字程度で書いていただいた。
- 『教室の英文学』という書名に合わせて、大学時代に「自発的に」読んで面白かった本、というよりは、教室で紹介された本を中心に選んでいただいた。
- いまの学生のための「ブックガイド」については他日を期したい。
- 以下、掲載は本文の執筆順。

David Lodge, *The Language of Fiction* (1966)

　文学とは「ことば」にかかわる学問であり、英語の小説を読むという営みはテキストの英語を精読する作業に他ならない——この肝要な一点を大学院生のわたしにしっかり教え込んでくれたのが本書だった。芸事はいい手本を見て学ぶものである。精読とて然り。この本の後半の実践編には巧みな芸が随所に見られる（ロッジのどの本を読んでもテキスト分析はほとんど常におもしろい）。前半の理論編は十年ほど実践を積んだ後で読めばよい。ただ、最後の repetition についての項目だけは最初に読まれたい。同じ問題をとりあげた J. Hillis Miller の *Fiction and Repetition* (1982) よりよほどわかりやすく、応用もしやすい。ミラーも達人だが、彼の芸は輝度が高く、往々にしてまぶしくどこが勘所なのか見えにくい。その点ロッジの方は光り具合が手頃である。　　——佐々木　徹

Samuel Beckett, *Waiting for Godot* (1953)

　大学入学当時、四谷の小劇場で『ゴドーを待ちながら』を観てジャパネスク風味の演出にブッ飛んだのが始まりだった。さっそく原作を読み、ウラジーミルとエストラゴンの掛け合い漫才に何気なくさしはさまれた、新約聖書の各福音書間でイエスとともに十字架にかけられる罪人の描写にズレがあるという認識論的洞察に、幼児洗礼のカトリック信者は心をゆさぶられた。たしかにルカ伝だけが、イエスとともに十字架にかけられた強盗のうちひとりが救済される可能性を語っているものの、マタイ伝、マルコ伝、ヨハネ伝は沈黙しているのだから。そこには聖書そのものの表象を疑い修辞学を暴きたてる洞察があった。以来、日本有数のベケット学者・高橋康也の『ノンセンス大全』を皮切りに、スーザン・ソンタグの『反解釈』、フランク・カーモードの『終わりの意識』、

ラリー・マキャフリーの『メタフィクションの詩神』を経て文学を読み解く批評そのものの面白さを体得した。
——巽　孝之

K・ブルンナー著、松浪有他訳『英語発達史』（大修館書店、1973年）

きっかけはあまり判然としないのだが、おそらくは学部2年で受けた「英語史」の授業で紹介されたものであろう。ともかく私はこの本を図書館で手に取り、800頁に及ぶ本書をすべてコピーし（そういうことをしてはいけないのだが）、それをファイルに収めて最初から読み始めた。「英語がこれだけ変わったのか」という史的変遷への驚きは、中学・高校での英語の授業に感じていたある種のもどかしさを解き放ってくれるのに十分であった。実を言うと、結局、半分くらいのところで通読はあきらめてしまったのだが、発音にせよ、語彙にせよ、文法や意味にせよ、文体にせよ、今日に至るまで、古びたファイルを引っ張り出しては折に触れて拾い読みをしている。言葉のゆれを体感できて実に愉しい。中島文雄著『英語発達史』や中尾俊夫著『英語の歴史』でもいいし、最近の読みやすい原書なら David Crystal の *The Stories of English* などでもいい。英語史の中には、文学研究の足腰を鍛える上で実に刺激的な情報が豊富にある。
——原田　範行

Charles Dickens, *David Copperfield* (1849–50)

中学時代に英語教師になろうと思い、高校時代には英語学習の一環として英米作家の文章を読んだ。愛読したのは、Bertrand Russell の随筆、Somerset Maugham と Agatha Christie の小説である。大学では迷わず英文科に進学したのだが、卒論を意識するようになってからそのテーマ選びに苦労した。Russell は括りとしては数学者・哲学者であり、Maugham は正統的英文学研究の中では評価されていないらしい。卒論で推理小説を扱うのも躊躇われる。ちょうどその頃、授業で紹介された *David Copperfield* を読み、個性あふれる登場人物たちの描写と山あり谷ありの物語展開にたちまち魅了された。その感動を生かしたいとの思いもあり、また同作と Maugham の *Of Human Bondage* に多くの共通点があるような気がして、二作の比較研究で卒論を書き上げた。現在、英文学研究は相変わらず秘儀的で斜に構えており、中等教育現場の英文学離れに対応できていない。正典作品を丸々読ませる必要はないが、教室でその魅力をわかりやすく伝える努力は必須である。
——斎藤　兆史

ロラン・バルト著、三好郁朗訳『恋愛のディスクール・断章』（みすず書房、1980 年）

　学部時代、私は文学解釈の勉強を始めていなかったが、かぶれることはあった。卒業前の数ヶ月間、ロラン・バルトに心酔した。無数の文学的言及をちりばめた断片的な文章が何を言わんとしているか、当時の私はろくに理解していなかったと思うが、それでも何度も手に取った。私と同じくらいに自意識過剰な人びとがここには描かれている、しかも、私のように自分のことで頭がいっぱいでそうなっているわけではなく、曲がりなりにも他人のことを思って身動きの取れない人びとが描かれている、たぶんそう感じたのだろう。

　大学院進学後、英米文学研究はたいそう体系だった学問であることが判明し、かぶれるどころかねじりはちまきの勉強が開始された。批評理論の勉強にとりかかり、バルトに再会した。「神話作用」とか「ポスト構造主義」とかいった項目の元に彼は置かれていて、心底驚いた。私にとってのバルトとは、意中の人から電話が来なくて死にそうになっている実にみっともない恋愛病患者であり、そんなおのれをけんもほろろに追い払う傲岸な執事のように仮借なき断罪者だったからだ。あれから二十年後、かぶれたときに出会ったバルトと、勉強していたときに出会ったバルト、どちらが現在にいたるまで私の中に息づいているかというと、一過性にすぎなかったはずの前者である。──小林　久美子

Cleanth Brooks, *The Well Wrought Urn* (1947)

　私が大学に入った時期は、すでに脱構築だの精神分析批評だのマルクス主義批評だのが全盛だった。イーグルトンの『文学とは何か』の翻訳が出たのもちょうどこの頃。私も「脱構築」という訳語をはじめて造ったとされる由良君美先生の授業におそるおそる参加して、聞いたこともない思想家の名前の洪水に溺れそうになっていた。

　そんな中、由良先生とは対照的にぷんぷんと地味臭の漂っていた出淵博先生の授業で、「新批評はもはや古いものですが、やっぱりおさえておかないと」ということで勧められたのが Cleanth Brooks の *The Well Wrought Urn* だった。たしかにテクスト分析の練習にはぴったり。というか、バカにできない。当時の私にとってはそれなりに骨のある読書で、「ん？　どういうこと？」という箇所も多々あった。新批評とはいえ、解釈には飛躍が伴うものだということもよくわかる。

　いわゆる精読は野球でいえばトスバッティングのようなものかもしれないが、練習しないとできるようにならないし、練習してもぜんぜんできるようになら

ない人もいる。ある種の批評はテクストが読めてなくてもごまかしがきくが、精神分析でもポスコロでもエコクリでも、ほんとうにおもしろい批評を実践している人はトスバッティングやティーバッティングも忘れずにやっているものだ。　　　　　　　　　　　　　　　　　　　　　　　　　　　　――阿部　公彦

Guy Cook, *Language Play, Language Learning* (2000)

　英語に対しては常に悔しさと憧れの綯い交ぜになった心持ちで接していたわたしからすれば、英文学は恐怖と畏怖の対象ですらあった。おそらく応用言語学を志したのも英文学への屈折した思いがあったからで、英語ができないでそんなものが分かるわけがないと背を向けつつ、でも英語を極めればいつか分かるのではないかという望みは、捨てていなかったのかもしれない。そんな面倒くさいわたしの気質を察してか、応用言語学者であり詩人でもある Paul Rossiter 先生が卒論指導の折に紹介してくださったのがこの本だった。言語の遊戯性を体現するものとして文学を位置づけつつ、その遊戯性が実用性と不可分の要素であること、言葉の学びにはその両面が必要になることを主張した著者 Cook の語り口は、一方で英文学からの逃げ道を断ち、他方で応用言語学や教育の視点から英文学に取り組む糸口を与えてくれた。日本語の訳書がないのが残念だが、今なお価値のある 1 冊だと思う。　　　　　　　　――北　和丈

Ronald Carter and Michael N. Long, *The Web of Words: Exploring Literature through Language* (1987)

　この教科書に出会ったのは、著者のカーター教授のもとで学んでいたときだった。詩、戯曲、短編小説、小説からの抜粋と、さまざまな作品がジャンル横断的に 10 のユニットに盛りだくさんに詰め込まれている。英文学を日本的な枠組みの中で学んでいた私にとっては、ここにあそこにと知っている作品が問いやアクティヴィティの指示とともに並んでいるのは、その当時新鮮だった。文学を英語でわかるために何を考えなくてはならないのかを意識する契機となった。刊行されてから時が経っているものの、英語文学を学ぶ者が読んでおくべき作品のセレクションの妙とともに、その文学テクストを意識化するためのアレンジの工夫から多くを学ぶことができる――英文学だけでなく、英語文学をどう教えるかという意味においても。教科書だからこそ、立場の異なる読者それぞれに、外国語で文学と付き合うことの原点を考えさせてくれるオープン・エンディングの本である。　　　　　　　　　　　　　　　　――中村　哲子

Carol Gilligan, *In a Different Voice: Psychological Theory and Women's Development* (1982)

　普通に日本の高校に進学していたのに、学部ではイギリスに渡り、政治・社会学を専攻した。今振り返ると「政治・社会学」というかっこいい響きに惹かれて選んだとしか思えない。それでもイギリスで社会学を学ぶことができてよかったと思えることはある。当時の最前線のフェミニズム理論に触れることができたことだ。ポストコロニアル・フェミニズムといった理論がはやり始めていたものの、まだ学部1, 2年生だった私にはそういう「多様性」がなかなか理解できず、ウルストンクラフト、ボーヴォワール、フリーダンらのリベラルな考え方こそがフェミニズムと思い込んでしまっていた。ただ、ギリガンの *In a Different Voice* を読んだとき、価値の多様性というものが——つまり「もうひとつの声」という考え方が——なんの抵抗もなく入ってきた。男性原理を規範とした社会ではケアの担い手(育児や介護を提供する女性)の地位は低くなってしまう。そのことに気づいたとき、目に見える成功や男性と肩を並べることにしゃかりきになることより、ややもすれば見過ごされる価値観の問題に光をあてる文学研究をしてみたいと思うようになった。言葉と価値観について深く考えさせられる一冊である。

——小川　公代

M.A.K. Halliday and Ruqaiya Hasan, *Cohesion in English* (1976)

　英文科の学生になって履修した英語学演習の教科書で、隅から隅まで読み通した初めての研究書である。辞書のように黒くなるまで読み込んだ原書とその時に全訳したノートは、今でも初心を忘れないように身近においている。当時は言語学というと文レベルの統語論、いわゆる生成文法が主流であった。その中にあって文を超えたレベルを対象として機能の面から英語の結束性にアプローチした手法は斬新なものに思えた。特にアリスや Yeats の詩を結束性の観点から分析した最後の章は、言語学と文学を結び付けるまさに自分の研究の方向性を左右した衝撃的な出会いであった。出版から40年以上たった今でも言語形式による結束性(cohesion)と認知的な首尾一貫性(coherence)の関係は認知言語学の研究対象となるであろうし、コーパス言語学による発展性など今でも研究のヒントを与えるうえでも、本書はその輝きを失っていないと思われる。

——奥　聡一郎

Tales of Henry James (Norton Critical Edition, 1984)

　学部三年のとき、一年かけてこの選集収録の短編を読むという授業を受けた。ほとんどなにも起こらない、なにもしない人生を文学にしてしまう、ジェイムズという作家との出会いは、私にとっての「文学」というものの概念の形成に、よくも悪くも大きな影響があったと思う。一方、この選集で一人の作家の作品群を年代順に熟読し、レポートにまとめたことで、文学研究のおもしろさを学部生なりに経験できた。レポートでは "Daisy Miller"、"The Aspern Papers"、"The Beast in the Jungle" における「真理探究の逆説」について論じ、先生が綿密にコメントを書き込んで返してくださった。私の議論自体は、ナラティヴ理論と脱構築を自己流につまみ食いしただけのつまらないものだった（当時かじっていた批評理論といえばそれくらいで、セジウィックのジェイムズ論はまだ刊行されていなかった）。学生時代のレポートなどたいてい棄ててしまったが、このレポートだけは先生の真剣なコメントがありがたすぎて、いまだ手元に残してある。
　　　　　　　　　　　　　　　　　　　　　　　　　　　——中井　亜佐子

西川正身編『フォークナー　20世紀英米文学案内16』（研究社、1966年）

　学部の2年の時、アメリカ文学史の講義を受けていた。先生はアメリカン・ルネサンスが専門で、ピューリタニズムの時代から大変丁寧に進み、だいたい19世紀後半で終わる。20世紀の文学は、学生が作品をレポートした。わたしの担当はフォークナーの「エミリーに薔薇を」で、何の手がかりもない時に最初に手にとったのが、この本である。今なら諏訪部浩一他編著『アメリカ文学入門』（三修社、2013年）等の文献紹介から定番の作家論が簡単に見つかるし、インターネットの文献検索もある。けれども、当時、訳本をいかに早く見つけるかに血道を上げていたダメ学部生にとっては、このシリーズが最初の一歩だった。一冊で作家、作品、読むべき定番の文献も教えてくれるこのシリーズは、その後学部生が卒論を書くとき最初に開く Twayne の作家シリーズ、さらにその次へと進む前の大切な踏切板だったと思う。
　　　　　　　　　　　　　　　　　　　　　　　　　　　——越智　博美

ノースロップ・フライ著、山内久明訳『想像力とは何か——*The Educated Imagination*』（音羽書房鶴見書店、1967年）

　文学的センスというものをもちあわせずに生まれてきたにもかかわらず、父親と同じ文学研究の道に迷い込んでしまい、いちばんつらいことに、なにをどうしたら文学研究になるのかさえわからないまま途方に暮れていたときに、この本は、というかフライの一連の著作は、ずっとわたしに希望をあたえつづけてくれた——想像力は才能の問題ではなく教育の問題であるというその前提によって。想像力の原型には聖書が、さらに遡って異教的な「白い女神」の神話があって、いま読んでいる文学作品はその原型的神話の一片の転化形であるという文学史観、したがってあらゆる作品は大きな文学的宇宙の一部として、他の類似した作品群とジャンルを構成しているというジャンル観は、途方に暮れていたわたしにも、研究をしているという確かな感覚をあたえてくれた。

　「原型」を「イデオロギー」に置き換えるだけでその後の政治的批評とも連結可能なフライの批評は、新批評的なイメジャリー批評と70年代以降の政治的批評をつなぐ結節点に位置している。『批評の解剖』『大いなる体系——聖書と文学』は、そのような批評史的重要性からいっても、また、なによりも英文学研究にとって必要な知識がこれだけ体系化されて提示されているという利便性からいっても、いまだに魅力を失っていない。　　　　　　　　——丹治　愛

Richard Chase, *The American Novel and Its Tradition*（1957）

　「英」も「米」もなく、ただ英語で書かれた面白い作品や、興味深い作家があっただけの「文学」の認識が、この本によって刷新された。アメリカ小説にはイギリス小説とは異なる独自の創作的伝統があり、その中で生まれる最良の作品はnovelではなくromanceと呼ぶべき傾向を有するという主題が、Charles Brockden BrownからWilliam Faulknerまでによる幾多の作品によって解明される。いまとなっては批判的に「神話象徴学派」と括られるこの手法は、ただひたすら文学の「アメリカ性」を証し立てる明快さで学部2年生を虜にし、米文学ゼミを選択させるに十分であった。北沢書店に注文して半年以上待つ間は先生にお借りしたが、待鳥又喜訳『アメリカ小説とその伝統』（北星堂書店、1982年）は、容易に市中で入手できた。わかりよい図式、"broken circuit" などイメージ性抜群の言葉遣い、豊富な事例、アメリカニズムを支える歴史意識とディスコースの典型に学ぶことで、以後、Sacvan Bercovitchなどのより難しい研究書を解するためにも役立った。　　　　　　　　——新田　啓子

Frank Kermode and John Hollander, eds., *The Oxford Anthology of English Literature* (1973)

　私は教育の大部分をイギリス(系)の学校で受けていたため、大学で英文学を専攻しようと思った時期は早かった。日本では高校にあたる、Sixth Form(6年生)では勉強する科目を2〜4科目に絞って、かなり専門化する。大学で勉強する科目はこの時点で選ばなければならない。そして2年かけて、全国統一試験のA(dvanced)レベルと呼ばれる試験をめざす。大学進学には、Aレベルの成績が重要である。チョーサー、シェイクスピア、ジェイン・オースティン、トマス・ハーディ、T. S. エリオットなどの課題テクストから先生がいくつか選び、論文形式の試験に向けての指導をする。その他に、知識をつけるために買わされた教材が、このアンソロジーだった。*Beowulf* から Laurence Sterne までをカバーする第一巻、William Blake から Ted Hughes をカバーする第二巻に分かれていて、どちらの巻も2000頁を超える。「次の授業には2巻とも持ってきてね」とこともなげに言う先生を恨めしく思った。また、詩はともかく、小説やエッセーは、一部しか載っていないので、こんな断片的な読書で役にたつのかと、不満だったこともある。しかし断片的とは言え、集中的にこれだけバライエティのあるテクストを読んだことは今でも役にたっている。

　　　　　　　　　　　　　　　　　　　　　　　　——新井　潤美

M. L. Rosenthal, gen. ed., *Poetry in English: An Anthology* (1987)

　私が東北大の教養部を終えて英文科に進んだ頃は、まだ「精読(特に詩)は文学研究のアルファにしてオメガなり」という懐かしい雰囲気があり、3年時は鈴木善三先生のもとでひたすらジョン・ダンを読んだ。当方の語学力が低すぎてつらかった。同時に、英文科の全員が1200頁に迫る上記の詩集を買わされ、年に4回ほど詩の試験を受けた。『ベーオウルフ』からシェイマス・ヒーニーまでをカヴァーし、巻末に作詩法の教科書もついたお得な本書は、学部生でも読め(たような気になれ)る詩もたくさん収録しており、こちらは拾い読みをするのが楽しかった。おかげで、専門を深く掘ると同時に幅広く読むことの大切さを教えてもらったし、エリザベス・ビショップの「ひとつの技」など、つらい時に小声で暗唱してしまうような一編にも出会えた。今でも折に触れ本書を見返すが、詩人の選定もイデオロギー的に偏った様子がなく、良い本を教科書にしてもらったと思う。

　　　　　　　　　　　　　　　　　　　　　　　　——岩田　美喜

Albert C. Baugh and Thomas Cable, *A History of the English Language*, 6th ed. (2013)

　本書は長く、広く読まれ続けている英語史の入門書である。私は本書を大学2年の時に受けた英語史の授業で紹介され、また大学院生が主催していた古英語の読書会でも薦められ、大学3年の時に初めて読んでみた。そうしたところ、英語の歴史がよく分かっただけでなく、英語史を学ぶことは、英語や英文学、イギリスの歴史や文化について学ぶことにも直結し、これが非常に魅力的な分野であるということを教えてもらった気がした。初版が出版されたのは1935年のことで、それ以来版を重ね80年以上読み継がれているのも頷ける名著である。私が実際に学部生の時に読んだのは当時最新だった第4版だが、上に挙げたのは現在最新の第6版の情報である。改訂は主に新情報を加えるために行われており、名著としての本質は初版から最新版まで何ら変わりない。邦訳も出ているが、分かりやすい英語なので、原書で読むことをお勧めしたい。

――唐澤　一友

Samuel Schoenbaum, *William Shakespeare: A Documentary Life*（1975）

　作品が面白ければ、作者にも興味が湧く。シェイクスピアの良い評伝はいくつもあるが、上掲書の肝は「記録文書」を中心としている点だ。美術書と見紛うほど大判の装丁で、図版や版本のみならず、遺書や契約書などの古文書が、ほぼ実物大でふんだんに収録されている。学部生だった私は、すでにE. K. Chambersの評伝（しかも第一章）で苦い挫折を経験していたが、この評伝は、詳しい内容がわからなくとも、様々な史料を眺めているだけで楽しかった。特に16世紀の書体で綴られた文書は艶めかしく神秘的で、学問への入り口に立てたかのような錯覚に陥ったものだ。それからしばらくして、『シェイクスピアの生涯――記録を中心とする』（紀伊國屋書店、1982年）が出版されたのは幸運だったが、簡略版の翻訳書であるため、史料自体は縮小されたり割愛されたりしている。原著を挙げたのはそのためである。昨今、イギリスやアメリカに行かなくともウェブ上で多種多様な古文書の一次史料が読めるようになりつつある。しかしウェブ上の史料すべてが活字に直されているわけではない。シェイクスピアの生涯についてつぶさに教えてくれるだけでなく、いつか古文書の実物を手にとって読めるようになりたいと思わせてくれるこの評伝は、そういう意味で、今でも貴重な存在だと思う。

――井出　新

Northrop Frye, *The Educated Imagination* (1963)

　英文学研究を志すよりも前なのだが、English（英語と英文学の両方の意味）の「研究」に初めて触れたものとして、大学一年の最初の学期の出淵博先生の英語の授業の教科書 *The Educated Imagination* がある。ノースロップ・フライが、一般聴衆のために行ったラジオ講演に基づく6章の短い本であるが、「文学研究の良さとは何か」、「それはより明晰に思考し、より感受性豊かになり、より良い生を生きる手助けになるか」、「教師、学者、批評家の役割とは何か」「文学研究は、私たちの社会的、政治的、宗教的生活に何か違いを与えるか」というような重要な問いで始まり、その答えを探す各章に作品の読解が鏤められる。第1章 "The Motive for Metaphor" には、スティーヴンズのこの詩の読解があり、第3章に植物の水仙が poetic flower になる瞬間への言及があった。フライは言葉の実用性と文学性は連続しているので、両方に密接に関わる「想像力」を鍛えることが如何に大事かを実に丁寧に説いている。当時、私はこの小さい本の大きな意味を理解していたとは言い難いが、意識下で研究のバックボーンになっていたと思う。　　　　　　　　　　　　——アルヴィ宮本なほ子

Herman Melville, *Moby-Dick; or, The Whale* (1851)

　学部3年の時に授業で読んだペンギン版の『白鯨』(1972) には、編者 Harold Beaver による、当時の批評理論を踏まえたイントロダクションとコメンタリーがついていて、授業は1年をかけてイントロダクションを精読するというものだった(本文は自分で読む)。夏休みの宿題はそこに出てくる固有名詞や批評用語等に注をつけるというもので、一緒に授業を受講した級友は、精緻なレポートを提出して、担当の先生から学者になるといい、と言われていた。自分はそのように立派なレポートは書けなかったものの、辞書を引き、引用箇所を本文中から探し、百科事典で固有名詞を調べることで、また、授業で先生の解説を聞くうちに、少々難解に思われた英語にも少し慣れ、文学史や批評に関する知識も多少増え、また、『白鯨』という作品や、メルヴィルという作家に関する広大な知的世界の存在をおぼろげに感じることができたような気がした。このテクストを読んで英米文学の研究を志すに至ったというわけではないが、優れた導き手がいるのであれば、作品原典と、それを論じるエッセイと、詳細な注のついたテクストをじっくりと読むことは、英米文学研究の世界に足を踏み入れる際の有益な基礎訓練になると思う。　　　　　　——長畑　明利

野町二他編著『イギリス文学案内』（朝日出版社、2002 年）

　英文科に進学したのはよいが、実はそれまで「イギリス文学」という分野を意識して学んだことはなく、自分の知識と英語力の不足を痛感した。それでも誤魔化しながら卒論を書くなか、気づけば就活の時期も過ぎ、留年か無職か大学院に進むしか道がなくなっていた。そんなとき、開き直って「受験勉強」するために本書の旧版を購入した。当時もさまざまなイギリス文学入門があったが、代表的な作家と作品を手っ取り早く知るには本書が最適だった。読み物としての楽しさ、批評の独自性、編集の一貫性よりも、ひたすら情報の豊富さと効率を追究した本書は、シニカルに受験生を演じていた筆者の心に強く訴えた。もっとも、現在の大学生には、石塚久郎他編著『イギリス文学入門』（三修社、2014 年）を薦める。全体によくまとまっており、大学院進学を目指す学生にも必要かつ十分な内容である。時代背景や豆知識も得られ、研究へのアドバイスまで記された親切な本だ。
　　　　　　　　　　　　　　　　　　　　　　　　　　──武田　将明

George Hughes, *Reading Novels* (2002)

　学生時代に受けていた授業が基になって書かれたものなので、厳密には学生の頃に読んだ本ではない。この本のよさは、小説という長いテクストを分析する作業に含まれる様々な要素をわかりやすい英語で丁寧に示していることだろう。項目は、時間や空間、語りといった枠組みに関わるものから、文の構成や単語の選び方などの細部にまで及ぶ。この本を読んでいると授業中に小説の冒頭を分析したことなども思い出され、そのような形の精読が批評理論の授業などとともにあったことの意味を改めて考えさせられる。学生の時期に小説が言語構築物であるということ、物語にはこれだけのメカニズムが働いているのだということを認識することは、文学に限らず物事全般をとらえるうえで意外と重要なことなのではないか。ナラティヴ論の入門としてお勧めだが、相当な数の小説が言及されるので、これをきっかけにイギリス小説を渉猟してみるのもよいかもしれない。
　　　　　　　　　　　　　　　　　　　　　　　　　　──高桑　晴子

ジョージ・オーウェル著、川端康雄編『オーウェル評論集』全四巻（平凡社、1995 年）

　怠惰で傲慢な学生だったので、好きでいろいろな小説は（翻訳で）読んでいても、特に卒論に取り組みはじめる前は、みずから洋書を通読したり、英米文学

の研究書・理論書をすすんでひも解いたりした記憶もなくて、このアンケートに回答を用意するための材料が思いつかなかった。ただ思い返すと、ちょうど大学入学前後に出版されたはずのこの本は、少し大きめの文庫本サイズということもあって、比較的はやい時期に購入して熟読したようだ。「鯨の腹のなかで」（1940年）とかは、今でもイギリスのモダニズムと戦間期の文学・文化を考えるうえで自分なりの参照点になっている気がするし、スウィフト論、ディケンズ論、キプリング論、ウェルズ論など、（かならずしも「正解」ではなくても）時代特有の社会・政治状況のなかで過去の作家・作品と対話するかのように読む方法を、オーウェルなりの観点が色濃く出たエッセイ群から学んだのだろうか、とすこし後知恵のように考えたりする。　　　――秦　邦生

夏目漱石著『三四郎』（1909年）

東京のきらびやかさに目を瞬かせるばかりだった学部生時代、熊本から上京する汽車のなかで三四郎が出会う広田先生の一言にはほとほと参った。日露戦争勝利の世相を受け、「これからは日本もだんだん発展するでしょう」とのんきな三四郎に対し、先生は「滅びるね」と断じ去るのである。グローバリゼーションの弊害が喧伝されて久しい現在、なんにせよ欧米のマネをしすぎるのはよくない、ということくらいなら誰でも知っている。しかし例の「ストレイ・シイプ」という美禰子の謎めいた英語の響きとともにこの小説のなかで発せられるとき、先生のこの恐るべき予言は現代日本人の喉元にいよいよ鋭く斬りつけるように迫ってくる。のち卒論を書かねばならなくなった時はひとまずこの刀を見ぬふりでホーソーン論をでっちあげるほかなかったが、日本人が英米文学を研究しようとするとき、この恐ろしさを本当に忘れてしまったら終わりだと思う。　　　――中野　学而

渡部昇一『知的生活の方法』（講談社現代新書、1976年）

大学生の頃に「勉強」した記憶はあまりない。「役に立った」と思った本も別にないと思う。好きな本を好きなように読んでいただけだったし、それでいいと思っていた――が、それでいいと思っていたのは、たぶん本書を読んでいたためだろう。タイトルはハウツー本めいているが、本書が与えてくれたのは、どうすれば「知的生活」が営めるかの情報というより、むしろ「知的生活」自体に対する強烈な憧れだった。実際、金はないが時間だけはふんだんにある若者にとって、自分をごまかさず、自分なりの古典を作り、少しずつでもいいか

ら身銭を切って自分なりの蔵書を作れ……というアドバイスは、即効性はまるでないが、まさにそれゆえに、心に響くものだったのだろう。役に立つとか立たないとか、そういうけちくさいことをいちいち思うくらいなら、そもそも本など読まない方がマシだというのは、現在の大学生にもわかってもらえるロジックなのではないだろうか。

――諏訪部　浩一

Earl Lovelace, *The Dragon Can't Dance* (1979)

　英文科に入る前から、英米以外の英語文学を読む、そこに新しい世界文学がある、と信じていたわたしは、学部では変り者扱い。オーストラリアで買った本数冊と、Bill Ashcroft, Gareth Griffiths and Helen Tiffin, *The Empire Writes Back: Theory and Practice in Post-Colonial Literatures*（1989）巻末の世界各地の作品リストが心の支えだった。でも国際比較文学会でトリニダードから東京にきたラヴレイスに会い、彼がスポーツバッグから出してきたこの小説を読んで、確信は歓喜に高まった。ラヴレイスはポストコロニアルという名称や理論には肩をすくめた。名前はどうでもいい、とにかく面白い。英語文学で国境を越え地球を横に読み歩ける、そう実感した。後年『ドラゴンは踊れない』（みすず書房）として翻訳したときは、カリブ海文化に馴染みがなくても注さえ読めば概ねわかるようにしたくて、訳注を山盛りつけてしまった。作品の細部にこそ、文学のすべてがある。

――中村　和恵

厨川文夫訳『ベーオウルフ』（岩波文庫、1941 年）

　訳者であるこの先生の御存命中に教えを受けたかったと心底思った書。タキトゥス著『ゲルマーニア』には見られない、ゲルマン語の名を持つ血肉ある人間や怪物が、この古英語叙事詩では北欧を舞台に活躍する。物語に登場する様々な英雄や王国の名前を知り、解説を読むことで、霧に霞む中世北欧世界への扉が開かれた。この訳業のために訳者は日本の戦記物語を参照したという。擬古体の邦訳を読み、日本語も勉強しないといけないのだな、と思ったりもしたが、のちには、ともかく古英語で読む楽しみを知った。固有名詞の音や綴りが琴線に触れていたが、onomastics（固有名詞研究）という研究分野を知るのは卒業論文を書き上げる段階になってだった。もっと前に知っていたら、固有名詞研究の楽しさを深められたかも知れないなと思う。学生諸君には、研究分野が多岐にわたるのは、自分の楽しみや喜びを深めるためなのだと思って欲しい。

　『厨川文夫著作集』安東伸介他編（金星堂、1981）への再録は大きな活字が有

難い。岩波文庫の新訳『中世イギリス英雄叙事詩ベーオウルフ』忍足欣四郎訳（岩波文庫、1990 年）は現在絶版。『古英語叙事詩ベーオウルフ：対訳版』苅部恒徳・小山良一共編（研究社、2007 年）では古英語とともに直訳調の邦訳が読める。言及される英雄たちは『エッダ：古代北欧歌謡集』谷口幸男訳（新潮社、改訂版、2017 年）にも登場し、伝説の奥深さを知ることができる。　——伊藤　盡

ピーター・バーク著、中村賢二郎・谷泰訳『ヨーロッパの民衆文化』（人文書院、1988 年）

　大学院に進んだとき、指導教官から「ぼくは君の研究分野についてよく知らないが、おそらくこういう本を読まなければならないのだろう」と言って紹介された 1 冊がこれであった。先生はブルームズベリー・グループや W. H. オーデンの研究者でいらっしゃったから、伝承童謡や口承文芸を研究しようという院生の指導など、さぞかしやっかいに思われたことだろう。しかし、その院生の指導のためにこの本を見つけて来られた見識の高さには、今思い起こしても頭が下がる。

　最近は、歴史理論との関わりで読まれることが多いバークであるが、この本は彼の博覧強記ぶりが発揮されていてものすごい情報量であり、しかも読みものとしても面白い。英文学とのつながりで言えば、フィリップ・シドニーやジョゼフ・アディスンとの関係も興味深い。

　新歴史主義を持ち出すまでもなく、文学は他の文化領域と独立してあるわけではない。ぜひ「面白い歴史の本」を見つけてほしい。　——佐藤　和哉

由良君美『みみずく古本市』（青土社、1984 年。現在はちくま文庫）

　私は法学部の学生で好き勝手に文学を読んでいたから、官製の英文学研究には興味がなかったし、今もない。前にどこかで書いたように 1980 年代、私にも英文学ができるかなと思わせてくれたのは高橋康也、由良君美、富山太佳夫、高山宏の諸著だった。とりわけ『みみずく古本市』の途方もない脱領域ぶりには解放感を味わった。英文学などという「専門領域」を軽く乗り越えて各国文学、日本文学、哲学、美術、歴史等々に自由に飛び回る闊達な知性は、70 年代以降の知の地殻変動（批評理論の隆盛）への敏感な応答であるだけでなく、さらに本質的な人間と世界への問いかけを内包していて、今読んでも刺激的である。ただし、本書で叫ばれている批評理論の体系化や方法の確立に関しては 2010 年代の今日から振り返って、それは結局わが国では難しかったし、あいまいな

ままに流れてきてしまったと自戒も込めてつぶやかざるを得ない。

——田尻　芳樹

Derek Brewer, *Symbolic Stories: Traditional Narratives of the Family Drama in English Literature* (1980)

　Derek Brewer は 1923 年生まれの世界的な中世英文学者で、当時教鞭を執っていたケンブリッジ大学が私の母校とも縁が深かったものだから、誰かに勧められて、読み始めたのだと思う。
　中世英文学からオースティン、ディケンズまで、物語の展開を家族関係の問題と絡めて分析するとても読みやすくかつ面白い本で、殆ど初学者と変わらなかった学生の自分が「入門書として使えるな」と生意気に思ったことを覚えている。私にとって、実際の作品分析に役立った構造主義は、ノースロップ・フライでも、レヴィ＝ストロースでも、プロップでもなく、この本。同時に、脱構築が流行りはじめていて、デリダや後期ハイデガーにも刺激を受けていた。今振り返ると、バランスを取りたかったのだな、と思う。作品構造を把握する訓練とそれを学び捨ててゆく訓練の両方ができたのはとても良かった。

——武藤　浩史

佐伯彰一『アメリカ文学史——エゴのゆくえ』（筑摩書房、1969 年）

　私が学部を卒業した大学の英文科にはたまたま文学史という授業が存在しなかった。この英文科の長い伝統なのだった。今でもその方針が生きているのかどうか知らないが、少なくとも私が卒業するまではそうだった。
　個人的にはこれはよい方針だと今も思っている。文学史の授業を担当せざるを得なくなったときも、心のどこかで、何年に誰がどんな作品を書いたといったことは、本来どうでもいいんだと思っていた。黙って作品そのものに出逢えばよいのだ、と。だから文学史と銘打った書物を必要に迫られて手にとっても私はだいたいにおいて懐疑的だった。
　ただ、「アメリカ人とは何者か、果てしない自問自答、それがアメリカの文学だ」の一線で語りぬいたこの本は別だった。文学史は文学年表を文章に書き起こしたものではなく、ひとつの物語なのだと、文学・史の「史」は history じゃなくて、narrative なんだと、その頃の私に教えてくれたからだ。

——後藤　和彦

付録2　英文学研究・教育関連団体一覧

- 研究社が毎年発行している『英語年鑑』より、主な英文学研究・教育関連団体をピックアップした。全国規模のものを中心に選択し、原則として各大学が作っている英文学会は省略した。掲載は五十音順。
- 以下、① 事務局の所在地（住所のみ）、② 代表者名（『英語年鑑2017』のデータをベースにしている）、③ 会員数を表す。いずれの情報も年度によりしばしば変わることがあるため注意。最新情報については、学会名でWeb検索されたい。

■アジア系アメリカ文学研究会　① 〒657–8501　神戸市灘区六甲台町1–1　神戸大学人文学研究科　山本秀行研究室　② 小林富久子　③ 120

■アメリカ学会　① 〒231–0023　神奈川県横浜市中区山下町194–502　学協会サポートセンター内　② 久保文明　③ 約1,200

■アレーテイア文学研究会　① 〒201–0015　東京都狛江市猪方4–14–1　遠藤方　② 遠藤光　③ 35

■イアシル・ジャパン (IASIL Japan)＝国際アイルランド文学協会日本支部　① 〒112–8610　東京都文京区大塚2–1–1　お茶の水女子大学文教育学部　高桑晴子研究室内　② 虎岩直子　③ 150

■イギリス・ロマン派学会　① 〒651–2187　神戸市西区学園東町9–1　神戸市外国語大学外国語学部英米学科　吉川朗子研究室　② 小口一郎　③ 272

■映画英語アカデミー学会　① 〒464–0025　名古屋市千種区桜ヶ丘292　（株）フォーイン　スクリーンプレイ事業部内　② 曽根田憲三　③ 500

■「英国小説研究」同人会　① 〒154–8525　東京都世田谷区駒沢1–23–1　駒澤大学文学部英米文学科　川崎明子研究室　② 新妻昭彦・川崎明子　③ 39

■エコクリティシズム研究学会　① 〒738–8504　広島市廿日市市佐方本町1–1　山陽女子短期大学　水野敦子研究室　② 伊藤詔子　③ 60

■エリザベス朝研究会　① 〒223–8521　横浜市港北区日吉4–1–1　慶應義塾大学日吉キャンパス　英知明研究室　②（幹事）田中一隆・山下孝子・英知明・佐野隆弥・辻照彦　③ 約20

■エリザベス・ボウエン研究会　① 〒171–0051　東京都豊島区長崎6–17–10　② 太田良子　③ 41

■欧米言語文化学会　① 〒359–8525　所沢市中富南4–21　日本大学芸術学部　植月研究室内　② 植月恵一郎　③ 約80

■ オーストラリア・ニュージーランド文学会　①〒112-8681　東京都文京区目白台2-8-1　日本女子大学文学部　三神和子研究室気付　②有満保江　③70

■ 関西英語英米文学会　①〒573-1001　枚方市中宮東之町16-1　関西外国語大学町田研究室内　②町田哲司　③80

■ 関西コールリッジ研究会　①〒560-0043　豊中市待兼山町1-8　大阪大学大学院言語文化研究科　小口研究室内　②小口一郎　③44

■ 関西シェイクスピア研究会　①〒662-8501　西宮市上ヶ原一番町1番155号　関西学院大学　竹山友子研究室　②世話人＝前原澄子・竹山友子　③74

■ 九州シェイクスピア研究会　①〒805-8512　福岡県北九州市八幡東区平野1-6-1　九州国際大学法学部　國崎倫研究室　②太田一昭　③35

■ 黒人研究学会　①〒603-8577　京都市北区等持院北町56-1　立命館大学文学部坂下史子研究室内　②木内徹　③140

■ サイコアナリティカル英文学会　①〒752-0997　山口県下関市前田2丁目27-43　小園敏幸方　②小園敏幸　③115

■ サウンディングズ英語英米文学会　①〒214-8571　川崎市多摩区東三田1-1-1　明治大学農学部　下永裕基研究室　②舟川一彦　③約300

■ シェイクスピアと現代作家の会　①〒734-8558　広島市南区宇品東1-1-71　県立広島大学人間文化学部国際文化学科　高橋渡研究室内　②高橋渡　③38

■ 十七世紀英文学会　①〒960-8157　福島県福島市金谷川1　福島大学人間発達文化学類　川田潤研究室内　②生田省悟　③167（東北・東京・関西の3支部）

■ 十八世紀英文学研究会　①〒610-0394　京田辺市多々羅都谷1-3　同志社大学グローバル・コミュニケーション学部内　②世話係＝南井正廣・服部典之・干井洋一　③67

■ 初期アメリカ学会　①〒102-8554　東京都千代田区紀尾井町7-1　上智大学文学部英文学科　増井志津代研究室　②増井志津代　③73

■ 新英米文学会　①〒112-8606　東京都文京区白山5-28-20　東洋大学社会学部　三石庸子研究室内　②井川眞砂　③174

■ 一般社団法人　大学英語教育学会（JACET）　①〒162-0831　東京都新宿区横寺町55　②寺内一　③2,600（北海道、東北、関東、中部、関西、中国・四国、九州・沖縄に支部。関西支部内に文学教育研究会がある）

■ 多民族研究学会　①〒175-8571　東京都板橋区高島平1-9-1　大東文化大学経済学部　中垣恒太郎研究室　②西垣内磨留美　③120

英文学研究・教育関連団体一覧

▎中央英米文学会　① 〒273-0046　千葉県船橋市上山町 3-608-8　② 齋藤忠志　③ 60

▎D. H. ロレンス研究会　① 〒606-8136　京都市左京区一乗寺東浦町 25-4　吉村方　② 吉村宏一　③ 26

▎T. S. エリオットの会　① 〒470-0195　日進市岩崎町阿良池 12　愛知学院大学教養部英語科　山口研究室内　② 安田章一郎・村田辰夫・田口哲也・山口均・松本真治　③ 20

▎ディケンズ・フェロウシップ日本支部　① 〒606-8501　京都市左京区吉田本町　京都大学文学研究科　佐々木徹研究室内　② 佐々木徹　③ 164

▎テクスト研究学会　① 〒573-1001　大阪府枚方市中宮東之町 16-1　関西外国語大学　本館 10F　吉村耕治研究室内　② 井上義夫　③ 165

▎名古屋シェイクスピア研究会　① 〒930-8555　富山市五福 3190　富山大学人間発達科学部　内藤亮一研究室　② 鈴木紀之　③ 約 40

▎日本アイリス・マードック学会　① 〒347-8504　埼玉県加須市水深大立野 2000　平成国際大学法学部　岡野研究室　② Paul Hullah　③ 約 40

▎日本アイルランド協会　① 〒112-8606　東京都文京区白山 5-28-20　東洋大学文学部英米文学科　佐藤泰人研究室内　② 海老澤邦江　③ 239

▎日本アイルランド文学研究会 (旧称：日本アイルランド文学会)　① 〒185-0032　東京都国分寺市日吉町 3-12-8-202　② 事務局＝下山敏昭　③ 20

▎日本アメリカ演劇学会　① 〒562-8558　箕面市粟生間谷東 8-1-1　大阪大学大学院言語文化研究科言語社会専攻　貴志研究室内　② 貴志雅之　③ 69

▎日本アメリカ文学会　① 〒602-8580　京都市上京区今出川通烏丸東入　同志社大学文学部英文学科内　② 巽孝之　③ 1,385 (北海道、東北、東京、中部、関西、中国・四国、九州に支部)

▎日本イェイツ協会　① 〒156-8502　東京都世田谷区桜丘 1-1-1　東京農業大学国際食料情報学部　国際バイオビジネス学科　諏訪研究室内　② 奥田良二　③ 150

▎日本イギリス児童文学会　① 〒708-8511　岡山県津山市北園 50　美作大学生活科学部児童学科　多田昌美研究室内　② 横川寿美子　③ 304

▎日本ヴァージニア・ウルフ協会　① 〒150-8366　東京都渋谷区渋谷 4-4-25　青山学院大学文学部　麻生えりか研究室　② 太田素子　③ 158

▎日本ヴィクトリア朝文化研究学会　① 〒112-8681　東京都文京区目白台 2-8-1　日本女子大学文学部英文学科　佐藤和哉研究室内　② 川端康雄　③ 332

■日本ウィリアム・フォークナー協会　①〒603–8555　京都市北区上賀茂本山　京都産業大学文化学部　中良子研究室気付　②平石貴樹　③200

■日本英語英文学会　①〒173–8602　東京都板橋区加賀1–18–1　東京家政大学　鈴木繁幸研究室　②渋谷和郎　③約70

■日本英語文化学会　①〒270–1196　千葉県我孫子市久寺家451　中央学院大学　研究棟408　市川研究室　②市川仁　③118

■一般財団法人　日本英文学会　①〒162–0825　東京都新宿区神楽坂1–2　研究社英語センター　②佐々木徹　③約3,500（北海道、東北、関東、中部、関西、中国・四国、九州に支部）。本書の執筆者の主体となっている関東支部の住所は本部事務局と同じ。会員約1,300。

■日本エズラ・パウンド協会　①〒470–0136　愛知県日進市竹の山3–2005　椙山女学園大学人間関係学部　平野研究室　②原成吉　③66

■日本F.スコット・フィッツジェラルド協会　①〒812–8581　福岡市東区箱崎6–19–1　九州大学大学院人文科学研究院　高野泰志研究室　②上西哲雄　③75

■日本エミリィ・ディキンスン学会　①〒162–8644　東京都新宿区戸山1–24–1　早稲田大学文学学術院　江田孝臣研究室内　②東雄一郎　③102

■日本演劇学会　①〒101–8301　東京都千代田区神田駿河台1–1　明治大学文学部文学科　演劇学専攻　②永田靖　③650

■日本オーウェル協会　①〒272–8533　市川市国府台2–3–1　和洋女子大学東館1010号　佐藤研究室　②佐藤義夫　③30

■日本カナダ文学会　①〒470–0197　愛知県日進市岩崎町竹ノ山57　名古屋外国語大学　現代国際学部　現代英語学科　室淳子研究室　②佐藤アヤ子　③90

■日本カレドニア学会　①〒168–8626　東京都杉並区久我山4–29–23　立教女学院短期大学　小林麻衣子研究室内　②代表幹事＝照山顕人　③100

■日本ギャスケル協会　①〒657–8501　神戸市灘区鶴甲1–2–1　神戸大学大学院国際文化学研究科　石塚裕子研究室内　②鈴木美津子　③110

■日本キリスト教文学会　①〒154–8533　東京都世田谷区太子堂1–7–57　昭和女子大学日本語日本文学科　笛木美佳研究室内　②宮坂覺　③235

■日本コンラッド協会　①〒739–8521　東広島市鏡山1–7–1　広島大学外国語教育センター　②榎田一路　③28

■日本サミュエル・ベケット研究会　①〒481–8535　愛知県北名古屋市徳重西沼65番地　名古屋芸術大学美術学部　西村和泉研究室　②代表幹事＝藤原曜　③35

英文学研究・教育関連団体一覧

▎日本シェイクスピア協会　①〒162-0825　東京都新宿区神楽坂1-2　研究社英語センタービル　3F　②井出新　③600

▎日本ジェイムズ・ジョイス協会　①〒420-0911　静岡市葵区瀬名1丁目22-1　常葉大学外国語学部英米語学科　戸田勉研究室　②結城英雄　③110

▎日本C.S.ルイス協会　①〒206-8540　東京都多摩市唐木田2-7-1　大妻女子大学比較文化学部　安藤聡研究室　②山形和美　③85

▎日本シェリー研究センター　①〒069-8501　北海道江別市文京台緑町582番地　酪農学園大学　白石治恵気付　②阿部美春　③60

▎日本ジョージ・エリオット協会　①〒223-8521　神奈川県横浜市港北区日吉4-1-1　慶應義塾大学日吉キャンパス　来往舎　永井容子研究室内　②植松みどり　③105

▎日本ジョン・スタインベック協会　①〒175-8571　東京都板橋区高島平1-9-1　大東文化大学経済学部　中垣恒太郎研究室　②伊藤義生　③90

▎日本ジョンソン協会　①〒214-8580　川崎市多摩区東三田2-1-1　専修大学4号館5階F15　末廣幹研究室内　②総務委員＝末廣幹・伊澤高志・小倉雅明　③117

▎日本スペンサー協会　①〒651-2276　神戸市西区春日台9-11-45　足達方　②福田昇八　③50

▎日本ソール・ベロー協会　①〒573-1001　枚方市中宮東之町16-1　関西外国語大学　町田哲司研究室内　②町田哲司　③35

▎日本ソロー学会　①〒175-8571　東京都板橋区高島平1-9-1　大東文化大学法学部政治学科事務室気付　②小倉いずみ　③120

▎日本多読学会　①〒160-0023　東京都新宿区西新宿7-19-19　SEG内　②岡山陽子　③162

▎日本中世英語英文学会　①〒223-8521　横浜市港北区日吉4-1-1　慶應義塾大学文学部　徳永聡子研究室　②松田隆美　③310(東支部・西支部)

▎日本通訳翻訳学会　①〒150-8366　東京都渋谷区渋谷4-4-25 G-1024　青山学院大学文学部英米文学科　水野の研究室　②水野的　③500

▎日本T.S.エリオット協会　①〒605-8501　京都市東山区今熊野北日吉町35　京都女子大学文学部英文学科　佐伯惠子研究室内　②野谷啓二　③82

▎日本ナサニエル・ホーソーン協会　①〒278-8510　野田市山崎2641　東京理科大学　川村幸夫研究室　②成田雅彦　③200

▌日本ナボコフ協会　①〒192–8577　東京都八王子市丹木町1–236　創価大学文学部　寒河江光徳研究室　②若島正　③60

▌日本バイロン協会　①〒630–8528　奈良市高畑町　奈良教育大学　門田守研究室内　②田吹長彦　③47

▌日本ハーディ協会　①〒162–8601　新宿区神楽坂1–3　東京理科大学1号館1603A研究室内　②新妻昭彦　③149

▌日本バーナード・ショー協会　①〒353–0007　志木市柏町3–3–31–203　大浦龍一方　②森川寿　③50

▌日本比較文学会　①〒560–0043　豊中市待兼山町1–8　大阪大学大学院言語文化研究科　中直一研究室内　②西成彦　③1,200(北海道、東北、東京、中部、関西、九州に支部)

▌日本フェノロサ学会　①〒520–0862　大津市平津2–5–1　滋賀大学教育学部　新関伸也研究室　②神村恒道　③100

▌日本フラナリー・オコナー協会　①〒192–0393　東京都八王子市東中野742–1　中央大学文学部　英語文学文化専攻　久保研究室内　②野口肇　③20

▌日本ブロンテ協会　①〒577–8502　東大阪市小若江3–4–1　近畿大学理工学部教養・基礎教育部門　莵原研究室　②白井義昭　③192

▌日本ペイター協会　①〒070–8621　旭川市北門町9丁目　北海道教育大学旭川校　十枝内康隆研究室　②森岡伸　③50

▌日本ヘミングウェイ協会　①〒379–2192　前橋市小屋原町1154–4　共愛学園前橋国際大学　大森昭生研究室内　②前田一平　③155

▌日本ヘンリー・ミラー協会　①〒192–0393　東京都八王子市東中野742–1　中央大学商学部　中村亨研究室　②本田康典　③40

▌日本ポー学会　①〒102–8160　東京都千代田区富士見2–17–1　法政大学文学部　宮川雅研究室内　②巽孝之　③111

▌日本ホイットマン協会　①〒157–8565　東京都世田谷区北烏山8–19–1　日本女子体育大学　加賀岳彦研究室内　②田中礼　③70

▌日本ホプキンズ協会関西部会　①〒606–8501　京都市左京区吉田二本松町　京都大学総合人間学部　桂山研究室内　②山田泰広・加茂映子・桂山康司・楠瀬健昭・高橋美帆　③30

▌日本ホプキンズ協会東京部会　①〒192–0393　東京都八王子市東中野742–1　中央大学商学部　笹川研究室　②P・ミルワード　③50

- 日本マーク・トウェイン協会　①〒175-8571　東京都板橋区高島平1-9-1　大東文化大学経済学部社会経済学科　中垣恒太郎研究室　②後藤和彦　③120

- 日本マンスフィールド協会　①〒112-0015　東京都文京区目白台1-9-9　文化書房博文社内　②大澤銀作　③60

- 日本ミルトン協会　①〒150-8366　東京都渋谷区渋谷4-4-25　青山学院大学文学部　笹川渉研究室　②桂山康司　③82

- 日本メルヴィル学会　①〒192-0393　東京都八王子市東中野742-1　中央大学文学部英語文学文化専攻　髙尾研究室内　②牧野有通　③68

- 日本ルイス・キャロル協会　①〒192-0395　東京都八王子市大塚359　帝京大学外国語学部外国語学科　三村明研究室気付　②安井泉　③130

- 日本ロレンス協会　①〒802-8577　福岡県北九州市小倉南区北方4-2-1　北九州市立大学文学部比較文化学科　田部井研究室内　②浅井雅志　③115

- 日本ワイルド協会　①〒150-8366　東京都渋谷区渋谷4-4-25　青山学院大学文学部　田中裕介研究室　②原田範行　③95

- 火皿詩話会　①〒731-0103　広島市安佐南区緑井7-2-30　福谷方　②福谷昭二　③30

- 「文学研究」同人会　①〒270-0198　流山市駒木474　江戸川大学メディアコミュニケーション学部情報文化学科　松村研究室　②世話人＝窪田憲子・伊藤節　③25

- マザーグース学会　①〒338-0012　さいたま市中央区大戸6-10-24　藤野方　②藤野紀男　③87

- 八雲会　①〒690-0017　松江市西津田6-5-44　松江市総合文化センター内　②日野雅之　③280

- ヨネ・ノグチ学会　①〒181-8585　東京都三鷹市大沢3-10-2　国際基督教大学教養学部　大西直樹研究室　②大西直樹　③19

- レイモンド・ウィリアムズ研究会　①〒112-8681　文京区目白台2-8-1　日本女子大学百年館高層棟9階　川端康雄研究室　②幹事＝遠藤不比人・大貫隆史・川端康雄・河野真太郎・鈴木英明・西亮太・山田雄三　③20

索　引

- 本文 (1–288 頁) についての索引。
- 日本語は五十音順、欧文はアルファベット順。
- 作品名は原則として著者名の下に収めているが、若干の例外もある。
- なお、1桁の頁数については百と十の桁の「0」は省略、同様に、2桁の頁数のときにも百の桁の「0」を省略した。

あ行

アカデミズム　263
アクティヴ・ラーニング　66, 71, 84, 247
足場かけ　75, 78
アシュベリー、ジョン　184
アダプテーション　97, 125, 126, 128
アチェベ、チヌア　110
アナグラム　145, 146
アナンド、マルク・ラジ　238
アーノルド、マシュー　260, 262, 263, 264
　『教養と無秩序』　260
アフリカ　238
アーミン、ロバート　158
アメリカン・ルネサンス　11, 12, 118, 214, 220
『アングロ・サクソン年代記』　147

イェイツ、W. B.　50
イーグルトン、テリー　261, 262
イシグロ、カズオ　79, 82, 89, 146, 207
　『日の名残り』　79, 82–89, 147, 207
　『忘れられた巨人』　146
　『わたしを離さないで』　207
イスラム原理主義　237
一人称小説　207, 210
イデオロギー　110–11, 230–32

イニャリトゥ、アレハンドロ　17
　『レヴェナント——甦りし者』　17
猪熊葉子　244, 245
移民　239
『イーリアス』(ホメロス)　187
イングリッシュネス　203
インターテクスチュアリティ　119
インディアン捕囚体験記　19
インド　237–38
韻文　251
韻律　58, 59, 61, 251
韻律分析　60

ウィアー、ピーター　176
　『マスター・アンド・コマンダー』　176
ウィリアムズ、レイモンド　95
ウィルソン、エドマンド　118
ウェルズ、H. G.　78
　『タイム・マシーン』　78–79
ヴェルヌ、ジュール　115
ウォルコット、デレク　236, 239
ウォレン、ロバート・ペン　118
内田樹　280–81
ウルストンクラフト、メアリ　79
ウルフ、ヴァージニア　26, 77, 205, 206, 213, 251, 260
　『オーランドー』　77
　「現代小説」　260

『ダロウェイ夫人』 50, 205, 206, 251
『灯台へ』 50
「モノ」 26

英英辞典 84
映画（映像作品） 35–37, 66, 78, 82–89, 97, 123–29, 133, 134
　　〜と舞台 133
　　ヘリテージ〜　→　ヘリテージ映画
英語圏文学 233–42
英文和訳 276
エッジワース、マライア 194
エマソン、R. W. 180
エリオット、ジョージ 3, 50, 109, 198, 199
　　『アダム・ビード』 109
エリオット、T. S. 260, 266
　　「荒地」 266
　　「伝統と個人の才能」 260, 266
演劇 130–37
エンゲルス、フリードリヒ 94
エンプソン、ウィリアム 260

オーウェル、ジョージ 97–98
　　『動物農場』 98
『黄金伝説』 148
応用言語学 30
大江健三郎 283
オオツカ、ジュリー 239
オカダ、ジョン 239
オースティン、J. L. 68
オースティン、ジェイン 50, 76, 78, 126, 128, 194, 196, 198, 200, 206, 213
　　『エマ』 196–204
　　『高慢と偏見』（=『自負と偏見』、小説）77, 78, 126, 200, 201, 202, 206
　　『高慢と偏見』（BBCドラマ 128; ロバート・Z・レナード監督 127）
　　『プライドと偏見』（ジョー・ライト監督）78, 126, 127, 128
オズボーン、ジョン 131
　　『怒りを込めて振り返れ』 131, 133

オーデン、W. H. 213
オバマ、バラク 2
オブライアン、パトリック 176
オブライエン、ティム
　　『本当の戦争の話をしよう』 225
音節 57, 58

か行

階級 95, 96, 198, 199, 231
『怪物の書』 146, 147
カーヴァー、レイモンド 286
『ガウェイン卿と緑の騎士』 146, 245
学生生活実態調査 73
学問としての文学 261–64
カストロ、ブライアン 240
『風と共に去りぬ』（マーガレット・ミッチェル） 100
画像検索 88
語り 75, 207, 208, 210
語り手 86, 197, 228, 229, 230
　　信頼できない〜 87, 212, 230
カタログの手法 181, 184
活字離れ 23
加藤典洋 280–81
カポーティ、トルーマン
　　『ティファニーで朝食を』 225
カワード、ノエル 251

キー、フランシス・スコット 60
戯曲 65–66
喜志哲雄 134
キーツ、ジョン 169
脚韻 57, 59, 61
キャクストン、ウィリアム 141
ギャスケル、エリザベス 109, 124
　　『北と南』 109
キャノン 196, 197, 198, 204, 214, 235
　　〜の書きかえ 233
キュアロン、アルフォンソ 97
共感 3, 4
協調の原理 68

索引

共通教科書　23
教養主義　269
キング・クリムゾン　60
キングストン、マキシーン・ホン　240
  『女戦士』　240
キンズバーグ、アレン　184
金ぴか時代　121
『吟遊詩人ビードルの物語』　143

クック、サム　238
クッツェー、J.M.　236, 269
  「古典とは何か?」　269
クティ、フェラ　239
クーパー、ジェイムズ・フェニモア　17
グライス、ポール　68
繰り返し　7
クリスティ、アガサ　132, 251, 258
  『ねずみ捕り』　132
クリティカル・シンキング　69
グループ活動　70
クレイシ、ハニフ　98–99, 237
  『マイ・ビューティフル・ランドレット』　98, 99
  「わが息子狂信者」　237
クレイン、スティーヴン　121
  『赤い武勲章』　121
クレイン、ハート　183
クロース・リーディング　10, 94　→ cf. 精読、close reading
グローバル化　224

ケイ、ジャッキー　236
結婚　200, 201
言語論的転回　115
ケンプ、ウィリアム　158, 159

構造主義　261, 264, 266, 267
『高慢と偏見』(映画)　→ オースティン、ジェイン
古英語　144, 148, 152
コガワ、ジョイ　239

国王一座　158
小島信夫　281
コスナー、ケヴィン　17
  『ダンス・ウィズ・ウルヴズ』　17, 19
コットン、ジョン　14
ゴーディマー、ナディン　236
コーパス　85
小林秀雄　279
コミュニカティブ・アプローチ　30
ゴールズワージー、ジョン　89
コールリッジ、S.T.　50, 51, 53–55, 169, 260
  『抒情民謡集』　50
  『文学的自叙伝』　260
  「真夜中の霜」　51, 53–55
コロケーション　85
コンデル、ヘンリー　165
コンラッド、ジョゼフ　94, 95, 110, 121
  『ナーシサス号の黒人』　94
  『闇の奥』　110, 114

さ行

サイード、エドワード　95
サウジー、ロバート　171
  『ネルソン伝』　171, 172, 175
作者の死　264, 266
サリンジャー、J.D.　225
  『キャッチャー・イン・ザ・ライ』　39–47, 225
三一致の原則　133
三人称小説　207, 208, 210

シェイクスピア、ウィリアム　27, 133, 134, 149, 150, 153–67, 263
  『ヴェニスの証人』　149
  『空騒ぎ』　158
  『シェイクスピア作品集』　165, 166
  『十二夜』　158
  『テンペスト』　161
  『ハムレット』　27, 130, 154–65, 263

索 引

『ヘンリー五世』 156
『リア王』 158
ジェイコブズ、ハリエット 13
ジェイムズ、C.L.R. 94, 95
　『ブラック・ジャコバン』 94
ジェイムズ、ヘンリー 4, 50
ジェフリー・オブ・モンマス 141, 142
　『ブリタニア王列伝』 141, 142
シェリー、パーシー・ビッシュ 169
シェリー、メアリー 244
シェリダン、リチャード・ブリンズリー 134
　『悪口学校』 134–36
ジェンダー 100–1, 169
自己表現 56, 58
実感 232
視点 87, 228, 229
児童文学 251–59
字幕 83
社会小説 108, 109, 114
ジャクソン、ローズマリ 244
自由間接話法 197
『十二人の怒れる男』 → ローズ
ジョイス、ジェイムズ 205
ショインカ、ウォーレ 236
ジョウェット、ベンジャミン 3
ショウォルター、イレーン 123
『小公女』(フランシス・ホジソン・バーネット) 27
ジョエル、ビリー 60
抒情詩 51, 52, 54
初等読本(プリマー) 13, 14, 16
ジョンソン、サミュエル 260
ジョンソン、ベン 132, 158, 166
　『シジェイナス』 132
　『みんな癖を出し』 158
シラブル 58
資料集 76, 78, 79
人種 98, 100, 103, 231
身体知教育 270
身体ワークショップ 274
新批評(ニュー・クリティシズム) 10, 226, 228, 230, 260, 267
信頼できない語り手 → 語り手

スコット、ウォルター 194
図示 41–42
スタイナー、ジョージ 130
スティーヴンズ、ウォレス 183
スティヴンソン、ロバート 3
ストウ夫人 239
スピヴァク、G.C. 119
スモレット、トバイアス 194
スワラップ、ヴィカス 238

性差 231
正典 → キャノン
精読 5, 8, 10, 78, 94, 95, 96, 228, 248, 271, 274
『聖マーガレット』 148
世界文学 273
セルヴォン、サミュエル 238
セルフヘルプ 271
千石英世 285, 286
戦争小説 117, 121, 122

創作的英作文 56–64
ソシュール、フェルディナン・ド 266
ソフォクレス 132
　『オイディプス王』 132

た行

第一次世界大戦 249, 251
タイポロジー → 予型論
タキトゥス 143
　『ゲルマーニア』 143
ダグラス、フレデリック 13
多世界プロジェクト 272
多読 73, 75, 79, 82

チャイルド、リディア・マリア 17
中英語 148
中国系 240

チョーサー、ジェフリー 149, 150
『カンタベリ物語』 149, 150

筒井康隆 265

ディクテーション 83
ディケンズ、チャールズ 3, 5–8, 94, 95, 109, 124, 194, 198, 199
『大いなる遺産』 95–96, 97
『オリヴァー・トゥイスト』 109, 124
『クリスマス・キャロル』 3, 5
『二都物語』 5–8, 94
ディスタント・リーディング 94
デサイ、アニタ 238
デフォー、ダニエル 115, 187, 189
『ペストの記憶』 187–90, 193, 194
『ロビンソン・クルーソー』 115, 187
デュボイス、W. E. B. 94
添削 56, 62
電子テキスト 85

童謡 60
ドクトロウ、E. L. 122
トールキン、J. R. R. 146, 245, 246–49
『ホビット』(映画) 146, 243, 244, 247
『ホビットの冒険』 246
『指輪物語』 146
『ロード・オブ・ザ・リング』(映画) 243, 244, 247

な行

ナイポール、V. S. 236, 238
中上健次 283
ナーサリー・ライムズ 251
南北戦争 12, 17, 100, 116, 117, 119, 120, 121

日系移民 239
ニュー・クリティシズム → 新批評

ニュートン、アイザック 142

ノーベル文学賞 236
ノーマン、ハワード 236

は行

バイロン、ジョージ・ゴードン 169, 170
ハーシュ・ジュニア、E. D. 18
バース、ジョン 12
発見的学習法 59
発話行為論 68
ハーディ、トマス 109, 198
『テス』 109, 111–14
バート、ライオネル 124
バーネット → 『小公女』
バフチン、ミハイル 187, 188
「叙事詩と小説」 187
バーベッジ、リチャード 158, 159
ハミッド、モシン 237
ハリソン、リチャード・E 104
「ハリー・ポッター」シリーズ 140–43, 145–46, 206
『ハリー・ポッター』(映画) 243, 244
バルト、ロラン 264, 266, 267
ハーレム・ルネサンス 94
ハーン、ラフカディオ 151
反人間主義 266, 267
反復 6, 209

比較文学 278, 280
「ビッグ・シックス」 169, 170
ビート 184
ビード 142
『英国民教会史』 142
「ひとつの世界、ひとつの戦争」 104–5
ヒーニー、シェイマス 236
批評 260–67
批評理論 95, 264–67
平石貴樹 285, 286

ピンター、ハロルド　236

ファシズム　271, 272
ファンタジー　140, 146, 148, 243–45
フィクション　25, 26, 92–93, 169, 175
フィッツジェラルド、F・スコット　225
『グレート・ギャツビー』　225–32
「冬の夢」　229
フィールディング、ヘンリー　190, 194
『トム・ジョウンズ』　190–94
フェミニズム　33, 37, 38
フォースター、E. M.　213, 238
『インドへの道』　238
フォスター、ハンナ　16
吹き替え　83
富士川義之　244
ブッシュ、バーバラ　18
『プライドと偏見』（映画）　→　オースティン、ジェイン
ブラウン、ウィリアム・ヒル　16
ブラウン、ジェイムズ　238
ブラウン、ジョン　118, 119
ブラウン、ダン　146
ブランク・ヴァース（無韻詩）　156
プリーストリー、J. B.　251
プリマー　→　初等読本
プリングル、デイヴィッド　244
ブルックス、ジェラルディン　122
ブルーム、アラン　18
ブレイク、ウィリアム　169
プロット　196, 205
ブロンテ、エミリー　76, 206, 244
『嵐が丘』　76–77, 78, 244
ブロンテ、シャーロット　32, 34, 50, 201, 206
『ジェイン・エア』　32–37, 201
文体論　30

『平家物語』　152
ペイター、ウォルター　260, 263, 264
『ルネサンス』　260
『ベーオウルフ』　146, 151, 152

ヘマンズ、フェリシア　169, 170
「カサビアンカ」　169–76
ヘミング、ジョン　158, 159, 165
ヘリテージ映画　125
ベリマン、ジョン　183
ヘレニコ、ヴィルソニ　240

ポー、エドガー・アラン　11, 94, 244
「アッシャー家の崩壊」　244
「群衆の人」　94
「盗まれた手紙」　11
ホイットマン、ウォルト　117, 118, 120, 178–84, 215
『軍靴の響き』（『草の葉』所収）　117, 120
「外へ出て行く子供がいた」　178–80
「包帯をあてがう者」　120
「私自身の歌」　180–83
星新一　164
ポストコロニアル文学　233, 235, 240
ホーソーン、ナサニエル　11, 13, 14
『緋文字』　11, 13, 14
ボーマルシェ、ピエール　124
ホメロス　→　『イーリアス』
ホリデイ、ビリー　105
「奇妙な果実」　105, 106
翻訳　27, 95, 161
翻訳教育　276–77

ま行

マインド・ストレッチャー　74, 78
マキューアン、イアン　208
『贖罪』　208–13
マグナ・カルタ　142
魔女狩り　14
マッカラーズ、カーソン　101
『結婚式のメンバー』　101–6
マーテル、ヤン　212
マーリー、ボブ　238
マーリン　140, 141, 147
丸山眞男　73, 77

マロリー、トマス　141
　『アーサー王の死』　141
マンロー、アリス　236

ミッチェル、マーガレット　→　『風と共に去りぬ』
ミルン、A.A.　251, 258
　『くまのプーさん』　251
　『プー横丁にたった家』　251
　『ぼくたちがとても幼かったころ』　251
民衆　7, 94

無韻詩　→　ブランク・ヴァース
ムードル　76, 77
村上春樹　225, 273, 284-88
　『風の歌を聴け』　284, 286-87
　「中国行きのスロウボート」　273
ムラヤマ、ミルトン　239
ムルティ、スダ　238

メタフィクション　230
メルヴィル、ハーマン　11, 12, 117, 118, 119, 215, 216, 217, 219, 220, 221, 222, 223
　『戦闘詩篇と戦の諸相』　117
　「代書人バートルビー」(「書記バートルビー」)　11, 216-22
　『白鯨』　221, 222, 269

モダニズム　114, 183, 205, 206, 213, 225, 228, 230, 260, 266, 267
モーツァルト　124
モーラ　57
モリスン、トニ　236
モレッティ、フランコ　94

や行

訳読　25, 30, 86, 116, 161, 279
ヤコブソン、ロマーン　266

ユーモア　251

予型論(タイポロジー)　15, 16
読み書き能力(リテラシー)　12, 13, 15, 16, 17, 18

ら行

ライティング活動　69-70
ライト、ジョー　→　オースティン、ジェイン
ライト、リチャード　115
ラッセル、ウィリー　133
　『リタの教育』　133

ラテン語　141, 142, 143
ラヒリ、ジュンパ　238

リアリズム小説　94, 96
リーヴィス、F.R.　260
リース、ジーン　32, 33, 96, 241
　『サルガッソーの広い海』　32, 35-36, 96
　「ジャズって呼びたきゃ呼べばいい」　241
『リーチブック』　142
リチャーズ、I.A.　260
リチャードソン、サミュエル　109, 187
　『クラリッサ』　187
　『パミラ』　109
リチャードソン、トニー　133
リテラシー　→　読み書き能力
リード、キャロル　124
　『オリバー!』　124
リト(ー)ルド版　82, 123
リメリック　61

ル・ボン、ギュスターヴ　94, 95
ルーン文字　143, 144, 145

レヴィ＝ストロース　266
レヴィナス、エマニュエル　166

レッシング、ドリス　236
レナード、ロバート・Z　→　オースティン、ジェイン
煉獄　161, 162, 164

ロイ、アルンダティ　238
ロシア・フォルマリズム　266, 267
ローズ、ジャクリーン　259
ローズ、レジナルド
　『十二人の怒れる男』　65–72
ローソン、スザンナ　16
ロッジ、ディヴィッド　6
ロッシーニ　124
ロビンソン、マリリン　2
ローリング、J. K.　→　「ハリー・ポッター」シリーズ
ロレンス、D. H.　268, 270–76
　『チャタレー夫人の恋人』　270–72
　『息子と恋人』　272, 275–76
　「もの」　273–74
　「喜びの幽霊」　273, 274

わ行

ワイルド、オスカー　114, 260
　『意向集』　260

『ドリアン・グレイの肖像』　114
ワーズワス、ウィリアム　50, 51, 54, 169
『抒情民謡集』　50
「不滅のオード」　51–54
渡邊綱　151
ワット、イアン　186
和文英訳　56, 58
笑い　251

欧文

AntConc　85
CALL　81–82, 84, 86
CEFR　76
close reading　74, 77　→　cf. クロース・リーディング、精読
Flickr　88
Google Map　89
HIV / エイズ禍　120
"I Am" poem　183
ICT　81
LL　81
scanning　74, 77
skimming　74, 77
Study Guide　87

執筆者一覧（掲載順）

＊は本書編集の世話人。

序論
佐々木徹（ささき・とおる）	京都大学教授
巽　孝之（たつみ・たかゆき）	慶應義塾大学教授

第1部
原田範行＊（はらだ・のりゆき）	東京女子大学教授
斎藤兆史（さいとう・よしふみ）	東京大学教授
小林久美子（こばやし・くみこ）	法政大学准教授
阿部公彦＊（あべ・まさひこ）	東京大学准教授
北　和丈（きた・かずたけ）	東京理科大学准教授
中村哲子（なかむら・てつこ）	駒澤大学教授
小川公代（おがわ・きみよ）	上智大学准教授
奥聡一郎（おく・そういちろう）	関東学院大学教授

第2部
中井亜佐子（なかい・あさこ）	一橋大学教授
越智博美（おち・ひろみ）	一橋大学教授
丹治　愛（たんじ・あい）	法政大学教授
新田啓子（にった・けいこ）	立教大学教授
新井潤美（あらい・めぐみ）	上智大学教授
岩田美喜（いわた・みき）	立教大学教授

第3部
唐澤一友（からさわ・かずとも）	駒澤大学教授
井出　新（いで・あらた）	慶應義塾大学教授
アルヴィ宮本なほ子（アルヴィ・みやもと・なほこ）	東京大学教授
長畑明利（ながはた・あきとし）	名古屋大学教授
武田将明（たけだ・まさあき）	東京大学准教授
高桑晴子（たかくわ・はるこ）	お茶の水女子大学准教授
秦　邦生（しん・くにお）	青山学院大学准教授
中野学而（なかの・がくじ）	中央大学准教授
諏訪部浩一（すわべ・こういち）	東京大学准教授
中村和恵（なかむら・かずえ）	明治大学教授
伊藤　盡（いとう・つくす）	信州大学教授
佐藤和哉（さとう・かずや）	日本女子大学教授
田尻芳樹（たじり・よしき）	東京大学教授
武藤浩史（むとう・ひろし）	慶應義塾大学教授
後藤和彦（ごとう・かずひこ）	東京大学教授

教室の英文学
きょうしつ　えいぶんがく

●2017年5月31日初版発行●

●編者●
日本英文学会（関東支部）
にほんえいぶんがっかい　かんとうしぶ

●発行者●
関戸　雅男

●発行所●
株式会社　研究社
〒102-8152　東京都千代田区富士見2-11-3
電話　営業03-3288-7777(代)　編集03-3288-7711(代)
振替　00150-9-26710
http://www.kenkyusha.co.jp/

●印刷所●
研究社印刷株式会社

●装丁●
清水　良洋（Malpu Design）

KENKYUSHA
〈検印省略〉

ISBN978-4-327-47235-1 C3098　Printed in Japan